Sabine Kornbichler
Der letzte Gast

PIPER

Zu diesem Buch

Mia Kaminski bringt Hundedame Coco zurück zu ihrer Besitzerin Berna Kiening. Berna ist eine alte Freundin der Familie, die schwer erkrankt ist und bald in die Schweiz fahren wird, um ihrem Leben freiwillig ein Ende zu setzen. Doch an der Haustür verhält Berna sich seltsam. Sie behauptet, ihr Neffe Nikolai sei bei ihr, und obwohl Mia auch ihn schon lange kennt, weigert Berna sich, die junge Frau eintreten zu lassen. Als Mia am Nachmittag zurückkehrt, findet sie Bernas Leiche. Die alte Dame wurde erdrosselt, an ihrem Finger fehlt ein wertvoller Ring. Schockiert alarmiert Mia die Polizei. Ihre Aussage rückt Nikolai Nawrath in den Fokus der Ermittlungen, doch er flieht, als ihn die Polizei festnehmen will. Kurz darauf schießt ein Unbekannter im Englischen Garten auf Mia. Allmählich wird klar, dass Mia mehr in den Fall verstrickt ist, als ihr lieb ist.

Sabine Kornbichler, geboren 1957, wuchs an der Nordsee auf und arbeitete in einer Frankfurter PR-Agentur, bevor sie sich ganz dem Schreiben widmete. Schon ihr Debüt »Klaras Haus« war ein großer Erfolg, mit ihrem Kriminalroman »Das Verstummen der Krähe« wurde sie für den Friedrich-Glauser-Preis nominiert. Sabine Kornbichler lebt und arbeitet als Autorin in der Nähe von München.

Sabine Kornbichler

DER LETZTE GAST

Kriminalroman

PIPER

Mehr über unsere Autoren und Bücher:
www.piper.de

Wenn Ihnen dieser Kriminalroman gefallen hat, schreiben Sie uns unter Nennung des Titels »Der letzte Gast« an *empfehlungen@piper.de,* und wir empfehlen Ihnen gerne vergleichbare Bücher.

Von Sabine Kornbichler liegen im Piper Verlag vor:
Kristina-Mahlo-Reihe:
Band 1: Das Verstummen der Krähe
Band 2: Die Stimme des Vergessens
Band 3: Das böse Kind

Klaras Haus
Gefährliche Täuschung
Im Angesicht der Schuld
Wie aus dem Nichts
Der letzte Gast
Das Richterspiel
Die Todesbotschaft

FSC
www.fsc.org
MIX
Papier aus verantwortungsvollen Quellen
FSC® C083411

Ungekürzte Taschenbuchausgabe
ISBN 978-3-492-31477-0
Dezember 2019

Umschlaggestaltung: FAVORITBUERO, München
Umschlagabbildung: Mint Images/Getty Images
Satz: Kösel Media GmbH, Krugzell
Gesetzt aus der Bembo
Druck und Bindung: CPI books GmbH, Leck
Printed in the EU

»Wenn du mich tötest, gibt es kein Zurück mehr. Dann öffnest du eine Tür, die du nie wieder schließen kannst.«

»Ich habe sie schon längst geöffnet. Lange vor dir. Und der Luftzug, der durch sie hindurchströmt, wärmt mich.«

1

Irgendwo im Erdgeschoss schlug eine Tür. Coco richtete sich auf, spitzte die Ohren und gab ein heiseres Bellen von sich, bevor sie den Kopf zurück auf den Rand ihres Körbchens legte. Ein Windzug, dachte ich und konzentrierte mich wieder auf Berna Kiening, die in einem warmen Hausanzug auf ihrem Bett saß, auf den Knien einen Block, auf dem sie aufgelistet hatte, was sie an diesem Abend mit mir besprechen wollte.

Während das Pendel der antiken Standuhr in gleichmäßigem Rhythmus hin- und herschwang, wartete ich darauf, dass sie fortfuhr, aber sie hielt den Blick auf einen Punkt hinter mir gerichtet und lauschte. Das Geräusch, das aus den Tiefen des Hauses zu uns gedrungen war, hatte sie beunruhigt.

Ich schlug vor nachzusehen, aber sie winkte ab und sagte, wir hätten Wichtigeres zu tun. Vermutlich hatte sie unten ein Fenster nicht richtig geschlossen, ich könne mich darum kümmern, wenn ich später hinunterging. Es sollte beiläufig klingen, wirkte aber eher angestrengt. Irgendetwas schien sie zu beschäftigen. Als sie meinen skeptischen Blick bemerkte, zuckte sie die Schultern. Was solle ihr passieren, das ihr nicht längst passiert sei, meinte sie mit einem Lächeln, das die Augen nicht erreichte. Ihr Todesurteil sei längst gesprochen, und es würde sich wohl kaum jemand dazu hinreißen lassen, es vor der Zeit zu vollstrecken. Im Gegenteil: Ihre Familie tue alles, um es zu verhindern. Keiner von ihnen verstünde ihre Entscheidung – was sie ihnen nicht einmal verübeln könne, schließlich steckten sie nicht in ihrer Haut. Man müsse leiden, um Leid zu begreifen.

Während sie Mühe hatte, sich einigermaßen verständlich zu artikulieren, ballte sie die Hände zu Fäusten, sodass ihre Knöchel weiß hervortraten. In Situationen, in denen anderen längst die Tränen liefen, riss sich Berna, wie ich sie im Stillen nannte, immer noch zusammen. Ich kannte niemanden mit einer solchen Disziplin, niemanden, der dem eigenen Tod nach außen hin so gefasst entgegensah. Und einmal mehr wünschte ich, ihr Schicksal wäre ein anderes, eines, das die Möglichkeit, steinalt zu werden, nicht so kategorisch ausschloss.

Berna Kiening war neunundsechzig und vorzeitig gealtert. In ihre feinen Züge hatten sich Falten gegraben, die nicht vom Lachen erzählten, sondern von Amyotropher Lateralsklerose, einer unheilbaren Nervenkrankheit, die innerhalb von ein paar Jahren zu einer vollständigen Lähmung führt. Da diese Krankheit sie ohne dauerhafte Magensonde und künstliche Beatmung auf lange Sicht umbringen würde, hatte sie einen Termin in der Schweiz vereinbart. Auf den Tag genau vier Wochen blieben ihr bis zu ihrem selbstbestimmten Tod. Bis dahin wollte sie ihren gewohnten Alltag leben, der längst nicht mehr ohne fremde Hilfe zu bewältigen war. Für die häuslichen Belange hatte sie eine Haushälterin engagiert, für ihre schwarze Zwergpudelhündin Coco hatte sie mich, eine Dogwalkerin.

Wir kannten uns seit meiner Kinder- und Jugendzeit in Pullach. Ich war mit ihrer Nichte zur Schule gegangen und hatte lange Zeit einen ihrer beiden Neffen angehimmelt. Vor zwei Jahren war es mir gelungen, ihn elf Monate lang für mich zu gewinnen.

Ein Geräusch riss mich aus meinen Gedanken. Es war leiser dieses Mal, undefinierbarer, aber laut genug, um uns beide aufhorchen zu lassen. Coco brach in lautstarkes Bellen aus und baute sich vor der geschlossenen Schlafzimmertür auf. Ohne auf Berna zu hören, die versuchte, mich zurückzuhalten, ging ich zur Tür und öffnete sie. Die Hündin stürmte an mir vorbei in den dunklen Flur und von dort aus die Treppe hinunter. Ihr Gebell war wütend und ohrenbetäubend, wurde jedoch leiser, je weiter sie sich entfernte. Kurz darauf hörte ich sie im Garten.

Ich konzentrierte mich auf die Geräusche im Haus, versuchte herauszuhören, ob sich unten etwas Ungewöhnliches tat. Die Lampe im unteren Flur warf ihren schwachen Lichtschein nur bis zur halben Treppe. Ich ging zum Geländer, beugte mich darüber und sah nach unten, während es zwischen meinen Schulterblättern kribbelte. Es war, als würde mich jemand beobachten.

»Haben Sie unten eine Tür offen gelassen?«, rief ich ins Zimmer und spürte, wie das Kribbeln in einen Schauer überging. »Coco ist im Garten.« Schlagartig brach ihr Gebell ab. Die eintretende Stille war beängstigender als jedes Geräusch.

Da Berna nicht antwortete, bewegte ich mich rückwärts Richtung Schlafzimmer und drehte mich im Türrahmen kurz zu ihr um. Mit zusammengepressten Lippen saß sie in ihre Kissen gelehnt da und schien durch mich hindurchzusehen. In ihrer Miene spiegelte sich eine Mischung aus Unsicherheit und Wut.

»Frau Kiening?«, fragte ich, als Coco plötzlich neben mir auftauchte und mit einem Satz zurück in ihr Körbchen sprang. Dass sie zurück war, hätte mich beruhigen können, tat es aber nicht. Irgendetwas stimmte da unten nicht. Ich tastete nach meinem Handy, um die Polizei zu rufen.

»Es ist nur eine Tür, Mia, nichts weiter«, sagte Berna. So klangen Kinder, die sich im Wald fürchteten und deshalb sangen. Am liebsten hätte ich in diesen Gesang eingestimmt. Stattdessen schüttelte ich den Kopf und zog das Handy aus der Hosentasche.

»Du bist doch sonst nicht so ängstlich«, sagte sie in der verwaschenen, leicht lallenden Art, die ihr die Krankheit aufzwang, weil sie auch ihre Zunge lähmte.

»Sonst stehen bei Ihnen in der Dunkelheit auch keine Türen offen«, konterte ich.

»Beruhige dich bitte! Es ist alles in Ordnung.« Wie um ihre Worte Lügen zu strafen, geriet ihr Atem außer Kontrolle. Sie drückte die flache Hand aufs Dekolleté. »Schalte einfach das Licht im Flur ein, das wird alle bösen Geister vertreiben, sollte es hier welche geben.«

Für einen Augenblick verfingen sich unsere Blicke ineinander. Es kam mir vor, als versuche jede von uns beiden, den nötigen Mut in der anderen zu finden. Ich schalt mich eine Närrin, mir von einer offen stehenden Tür und ein paar Geräuschen den Schneid abkaufen zu lassen. Würde hier irgendeine Gefahr lauern, würde Coco uns warnen. Vielleicht hatte sich vorhin eine Katze durch die Tür ins Haus geschlichen, und sie hatte sie bis in den Garten gejagt. Nichts weiter!

Ich ging zurück in den Flur, streckte die Hand aus und tastete nach dem Lichtschalter. In diesem Moment nahm ich im Augenwinkel einen Schatten wahr, der blitzschnell auf mich zuflog. Alles schien gleichzeitig zu passieren – der brutale Griff um mein Handgelenk, die Drehung, die mir fast das Schultergelenk auskugelte, und der Stoß, der mich zu Boden schleuderte. Mittendrin mein Schrei, der durch den Hausflur gellte. Lautes Getrampel auf der Treppe und wieder Cocos Gebell. In all das mischten sich Bernas Rufe.

Mein Schreck war so umfassend, dass ich zuerst nichts spürte, keinen Schmerz, gar nichts. Ich lag der Länge nach auf dem Boden, die Arme zum Schutz über dem Kopf verschränkt. Vorsichtig bewegte ich meine Gliedmaßen, dann richtete ich mich zitternd an der Wand auf. In meinen Ohren rauschte es, und mein Herz klopfte so heftig, als wollte es meine Brust sprengen.

Berna Kiening tauchte im Türrahmen auf. Mit einer Hand stützte sie sich auf ihren Stock, mit der anderen hielt sie sich im Türrahmen fest. Auch sie zitterte. Sie verlagerte das Gewicht, stützte sich mit der Schulter ab und schaltete das Flurlicht ein, das grell jede Ecke ausleuchtete. Dann streckte sie die Hand nach mir aus, um mit den Fingerspitzen über meine Wange zu streichen.

»Alles in Ordnung?«, fragte sie, wobei es ihr noch schwerer als sonst fiel, ihre Worte zu artikulieren.

Ich atmete gegen mein Herzklopfen an und bewegte vorsichtig meine Gliedmaßen. »In Filmen fragen sie das immer in Situationen, in denen etwas ganz offensichtlich überhaupt nicht in Ordnung ist.«

»Wenigstens funktioniert dein Humor noch, das ist ein gutes Zeichen. Bist du verletzt?«

»Nichts, was über blaue Flecke hinausginge. Die auf meiner Seele mitgerechnet.« Auf zitternden Beinen bewegte ich mich ein Stück von der Wand weg und hielt nach meinem Handy Ausschau, das mir bei dem Angriff aus der Hand geflogen war. Es lag auf einer der Treppenstufen. Ich ging hin und holte es.

»Bitte nicht, Mia. Keine Polizei!« Sie streckte abwehrend ihre Hand aus.

»Es war jemand hier im Haus, Frau Kiening, und er hat mich angegriffen. Dasselbe hätte er mit Ihnen tun können. Was, wenn ich nicht da gewesen wäre? Wenn er versucht hätte, Sie auszurauben? Oder schlimmer – Sie zu töten?«

»Er ist längst fort.«

»Die Polizei wird nach ihm suchen.«

»Hast du ihn erkannt? Kannst du ihn beschreiben?«

»Nein, aber das spielt auch keine Rolle. Niemand darf einfach so in Ihr Haus eindringen, mich durch die Luft schleudern und damit dann auch noch davonkommen. Wir sollten wenigstens versuchen …«

»Komm … bitte! Lass es mich dir erklären.« In der schleppenden Geschwindigkeit, die ihr die Krankheit aufzwang, bewegte sie sich zurück zum Bett, ließ sich mit einem Stöhnen auf die Kante sinken und robbte sich dann Richtung Kopfende, um sich anzulehnen und die Beine hochzulegen.

Widerstrebend folgte ich ihr. Meinen Stuhl, der neben ihrem Bett stand, richtete ich so aus, dass ich die Tür im Blick behielt.

»Du weißt, dass meine Familie nichts von meinem selbstbestimmten Sterben hält.«

Ich nickte. Sie hatte mir selbst davon erzählt.

»Sie tun eine ganze Menge, um mich davon abzuhalten. Mal versuchen sie es mit Tränen, mal mit Drohungen.«

»Drohungen?«

»Man könnte meinen Geisteszustand untersuchen und mich im Extremfall entmündigen lassen.«

»Wer droht Ihnen damit?«

Sie winkte ab. »Das spielt keine Rolle.«

»Um jemanden auf seinen Geisteszustand untersuchen zu lassen, braucht man Anhaltspunkte.«

»Genau die versucht man zu schaffen.«

Ich starrte sie völlig perplex an. »Wie?«

»Durch so etwas wie eben.«

Sekundenlang war nichts zu hören außer dem Ticken der Standuhr.

»Sie meinen, Ihre Familie inszeniert einen Überfall, um Sie entmündigen zu lassen?« Hätte ich raten sollen, wer von ihren Verwandten zu solch einem Vorgehen fähig war, hätte ich spontan auf Niko getippt, einen ihrer Neffen. Ihm traute ich inzwischen eine Menge zu.

»Ich kann es nicht beweisen, aber ich vermute es.« Sie schluckte. »Was macht man, wenn Drohungen nicht fruchten? Man setzt sie in die Tat um und inszeniert Situationen, die mich als verwirrt erscheinen lassen, als unzurechnungsfähig.« Sie knetete ein Stofftaschentuch mit den Fingern. »Warum, glaubst du, hat Coco den Angreifer nicht angebellt?«

Mir fiel es wie Schuppen von den Augen. »Weil sie ihn kennt«, antwortete ich fassungslos.

»Vor einer Woche habe ich unten schon mal ein Geräusch gehört und die Polizei alarmiert. Zwei überaus gewissenhafte Beamte waren hier und haben alles durchsucht. Ihnen ist nichts Ungewöhnliches aufgefallen. Ich werde dieses Prozedere heute ganz sicher nicht wiederholen.«

»Aber ich kann bezeugen, dass jemand im Haus war, jemand, der hier definitiv nicht hingehört – Familie hin oder her.«

Sie schob das Taschentuch unter ihren Oberschenkel,

legte beide Hände übereinander aufs Dekolleté und betrachtete mich. »Mir bleiben noch vier Wochen, Mia. Diese Zeit ist mir wertvoll, ich möchte sie nicht mit Aussagen bei der Polizei vergeuden. Ich möchte mich verabschieden – von allem, was mir in meinem Leben lieb war.«

»Das verstehe ich, aber es bedeutet auch, dass Ihre Familie davonkommt. Wollen Sie das wirklich?«

Dieses Mal erreichte ihr Lächeln die Augen. Es war unendlich traurig. »Am Ende relativiert sich vieles, auch das Bedürfnis nach Vergeltung.«

»Aber …«

Sie schüttelte den Kopf. »Geh bitte hinunter und schließ die Tür. Und dann lass uns über Coco reden. Deswegen habe ich dich heute Abend schließlich zu mir gebeten.«

2 Ich war alles andere als ein Hasenfuß, aber ich war auch nicht lebensmüde. Was, wenn sie sich täuschte und der Überfall einen ganz anderen Hintergrund hatte? Wenn der Angreifer sich immer noch im Haus aufhielt? Sie bemerkte mein Zögern und sah mich eindringlich an. Traute ich ihr zu, dass sie mich wider besseres Wissen einer Gefahr aussetzte? Würde sie auch nur eine Sekunde lang daran zweifeln, dass im Erdgeschoss lediglich eine Tür offen stand, die es zu schließen galt, würde sie mich nicht um diesen Gefallen bitten. Ich brauchte keine Angst mehr zu haben, der Spuk war vorbei.

»Okay«, sagte ich, lieh mir ihren Stock aus, der einen massiven Griff hatte, fasste ihn wie einen Baseballschläger und schärfte all meine Sinne, während ich in Begleitung von Coco, die das Ganze für ein Spiel hielt, Zimmer für Zimmer komplett erhellte und absuchte. Im Wohnzimmer stieß ich schließlich auf die offen stehende Terrassentür. Die Gardinen bewegten sich im Wind und verursachten mir ein Frösteln, das nichts mit der kalten Luft zu tun hatte, die ins Zimmer strömte. Mit Wucht schloss ich die Tür, als könnte ich damit einen Schlusspunkt hinter das Ganze setzen. Dann atmete ich tief durch und lief mit Coco im Schlepptau wieder nach oben ins Schlafzimmer. Die Festbeleuchtung ließ ich im ganzen Haus eingeschaltet.

Ich lehnte den Stock an den Nachttisch. »Mein Bedarf an Mutproben ist für die nächste Zeit gedeckt, Frau Kiening«, sagte ich trocken. »Ihre Familie wird Sie hoffentlich mit weiteren Attacken verschonen.«

»Davon gehe ich aus. Jetzt gibt es ja eine Zeugin dafür, dass ich bei klarem Verstand bin und mir nichts einbilde. Mir tut nur leid, dass du dabei zu Schaden gekommen bist, Mia. Das hätte nicht passieren dürfen, damit sind sie zu weit gegangen.« Sie hielt inne, um wieder zu Atem zu kommen. »Sollte man dich nach meinem Tod auf meinen Geisteszustand ansprechen ...«

»Wer sollte das wohl tun?«, unterbrach ich sie.

»Jemand, dem mein Testament gegen den Strich geht, das mein Notar für mich aufgesetzt hat und das ich noch in dieser Woche unterschreiben werde. Aber lassen wir das! Viel wichtiger ist, was mit Coco geschieht.« Ihre Sprache wurde immer schleppender.

Als sie ihren Namen hörte, hob die Hündin den Kopf. Berna betrachtete sie schweigend und wandte sich dann wieder mir zu. Ihr war anzumerken, dass die vergangene Stunde über alle Maßen an ihren Kräften gezehrt hatte. Nur mit Mühe hielt sie ihre Augen offen. Ich schlug vor, an einem anderen Abend wiederzukommen, aber sie bestand darauf, es jetzt zu tun. Sie könne erst dann ruhig schlafen, wenn für Coco alles Nötige geregelt sei.

Wie sich herausstellte, hatte sie bereits entsprechend vorgesorgt. Karolin, ihre Nichte, würde Coco zu sich nehmen. Da sie jedoch wenig Erfahrung mit Hunden hatte, nahm Berna mir das Versprechen ab, ihr in der ersten Zeit mit Rat und Tat zur Seite zu stehen. Dann bat sie mich zu gehen, sie sei nun doch ziemlich erschöpft.

Es fiel mir schwer, sie allein zurückzulassen. Obwohl sie sich ganz offensichtlich beruhigt hatte und gefasst wirkte, bat ich sie, ihren Hausarzt anrufen zu dürfen, damit er nach ihr sah. Aber das lehnte sie ab. Von den

Umständen abgesehen sei mit ihr alles in Ordnung. Sie dankte mir, dass ich ihre Wünsche respektierte, betonte noch einmal, wie unendlich leid ihr der Angriff tue, und verabschiedete sich bis zum nächsten Morgen von mir.

Auch wenn sie mir eine ebenso überzeugende wie erschütternde Erklärung für den Überfall geliefert hatte, verließ ich das Haus mit einem mulmigen Gefühl. Es war Viertel vor elf, als ich mich auf mein Fahrrad schwang und mich fragte, wie der Eindringling hineingelangt war, denn die Terrassentür im Wohnzimmer war nicht aufgehebelt worden. Derartige Spuren wären auch hinderlich gewesen, wenn es jemand so darstellen wollte, als bilde Berna sich das alles nur ein.

Alle Familienmitglieder und ein paar andere, zu denen auch ich zählte, konnten sich über einen Fingerabdruckscanner Zugang zum Haus verschaffen, damit Berna in ihrem eingeschränkten Zustand nicht zur Tür laufen musste. Ich kannte mich mit solchen Schließsystemen nicht aus, aber ich hielt es für möglich, dass sie jeden Zugang registrierten. Entweder hatte sich derjenige mit seinem Fingerabdruck hineingelassen und dann die Terrassentür geöffnet, was eventuell nachzuweisen war, oder er hatte sie schon vorher so manipuliert, dass sie einfach von außen zu öffnen war. Das würde sich wohl eher nicht nachweisen lassen.

Der Angreifer war ein Mann gewesen, dessen war ich mir ziemlich sicher. Und er war alles andere als schwerfällig gewesen. Seinen Bewegungsabläufen nach zu urteilen, war er sportlich. Bernas Schwager, der alte Nawrath, schied damit aus. Er war ein paar Jahre älter als sie und übergewichtig. Blieben seine Söhne, Niko und Dominik, und meine Vermutung, wer von beiden es gewesen sein könnte. Bei der Vorstellung packte mich eine ungeheure Wut, und ich trat kräftiger in die Pedale.

Es war ein Wunder, dass ich heil zu Hause ankam, denn ich hatte keinen Blick für das, was um mich herum geschah. Während ich die Treppen unseres Hauses hinaufstieg, einem dieser gesichtslosen Sechzigerjahre-Bauten inmitten des quirligen Uni-Viertels in der Maxvorstadt, und die Tür zu meiner Dreier-WG aufschloss, drängten sich die Bilder des Überfalls noch einmal vor mein inneres Auge. Es kam mir perfide vor zu hoffen, dass er tatsächlich nur von einem ihrer Angehörigen inszeniert worden war. Aber besser man wusste, wer der Feind war.

Bogart, mein Gasthund für diese Nacht, kam verschlafen aus der Küche, streckte sich und lief mir dann wedelnd entgegen. Ich beugte mich zu ihm und strich ihm übers Fell. Auf dem Weg in mein Zimmer bemerkte ich den Lichtschein unter Lukas' Tür, er arbeitete sicher, wie immer um diese Zeit. Bei Charlotte war alles dunkel, sie war noch unterwegs. Schade, ich hätte gerne noch bei einem Glas Wein mit ihr geredet.

Fünf Minuten später stand ich unter der heißen Dusche. Die Wärme tat mir gut und löste meine verspannten Muskeln. Als meine Haut begann aufzuweichen, trocknete ich mich ab, schlüpfte in meinen Schlafanzug und lief hinüber in mein Zimmer, wo ich mich ins Bett kuschelte. Ich versuchte zu lesen, konnte mich aber auf keinen einzigen Satz konzentrieren. Mein Herz klopfte immer noch vor Wut und vom Nachhall der Angst.

Als ich mich gerade fragte, wie ich in dieser Nacht

schlafen sollte, klingelte mein Handy. Es war Ute, Grete Gottwalds Tochter. Seit zwei Jahren teilten sich die beiden die Wohnung über unserer WG. Ihr Zusammenleben war genauso wie unseres dem angespannten Münchner Wohnungsmarkt geschuldet. Eine Entscheidung, die die Einundsiebzigjährige fast vom ersten Tag an bereut hatte. Im Gegensatz zu ihrer ängstlichen Tochter war Grete durch und durch furchtlos, ein Charakterzug, den Ute als eine Form seniler Verrücktheit missdeutete.

Wie immer, wenn sie ihre Mutter suchte, klang sie aufgeregt und außer Atem. Ihre Mutter sei mal wieder nicht nach Hause gekommen. Davon, dass Grete ganz sicher nur irgendwo sitzen würde, um in Ruhe eine Zigarette zu rauchen, wollte sie wie immer nichts hören. Ob ich sie nicht mit einem der Hunde suchen könne, flehte sie mich an. Nur dieses eine Mal noch.

Diesen Satz hatte ich schon oft von ihr gehört. Obwohl mir bewusst war, dass Ute ihre Angst so nie loswerden würde, willigte ich ein. Eine Zigarette mit Grete würde mich auf andere Gedanken bringen. Nachdem ich meinen Schlafanzug gegen Jeans, Pulli und Steppjacke getauscht hatte, sprang ich mit Bogart die Treppen hinunter.

Draußen schlug mir die Kälte entgegen. Auch wenn die Tage jetzt, Mitte März, allmählich milder wurden und der Frühling die ersten Boten aussandte, sank das Thermometer in den Nächten immer noch nah an die Null-Grad-Grenze. Ich zog Bogart, dem dreijährigen Vizsla-Mix-Rüden, das Trailgeschirr über, hielt ihm eine Socke von Grete unter die Nase und gab ihm das Suchkommando. Im vergangenen Jahr hatte ich viel mit ihm trainiert und ihm die Vermisstensuche beigebracht. Eine Arbeit, die über meine eigentliche weit hinausging, die aber nicht nur mir Spaß machte, sondern vor allem den Hunden.

Bogart war ehrgeizig und fand ziemlich schnell die Spur. Diese führte durch die Straßen unseres Viertels über die Ludwigstraße zum Odeonsplatz. Kurz vor der Feldherrnhalle bog Bogart links ab in den Hofgarten und noch einmal links Richtung Pavillon. Auf einer der Bänke, die hinter einer Hecke verborgen waren, saß Grete. Nachdem ich den Rüden belohnt hatte, richtete ich meine Stirnlampe kurz auf Utes Mutter, die in einen warmen Mantel, Mütze und Schal gehüllt genüsslich rauchte und mir durch ihre schwarz umrandete Brille zuzwinkerte.

Ich schaltete die Lampe aus und setzte mich neben sie. »War es wieder so schlimm zu Hause?«

»Zigarette?«, überging sie meine Frage und hielt mir die Packung hin.

Der erste Zug reizte wie immer meine Bronchien, den zweiten genoss ich. Eingehüllt in die Dunkelheit saßen wir schweigend nebeneinander und rauchten, während Bogart an der Hecke entlang schnupperte und hier und da versuchte, das dichte Gestrüpp zu durchdringen.

»Vor lauter Angst vor dem Leben errichtet Ute nicht nur Zäune um sich, sondern auch um mich«, beantwortete Grete schließlich meine Frage. »Wenn sie wüsste, dass ich mich auf einer Dating-Plattform angemeldet habe, würde sie einen Herzinfarkt bekommen.« Vergeblich versuchte sie, mit dem Zigarettenrauch einen Ring zu formen. »Sie ist gut, ich kann sie dir wirklich empfehlen. Du hast diesem Kerl lange genug nachgeweint.« Sie betrachtete mich von der

Seite. »Was hältst du von folgendem Profil für dich? *Junge Frau, vierunddreißig, rote Haare, unvergessliche blaue Augen. Unkonventionell, querköpfig und charakterstark. Menschen, die sie mag, würde sie aus dem Feuer retten.«*

»Klingt, als würde ich alle anderen darin umkommen lassen«, konterte ich mit einem Lachen und drückte die Zigarette auf dem Boden aus. »Vielleicht brauche ich gar keine Anzeige.«

»Ist mir da etwas entgangen? Wer ist es?«

Ich deutete auf Bogart. »Sein Besitzer.«

»Bist du verliebt?«

»Ziemlich.«

»Und er?«

»Ich glaube, er auch. Ich hoffe, er auch. Es ist noch völlig am Anfang.«

Als Bogart sich an mich drückte und vor Kälte zu zittern begann, schlug ich vor, den Heimweg einzuschlagen. Grete erhob sich und folgte mir. Unterwegs erzählte ich ihr von den Ereignissen in Berna Kienings Haus, von der Angst, die ich ausgestanden, und der Wut, die mich gepackt hatte. Grete war nicht leicht zu erschüttern, aber die Vorstellung, von der eigenen Familie auf so hinterhältige Weise unter Druck gesetzt zu werden, entlockte ihr ein paar deftige Kommentare. Da habe sie lieber eine lebensuntüchtige Tochter als solche nichtsnutzigen Neffen. Sie wusste, dass ich mich vor zwei Jahren in einen von ihnen verliebt hatte, und fragte mich, ob ich diesem Kerl, wie sie Niko nannte, seit er sich auf unschöne Weise von mir getrennt hatte, so etwas zutrauen würde.

»Hättest du mich das vor zwei Jahren gefragt, hätte ich Nein gesagt.«

3

Es fühlte sich an, als sei es mitten in der Nacht, als ich schweißgebadet aus einem Albtraum erwachte. Ich versuchte, den Traum festzuhalten, aber er verflüchtigte sich in Sekundenschnelle. Zurück blieb ein diffuses Gefühl der Bedrohung.

Als ich das Licht einschaltete, regte Bogart sich in seinem Korb, stand auf und drehte sich einmal um sich selbst, um sich gleich darauf wieder hinzulegen. Aus der Küche hörte ich Geschirrklappern. Ich sah auf die Uhr, es war halb fünf. Da ich ohnehin nicht wieder einschlafen würde, folgte ich den Geräuschen in die Küche.

Charlotte, meine Freundin und Mitbewohnerin, brühte sich gerade einen Tee auf. Sie trug einen flauschigen Schlafanzug und dicke Wollsocken, ihre widerspenstigen blonden Haare hatte sie zum großen Teil mit einer Spange eingefangen. So früh am Morgen bekam sie ihre Augen kaum auf und war nicht zum Reden aufgelegt. Ich stellte mich neben sie an die Arbeitsplatte, füllte Kaffee in die Maschine und schaltete sie ein. Dann schäumte ich Milch auf, schnitt mir eine Scheibe Brot ab und schob sie in den Toaster.

Schweigend setzten wir uns an den Küchentisch, auf dessen Holzplatte sich alle möglichen Gäste mit einem schwarzen Permanent-Filzstift verewigt hatten. Irgendeiner hatte nach einer durchzechten Nacht in betrunkenem Zustand damit begonnen und geschrieben, er könne tun, was er wolle, das Leben sei einfach nie ideal. Dieser Satz hatte uns alle animiert, ihn zu kommentieren. Charlotte hatte geschrieben, das Leben biete so unendlich viele Möglichkeiten. Wenn sie sich für eine entscheide, müsse sie eine andere ungenutzt verstreichen lassen. Und sie würde nie erfahren, wohin diese andere sie geführt hätte. Lukas, unser Mitbewohner, hatte in der Mitte des Tisches Sartre zitiert: *Unser Leben hängt davon ab, was wir daraus machen, was aus uns gemacht wurde.* Und ich hatte geschrieben, dass ein wundervolles Leben für mich bedeute, in mir selbst zu Hause zu sein.

Ich löste den Blick von der Tischplatte, bestrich mein Brot dick mit Butter und schichtete Himbeermarmelade darauf.

»Mir würde übel, wenn ich das um diese Uhrzeit essen müsste«, murmelte Charlotte und wandte den Blick ab.

»Ich weiß. Und hättest du gewusst, was bei deinem Job auf dich zukommt, hättest du dich ganz bestimmt für etwas anderes entschieden. Etwas, wo du erst um elf aufschlagen musst«, wiederholte ich trocken das, was sie bei solchen Gelegenheiten immer wieder betonte.

Charlotte war Personal Trainerin und arbeitete für ambitionierte Freizeitsportler, die in aller Herrgottsfrühe vor oder spätabends nach einem Vierzehn-Stunden-Tag an ihren Marathonzeiten feilten, und für Senioren, die bis ins hohe Alter fit und beweglich bleiben wollten, es aber sehr viel gelassener angehen ließen. Nachdem sie ihren Tee zur Hälfte getrunken hatte, lehnte sie sich zurück und streckte ihre langen Beine aus. Ganz allmählich kam Leben in sie. »Hat Grete wieder die Flucht ergriffen?«, fragte sie.

Ich nickte.

»Wie diese Frau so eine Tochter hervorbringen konnte, wird mir auf ewig ein Rätsel bleiben. Grete strotzt nur so vor Lebensfreude, und Ute hat Angst, jemand würde sie umbringen, sobald sie nach Einbruch der Dunkelheit das Haus verlässt. Apropos *umbringen*. Wie geht es eigentlich deiner Kundin, dieser Frau Kiening? Steht ihr Entschluss noch?«

»Ihre Familie terrorisiert sie deswegen.« Im Telegrammstil erzählte ich ihr von den Ereignissen des vorherigen Abends.

»Du glaubst, es war Niko? Im Ernst?«

»Ihm würde ich es am ehesten zutrauen.«

»An deiner Stelle würde ich ihn anzeigen.«

»Mal davon abgesehen, dass es nur eine Vermutung ist, kann ich das Frau Kiening nicht antun. Sie hat es schwer genug.«

Charlotte krauste die Stirn. »Ich würde um jeden einzelnen Tag kämpfen.«

»Dazu müsstest du aber auch die Kraft haben. Und wenn du bei dieser Krankheit zu lange wartest, kannst du dich irgendwann nicht mehr davonmachen. Du erstickst an ihr, außer du lässt dich künstlich beatmen. Und das will sie auf keinen Fall.«

»Aber damit nimmt sie sich die Möglichkeit, herauszufinden … Ich meine, vielleicht ist es …« Charlotte verstummte.

Ich tippte mit dem Zeigefinger auf ihren Spruch auf der Tischplatte. »Wohin die Möglichkeit, sich nicht das Leben zu nehmen, führt, weiß sie ziemlich genau. Das ist keine Option für sie. Und ich kann verstehen, dass sie so entschieden hat. Ich würde mir diese letzten Meter auch ersparen.«

»Und ich würde immer hoffen, dass das Ruder auf den letzten Metern noch einmal herumgerissen wird. Gegen jede Wahrscheinlichkeit.«

Charlotte stand auf, stellte ihren Teebecher in die Spülmaschine und sagte, sie müsse sich fertig machen und in zehn Minuten aus dem Haus. Sie würde übrigens später noch einkaufen gehen und fragte, ob sie mir etwas mitbringen solle. Nach einem schnellen Blick in den Kühlschrank schrieb ich ihr einen Zettel mit den Dingen, die in meinem Fach fehlten.

Im Flur hörte ich sie an Lukas' Tür klopfen und gleich darauf hineingehen. Unser Mitbewohner war Video-Cutter, arbeitete ausschließlich nachts, bevorzugt für irgendwelche unwiderstehlichen Instagram-Bloggerinnen, und nur mit Kopfhörern und schräger Musikbeschallung. Und er liebte Junkfood. Als er Charlotte seine Wünsche diktierte, hörte ich sie bei jedem einzelnen protestieren und ihm einen Vortrag halten. Sie hatte es immer noch nicht aufgegeben, ihm auszumalen, was er seinem Körper mit diesem *Zeug* antat, das eigentlich auf den Sondermüll gehörte.

Während die beiden noch diskutierten, kam Bogart in die Küche. Ich strich ihm über den Kopf, was ihm einen wohligen Laut entlockte, und beschloss, mich noch für eine knappe Stunde hinzulegen.

Um kurz nach halb acht kletterte ich an diesem Dienstagmorgen in meinen Fiat Ducato, um bei meinen Kunden die Hunde einzusammeln. In der Regel nahm ich nicht mehr als zehn mit auf meine Runde, aber es gab natürlich Ausnahmen, wenn jemand krank wurde oder unvorhergesehen wegmusste.

Coco holte ich als Letzte ab. Wie üblich klingelte ich und wartete dann ein paar Sekunden, bevor ich meinen rechten Daumen auf den Fingerabdruckscanner legte, damit sich die massive Holztür der Sechzigerjahre-Villa in der Osterwaldstraße öffnete. Meist war Berna um diese Uhrzeit noch im ersten Stock, aber an diesem Morgen rief sie mir aus der Küche entgegen, ihre Haushälterin sei krank, sie müsse zur Abwechslung mal wieder alleine zurechtkommen. Ich folgte ihrer Stimme und begrüßte sie, während Coco aufgeregt an mir hochsprang.

Berna trug ein graues Wollkleid, das ihr bis zu den Waden reichte, und um den Hals einen fein gewebten Schal in einem hellen Türkis. Ihre Haare sahen perfekt frisiert aus. Ich hatte eine ungefähre Vorstellung davon, wie viel Zeit und Anstrengung sie das gekostet hatte. Sie musste sehr früh aufgestanden sein. Vermutlich hatte sie nicht viel geschlafen.

Ich bot ihr meine Hilfe an, aber sie schüttelte den Kopf und deutete auf Coco. Ihr sei wichtiger, dass ihr Liebling so schnell wie möglich hinaus komme. Außerdem hätte ich ihr schon genug geholfen. Ob ich alles gut überstanden hätte? Ich nickte. Was waren schon ein Albtraum und blaue Flecken gegen das, was sie durchmachte. Sie verabschiedete mich mit den Worten, es solle ein wunderschöner Tag werden, ich solle ihn genießen.

Der Wetterdienst hatte kräftigen Föhn angekündigt, der die Temperaturen bis siebzehn Grad ansteigen lassen würde. Bereits jetzt zeigten sich am Himmel hier und da die typischen weißen Föhnwolken. Ich genoss diesen Vormittag, er brachte mich auf andere Gedanken. Ich lief mit den Hunden hinunter ans Isarufer, setzte mich auf einen Stein, hielt das Gesicht in die Sonne und sah den Tieren beim Herumtollen zu. Einige von ihnen nahmen ein Bad, schüttelten das Wasser aus ihrem Fell und sprangen gleich wieder hinein. Andere waren wasserscheu so wie Coco, die sich neben mir niederließ, sich auf die Seite legte und von der Sonne bescheinen ließ. Auf sie würde eine große Veränderung zukommen. Zum Glück wusste sie nichts davon.

Die restliche Zeit unseres Ausflugs machte ich mit den Hunden eine ausgedehnte Runde durch den Park. Die Wiesen waren übersät mit unzähligen Frühlingsboten. Überall waren bunte Schimmer zu sehen – von Winterlingen, Krokussen, Schneeglöckchen und Märzenbechern. Ich fotografierte sie, um sie später Berna zu zeigen, die kaum noch das Haus verlassen konnte.

Nach drei Stunden lieferte ich alle Vierbeiner wieder ab. Zu Berna fuhr ich wie immer zum Schluss. Mein Daumen hatte nach dem üblichen kurzen Klingeln das Abdruckfeld des Scanners kaum berührt, als sich die Tür bereits öffnete. Meine kranke Kundin trat schwer atmend auf ihren Stock gestützt in den Türrahmen und lehnte sich sekundenlang Halt suchend dagegen. Sie schwankte leicht und wirkte benommen. In ihrem Gesicht zeichnete sich eine ungeheure Anstrengung ab. Im Vergleich zu unserer Begegnung am Morgen wirkte sie völlig verändert. Coco schien es nicht zu kümmern, sie sprang wedelnd an ihr hoch und verschwand dann in den Tiefen des Hauses.

»Brauchen Sie Hilfe, Frau Kiening?«, fragte ich sie besorgt.

Sie versuchte, sich aufrechter hinzustellen, und ließ ihren Blick auf mir ruhen, ohne zu antworten. Es war, als sehe sie mich an und sehe mich doch nicht. Als sei ihr Blick vorausgeeilt an einen Ort, der sich mir verschloss.

»Frau Kiening«, insistierte ich, »kann ich Ihnen irgendwie helfen? Soll ich jemanden anrufen?«

Wie in Zeitlupe schüttelte sie den Kopf. »Nicht

nötig«, antwortete sie. »Es ist alles in Ordnung, Maria-Antonia. Der Junge ist gerade da … er kümmert sich.« Sie hielt inne und rang nach Luft. »Niko. Wir haben eine kleine … Auseinandersetzung. Nichts Dramatisches.«

Ich konnte mir lebhaft vorstellen, worum es bei dieser Auseinandersetzung ging. »Soll ich mit ihm reden?«, fragte ich und trat einen Schritt auf sie zu.

Aber sie wehrte ab. »Nicht nötig!« Wieder hielt sie inne und setzte neu an. »Eine Bitte habe ich allerdings: Kannst du Coco in zwei Stunden ausnahmsweise auf deine Nachmittagsrunde mitnehmen? Ich glaube, das würde ihr heute guttun.«

»Kein Problem, Frau Kiening. Das mache ich gerne.«

»Kann ich mich darauf verlassen?«

Eine solche Frage hatte sie mir noch nie gestellt. »Selbstverständlich.«

Auf ihren Stock gestützt kam sie ein paar vorsichtige, wackelige Schritte auf mich zu, umarmte mich fest, wofür sie all ihre Kraft zusammenzunehmen schien, und drückte mir dann einen Kuss auf die Stirn. Auch das hatte sie noch nie zuvor getan.

»Mach dir keine Sorgen, Mia, ich komme zurecht.« Sie drehte sich um und ging zurück ins Haus. »Pass mir gut auf Coco auf«, sagte sie über die Schulter hinweg, ohne sich noch einmal umzudrehen. Dann fiel die Haustür ins Schloss.

Ich blieb davor stehen. Ihre Worte hatten etwas bedrückend Endgültiges. *Pass mir gut auf Coco auf*, hallte es in meinem Kopf. Es hatte wie ein Abschied geklungen. Hatte sie aus der Erfahrung des gestrigen Abends heraus etwa beschlossen, den Zeitpunkt ihres Sterbens vorzuverlegen? Um sich ihren Entschluss nicht noch auf den letzten Metern von ihrer Familie torpedieren zu lassen? Ich versuchte, mich damit zu beruhigen, dass sie in den kommenden vier Wochen noch so viel vorhatte und dass sie nicht allein war. Obwohl Nikos Anwesenheit nicht unbedingt zur Beruhigung taugte, schon gar nicht eine Auseinandersetzung mit ihm. Was war das Richtige in dieser Situation? Gehen oder bleiben und noch einmal klingeln? Nur was sollte ich sagen, was ich nicht bereits gesagt hatte?

Schweren Herzens setzte ich mich schließlich in Bewegung. Während ich den Vorgarten durchquerte, fiel mir auf, dass Nikos Wagen nicht wie üblich in der Garageneinfahrt stand. Seltsam.

»Haben Sie was verloren?«, dröhnte mir von gegenüber die Stimme von Bernas Nachbarn Helmut Böhm entgegen. Mit einer Gartenschere in der Hand lehnte der Neunundsiebzigjährige am Gartenzaun und fixierte mich mit einem Blick, den Hunde haben, bevor sie zum Angriff übergehen.

»Ich habe nur nachgedacht«, rief ich über die Straße hinweg.

Laut Berna war Helmut Böhm der Schrecken der gesamten Nachbarschaft. Außer seiner achtzigjährigen Schwester, mit der er sich das Elternhaus teilte, kam niemand mit ihm zurecht. Er war gehässig, laut und ständig gereizt.

Mit der Gartenschere fuchtelte er in meine Richtung. »Zahlen Sie überhaupt Steuern? Eine wie Sie arbeitet doch bestimmt schwarz. Wer kann das schon nachprüfen«, ereiferte er sich.

An einem anderen Tag hätte es mir vielleicht Spaß gemacht, etwas zu kontern, doch an diesem ignorierte ich seine Tiraden einfach und sah noch einmal zu Bernas Haus. Ich meinte, dass eine der Gardinen im Erdgeschoss sich bewegte. Vielleicht hatte ich es mir aber auch nur eingebildet. Berna würde dort ganz bestimmt nicht stehen und mir hinterhersehen, nicht in ihrer Verfassung. Und Niko hatte nicht erst seit unserer Trennung völlig das Interesse an mir verloren.

Mit einer SMS hatte er mir nach elf Monaten den Laufpass gegeben. Unsere Charaktere seien genauso wenig kompatibel wie unsere Lebensentwürfe. Außerdem verabscheue er meine Begeisterung für alles, was kreucht und fleucht. Als PS hatte er hinzugefügt, er würde mich juristisch dafür belangen, sollte ich Firmeninterna ausplaudern, über die ich während unserer Affäre etwas erfahren hatte. Danach hatte er weder auf Anrufe noch auf Nachrichten reagiert.

Letztlich hatte er nur getan, was ich längst hätte tun sollen, denn unsere unterschiedlichen Charaktere waren auch für mich eine Hürde. Während es ihm jedoch lediglich gegen den Strich ging, dass ich das Leben von Tieren achtete wie das eines jeden anderen Wesens, beängstigte mich seine durch und durch skrupellose Seite, die einer seiner Mitarbeiter zu spüren bekommen hatte. Dunkel hatte Berna diese Seite genannt, als ich bei ihr Rat suchte. So dunkel, dass man sie besser unter den Teppich kehrte. Sie hatte mir damals das Versprechen abgenommen, Stillschweigen darüber zu bewahren.

Vehement schob ich die Gedanken daran beiseite, sie umnebelten nur mein Gehirn. Nach einem letzten, unsicheren Blick zum Haus stieg ich in meinen Ducato, wo Bogart mich freudig empfing.

4

Tom erwartete mich bereits im *Fei Scho* in der Nähe des Gärtnerplatzes. Ich war mehr als eine Viertelstunde zu spät. Vom Eingang aus betrachtete ich ihn einen Moment, während er konzentriert durch sein Smartphone scrollte. Wie immer trug er Jeans und Hemd, beides schwarz wie sein Haar, dazu eine gleichfarbige Lederjacke, die älter zu sein schien als er selbst, und einen dicken Schal. In seinem Gesicht schien sich nichts an den genau dafür vorgesehenen Stellen zu befinden, alles war einen Hauch verrutscht, asymmetrisch und dafür umso interessanter. Er sah nicht aus wie ein hart arbeitender Finanzanalyst, sondern eher wie ein Lebenskünstler.

Sekundenlang beschleunigte sich mein Puls. Ich holte tief Luft und ging mit Bogart auf seinen Tisch zu. Der Rüde benahm sich, als hätte er ihn tagelang nicht gesehen, und Tom ging darauf ein, indem er ihn einmal komplett durchknuddelte. Erst dann ließ der Hund sich unter dem Tisch auf einer Decke nieder, die Tom extra für ihn mitgebracht hatte.

»Entschuldige die Verspätung«, sagte ich und hängte meine Jacke über die Stuhllehne.

»Ist etwas passiert?« Er schob mir die Menükarte zu und schenkte mir Wasser ein.

Ich warf einen schnellen Blick in die Karte und entschied mich für ein Gemüse-Curry. »Eine meiner Kundinnen war heute in keinem guten Zustand. Ich habe mir Sorgen um sie gemacht und wusste nicht, was ich tun sollte.«

Fragend hob er die Augenbrauen.

»Was machst du, wenn du den Eindruck hast, jemand braucht Hilfe, er – in dem Fall sie – diese Hilfe aber ablehnt?«

»Dann respektiere ich das, sofern diejenige erwachsen und im Vollbesitz ihrer geistigen Kräfte ist.«

Die Kellnerin kam an den Tisch, nahm unsere Bestellungen auf und wandte sich dann gleich dem nächsten Tisch zu.

»Sie wirkte benommen. Angeblich war ihr Neffe im Haus. Sie sagte, sie hätten eine Auseinandersetzung, aber sein Auto stand nicht wie sonst in der Garageneinfahrt.«

»Kennst du ihn?«

»Er ist mein Exfreund.«

»Nikolai Nawrath?« Tom hob eine Augenbraue. Er und Niko kannten sich von diversen beruflichen Veranstaltungen.

Ich nickte.

Tom trank einen Schluck Wasser und lehnte sich in seinem Stuhl zurück. »Nur gut, dass du nicht an ihm hängen geblieben bist. Er passt nicht zu dir.«

»So in etwa hat er das auch ausgedrückt«, entgegnete ich trocken.

Um seine Augen herum bildeten sich Lachfältchen. »Ich wüsste jemanden, der viel besser zu dir passen würde.«

»Flirtest du mit mir?«

»Ganz eindeutig.«

Mein Herz machte einen Hüpfer. »Um auf meine Kundin zurückzukommen … also …«

»Ja?«

»Sieh mich bitte nicht so an!«

In diesem Augenblick kam unser Essen, und ich machte mich über mein Curry her, als hätte ich seit Tagen nichts gegessen.

Tom ließ seines erst einmal stehen und beugte sich ein wenig vor. »Kann es sein, dass du schüchtern bist?«

»Und wenn?«

»Dann würde ich das bei meinen Annäherungsversuchen in Betracht ziehen.«

Ich musste lachen und legte den Löffel beiseite. »Können wir mal einen Moment lang ernsthaft reden?«

»Das tue ich schon die ganze Zeit.«

»Nikos Tante hat ALS und wird in vier Wochen in der Schweiz Sterbehilfe in Anspruch nehmen. Mich lässt nur das Gefühl nicht los, dass sie gerade jetzt stirbt. Sie ist inzwischen schon sehr eingeschränkt, aber heute war sie benommen. Als hätte sie jede Menge Tabletten geschluckt. Und als sie sich von mir verabschiedete, kam es mir vor, als sei es für immer. Sie hat zwar behauptet, Niko sei bei ihr, aber das muss nicht stimmen, denn sein Auto war nicht da. Vielleicht hat sie mich belogen, um in Ruhe gelassen zu werden.«

»Aber hätte sie dann gesagt, dass sie eine Auseinandersetzung haben? Das passt irgendwie nicht.«

»Vielleicht doch.« Ich erzählte Tom von den Ereignissen des vergangenen Abends und Bernas Erklärung. »Ein Streit wäre die logische Folge gewesen. Vielleicht wollte sie mich damit von Nikos Anwesenheit überzeugen.«

Tom sah mich fassungslos an. »*Nikolai Nawrath* hat dich überfallen?«

»Ich weiß nicht, ob er es tatsächlich war, ich vermute es nur. Zumindest wäre es ihm zuzutrauen.«

»Hat er dich verletzt?«

»Ein paar blaue Flecken, mehr nicht«, redete ich es klein.

»Der Kerl gehört hinter Gitter. Deine Solidarität mit seiner Tante in allen Ehren, aber das geht zu weit!«

»Sie hat nicht mehr lange zu leben, Tom. Vielleicht ist sie auch längst tot. Sie hat mich gebeten, ihren Pudel ausnahmsweise mit auf die Nachmittagsrunde zu nehmen. Das hat sie noch nie getan.«

Er schien nicht zu verstehen, worauf ich hinauswollte.

»Ich befürchte, dass die Attacken ihrer Familie sie dazu bewogen haben, sich früher als geplant davonzumachen. Damit sie sie nicht entmündigen und ihren Freitod verhindern können.« Ich biss mir auf die Lippe. »Coco ist ihr Ein und Alles. Sie würde nicht zulassen, dass die Hündin mit ihr allein bleibt und bis morgen früh niemand bemerkt, dass sie tot ist.«

»Kannst du denn in ihr Haus?«

»Über den Fingerabdruckscanner.«

»Möchtest du, dass ich dich begleite?«

Sekundenlang war ich versucht, Ja zu sagen, aber vielleicht machte ich hier gerade die Pferde scheu. Und selbst wenn nicht, was sollte geschehen? Ich würde ins Haus gehen, Coco nehmen und das Haus wieder verlassen. Berna würde sich bemerkbar machen, wenn sie bemerkt werden wollte. »Danke, Tom, aber das ist nicht nötig.«

Als ich etwas mehr als eine Stunde später in Bernas Hausflur stand, bereute ich meinen Entschluss. Die Stille, die sich über das Haus gelegt hatte, war bedrückend. Normalerweise musste ich nur eintreten und nach Coco rufen, da schallte mir schon ihr aufgeregtes Gebell entgegen. Aber jetzt war kein Ton zu hören.

Noch einmal rief ich nach ihr. Nachdem ich einen Moment gewartet hatte, ging ich den Flur entlang, bis ich in das großzügig geschnittene Wohnzimmer gelangte, in dem gestern die Terrassentür offen gestanden hatte. Der Raum war von der Nachmittagssonne durchflutet, die Staubkörnchen in ihrem Licht tanzen ließ. Mein Blick fiel auf einen kleinen Beistelltisch, der üblicherweise neben einer der Couchen stand. Er war umgefallen und hatte eine Vase mit zu Boden gerissen, die unzählige Scherben und eine große Wasserlache auf dem Parkett zurückgelassen hatte. Bunte Tulpen lagen verstreut herum.

Ausgerechnet jetzt mit dem Aufräumen zu beginnen, war ganz sicher das Unwichtigste, aber alles in mir sträubte sich, die Treppe hinaufzugehen und nach Berna zu sehen. Ich versuchte, den Moment hinauszuzögern, ging in die Küche, holte Lappen und Kehrblech, beseitigte Scherben und Blumenwasser und stellte die Tulpen in eine andere Vase, die ich von einem der Küchenschränke angelte. Zurück im Wohnzimmer richtete ich den Beistelltisch auf und stellte die Blumen darauf. Vom Couchtisch nahm ich die zwei benutzten Whiskeygläser, brachte sie in die Küche und räumte sie in die Spülmaschine. Ich hatte das Gerät gerade wieder geschlossen, als ich Coco ganz entfernt jaulen hörte. Sie klang jämmerlich.

Ich folgte diesem Laut durch den Flur und die Treppe hinauf in den ersten Stock. »Coco?«

Wieder dieser lang gezogene Laut. Er kam aus dem Schlafzimmer, dessen Tür geschlossen war. Mit der Hand auf der Klinke holte ich tief Luft. Dann öffnete ich die Tür.

Berna Kiening lag ausgestreckt auf ihrem Bett, die

Augen geschlossen. Zögernd ging ich zu ihr, beugte mich über sie und griff nach ihrer Hand. Sie war sehr kühl und weich. In dem Versuch, sie aufzuwecken, drückte ich sanft zu. Sie reagierte jedoch nicht. Sie atmete nicht mehr. Trotzdem glitten meine Finger zu ihrem Handgelenk und suchten dort vergeblich nach einem Puls.

Leise rief ich Cocos Namen. Sie musste hier irgendwo sein. Als sie fiepte, fand ich sie zusammengekauert unter dem Bett.

»Komm her, meine Kleine.«

Sie rührte sich nicht und drehte den Kopf von mir weg.

»Nun komm schon.«

Doch es war nichts zu machen, sie blieb, wo sie war. Ich setzte mich auf den Boden, lehnte mich mit dem Rücken gegen das Bett und zückte mein Handy, um Bernas Hausarzt anzurufen. Jemand musste offiziell ihren Tod feststellen.

Ich sagte, es sei ein Notfall, und ließ mich von der Arzthelferin zu Markus Langhorst durchstellen. Wir kannten uns seit Kindertagen, waren auf dieselbe Schule in Pullach gegangen, hatten gemeinsam mit den Nawrath-Kindern gespielt und waren uns in den vergangenen Monaten immer wieder bei Berna begegnet. Markus war sofort bereit, seine Sprechstunde zu unterbrechen, um bei Berna einen letzten Hausbesuch zu machen. Bevor er auflegte, trug er mir auf, zur Sicherheit einen Notarzt zu rufen. Aber sie sei tot, versicherte ich ihm, ein Notarzt könne da nichts mehr ausrichten. Ich solle trotzdem anrufen, insistierte er, nur zur Sicherheit, damit wir uns später nichts vorzuwerfen hätten.

Ich hätte ihm gerne gesagt, dass ich es mir später

ganz sicher vorwerfen würde, wenn ein Notarzt noch einen Funken Leben in ihr entdeckte und sie gegen ihren Willen zurückholte. Aber es war nicht der Moment. Widerwillig tat ich, wie mir geheißen, und rief die eins eins zwei an.

Dann ging ich zu der Standuhr, öffnete die Tür und hielt das Pendel an. Augenblicklich legte sich Stille über den Raum. Ich wandte mich zu Berna und strich sanft über ihre Hand. Sie hatte es geschafft. Unerträglich war nur der Gedanke daran, was sie dazu bewogen hatte, früher als geplant zu gehen. Ich war mir sicher, dass es am gestrigen Vorfall und der damit verbundenen Sorge lag, ihrer Familie könne es doch noch gelingen, sie zu entmündigen. Dafür hatte sie einiges geopfert. Nicht nur die letzten Wochen des Abschieds, die ihr so wichtig gewesen waren, sondern auch ihr Testament, das sie nun nicht mehr unterschrieben hatte.

5

Ein paar Minuten nach dem Notarzt traf Markus ein. Er begrüßte mich kurz, sah irritiert zu Coco, die zwischen meinen Beinen kauerte und fiepte, und stürmte die Treppe hinauf, als könne er bei seiner Patientin noch etwas ausrichten. Während ich ihn oben mit seinem Kollegen sprechen hörte, ging ich zurück ins Wohnzimmer und rief von dort aus meine Kunden an, deren Hunde ich an diesem Nachmittag hätte ausführen sollen. Coco sprang auf meinen Schoß und drückte sich zitternd an mich.

»Ich weiß, du wirst sie vermissen. Aber bei Karolin wirst du es ganz bestimmt auch gut haben.« Als wäre das in dieser Situation ein Trost für das Tier, als könnte es mich verstehen.

Ich war so tief in meinen Gedanken versunken, dass ich erschrak, als Markus sich mit einem unglücklichen Stöhnen neben mich aufs Sofa fallen ließ. Coco hatte sich ebenfalls erschreckt, sie machte sich auf meinem Schoß ganz klein und rund und klemmte die Rute ein. Ihr Zittern fühlte sich an wie ein kleines Erdbeben. Ich legte meine Arme fest um sie.

Markus schloss für einen Moment die Augen und raufte sich mit beiden Händen seine kurz geschnittenen, dunkelblonden Haare, die – obwohl er erst sechsunddreißig war – an den Schläfen bereits ergrauten. In seine Stirn hatten sich tiefe Falten gegraben.

»Erinnerst du dich, was du auf unseren Küchentisch geschrieben hast?«, fragte ich ihn. »*Das Leben ist nicht gerecht*. Zu Frau Kiening war es das nicht.«

Er murmelte etwas, das ich nicht verstand.

»Was hast du gesagt?«

»Wir mussten die Polizei rufen. Sie werden gleich hier sein.«

»Wieso die Polizei?«

»Weil es so aussieht, als wäre sie umgebracht worden.«

»Sie hat sich selbst das Leben genommen«, entgegnete ich im Brustton der Überzeugung. »Vielleicht nicht ganz so, wie sie es ursprünglich geplant hat, aber …« Ich forschte in seinem Gesicht. »Du weißt doch, dass sie es vorhatte. Oder hat sie dir etwa nichts davon gesagt?« Berna hatte aus ihrem Entschluss zu sterben eigentlich kein Geheimnis gemacht. Markus als ihr Arzt wusste ganz sicher davon.

Er richtete sich auf und sah mich aufmerksam an. »Wie kommst du darauf, dass sie sich umgebracht hat?«

»Als ich heute Mittag Coco zurückgebracht habe, wirkte sie so benommen, als hätte sie Tabletten genommen. Und sie hat meine Hilfe abgelehnt.« Die Hündin sprang von meinem Schoß und versuchte, durch die einen Spaltbreit offene Wohnzimmertür zu entwischen. Vermutlich wollte sie zurück ins Schlafzimmer. Ich ging hin, schloss die Tür und ließ mich im Schneidersitz auf dem Boden neben ihr nieder. »Wieso glaubst du, sie könnte getötet worden sein?«

»Weil es unmissverständliche Anzeichen dafür gibt, dass sie erdrosselt wurde.« Mit dem Zeigefinger fuhr er sich am Hals entlang.

Ich sah ihn erschüttert an. »Erdrosselt? Aber wer …?«

»Um das zu klären, haben wir die Polizei gerufen«, fiel er mir ins Wort.

»Ihr müsst euch irren«, beharrte ich. »Wieso sollte

man jemanden umbringen, der ohnehin in vier Wochen gestorben wäre? Das ergibt doch gar keinen Sinn.« In meinem Kopf überschlugen sich die Gedanken. Ich fischte den drängendsten heraus. »Außer jemand wollte ihr weiteres Leiden ersparen. Jemand, der nicht länger dabei zusehen konnte, wie sehr sie sich quälte.« Ich folgte diesem Gedanken wie einer Spur, verwarf ihn dann jedoch. Wer einem anderen Leid ersparen wollte, brachte ihn nicht um, und falls doch, ganz sicher nicht auf so brutale Weise. »Und ihr täuscht euch ganz bestimmt nicht? Als ich sie gefunden habe, lag sie doch ganz friedlich da.« Ich sprang auf und stürmte in den ersten Stock, wohin mir Coco dicht auf den Fersen folgte.

Neben Bernas Bett kniete der Notarzt, ein Mittvierziger mit Halbglatze und Oberlippenbart. Er war gerade dabei, seine Ausrüstung zusammenzupacken, und sah auf, als er mich ins Zimmer kommen hörte.

»Stimmt das?«, fragte ich aufgeregt und gab mir erst gar nicht die Mühe, meine Stimme im Zaum zu halten, während ich auf das Bett zulief.

»Bleiben Sie draußen und halten Sie bloß den Hund zurück!«, forderte er mich auf. »Das hier ist höchstwahrscheinlich ein Tatort, die Kripo wird gleich hier sein.«

Ich nahm Coco auf den Arm, tat ein paar Schritte zurück und blieb im Türrahmen stehen. Von dort aus wanderte mein Blick über Bernas Körper. Alles wirkte unverändert, lediglich den Schal hatte man ihr abgenommen. Ich versuchte, die Male an ihrem Hals zu erkennen, von denen Markus gesprochen hatte. »Dann stimmt es, dass sie umgebracht wurde?«

»Ja.«

»Ganz sicher?«

Er stand auf, lockerte seine Beine und betrachtete die Tote. »Kein schöner Tod.«

Kein schöner Tod. Diese Worte fraßen sich durch meine Schädeldecke und schienen sich tief in meinem Gehirn einnisten zu wollen. Als ich Berna mittags in ihrem benommenen Zustand im Haus zurückgelassen hatte, hatte ich es für möglich gehalten, dass sie an diesem Tag sterben würde. Aber doch nicht so. Nicht durch fremde Hände. Nicht mit Gewalt.

Der Gedanke traf mich mit voller Wucht: Ich hatte ihr nicht geholfen. Weil …

»Hören Sie mich?«, drang eine tiefe, nasale Männerstimme in meine Gedanken.

Ich stellte meinen Blick scharf und richtete ihn auf einen Mann, der höchstens ein paar Jahre älter war als ich. Er trug einen dicken Rollkragenpullover, Jeans und eine Steppweste, hatte einen Bürstenhaarschnitt, Aknenarben und wachsame Augen. Ich nickte und merkte erst jetzt, dass ich Coco immer noch im Arm hielt. Wie ich hinunter ins Wohnzimmer gekommen war, konnte ich nicht sagen. Mit dem Rücken zur Terrasse stand ich verloren im Raum.

»Ludwig Scherf«, stellte er sich vor, »Kripo München. Und wer sind Sie?« Er nieste und schnäuzte sich die Nase mit einem Papiertaschentuch. »Heuschnupfen«, erklärte er mit einem Schulterzucken. »Die Frühblüher.«

Noch am Vormittag hatte ich im Englischen Garten die ersten Blüten bewundert und sie für Berna fotografiert. Sie schienen meilenweit fort zu sein und der Vormittag eine Ewigkeit her. Ich riss mich zusammen und sah ihn an. »Maria-Antonia Kaminski«, stellte ich mich vor. »Ich habe Frau Kiening gefunden.« Mein Blick huschte kurz zu Coco. »Ich betreue ihre Hündin.«

Er deutete zum Sofa. »Setzen wir uns einen Moment.«

Ich folgte seiner Aufforderung, behielt dabei aber Coco im Arm, die an mir zu kleben schien.

Nachdem Ludwig Scherf meine Personalien aufgenommen hatte, forderte er mich auf, genau zu beschreiben, wie es dazu gekommen war, dass ich meine Kundin gefunden hatte. Ich erzählte ihm von unserem Zusammentreffen gegen Mittag, ihrer Benommenheit und dem Abwiegeln meines Hilfsangebots. Ich erzählte von ihrer Krankheit und ihrem Plan zu sterben.

»Können Sie diese Benommenheit näher beschreiben?«, hakte er nach und sah von seinem Notizheft auf. Fast gleichzeitig musste er wieder niesen. Er zog ein kleines Spray aus seiner Weste, wandte den Kopf zur Seite und sprühte sich zwei Stöße in die Nase. »Entschuldigung! Also: die Benommenheit. Wie war die genau?«

»Frau Kiening wirkte, als hätte sie ein Beruhigungsmittel genommen, oder vielleicht sogar ein Schlafmittel. Als ich heute Morgen den Hund abgeholt habe, war sie für ihre Verhältnisse noch völlig normal. Ihre Krankheit hat sie zwar in letzter Zeit sehr eingeschränkt, sie war viel langsamer, hat leicht das Gleichgewicht verloren, weil ihre Beine nicht mehr so mitmachten, und sie hat verwaschen gesprochen, aber benommen war sie nie.«

»Hatten Sie den Eindruck, dass sie Hilfe brauchte?«

Ich nickte. »Ich habe sie ihr auch mehrfach angeboten, aber sie hat abgelehnt. Sie sagte, Niko sei da und würde sich kümmern.«

»Niko?«

»Nikolai Nawrath. Frau Kiening hat zwei Neffen und eine Nichte. Niko ist der mittlere.«

»Kennen Sie ihn?«

»Ich kenne die ganze Familie. Wir kommen alle aus Pullach, mit Karolin Nawrath, der Nichte von Frau Kiening, bin ich zur Schule gegangen.«

»Das heißt, als Sie mittags den Hund zurückgebracht haben, war Frau Kiening nicht allein, ihr Neffe war bei ihr. Ist das richtig?«

»Zumindest hat sie das gesagt, gesehen habe ich ihn nicht. Als ich weggefahren bin, war ich allerdings überzeugt, dass sie das nur behauptet hat, damit ich mir keine Sorgen um sie mache. Sie wollte mich loswerden. Ich habe angenommen, sie habe beschlossen, früher zu sterben als geplant.«

»Wieso haben Sie das angenommen?«

»Direkt nach meinem Klingeln hat sie mich an der Tür abgefangen. Das war ungewöhnlich. Der Fingerabdruckscanner wurde ja extra installiert, damit sie nicht mehr selbst öffnen muss. Es ist ihr zunehmend schwerer gefallen. Außerdem stand kein Wagen in der Garageneinfahrt. Niko parkt dort üblicherweise, wenn er zu Besuch ist. Sein Wagen stand aber auch nicht auf der Straße.« Verstört hielt ich inne und rieb mir mit den Fingerknöcheln über die Stirn. »Ich glaube, ich habe die Situation ganz falsch eingeschätzt. Es ist, als ob …« Sekundenlang ging in meinem Kopf alles drunter und drüber.

»Was haben Sie falsch eingeschätzt?«

»Alles. Die Sache mit Niko … das mit dem Wagen. Ich weiß nicht, wie ich es erklären soll.«

»Versuchen Sie es.«

Was ich mir in den wenigen Minuten vor der geschlossenen Haustür zusammengereimt hatte, hatte Berna vielleicht das Leben gekostet. Alles in mir sträubte sich, es auch noch in Worte zu fassen.

»Bitte, Frau Kaminski!«

Ich schluckte und fasste mir ein Herz. »Ich bin davon ausgegangen, dass sie allein ist, dass sie Tabletten genommen hat, um zu sterben. Und um mich möglichst schnell wieder loszuwerden, dachte ich, hätte sie behauptet, Niko sei da. Das mit der Auseinandersetzung, nahm ich an, hätte sie nur gesagt, um meine möglichen Zweifel wegen des Wagens zu zerstreuen … weil er nicht vor dem Haus stand.«

»Okay, verstehe. Das war Ihre Interpretation. Halten wir uns aber mal an die Fakten. Erinnern Sie sich an den genauen Wortlaut?«

Für einen Moment schloss ich die Augen und konzentrierte mich auf die Szene an der Tür. »Nachdem ich ihr meine Hilfe angeboten und sie die abgelehnt hat, sagte sie: *Es ist alles in Ordnung, Maria-Antonia. Der Junge ist gerade da, er kümmert sich. Niko. Wir haben eine kleine Auseinandersetzung, nichts Dramatisches.*«

Er notierte etwas in seinem Notizheft. »Eine Sache verstehe ich nicht: Wieso hätte Frau Kienings Hinweis auf eine Auseinandersetzung mit ihrem Neffen Sie von dessen Anwesenheit überzeugen sollen?«

»Weil gestern Abend etwas passiert ist, das mir eine solche Auseinandersetzung logisch erscheinen ließ.« In knappen Worten erzählte ich ihm von dem Überfall.

Der Beamte sah mich an, als traue er seinen Ohren nicht. »Habe ich Sie richtig verstanden? Gestern Abend ist jemand ins Haus eingedrungen, hat Sie tätlich angegriffen, um gleich darauf wieder zu verschwinden, und keine von Ihnen beiden hat die Polizei gerufen? Weil Frau Kiening der Überzeugung war, der Täter sei einer ihrer Verwandten, der ihr Angst einjagen wollte, um eine Begutachtung ihres Geisteszustands in die Wege zu leiten?«

Ich nickte.

»Haben Sie den Täter erkannt?«

»Nein.«

»Können Sie ihn beschreiben?«

»Es war dunkel im Flur und ging alles viel zu schnell.«

»Hatte Frau Kiening einen Verdacht, wer es gewesen sein könnte?«

»Darüber wollte sie nicht reden. Sie meinte, es spiele keine Rolle.«

Er sah mich lange und durchdringend an, ohne ein Wort zu sagen. »Aber Sie hatten jemanden in Verdacht: Nikolai Nawrath. Warum sonst hätten Sie glauben sollen, Frau Kiening hätte eine Auseinandersetzung mit ihm.« Es war keine Frage. »Wieso ausgerechnet er? Haben Sie einen Geruch wahrgenommen? Irgendetwas, das Sie mit ihm in Verbindung bringen?«

Abwehrend schüttelte ich den Kopf.

»Raus damit!«

In mir tobte ein Kampf. Sagte ich die Wahrheit, würde ich erneut mit dem Finger auf Niko zeigen. Verschwieg ich sie, deckte ich damit womöglich einen Mörder. »Ihm hätte ich es am ehesten zugetraut.«

Er überflog seine Notizen. »Als Gründe dafür, dass ihre Familie ihren Geisteszustand überprüfen lassen wollte, hat Frau Kiening ihren selbstbestimmten Tod und ihr Testament angeführt. Ist das richtig?«

»Ja.«

»Kehren wir noch einmal zu der Szene heute Mittag

zurück. Gab es irgendetwas Ungewöhnliches, etwas, das Ihnen aufgefallen ist? Ich meine abgesehen von der Benommenheit und der Tatsache, dass kein Auto in der Garageneinfahrt stand.«

»Frau Kiening hat mich Maria-Antonia genannt und nicht Mia wie sonst. Und sie hat mich zum Abschied umarmt und auf die Stirn geküsst. Beides hat sie vorher noch nie getan. Körperkontakt hat sie eigentlich eher vermieden. Deshalb kam es mir ja wie ein endgültiger Abschied vor. Dazu passte auch, dass sie mich gebeten hat, ihren Hund ausnahmsweise auch am Nachmittag noch einmal abzuholen. Ich hatte den Eindruck, sie wolle sichergehen, dass er nicht allein mit ihr bleiben musste.« Ich strich Coco übers Fell. Sie lag zusammengerollt in meinem Schoß.

»Wusste Frau Kiening, zu welcher Zeit Sie den Hund mittags zurückbringen würden?«

»Ja.«

»Und sind Sie sich bei den Übergaben üblicherweise begegnet?«

»Meistens haben wir ein paar Worte gewechselt. Worauf wollen Sie hinaus?«

»Jemand, der sich umbringen will, würde einer Begegnung wohl eher aus dem Weg gehen, ganz besonders in einem so besorgniserregenden Zustand, wie Sie ihn beschreiben. Immerhin bestand die Gefahr, dass Sie einen Arzt rufen.«

»Deshalb habe ich ja vermutet, dass sie Nikos Besuch nur vorgeschoben hat.«

Er vermerkte das. »Weshalb dachten Sie überhaupt an einen vorgezogenen Suizid?«

»Die Drohungen ihrer Familie haben Frau Kiening sehr beunruhigt. Ihr Entschluss zu sterben stand fest, und sie wollte sich von niemandem davon abhalten lassen. Ich habe angenommen, der Vorfall gestern Abend hätte ihr noch einmal vor Augen geführt, zu was …« Ich schluckte.

»Zu was die Familie fähig ist und dass dadurch ihr geplanter Suizid gefährdet gewesen wäre?«

Tränen liefen mir übers Gesicht. Ich wischte sie fort. »Ich habe alles ganz falsch interpretiert. Wie hätte ich auch auf die Idee kommen sollen, dass jemand sie umbringen würde? Einen Menschen, der ohnehin beschlossen hatte, in vier Wochen zu sterben.« Ich sah ihn Hilfe suchend an. »Können Sie sich vorstellen, wie sich das anfühlt … sich so grundlegend zu irren? Hätte ich ihre Signale richtig gedeutet, würde sie noch leben.«

»Möglicherweise«, betonte er. »Möglicherweise wären aber auch Sie beide tot. Dieser Gedanke sollte Ihnen dabei helfen, erst gar keine Schuldgefühle aufkommen zu lassen. Wenn es stimmt, was Sie sagen, tragen Sie nicht die Verantwortung für Berna Kienings Tod. Es gibt einen Täter, und den finden wir hoffentlich sehr schnell.« Er ging noch einmal seine Notizen durch. »Gibt es irgendetwas, das bisher unerwähnt geblieben ist?«

Ich überlegte und wollte schon Nein sagen, als mir etwas ganz Entscheidendes einfiel. Etwas, dem ich bei meinem Eintreffen im Haus keine Bedeutung beigemessen hatte.

»Sie haben was?«, fragte er.

»Ich habe aufgeräumt«, erwiderte ich kleinlaut.

Es war, als würde Kommissar Scherf den gesamten Raum und auch mich plötzlich mit anderen Augen sehen. Er sah sich um, als befänden wir uns mitten auf vermintem Gelände.

Bis ins kleinste Detail musste ich ihm den Zustand des Wohnzimmers bei meinem Eintreffen beschreiben, die Gläser zeigen, die ich weggeräumt, und die Scherben, die ich beseitigt hatte. Ich musste meine Fingerabdrücke hinterlassen und mehrmals beteuern, dass ich nicht noch etwas vergessen hatte zu erwähnen.

»Denken Sie bei einem umgefallenen Tischchen und einer zerbrochenen Vase eigentlich immer gleich an ein Verbrechen?«, versuchte ich, mich zu verteidigen.

Er betrachtete mich eine Weile, bevor er tief Luft holte und sich an einem Lächeln versuchte. »Zumindest denke ich nicht gleich ans Aufräumen.«

6

Um kurz nach fünf verließ ich wie in Trance Bernas Haus. Ich fühlte mich, als trüge ich einen Bleianzug, der all meine Bewegungen quälend verlangsamte. Nachdem ich Coco in den Fußraum meines Transporters gesetzt hatte, verstaute ich Futter, Korb und Leine auf dem Beifahrersitz. Kommissar Scherf hatte alles, was ich mitnehmen wollte, genauestens beäugt und untersucht, denn eigentlich hätte ich gar nichts anrühren dürfen, solange dort die Spurensicherung am Werk war. Aber schließlich hatte er ein Einsehen.

Anstatt direkt nach Hause zu fahren, machte ich einen Umweg über den Englischen Garten und lief mit Coco dorthin, wo ich am liebsten war – in den entlegensten Winkel ans Ufer der Isar. Der Föhn blies immer noch kräftig und hatte sogar noch zugelegt. Am Wasser drehte ich das Gesicht in den Wind und schloss sekundenlang die Augen, während mir Tränen über die Wangen liefen. Coco drückte sich fest gegen mein Bein. Was für ein Tag, dachte ich, was für ein entsetzlicher Tag!

Wieder und wieder ließ ich die letzte Szene mit Berna vor meinem inneren Auge ablaufen. Wieder und wieder konnte ich genau den Punkt erfassen, an dem ich hätte eingreifen sollen, um sie vielleicht zu retten. Aber ich hatte geglaubt, ich müsste sie gehen lassen, ich hätte kein Recht, sie zu halten. Ich hatte alles falsch verstanden.

Genau das sagte ich Charlotte, als ich eineinhalb Stunden später heimkam – verstört, zutiefst unglücklich und durchgefroren, weil der Föhn noch längst nicht warm genug war.

Was Charlotte darauf entgegnete, saugte ich auf wie ein ausgetrockneter Schwamm. Sie meinte, ich hätte nicht ahnen können, was da drinnen vorging, ich solle mir bloß keine Vorwürfe machen. Es sei grausam, was Berna Kiening widerfahren sei, aber ich trüge keine Schuld. Ich war froh, dass sie ihren Tod nicht kleinredete, nicht so tat, als bedeute dieser Mord weniger, nur weil sie ohnehin bald hatte sterben wollen. Sie fand genau die richtigen Worte, um mich für den Moment ein wenig zu beruhigen.

Eine halbe Stunde später kam es mir vor, als sei diese Beruhigung nichts als ein Kartenhaus gewesen. Sie fiel von einer Sekunde auf die andere in sich zusammen, als ich Karolin, Bernas Nichte, anrief, um mit ihr über Coco zu sprechen. Einerseits würde sie an diesem Tag mit der Todesnachricht genug zu kämpfen haben, andererseits wollte ich den Pudel nicht einfach ohne jede Erklärung mit zu mir nehmen. Ich wollte Karolin sagen, dass sie sich Zeit nehmen konnte, bis Coco bei ihr einzog, und dass ich so lange für sie sorgen würde. Aber ich kam gar nicht dazu.

»Hast du sie eigentlich noch alle?«, schrie Karolin ins Telefon. »Wie konntest du Niko bei der Kripo anschwärzen? Er war nicht mal in der Nähe von Bernas Haus, als sie starb. Und du hast nichts Besseres zu tun, als dich an ihm zu rächen, weil er dich betrogen hat? Hast du überhaupt eine Vorstellung davon, wie schäbig das ist? Zwei Stunden lang haben sie ihn verhört, und er kam sich vor wie der übelste Verbrecher. Mit deiner unsäglichen Behauptung steht da ein Verdacht im Raum, den er vielleicht nie wieder loswird.«

Ihre Worte hallten in meinem Kopf wider und umschlossen mich wie dichtes Gestrüpp. Bis ich mich daraus freikämpfte und Luft holte. »Ich habe ihn nicht angeschwärzt, Karolin, ich habe lediglich wiedergegeben, was deine Tante zu mir gesagt hat, als ich Coco heute Mittag zu ihr zurückgebracht habe«, verteidigte ich mich.

»Ich glaube dir kein Wort, das hast du dir ausgedacht.«

»Wieso sollte ich das tun?« Jetzt wurde auch ich laut.

»Niko hat dich abserviert, und das nicht gerade auf die feine englische Art. Was liegt da näher, als …«

»Es ihm heimzuzahlen?«, fiel ich ihr ins Wort. »Selbst wenn ich das gewollt hätte, dann ganz bestimmt nicht auf diese Art.«

»Du gibst es also zu!«

»Hast du mir nicht zugehört?«

»Selbst wenn du das gewollt hättest«, wiederholte sie meine Worte, »was ist denn das anderes als ein Geständnis?«

Mein Puls raste, und mein Kopf fühlte sich an, als würde er gleich zerspringen. »Ich kann verstehen, dass dich der Tod deiner Tante trifft. Trotzdem ist das kein Grund, mich so anzugehen.«

»Wir werden dich noch viel mehr angehen. Wir werden dich wegen Verleumdung und Rufschädigung anzeigen. Und wegen unterlassener Hilfeleistung. Du hast ausgesagt, dass Berna benommen war. Du hast …«

»Ich habe die Situation falsch eingeschätzt«, fiel ich ihr ins Wort. »Das werfe ich mir auch vor, aber …«

»Was war denn daran falsch einzuschätzen, dass meine Tante sich kaum noch auf den Beinen halten konnte?«

»Ich dachte, sie beabsichtige, früher als geplant zu sterben.«

Es kam mir wie eine Ewigkeit vor, bis Karolin wieder sprach. Sie schien Schwierigkeiten zu haben, meine Worte in einen sinnvollen Zusammenhang zu bringen. »Und da wolltest du sie einfach so sich selbst überlassen? Weißt du, was du da sagst?«

»Sie hatte in vier Wochen einen Termin in der Schweiz, Karolin.«

»Wovon wir alle sie abbringen wollten.«

»Ich weiß, mit üblen Drohungen. Und als die nicht gefruchtet haben, hat einer deiner Brüder, vermutlich Niko, zu härteren Bandagen gegriffen. Gestern Abend ist jemand ins Haus deiner Tante eingedrungen und hat mich angegriffen.«

Karolin stieß einen undefinierbaren Laut aus. »Was redest du denn da?«

»Ihr habt versucht, ihren Geisteszustand infrage zu stellen, weil sie ihren körperlichen Zustand so nicht länger ertragen wollte. Das ist überheblich, menschenverachtend und schäbig.«

»Und du kannst das beurteilen, ja? Berna hatte längst nicht nur schlechte Tage, es gab auch gute. Wir hatten es schön zusammen, und wir hätten noch viele …«

»Mach dir nichts vor, Karolin!«, schnitt ich ihr das Wort ab, weil ich diese rosarote Brille kaum noch ertrug. »Der Trend ging ganz eindeutig und rapide nach unten, und am Ende wäre sie erstickt.«

»Jetzt ist sie erstickt, und du …«

»Ich habe nicht begriffen, was da vor sich ging. Ja, das kannst du mir vorwerfen. Aber vielleicht überlegst du mal, ob du es begriffen hättest.«

»Ich hätte mir von ihr nichts vormachen lassen!«

»Dann tut es mir nur leid, dass das Schicksal nicht dich heute Mittag bei ihr vorbeigeschickt hat.«

»Dir wird dein Hochmut noch vergehen, Mia!«

Hochmut war so ziemlich das Letzte, womit sie mich in dieser Situation provozieren konnte. Ich schwieg.

»Niko wird das nicht auf sich beruhen lassen.«

»Was ist eigentlich so schlimm daran, dass die Kripo mit deinem Bruder geredet hat?«, fragte ich aufgebracht. »Das ist doch ganz normal in so einem Fall. Und wenn er nicht in ihrer Nähe war, während sie starb, hat er auch nichts zu befürchten. Niemand wird eingesperrt, nur weil er angeblich an einem Tatort war.«

»Sein Smartphone lag unter der Leiche.« Im Eifer des Gefechts war es ihr herausgerutscht, und sie schien es im selben Moment zu bereuen. »Aber das kann er erklären, er war vormittags kurz bei ihr und muss es bei ihr vergessen haben.«

»Deswegen bringt dich meine Aussage so auf«, sagte ich leise. »Niko steht wegen des Handys bereits mit dem Rücken zur Wand, und ...«

Sie schluchzte. »Du lieferst ihn ans Messer, begreifst du das nicht? Könntest du nicht sagen, du hättest Berna falsch verstanden? Das wäre nicht ungewöhnlich, sie konnte ja längst nicht mehr deutlich sprechen.«

»Das wäre, als würde ich deine Tante verraten.«

»Sie ist tot, Mia, ihr tut es doch nicht mehr weh.«

»Können wir jetzt über Coco reden?«, wechselte ich abrupt das Thema. »Deine Tante sagte mir gestern Abend, dass du sie zu dir nimmst.«

Einen Moment lang war es still in der Leitung. »Das stimmt so nicht.« Sie schnäuzte sich die Nase. »Ich habe nur zugestimmt, weil es ihr so wichtig zu sein schien

Ich wollte, dass sie sich nicht so viele Gedanken über den Hund macht. Es gab schließlich Wichtigeres.«

»Für deine Tante nicht.« Ich sah zu Coco, die zusammengerollt in ihrem Körbchen lag und zum Glück nichts davon ahnte, dass es gerade um ihre Zukunft ging.

»Ein Hund passt nicht in mein Leben«, sagte Karolin entschieden.

»Gibt es jemanden in deiner Familie, der sich um sie kümmern könnte?«

»Das glaube ich nicht. Du wirst aber sicher einen geeigneten Platz für sie finden. Wenn du willst, zahle ich für das Futter und was sonst noch so anfällt.«

»Ich will nur, dass du mir eine Frage beantwortest. Was meintest du vorhin, als du sagtest, ich wolle mich an Niko rächen, weil er mich betrogen hat? Er hat mich nicht betrogen. Der Grund, warum er …«

»War vorgeschoben. So macht man das doch üblicherweise, um ausufernde Diskussionen zu vermeiden. Hast du das etwa nicht gewusst?«, fragte sie ehrlich überrascht. »Er war mit Janette schon zwei Monate zusammen, bevor er sich von dir getrennt hat.«

»Janette?«

»Janette Heidenkamp.«

Den Namen hatte ich noch nie gehört. »Wusste deine Tante davon?«

»Niko hat ihr seine neue Freundin bestimmt vorgestellt.«

Mir hatte sie nichts davon verraten. Sie hatte nicht einmal die leiseste Andeutung gemacht, sondern immer nur die Unterschiedlichkeit unserer Charaktere und Interessen hervorgehoben. Im Nachhinein war ich ihr dankbar dafür.

7

Über Nacht zog ein Tiefdruckgebiet über München, das graue Wolken und Regen im Gepäck hatte. Die Tropfen trommelten gegen die Fensterscheibe meines Zimmers, übten aber nicht wie sonst eine beruhigende, einschläfernde Wirkung aus, sondern verbündeten sich mit dem Hämmern in meinem Kopf.

Nachdem ich kurz nach Mitternacht in einen bleiernen Schlaf gefallen war, riss mich nach nur zwei Stunden ein Albtraum jäh wieder heraus. Mit klopfendem Herzen setzte ich mich auf und lehnte mich gegen das Kopfende des Bettes. Sofort waren all die Fragen wieder da, die mich bereits vor dem Einschlafen gequält hatten: Hatte ich Berna wirklich richtig verstanden? Immerhin hatte ich ja die Situation, in der sie sich befand, falsch eingeschätzt. Was lag da näher als die Annahme, ich könne mich auch sonst geirrt haben? Was dieser Irrtum für Niko bedeuten konnte, lag auf der Hand. Aber ich war mir ganz sicher, ihre Worte richtig verstanden zu haben.

Am Abend hatte Kommissar Scherf bei mir angerufen und mich zu einer weiteren Befragung einbestellt. Es gebe noch offene Fragen. Welche, hatte er mir nicht verraten wollen.

Von Unruhe getrieben stand ich auf und ging mit Coco im Schlepptau in die Küche. Der Pudel verzog sich mit einem Seufzer in das Körbchen neben dem Küchentisch, während ich eine Scheibe Brot dick mit Butter bestrich und mit Käsestücken belegte. Ich wollte gerade hineinbeißen, als mein Mitbewohner mit den obligatorischen Kopfhörern über den Ohren auftauchte. Lukas bewegte sich lautlos in einem tänzelnden Gang zu einem Rhythmus, der sich mir verschloss, und schenkte mir ein beiläufiges Lächeln, als er mich entdeckte. Mit einem Energydrink aus dem Kühlschrank wollte er gleich wieder verschwinden, aber ich gestikulierte, dass ich mich nach Gesellschaft sehnte, und sei es nur für fünf Minuten.

Bereitwillig nahm er den Kopfhörer ab, zog sich einen Stuhl heran und legte die Füße auf den Tisch, während er mit einem leisen Zischen die Dose öffnete. Dann fuhr er sich mit einer Hand durch die spärlichen Haare, die in alle Richtungen von seinem Kopf abstanden, und sah mich aus seinen nahezu kugelrunden Augen an. Ich staunte immer wieder über diese Augen, die mit den nach oben gezogenen Mundwinkeln eine fast kindlich anmutende Verbindung eingingen, die durch seine zarte Stimme noch untermalt wurde. Optisch war er alles andere als ein attraktiver Mann, trotzdem hatte er das gewisse Etwas, das ihm bei näherem Kennenlernen eine starke Ausstrahlung verlieh.

Als er vor zwei Jahren mit knapp sechzig anderen um das dritte Zimmer in unserer WG gekämpft hatte, hatte Charlotte mit einem Augenzwinkern gemeint, er wirke ebenso unauffällig wie sonderbar, fast so wie ein Serienmörder, von dem nach seiner Ergreifung alle behaupten würden, gerade ihm hätten sie so etwas nie zugetraut. Als er uns seine Unauffälligkeit als großen Vorteil schilderte, hatten wir beide ein Lachen unterdrücken müssen und amüsiert seinen Ausführungen gelauscht, dass er tagsüber schlafe und wie manche Nager nachtaktiv sei. Er würde hart arbeiten, dabei aber keinerlei Lärm verursachen. Lukas war ein so schräger Typ, dass wir ihn von der ersten Minute an ins Herz schlossen.

»Was gibt's?«, fragte er und nahm einen Schluck des eklig süßen Getränks, das zu seinen Grundnahrungsmitteln zählte.

»Eine meiner Kundinnen ist tot. Sie wurde gestern umgebracht. Ich habe sie gefunden.« Ich zeigte auf Coco. »Das ist ihre Hündin. Sie wird eine Weile bei uns bleiben, bis ich ein neues Zuhause für sie gefunden habe.«

»War sie dabei?«

»Vermutlich.«

Lukas beäugte Coco und gab ein paar leise Laute von sich, die ähnlich klangen wie Vogelgezwitscher, woraufhin die Hündin sich erhob und auf Lukas' Schoß sprang. Von dieser Position aus betrachtete sie meinen Mitbewohner wie jemanden, der den Schlüssel zum Paradies besaß. Es war mir immer wieder ein Rätsel, wie Lukas die Hunde fast hypnotisierte und gleichzeitig von sich behauptete, keinerlei Affinität zu Tieren zu besitzen. Die Tiere sahen das völlig anders.

»Dann pass gut auf sie auf, Mia. Immerhin ist sie ja jetzt die einzige Zeugin«, sagte Lukas mit großem Ernst, während er mit einem Auge in die Öffnung der Getränkedose linste. »War es sehr blutig?«

Ich schüttelte den Kopf. »Überhaupt nicht.«

»Na, wenigstens das ist ihr erspart geblieben.« Er betrachtete Coco und strich ihr übers Fell. »Und deiner Kundin natürlich auch«, schickte er schnell hinterher, um gleich darauf mit einem Ruck den Kopf zu heben. »Und dir! War's schlimm?«

»Erst nachdem ich erfahren habe, dass sie umgebracht wurde. Vorher war es eigentlich friedlich. Jedenfalls dachte ich das.« Ich hatte nichts gespürt, nichts von der Brutalität und Skrupellosigkeit, die ein Mord erforderte, und nichts von der Angst und dem Entsetzen, die unweigerlich mit ihm einhergingen.

Der Vormittag flog dahin. In strömendem Regen drehte ich mit den Hunden die übliche Runde durch den Englischen Garten, lieferte sie bis auf Coco alle wieder ab und fuhr schließlich direkt zur Kripo in die Hansastraße. Unterwegs rief mich meine Mutter auf dem Handy an. Da sie gut vernetzt war, hatte sie bereits von Berna Kienings Tod erfahren. Und sie hatte sich daran erinnert, dass ich regelmäßig ihren Hund ausführte. Ich ersparte es uns beiden, ihr von meiner Verstrickung in den Fall zu erzählen, denn ich würde mir vermutlich nur wieder anhören müssen, dass mir das bei einer anspruchsvolleren Arbeit nicht widerfahren wäre.

Meine Mutter war liebevoll und umsorgend. Aber was Ausbildung und Beruf und damit Bildung generell betraf, hatte sie einen unüberwindbaren Dünkel, den sie gemeinsam mit meinem Vater hegte und pflegte. Sie fragte, ob ich am Sonntag zum Kaffee kommen würde, meine Geschwister würden auch da sein, und es gebe sicher gute Gespräche. Andere Mütter lockten mit Kuchen, meine mit einer gediegenen Unterhaltung. Ich sagte zu, während ich einen Parkplatz ergatterte, beendete das Gespräch und lief fünfzig Meter durch den Regen bis zum Polizeigebäude, wo ich nach Kommissar Scherf fragte.

Fünf Minuten später führte er mich in ein spärlich möbliertes Büro, in dem er erst einmal ein Fenster öffnete. Kaum strömte frische Luft herein, begann er auch schon zu niesen. Er schimpfte über die Mär, bei Regen würden keine Pollen fliegen, sprühte sich etwas in die Nase und bat mich, an einem der beiden Tische Platz zu nehmen. Er hatte das Protokoll meiner gestrigen Aussage vorbereitet, bat mich, es gründlich zu lesen und dann zu unterschreiben. Er sei gleich zurück.

Gleich schien bei ihm relativ zu sein, denn es dauerte eine Weile, bis sich die Tür wieder öffnete. Mit ihm betrat ein glatzköpfiger, schlanker Mann den Raum. Er stellte ihn mir als seinen Kollegen Traugott Tannreuther vor. Der Kripobeamte war bestimmt zwanzig Jahre älter als Ludwig Scherf und bewegte sich damit irgendwo in den Fünfzigern. Über einer zerschlissenen Jeans trug er ein T-Shirt und darüber ein grünes Tweed-Sakko. Sein Blick war wachsam und misstrauisch, aber vielleicht rührte dieser Eindruck auch nur von seinen zusammengekniffenen Augen und den tiefen Falten zwischen den Brauen. Er war unrasiert, wirkte übernächtigt und schlecht gelaunt. Nachdem er mich mit einem knappen Nicken begrüßt hatte, platzierte er sich neben seinem Kollegen und damit mir gegenüber und ließ mich keine Sekunde aus den Augen. In seinen Stuhl zurückgelehnt, verschränkte er die Arme vor der Brust und hörte genau zu, während sein Kollege mich über meine Rechte und Pflichten als Zeugin belehrte.

Ich war völlig überrascht, als Kommissar Tannreuther mich schließlich in einem warmen Tonfall fragte, wie es mir gehe und ob ich die gestrigen Erlebnisse einigermaßen überstanden hätte.

»Frau Kienings Tod geht mir sehr nah«, antwortete ich ehrlich. »Ich wusste ja, dass sie sterben wollte und dass es bald so weit sein würde, aber …« Sekundenlang sah ich aus dem Fenster auf einen Kastanienbaum mit dicken Knospen.

»Aber?«, hakte er nach.

Ich wandte mich ihm wieder zu. »Es macht einen Unterschied, ob jemand freiwillig aus dem Leben geht oder dazu gezwungen wird. Aber wem erzähle ich das.« Ich spürte, wie sich Tränen hinter meinen Augen sammelten, und versuchte, sie wegzublinzeln. »Es ist eine ziemlich grausame Kapriole des Schicksals, dass ein Mensch, der sich für einen Suizid entscheidet, um dem Erstickungstod zu entgehen, ausgerechnet erdrosselt wird.«

»Mit dem Schicksal hat das nur bedingt etwas zu tun. Zum Glück, möchte ich sagen, denn das könnten wir nicht dingfest machen.«

»Stimmt es, dass Sie Nikolai Nawrath verdächtigen?«

Nur ganz kurz hob er eine Augenbraue, ansonsten regte sich nichts in seinem Gesicht. Er schien nicht gewillt, meine Frage zu beantworten.

»Seine Schwester hat mir von dem Handy erzählt.«

»Wie stehen Sie zu Nikolai Nawrath?«, fragte er mich in einem Ton, als ginge es jetzt endlich zur Sache und als sei alles andere nur Vorgeplänkel gewesen.

»Wir kennen uns seit der Schulzeit, und wir waren bis vor einem Jahr mal kurz liiert.«

»Wer von Ihnen hat die Beziehung beendet?«

»Er.«

»Aus welchem Grund?«

»Spielt das für den Mord an Frau Kiening eine Rolle?«

»Das versuchen wir gerade herauszufinden.«

»Mir gegenüber hat er behauptet, er könne meine Begeisterung für alles, was kreucht und fleucht, nicht teilen. Aber von seiner Schwester habe ich gestern erfahren, dass dieser Grund wohl nur vorgeschoben war. Er hatte eine andere Frau kennengelernt. Ich habe nichts davon bemerkt.«

»Bis gestern wussten Sie nichts davon?«

»Nein.«

»Haben Sie unter der Trennung gelitten?«

»Sehr.«

»Wie sind Sie damit umgegangen?«

»Indem ich ihn mit Anrufen und SMS bombardiert habe, auf die er aber nicht reagiert hat. Indem ich ihm die Pest an den Hals gewünscht und ihn gleichzeitig vermisst habe. Das dauerte ein paar Wochen, dann bin ich wieder zu mir gekommen und habe ihm nur noch die Pest an den Hals gewünscht.«

Er schien sich ein Schmunzeln verkneifen zu müssen. »Und wie ist es inzwischen?«

»Ich gehe ihm möglichst aus dem Weg.«

»Wie weit ging dieser Wunsch, ihm die Pest an den Hals zu wünschen?«

»Sie möchten wissen, ob ich die Chance ergriffen und ihn fälschlich beschuldigt habe? Nein, habe ich nicht. Wobei ich ihn ja auch gar nicht wirklich beschuldigt habe, ich habe lediglich wiedergegeben, was Frau Kiening zu mir gesagt hat.«

»Rachegefühle können sich leicht verselbständigen«, meldete Kommissar Scherf sich zu Wort und legte dabei großes Verständnis in seinen Tonfall.

»Dass ich die Situation, in der Frau Kiening sich befand, falsch interpretiert habe, bedeutet nicht zwingend, dass ich sie auch falsch verstanden habe. Ich habe gestern Wort für Wort wiederholt, was sie zu mir gesagt hat.«

Kommissar Tannreuther zog ein kleines Notizheft aus seiner Sakkotasche und blätterte darin, bis er gefunden hatte, wonach er suchte.

»Berna Kiening hat Ihnen einen Brief hinterlassen, den Sie nach ihrem geplanten Tod erhalten sollten.« Er richtete den Blick auf seine Notizen. »Darin hat sie unter anderem geschrieben, dass Sie Nikolai Nawrath verzeihen oder zumindest versuchen sollen, ihn zu verstehen. Und jetzt zitiere ich sie wörtlich: *Jeder von uns hat eine dunkle Seite*«, las er vor. »*Manche von uns haben nur ein Leben lang das Glück, der eigenen nie zu begegnen.*« Er sah mich an. »Sie schreibt, dass sie auf Ihre helle Seite vertraue und darauf, dass Sie Ihr Versprechen auch über ihren Tod hinaus halten würden.« Er beobachtete aufmerksam, welche Wirkung diese Zeilen auf mich hatten.

Ich hatte ihre Stimme im Ohr, als sie von Nikos dunkler Seite gesprochen hatte, die sich leider hin und wieder Bahn breche. Eine Seite, die seiner Meinung nach für seinen unternehmerischen Erfolg unerlässlich sei, aber auch eine Seite, die seine Tante unbedingt im Verborgenen hatte belassen wollen, damit der Ruf der Nawraths als tadelloser Unternehmerfamilie nicht beschädigt wurde. Deshalb hatte sie mir Monate vor Nikos Trennung das Versprechen abgenommen, niemandem gegenüber das preiszugeben, was ich durch Zufall mitgehört hatte. Ihr zuliebe hatte ich mich daran gehalten.

»Frau Kaminski? Haben Sie mir zugehört?«, fragte Kommissar Tannreuther.

»Nein, entschuldigen Sie bitte, ich war mit meinen Gedanken noch bei meiner letzten Begegnung mit Frau Kiening. Was haben Sie gesagt?«

Er wiederholte die betreffende Passage aus ihrem Brief. »Was hat Frau Kiening mit Nikolai Nawraths dunkler Seite gemeint?«

Wäre es hier ausschließlich um Niko gegangen, hätte ich inzwischen keine Skrupel mehr gehabt, ihnen die Szene zu schildern, wie ich sie vor ungefähr eineinhalb Jahren belauscht hatte. Aber ich fühlte mich an das Versprechen, das ich Berna gegeben hatte, immer noch gebunden. »Sie meinte damit die Art, wie er sich von mir getrennt hat«, rang ich mich zu einer Lüge durch. »Er hat mir eine SMS geschickt und war danach nicht mehr für mich erreichbar. Frau Kiening hat großen Wert auf Formen gelegt, und sie hat sich für ihren Neffen geschämt. Deshalb wollte sie nicht, dass ich es herumerzähle.«

»Und daran haben Sie sich gehalten?«, fragte er skeptisch.

»Im Großen und Ganzen ja. Ich habe lediglich zwei Freundinnen davon erzählt«, hielt ich mich an die Wahrheit in der Lüge. Charlotte und Grete wussten von Nikos kruder Art, sich zu trennen, von der anderen Sache hatte ich ihnen nichts erzählt.

»Das heißt, Sie haben Ihr Versprechen gebrochen.«

»Ja«, log ich.

»Warum haben Sie es dann erst gegeben? Bedeutet Ihnen so etwas nichts? Oder fanden Sie den Grund für dieses Versprechen zu lapidar?«

Innerlich stöhnte ich auf. Hier führte mich gerade eine Lüge zur nächsten, und das Ende war nicht abzusehen. Blieb zu hoffen, dass ich mich nicht in dem Netz verhedderte, das Kommissar Tannreuther um mich herum knüpfte. Inzwischen bereute ich, nicht einfach die Wahrheit gesagt zu haben. Zumal mir, je länger ich darüber nachdachte, bewusst wurde, dass ich möglicherweise Bernas Mörder schützte – mit einem Versprechen, das sie selbst mir abgerungen hatte.

»Normalerweise bedeutet mir ein Versprechen sehr viel«, bekannte ich ehrlich, »und dabei spielt es überhaupt keine Rolle, wie ich den Grund dafür bewerte. Wenn es dem anderen wichtig ist, halte ich mich daran. Aber es war eine Ausnahmesituation. Ich war sehr verletzt und musste mit jemandem darüber reden.«

»Frau Kiening hat bei dieser dunklen Seite, wie sie es nannte, tatsächlich nur auf die Art der Trennung angespielt?«, meldete Kommissar Scherf sich zu Wort. Ihm war anzusehen, dass er mir genauso wenig glaubte wie sein Kollege. »Verstehen Sie mich bitte nicht falsch, Frau Kaminski, aber bei der dunklen Seite eines Menschen denke ich nicht unbedingt an eine Trennung per SMS, sondern eher an etwas ...« Er suchte nach dem passenden Wort.

»Etwas schwerer Wiegendes? Für Frau Kiening war es schwerwiegend.«

»Lassen wir das zunächst einmal so stehen«, sagte Kommissar Tannreuther. »Reden wir über Montagabend, über den Angriff auf Sie. Mein Kollege hat mir die vermeintlichen Hintergründe geschildert. Demnach hatte Frau Kiening einen ihrer Verwandten in Verdacht, hat sich aber nicht näher dazu geäußert. Und Sie, Frau Kaminski, haben auf Nikolai Nawrath getippt, weil Sie es ihm, wie Sie sagten, am ehesten zutrauen. Die einzige andere Person, die diesen Vorfall bezeugen kann, ist tot.« Er ließ seinen Worten Zeit zu wirken. »Wollen Sie an Ihrer Aussage noch etwas korrigieren, oder soll sie so stehen bleiben?«

»Sie glauben, ich hätte das erfunden?«

»Ich glaube gar nichts. Ich habe Ihnen eine einfache Frage gestellt.«

»Eine Frage, die wie eine Unterstellung klingt«, sagte ich aufgebracht. Es fiel mir schwer, mich zu beherrschen. »Vor einer Woche muss schon einmal jemand im Haus gewesen sein, jedenfalls hat Frau Kiening Geräusche gehört und die Polizei gerufen. Darüber wird es doch bestimmt ein Protokoll geben«, sagte ich gepresst.

»Dieses Protokoll liegt uns vor. Es gab keinerlei Anzeichen für einen Einbruch.«

»Kein Wunder! Es sollte ja auch so aussehen, als würde Frau Kiening sich all das nur einbilden, als sei sie nicht mehr zurechnungsfähig.« Ich sah zu Kommissar Scherf. »Ich habe es Ihnen doch gestern erklärt. Glauben Sie, ich hätte das nur behauptet, um Niko anzuschwärzen?«

»Die Möglichkeit dürfen wir nicht außer Acht lassen«, antwortete Kommissar Tannreuther für seinen Kollegen.

Fassungslos sah ich zwischen beiden hin und her und schüttelte nur den Kopf. Aber es kam noch schlimmer: Der Beamte forderte mich auf, ihm genauestens zu schildern, wo ich zum Tatzeitpunkt gewesen war und wen ich getroffen oder gesprochen hatte. Er verlangte die Namen der Menschen, die meine Angaben bestätigen konnten.

»Haben Sie eine Vorstellung, was es bedeuten würde, wenn Sie die Hundebesitzer kontaktieren und bitten, mein Alibi zu bestätigen?«

»Das habe ich, aber davon darf ich mich bei meiner Arbeit nicht leiten lassen. Zu Ihrer Beruhigung: Vorerst reichen uns Ihre Angaben.«

Widerwillig zählte ich ihm alle Namen und Adressen auf.

»Letzter Punkt«, fuhr er ungerührt fort. »Erinnern Sie sich an den Ring, den Frau Kiening laut Aussage ihrer Familie immer am linken Ringfinger getragen hat?« Wieder sah er in sein Notizheft. »Ein sehr wertvoller, goldener Ring mit einem großen blauen Saphir umgeben von kleinen Diamanten.«

»Ja, den Ring kenne ich. Sie hat mir mal erzählt, er habe ihrer Mutter gehört und sie hänge sehr an ihm.«

»Hat sie ihn auch an ihrem Todestag getragen?«

Ich rief sie mir vor mein inneres Auge und forschte in meinem Gedächtnis nach einem passenden Bild, fand jedoch keines. »Das weiß ich nicht, ich habe nicht darauf geachtet. Aber warum hätte sie ihn ausgerechnet gestern nicht tragen sollen?«

»Er ist nicht aufzufinden.«

»Was heißt *nicht aufzufinden*?«

»Der Ring ist verschwunden.« Kommissar Tannreuther sah mich auffordernd an, so als sei er überzeugt, ich könne dieses Verschwinden aufklären.

»Versuchen Sie gerade, mir zu unterstellen, ihn genommen zu haben?«

»Wir unterstellen gar nichts«, entgegnete er, »wir versuchen lediglich, die verschiedenen Sachverhalte zu klären. Sollte Ihnen also zu dem Ring noch irgendetwas einfallen, geben Sie uns Bescheid. Und natürlich auch über alles andere, das Ihnen vielleicht noch in den Sinn kommt.«

»Kann ich dann jetzt gehen?«

»Eine letzte Frage noch«, hielt er mich zurück. »Haben Sie gewusst, dass Frau Kiening Sie mit einem nicht unerheblichen Geldbetrag in ihrem Testament bedacht hat?«

Mit einem Mal hatte ich den Eindruck, als breite sich an diesem Tisch ein schwerwiegender Verdacht aus. Die beiden Beamten schienen eine fatale Gleichung aufzumachen. Erbschaft gleich Motiv. Und um von mir abzulenken, hatte ich den Fokus auf Niko gerichtet, um mich an ihm zu rächen. In diesem Licht betrachtet, würden meine Aufräumarbeiten in Bernas Wohnzimmer ihren Verdacht nur erhärten.

»Nein, davon habe ich nichts gewusst«, sagte ich fest und straffte die Schultern. »Und nein, ich habe sie nicht umgebracht, um an dieses Erbe zu kommen. Soweit ich weiß, wollte sie ihr Testament auch erst in dieser Woche beim Notar unterzeichnen. Was auch immer Sie da gelesen haben, es wird sich um einen Entwurf handeln.« Ich schluckte gegen meine Aufregung an. »Und was den Ring betrifft: Ich habe ihn nicht gestohlen.« Ich sah zu Kommissar Scherf. »Hätte ich Ihnen nicht erzählt, dass ich im Wohnzimmer aufgeräumt habe, wüssten Sie überhaupt nichts davon.« Meine Stimme wurde immer lauter. »Glauben Sie allen Ernstes, das hätte ich gemacht, wenn ich Frau Kiening umgebracht hätte? Das wäre doch …«

»Schon gut«, fiel Kommissar Tannreuther mir ins Wort. »Beruhigen Sie sich!« Er steckte sein Notizheft zurück in die Sakkotasche und erhob sich. »Wir melden uns, sollten sich weitere Fragen ergeben.« Nach einem knappen Nicken in meine Richtung verließ er den Raum.

Ludwig Scherf stand auf und schob geräuschvoll seinen Stuhl gegen den Tisch. »Ich begleite Sie hinaus.«

Erschöpft blieb ich sitzen. »In Krimis behaupten die

Leute von der Kripo immer, sie würden in alle Richtungen ermitteln. Wissen Sie, was ich mich frage, wenn ich so etwas sehe oder lese? Ist es nicht unsinnig und ineffektiv, in völlig absurde Richtungen zu ermitteln?«

»Wann ist eine Richtung denn Ihrer Meinung nach absurd? Wenn sie Sie betrifft?«

8 Der Rest des Tages rauschte nur so dahin. Es fiel mir schwer, mich zu konzentrieren, da meine Gedanken ständig um Bernas Tod und die Verdächtigungen der Kripobeamten kreisten. Jack, der einjährige Weimaraner, mit dem ich am Nachmittag eine Trainingseinheit zur Spurensuche hatte, nutzte es schamlos aus, dass ich abgelenkt war. Hunde hatten ein feines Gespür dafür, wenn man nicht bei der Sache war. Anstatt mit ihm zu arbeiten, wofür ich eigentlich bezahlt wurde, ließ ich ihn im strömenden Regen auf der Hundewiese mit einer fast gleichaltrigen Hündin herumtollen, bis er genug hatte und sich hechelnd neben mich legte.

Gegen einen dicken Baumstamm gelehnt, sah ich dem Treiben auf der Wiese zu, nahm es jedoch kaum wahr. Um in Ruhe nachdenken zu können und nicht in ein Gespräch verwickelt zu werden, zog ich meine Kapuze tiefer ins Gesicht und wich den Blicken von Leuten aus, die ich von meinen Runden kannte.

Warum war Berna umgebracht worden, und vor allem von wem? Warum hätte Niko sie umbringen sollen? Er hatte gewusst, dass sie sterben würde, er hätte also nur zu warten brauchen. Wenn er wirklich gestern Mittag bei ihr gewesen war, worüber hatten sie gestritten? Ich hatte wie selbstverständlich angenommen, es sei dabei um die Vorkommnisse am Montagabend gegangen, aber es könnte sich auch um etwas völlig anderes gehandelt haben.

War es um ihr Testament gegangen? Ich versuchte, mich an ihre Worte zu erinnern. Sie hatte gesagt, dass man mich möglicherweise nach ihrem Tod auf ihren Geisteszustand ansprechen würde, und ich hatte gefragt, wer das tun solle. *Jemand, dem mein Testament gegen den Strich geht.* Damit hätte es zwei Fraktionen in der Familie gegeben: die einen, denen es um ihr selbstbestimmtes Sterben ging, und den oder die anderen, denen es um ihr Testament ging.

Mit dem Testament war ein Zeitfaktor ins Spiel gekommen. Wäre es jemandem darum gegangen, es zu verhindern, hätte derjenige Bernas Suizid zuvorkommen müssen. Niko? War er derjenige, dem es gegen den Strich ging? Und wenn ja, weswegen? Wegen Geld, einem der klassischen Motive?

Am Montagabend war ich schnell bereit gewesen zu glauben, er sei derjenige, der mich angegriffen hat. Aber traute ich ihm auch einen Mord zu? Ich wusste, wie skrupellos er sein konnte und dass er zu Verhaltensweisen neigte, mit denen er klar definierte Grenzen überschritt. War er deswegen auch fähig, jemanden zu töten? Eigenhändig? Jemanden, der ihm so nahegestanden hatte wie seine Tante?

Ich kaute auf all diesen Gedanken herum und versuchte, den einen zu fassen zu bekommen, der sich querstellte. Gestern Mittag hatte Berna zu mir gesagt, Niko sei bei ihr. Inzwischen musste ich davon ausgehen, dass sie die Wahrheit gesagt hatte. Niko war also in der Nähe gewesen, als sie mit mir sprach, und er musste davon ausgegangen sein, dass sie mir von seinem Besuch erzählte. In dem Fall wäre es doch aber idiotisch gewesen, sie umzubringen, anstatt eine günstigere Gelegenheit abzuwarten. Niko war ein strategisch denkender Mensch. Sich über dieses Risiko hinwegzusetzen passte nicht zu ihm. Oder war er so sehr außer sich geraten, dass er sie im Affekt getötet hatte? Fragen über Fragen und keine Antworten.

Ich ließ Jack noch eine weitere Runde herumtoben und rief ihn dann zu mir, um ihn zu seiner Besitzerin zurückzubringen. Anschließend kam Coco zu ihrem Recht, indem ich ausgiebig mit ihr spazieren ging. Allerdings lief sie nicht wie üblich voraus, sondern klebte an meinen Fersen und war auch von anderen Hunden nicht aus ihrer Lethargie zu bewegen.

Zu Hause versuchte ich vergeblich, sie zu füttern, aber sie drehte nur den Kopf zur Seite und verweigerte selbst ein Wienerle. Sie hatte den ganzen Tag über kein Futter angerührt. Ich kniete mich hin, strich ihr übers Fell und fing ihren traurigen Blick auf.

»Ich finde es auch schlimm, meine Kleine«, sagte ich leise. »Und da gibt es auch gar keinen Trost. Sie ist für immer fort. Aber ich verspreche dir, dass ich einen guten Platz für dich finden werde.«

Irgendetwas an meinem letzten Satz musste Coco falsch verstanden haben, denn als ich in der Nacht aufwachte, hatte sie sich neben meinen Füßen auf meiner Decke ausgestreckt. Bei Berna war ein Hund im Bett ein Tabu gewesen. Und auch bei mir gab es dieses Tabu, was ich Coco unmissverständlich klarmachte. Ich stupste sie an und scheuchte sie zurück an ihren Platz, bevor ich wieder einschlief.

Als ich am Morgen aufwachte, lag sie wieder an meinen Füßen. Ich nahm sie und setzte sie auf den Boden. Dann duschte ich, zog mich an und ging in die Küche. Ich füllte Coco eine kleine Portion Futter in ihren Napf, die sie verschmähte, toastete ein Brot für mich und setzte die Kaffeemaschine in Gang. Kauend scrollte ich durch die Nachrichten auf meinem Handy. Zwei Hundebesitzer, für die ich nur sporadisch arbeitete, baten mich, ihre Vierbeiner heute außer der Reihe mitzunehmen. Charlotte schrieb, sie denke an mich und hoffe, dass ich einigermaßen gut durch den Tag käme. Grete hatte eine SMS geschickt, dass sie heftiger denn je darüber nachdenke, wie sie ihre Tochter wieder loswerde. Kreativen Vorschlägen gegenüber sei sie aufgeschlossen.

Mein Lächeln verging mir, als ich weiter scrollte. Von einer unbekannten Nummer war eine Nachricht gesendet worden, die mich unmissverständlich warnen sollte: *Überleg dir gut, was du tust, Mia Kaminski! Damit du es später nicht bereust.* Von wem stammte das? Von Karolin? Von Niko? Wer auch immer der Absender war – ich würde mich nicht verschrecken lassen. Einem ersten Impuls folgend löschte ich die Nachricht, bereute es jedoch im selben Moment. Ich hätte damit zur Kripo gehen sollen. Verdammt!

Als ich schließlich meine Mailbox abhörte, war ich überrascht, Gundula Nawraths Stimme zu hören. Sie hatte mir darauf gesprochen, sie würde mich gerne auf einen Kaffee in der Stadt treffen. Was den Zeitpunkt angehe, würde sie sich nach mir richten.

Als Kind und später als Jugendliche hatte ich Nikos Mutter als streng und gleichzeitig warmherzig empfunden. Und als einen Menschen, der genau wusste, wie die Welt funktionierte, der jedem seinen Platz darin zuwies. Sie hatte mir immer das Gefühl gegeben, mich zu mögen. Ganz besonders an dem Abend vor knapp zwei Jahren, als Niko mich seiner Familie als seine neue Freundin präsentierte. Gundula Nawrath war spontan aufgestanden, hatte mich umarmt und mit einem herzlichen Lächeln bedacht. Als ich Niko später von dieser Geste vorschwärmte, meinte er, seine Mutter sei in jeder Hinsicht flexibel. Wer mit ihr zu tun habe, gewinne unweigerlich den Eindruck, sie habe ihn in ihr Herz geschlossen. Aber er könne mir versichern, dass ihre Handlungen vorwiegend nutzenorientiert seien. Ich täte gut daran, nicht auf sie hereinzufallen.

Ich hatte ihm damals nicht geglaubt, und ich tat es auch heute nicht. Welche Rechnung auch immer er mit seiner Mutter offen hatte – ich hatte bisher keine schlechten Erfahrungen mit ihr gemacht. Deshalb rief ich sie zurück und verabredete mich zum Mittagessen mit ihr im Café Luitpold. Ich machte mir keine Illusionen, aus welchem Grund sie sich mit mir treffen wollte. Es würde ganz sicher um meine Aussage gehen, und damit um Niko.

Als ich eineinhalb Stunden später mit den Hunden im strömenden Regen am Schwabinger Bach entlanglief, landete plötzlich eine Hand grob auf meiner Schulter und schleuderte mich herum. Ich schnappte nach Luft, stolperte und wäre beinahe auf dem nassen Gras ausgerutscht, hätte Niko mich nicht aufgefangen. Kaum hatte ich wieder festen Stand, riss ich mich los, ging auf Abstand zu ihm und gab schwer atmend den Hunden das Kommando, sich hinzulegen. Coco und Bogart musste ich zweimal dazu auffordern, bevor sie endlich Platz machten.

»Was soll das?«, fuhr ich Niko an, nachdem ich mich mit ein paar schnellen Blicken vergewissert hatte, dass ich nicht allein mit ihm war, dass trotz des schlechten Wetters Parkbesucher in Rufweite waren.

»Das frage ich dich!« Seine Hände waren zu Fäusten

geballt. Er fixierte mich, als wolle er jeden Moment auf mich losgehen.

»Denk nicht mal darüber nach«, warnte ich ihn und wies hinter mich auf die Hunde. Hätte man mir noch vor zwei Tagen prophezeit, ich könnte einmal jemandem mit ihnen als Waffe drohen, hätte ich denjenigen für übergeschnappt gehalten. Aber vor zwei Tagen hatte auch dieser kleine Funken Angst noch nicht existiert.

Aus sicherer Entfernung betrachtete ich Niko. Er war schlank und durchtrainiert, hatte seine Haare akkurat geschnitten und gescheitelt und sich wie immer perfekt rasiert. Den Regen, der ihn durchnässte, schien er nicht zu bemerken. Ich hatte einmal geglaubt, in seinem Gesicht Offenheit, Wärme und Humor zu erkennen. Jetzt sah ich nur Wut und Entschlossenheit. Seine Kraft und seine Stärke hatte ich so lange bewundert, bis ich begriffen hatte, wozu er sie missbrauchte. Aber selbst da hatte ich ihn nicht verlassen. Das bereute ich am meisten.

»Wenn du nicht von meinen Anwälten schachmatt gesetzt werden willst, zieh sofort deine unsägliche Aussage zurück!«, forderte er mich auf. Er machte einen Schritt auf mich zu, überlegte es sich jedoch anders, als Bogart aufsprang und sich neben mir in Stellung brachte.

»Einen Teufel werde ich tun!«

»Glaubst du allen Ernstes, dass du mit deiner billigen Rache durchkommst? Du wärst nicht die Erste, die mit so etwas ganz übel baden geht.«

»Es ist die Wahrheit, und das weißt du. Erst habe ich geglaubt, deine Tante habe deinen Besuch nur vorgeschützt, um mich loszuwerden, damit sie in Ruhe sterben kann. Aber nachdem klar war, dass sie umgebracht wurde, ist diese Theorie wie ein Kartenhaus in sich zusammengefallen. Du warst dort.«

»Das war ich nicht!«

»Warum hätte sie mich anlügen sollen?«

»Warum lügst du? Um mich endlich für meine *Sünden* büßen zu lassen? Du hast lange auf diese Gelegenheit gewartet, nicht wahr, Mia?« Er spie meinen Namen so verächtlich aus, dass er von einem feinen Spuckeregen begleitet wurde. »Offensichtlich habe ich dich völlig falsch eingeschätzt. Ich dachte, du seist eine gute Verliererin.«

Das waren die Kategorien, in denen er dachte – Gewinner oder Verlierer, das hatte er sogar auf unseren Küchentisch geschrieben. »Deine Tante wurde umgebracht, Niko. Und du warst bei ihr.«

Er blinzelte die Regentropfen weg, die auf seinen Wimpern landeten. »Du glaubst das wirklich«, meinte er entgeistert. »Was ist das? Eine nachträgliche Erinnerungsmanipulation? Hast du es dir so lange eingeredet, bis …«

»Warst du auch Montagabend bei ihr?«, fuhr ich ihm über den Mund. »Hast du mich angegriffen und zu Boden geschleudert?«

Er sah mich an, als hätte ich erhebliche Teile meines Verstandes eingebüßt. »Was redest du da?«

»Nicht einmal das kannst du zugeben. Geh einfach und lass mich in Ruhe! Und lass vor allem diese unsinnigen Warnungen per SMS mit unbekanntem Absender. Damit kannst du mich nicht einschüchtern.«

»Was für eine SMS? Mein Handy ist immer noch bei der Polizei.«

»Dann stammt sie eben von Karolin. Egal! Es wird euch jedenfalls nicht gelingen, mich umzustimmen. Ich mochte deine Tante, und ich werde dafür kämpfen, dass sie Gehör bekommt.«

»Mein Gott, Mia … Berna ist tot. Was auch immer sie da in die Welt gesetzt haben mag, sie war verwirrt.«

»Woher willst du das wissen, wenn du nicht bei ihr warst?«

»In ihrem Blut wurde eine hohe Konzentration eines Benzodiazepins gefunden. Sie war nicht mehr klar im Kopf. Zumindest war sie dadurch garantiert stark verlangsamt. Und zu deiner Information: Ich war am Dienstagvormittag bei ihr. Aber als du Coco zu ihr zurückgebracht hast, war ich längst wieder weg. Sollte sie tatsächlich zu dir gesagt haben, ich sei gerade dort, dann hat sie da etwas durcheinandergebracht.«

»Dann brauchst du meine Aussage ja auch nicht zu fürchten.«

Seine Kiefer mahlten. Es war einer jener seltenen Momente, in denen es ihn Mühe zu kosten schien, seine Impulse unter Kontrolle zu halten. Hatte er einen solchen Moment auch bei seiner Tante durchlebt?

Ich versuchte, meine Körperhaltung zu entspannen, da die Hunde allmählich unruhig wurden. »Deine Tante sagte mir, ihr hattet eine Auseinandersetzung. War es wegen Montagabend? Bist du deshalb auf sie losgegangen? Du wärst nicht der Erste, mit dem im Streit die Pferde durchgehen.«

»Ich bin nicht der Typ, dem die Pferde durchgehen. Das solltest du eigentlich wissen.«

»Stimmt, das hätte ich beinahe vergessen: Du bist eher der Typ, der alles strategisch angeht und genau kalkuliert. Aber wie passt da der grobe Patzer mit deinem Handy hinein? Wie Karolin sagte, wurde es unter der Leiche deiner Tante gefunden.«

Er fuhr sich mit beiden Händen über sein regennasses Gesicht, als versuche er, einen bösen Traum wegzuwischen. Sein Blick irrte zum Bach und kehrte zu mir zurück. Dann verhärtete sich seine Miene, und er fixierte mich. »Als ich Berna am Dienstagvormittag besucht habe, trug sie noch ihren Ring. Du weißt nicht zufällig, wer ihn ihr vom Finger gezogen hat?« Sein Zeigefinger schoss in meine Richtung, als wolle er mich damit durchbohren. »Nimm dich in Acht, Mia!« Ohne ein weiteres Wort drehte er sich um und ging schnellen Schrittes davon.

9

Das Café Luitpold an der Brienner Straße war wie immer gut besucht. Ich schlängelte mich an den Tischen und der Kuchentheke vorbei, bis ich Gundula Nawrath ganz hinten entdeckte. Links und rechts von ihr waren Damenkränzchen in muntere Gespräche vertieft. Am Tisch direkt vor ihr küsste sich ein junges Paar ebenso selbstvergessen wie leidenschaftlich. Nikos Mutter schien für niemanden um sie herum einen Blick zu haben. Konzentriert und mit gerunzelter Stirn las sie etwas auf ihrem Smartphone.

Sie trug eine Rüschenbluse, die ihr bis zum Kinn reichte, und einen taillierten Woll-Janker – beides in Schwarz. Ihre dunklen Haare hatte sie nach hinten zu einem Knoten gebunden. Ihrem Gesicht mit den klar gezeichneten Konturen hatte ihr Alter von sechsundsechzig Jahren bisher nicht viel anhaben können.

»Hallo, Frau Nawrath«, machte ich mich bemerkbar, nachdem ich mich gesetzt hatte.

Sie sah auf und schien von sehr weit her zu kommen. Es war, als hätte sie immer noch nicht ganz realisiert, dass ich ihr bereits gegenübersaß, denn sie richtete den Blick noch einmal auf ihr Smartphone. Dann schüttelte sie den Kopf und holte tief Luft. »Entschuldige, Mia. Ich war mit meinen Gedanken woanders.« Sie legte das Gerät beiseite. »Für meine Familie sind schwere Zeiten angebrochen, wie du weißt.«

Als sie nicht weitersprach, sagte ich, wie leid mir der Tod ihrer Schwester tue, wie sehr ich sie geschätzt und gemocht hatte. Und dass ich zutiefst tragisch fände, was ihr so kurz vor ihrem geplanten Ende widerfahren sei. Dass ihr auf grausame Weise ihre letzten, wertvollen Wochen geraubt wurden.

»Sie wäre doch ohnehin gestorben«, sagte Gundula Nawrath in einem Ton, als wäre damit alles geklärt, und wandte sich an die Kellnerin, die an unseren Tisch getreten war. Sie bestellte sich ein Saiblingfilet und ein Glas Weißwein. »Was magst du, Mia?«

Blitzschnell überflog ich die Karte und entschied mich für mit Ziegenkäse gefüllte Gnocchi und ein Wasser.

Kaum war die Kellnerin gegangen, nahm Nikos Mutter ihren Faden wieder auf. »Am Tod meiner Schwester ist nichts tragisch. Vielleicht hat ihr sogar jemand einen Gefallen getan. Es ist doch unerträglich, jeden Morgen aufzustehen und zu wissen, jetzt sind es noch dreißig Tage, jetzt noch neunundzwanzig. Das ist, als würde man im Todestrakt sitzen und auf seine Hinrichtung warten.«

Sekundenlang hoffte ich, mich verhört zu haben. Aber ich musste nur ihre Mimik sehen, um zu begreifen, dass sie jedes einzelne Wort genauso meinte, wie sie es gesagt hatte. Wo war ihre Warmherzigkeit geblieben, ihr Mitgefühl? Ich erkannte sie nicht wieder. »Ihre Schwester sagte mir am Montag, ihre Familie würde alles tun, um sie von ihrem geplanten Suizid abzuhalten. Sie hätten ihr sogar gedroht.«

»Das ist Unsinn. Niemand hat ihr gedroht. Vielleicht ist mal das eine oder andere Wort unglücklich gewählt worden, aber das ist in der Situation doch wohl verständlich. Vor allem Karolin hat unter der Vorstellung gelitten. Wenn man jung ist, hat der Tod noch etwas Monströses. Aber je älter du wirst, desto alltäglicher wird er. Wenn du wüsstest, von wie vielen Freunden wir uns schon haben verabschieden müssen. Ich sage mir dann immer: Sie haben es hinter sich. Deshalb sollte unser aller Augenmerk auf den Lebenden ruhen.«

»Ich kann nicht erkennen, was am Tod Ihrer Schwester alltäglich sein soll. Sie wurde erdrosselt.« Meine Tonlage hatte sich in die Höhe geschraubt, und ich erntete vom Nachbartisch zur Linken aufgeschreckte Blicke.

»Könntest du bitte dein Temperament zügeln!«, wies Gundula Nawrath mich ungewöhnlich scharf zurecht.

»Ihre Schwester ist erdrosselt worden«, wiederholte ich um einige Nuancen leiser und suchte in ihrer Miene nach Zeichen von Traurigkeit und Erschütterung. Sollte auch nur ein Hauch davon vorhanden sein, konnte sie ihn gut verbergen.

»In der Schweiz wäre sie …«

»Wollen Sie das etwa vergleichen?«, fragte ich entgeistert, als die Kellnerin unsere Speisen und Getränke brachte.

Nikos Mutter straffte die Schultern, setzte sich noch aufrechter hin als ohnehin schon und wartete, bis die Kellnerin außer Hörweite war. »Sie wollte sterben, und sie ist gestorben. Ich weiß überhaupt nicht …«

»Aber doch nicht so«, fiel ich ihr erneut ins Wort. »Sie wollte selbstbestimmt sterben, sie wollte ganz sicher nicht umgebracht werden.«

»Umgebracht hätten sie auch die Eidgenossen. Und Berna hätte sie noch dafür entlohnen müssen.« Sie ließ ihren Blick missbilligend auf mir ruhen. »Jetzt schau nicht so vorwurfsvoll. Ich mag dir gefühllos vorkommen, aber ich bin Realistin. Für meine Schwester wird es einen kurzen unangenehmen Moment gegeben haben, als sie starb. Vielleicht aber nicht einmal das. Wie ich gehört habe, wurde sie vorher ruhiggestellt. Womöglich hat sie gar nichts mehr gespürt. Derjenige, der sie getötet hat, hat ihr vielleicht sogar einen Gefallen getan, indem er diesen unwürdigen Countdown beendet hat.«

Entsetzt starrte ich die Frau an, deren Schwester einiges dafür getan hatte, um in Würde sterben zu können. »Versuchen Sie da gerade, aus ihrem Mörder einen gnädigen Sterbehelfer zu machen?«

»Für mich stellt es sich so dar, als habe jemand Mitleid mit ihr gehabt. Ob das tatsächlich als Mord zu werten ist und nicht viel eher als ein Akt der Barmherzigkeit, wird ein Gericht zu klären haben.« Sie neigte den Kopf zur Seite und versuchte, mich mit einem Lächeln einzufangen. »In Bernas Blut wurde ein Beruhigungsmittel gefunden. Wer auch immer für ihren Tod verantwortlich ist, hat es ihr so leicht wie möglich machen wollen.«

»Vielleicht ging es auch einfach nur darum, sie wehrlos zu machen.«

»Ist dein Blick so sehr verstellt, nur weil Niko dich verletzt hat?«

»Als ich mittags bei Ihrer Schwester war, sagte sie, Niko sei zu Besuch und sie hätten eine Auseinandersetzung.«

»Wie viel Rache steckt in dieser angeblichen Wahrheit? Kannst du mir das sagen?«

»Ich kann verstehen, dass Sie das gerne glauben möchten. Mir würde es vermutlich ähnlich gehen, wenn es um meinen Sohn ginge.«

Sie nahm ihr Besteck und begann zu essen. Sie schaffte gerade mal zwei Bissen, als sie Messer und

Gabel auf den Teller legte, sich mit der Serviette die Mundwinkel abtupfte und einen Schluck Wein trank. Alles in allem genügend Zeit, um sich zu sammeln und die Strategie zu wechseln. Mit einem Mal ruhte ihr Blick voller Wohlwollen auf mir. »Hast du eigentlich eine Vorstellung davon, welchen Einflüssen unsere Erinnerung unterliegt? Wie angreifbar sie ist? Man kann sich Dinge in der Rückschau nicht nur schönfärben, man kann sie auch verdüstern. Und dann kommt etwas dabei heraus, das mit dem ursprünglichen Geschehen nicht mehr allzu viel zu tun hat. Weißt du, was ich meine, Mia?«

»Ich ahne, worauf Sie hinauswollen.« Mein Tonfall ließ keinen Zweifel daran, was ich davon hielt. »Meine Erinnerung unterliegt jedoch keinen wechselnden Stimmungen!«

»Aber du könntest dich verhört haben. Berna hat schon lange nicht mehr deutlich gesprochen, ihre Zunge war in Mitleidenschaft gezogen, da könnte sie etwas völlig anderes gesagt haben, als du glaubst gehört zu haben. Was hast du davon, wenn du auf deiner Version der Wahrheit beharrst? Zumal sich eine andere Version für dich als lohnender herausstellen könnte.«

»Sie wollen, dass ich zur Kripo gehe und meine Aussage zurückziehe?«

Sie beugte sich ein wenig vor und senkte ihre Stimme. »Sieh mal, Mia, meine Schwester ist tot. Wem wäre mit Nikos Verwicklung in diesen Fall gedient? Ihr ganz bestimmt nicht. Es würde sie nicht wieder lebendig machen. Berna hat meinen Sohn geliebt. Sie würde nicht wollen, dass gegen ihn ermittelt wird.«

Am Ende relativiert sich vieles, auch das Bedürfnis nach Vergeltung, hatte Berna am Montagabend zu mir gesagt.

»Meiner Schwester hat die Familie immer sehr am Herzen gelegen«, fuhr sie fort. »Der gute Ruf der Kienings und der Nawraths haben ihr viel bedeutet.«

So viel, dass sie mir das Versprechen abgenommen hatte, über Nikos Entgleisungen Stillschweigen zu bewahren. Ja, der Ruf ihrer Familie hatte ihr tatsächlich viel bedeutet. Aber einen Mord hätte sie niemals gedeckt. Ich starrte Gundula Nawrath an und revidierte endgültig den positiven Eindruck, den ich einmal von ihr gewonnen hatte.

»Dein Essen wird kalt, Mia.« Sie deutete auf die Gnocchi und griff zu ihrem Besteck.

Ich schob meinen Teller ein Stück von mir fort. Mir war der Appetit vergangen. »Ich kann Ihnen nicht helfen, Frau Nawrath. Ihnen nicht und Ihrem Sohn auch nicht.«

»Du hast mein Angebot noch gar nicht gehört. Ich denke, du solltest es in Betracht ziehen.«

Abwehrend schüttelte ich den Kopf und machte Anstalten aufzustehen.

»Es ist unhöflich zu gehen, während das Gegenüber noch isst. Also bleib bitte sitzen!«

»Frau Nawrath, Sie …«

»Es geht um den Ring, den Berna von unserer Mutter geerbt hat und der nach ihrem Tod an Karolin weitergegeben werden sollte. Mit dem überaus wertvollen Saphir und den Diamanten. Du erinnerst dich?« Sie ließ ihren Blick auf mir ruhen und gab ihren Worten Zeit zu wirken. »Nun ist es leider so, dass er ihr entwendet wurde. Vermutlich nach ihrem Tod. Dafür kommen nicht allzu viele Menschen in Betracht.« In diesem Moment klingelte ihr Handy. Sie warf kurz einen Blick aufs Display und drückte das Gespräch weg. »Mit Karolin könnte ich reden. Ich könnte sie entschädigen und ihr einen anderen Ring kaufen. Das ist kein Problem. Und ich würde bei der Kripo angeben, dass meine Schwester ihren Ring verloren hat, was mir in der Aufregung um ihren Tod nur entfallen sei.«

»Damit ich ihn behalten kann?«

»Wir könnten sogar noch eine beachtliche Summe drauflegen. München ist ein teures Pflaster, und allzu viel wirst du mit den Hunden nicht verdienen. Oder unterstützen deine Eltern dich?«

Ich gab der Kellnerin ein Zeichen, dass ich zahlen wollte. Sie fragte, ob mit dem Essen etwas nicht stimme. Ich verneinte und antwortete, es hätte nicht am Essen gelegen, sondern an meiner Gesellschaft. Dann beglich ich meine Rechnung und stand auf.

»Mia«, hielt Gundula Nawrath mich zurück. »Du hast mich jetzt womöglich völlig falsch verstanden. Was ich meinte, ist … also ich kann mir beim besten Willen nicht vorstellen, dass du den Ring wirklich genommen hast. Jedenfalls nicht aus den üblichen Motiven. Wenn, dann überhaupt nur, um eine Erinnerung an meine Schwester zu haben. Und das könnte ich gut verstehen. Als du ihre Leiche gefunden hast, warst du in einer Ausnahmesituation. Du hast sicher unter Schock gestanden. Hinzu kommt, dass du Berna lange gekannt hast, ihr habt euch gut verstanden. Deshalb würde ich es dir überhaupt nicht verübeln. Du müsstest auch kein schlechtes Gewissen haben. Selbstverständlich könntest du den Ring als Andenken behalten. Wollen wir uns nicht einfach darauf einigen?« Sie schien nicht einmal zu merken, dass sie mit jedem Wort alles nur noch schlimmer machte.

Das Einzige, das in meinen Augen für sie sprach, war,

dass sie wie eine Löwenmutter für ihren Sohn kämpfte. Zu welchen Mitteln sie dabei griff, konnte ich mir jedoch weder schönreden noch ihr verzeihen.

»Sie sind zu weit gegangen, Frau Nawrath.«

»Für meine Kinder würde ich noch viel weiter gehen. Das wirst du erst verstehen, wenn du selbst welche hast. Bis dahin ist alles bloße Theorie.«

»Erstens hoffe ich, dass keines meiner Kinder in Verdacht geraten würde, meine Schwester getötet zu haben. Und zweitens kann ich Ihnen versichern, dass meine Anstrengungen sich ansonsten darauf konzentrieren würden, einen guten Anwalt zu finden.«

»Du bist selbstgerecht, Mia, aber das rechne ich deiner Jugend an. So etwas verwächst sich in der Regel mit den Jahren und mit der Lebenserfahrung. Deshalb kann ich es dir nicht einmal übel nehmen. Ich bitte dich nur, in Ruhe über mein Angebot nachzudenken.«

»Sie haben nicht ein einziges Mal gesagt, dass Niko unschuldig ist.«

»Das spielt für mich keine Rolle. Entscheidend ist einzig und allein, dass er sich gegenwärtig in einer bedrohlichen Lage befindet. Die du zum Teil mit zu verantworten hast.«

Ich unterließ es, mit ihr über Verantwortung zu reden. Unsere Vorstellungen davon waren Lichtjahre voneinander entfernt. »Ich gehe jetzt, Frau Nawrath.«

»Ihr beide wart einmal ein Paar, du warst in ihn verliebt. So etwas regelt man doch mit Anstand.«

Die Situation war so absurd, dass ich lachen musste. »Haben Sie jemals mit Ihrem Sohn über Anstand gesprochen? Nein? Dann rate ich Ihnen, es einmal zu tun. Ich denke, dass Sie beide dabei viele Gemeinsamkeiten entdecken werden.«

10

Im strömenden Regen rannte ich zur U-Bahn-Station am Odeonsplatz und fuhr bis zum Lehel. Von dort aus lief ich noch hundertfünfzig Meter bis zu Markus' Praxis. Ich hatte ihn von unterwegs angerufen und gefragt, ob ich kurz bei ihm vorbeikommen könnte. Er hatte eingewilligt und gemeint, gegen nette Gesellschaft beim Essen hätte er nichts einzuwenden. Seine gesamte Mannschaft sei während der Mittagspause ausgeflogen.

Die Praxis lag im zweiten Stock eines Hauses mit denkmalgeschützter Fassade. Markus erwartete mich in Jeans und weißem Hemd an der Tür. Kauend gab er mir ein Zeichen, ihm zu folgen, und lotste mich durch den Altbauflur, an dessen Wänden großformatige Schwarz-Weiß-Fotografien von Gebirgslandschaften hingen. In den angrenzenden Räumen standen alle Türen und Fenster zum Lüften sperrangelweit offen. Auch in der Küche, wo Markus offensichtlich gerade begonnen hatte zu essen. Auf dem Tisch stand ein Teller mit einem Sandwich und Salat, daneben eine aufgeschlagene medizinische Fachzeitschrift.

Markus schloss das Fenster und bot mir den Platz ihm gegenüber an. »Hast du schon gegessen?«, fragte er.

Ich schüttelte den Kopf und spürte beim Anblick seines Sandwiches meinen Magen knurren.

»Was hältst du von einer Butterbreze, einer Karotte und einem Apfel?«

»Wunderbar, ich bin am Verhungern.«

Er drapierte alles auf einen Teller und stellte ihn vor mich. »Wie hast du den Dienstag überstanden?«, fragte er, nachdem er sich gesetzt hatte. Er forschte in meinem Gesicht, als versuche er, eine Diagnose zu stellen.

»Das kann ich gar nicht so genau sagen«, antwortete ich ehrlich. »Eigentlich fühle ich mich noch etwas betäubt von alldem. Wie unter einer Glocke.«

»Das ist ein guter Selbstschutz.«

Ich brach die Breze auseinander und schob mir ein Stück in den Mund, während Markus von seinem Sandwich abbiss. Eine Weile kauten wir schweigend.

»Ich hätte ihr einen friedlichen Tod gewünscht«, sagte ich schließlich. »Es heißt, in ihrem Blut hätte sich ein Beruhigungsmittel befunden. Meinst du, sie hat etwas davon gemerkt? Ich meine von dem Ersticken.« Die Vorstellung war entsetzlich. Und ich wünschte nichts sehnlicher, als dass Berna weggetreten war, bevor sie starb.

»Das kommt auf die Dosis an.«

»Könnte sie das Medikament selbst genommen haben?«

»Diese Möglichkeit besteht natürlich, aber soweit ich weiß, hatte sie so etwas gar nicht. Und ich habe ihr keines verschrieben.«

»Könnte sie es sich woanders besorgt haben?«

»Das glaube ich nicht. Ich hätte es ihr auf Wunsch jederzeit verordnet, aber sie hat diese Mittel strikt abgelehnt. Sie war überzeugt, sie würden ihr die Sinne vernebeln. Leider konnte ich sie nicht vom Gegenteil überzeugen.« Er lehnte sich in seinem Stuhl zurück und stöhnte leise. »Du weißt, dass ich dir das eigentlich gar nicht erzählen dürfte, das unterliegt der Schweigepflicht – auch über den Tod hinaus.«

»Danke, dass du es mir trotzdem gesagt hast. Das klärt zumindest eine meiner Fragen.«

»Welche hast du noch?«

»Es geht um den Ring, den sie immer getragen hat. Den von ihrer Mutter ... mit dem blauen Saphir und den Diamanten.«

Er nickte. »Den Karolin hätte erben sollen. Die Kripobeamten haben mich auch schon danach gefragt. Wie es aussieht, ist er verschwunden.«

»Auf einmal scheinen alle zu glauben, ich hätte ihn genommen. Gerade eben hat mich Frau Nawrath darauf angesprochen.«

»Ach, Mia«, winkte er ab. »Sie kennt dich doch. Sie glaubt ganz bestimmt nicht, dass du ihn gestohlen hast.«

»Ob sie es nun glaubt oder nicht – in jedem Fall hat sie versucht, mich damit zu bestechen. Sollte ich den Ring genommen haben, dürfe ich ihn behalten, vorausgesetzt, ich würde meine Aussage bei der Kripo zurückziehen.«

»Welche Aussage?«

»Als ich ihr mittags den Hund zurückgebracht habe, sagte Frau Kiening, Niko sei bei ihr. Habe ich dir das nicht erzählt?«

»Du sagtest nur, sie habe benommen auf dich gewirkt. Niko hast du nicht erwähnt. Er war tatsächlich bei ihr?«

»So, wie es aussieht, ja. Ich habe es ihr nur anfangs nicht geglaubt, weil sein Auto nicht vor dem Haus stand. Ich dachte, sie wolle allein sein, um alles ein wenig zu beschleunigen. Du weißt schon.«

Er runzelte die Stirn. »Verstehe.«

»Du solltest mal ihre Familie hören. Weder Karolin

noch ihre Mutter verstehen, dass ich sie sich selbst überlassen habe. Karolin hat mir deswegen heftige Vorwürfe gemacht.«

»Du weißt, wie sehr sie an ihrer Tante hing«, meinte er mit sehr viel Wärme in der Stimme.

»Du liebst sie immer noch, oder?« Markus war ein paar Jahre mit der Nawrath-Tochter liiert gewesen und hatte noch lange unter der Trennung gelitten.

»Sie macht es einem leicht, sie zu lieben«, antwortete er.

Es hatte keinen Sinn, ihm zu widersprechen. Karolin war alles andere als leicht zu lieben. Sie war ein schwieriger Charakter, sprunghaft, aufbrausend und rechthaberisch. Gleichzeitig konnte sie sehr charmant und einnehmend sein. Aber Markus, dessen Mutter im Haushalt der Nawraths gearbeitet und mit ihrem Sohn im Gärtnerhaus auf dem Grundstück gelebt hatte, war von Anfang an in Karolin vernarrt gewesen.

»Seid ihr wieder in Kontakt?«, fragte ich.

»Schon seit geraumer Zeit.« Sein Lächeln war voller Zuversicht.

»Das freut mich.«

»Und mich erst.« Er sah aus dem Fenster und schien sich in seinen Gedanken zu verlieren.

»Markus, können wir bitte noch mal kurz über den Ring sprechen? Erinnerst du dich, ob sie ihn noch am Finger trug, als du sie untersucht hast?«

Er dachte nach und schüttelte dann den Kopf. »Leider nicht. Das ist aber auch kein Wunder. Das Letzte, worauf ich in so einer Situation achte, ist Schmuck, außer natürlich er stört bei der Untersuchung.« Er krauste die Stirn. »Nach uns sind so viele Leute durchs Haus geschwirrt. Jeder von denen könnte ihn an sich genommen haben. Vielleicht hat sie ihn an dem Tag aber auch gar nicht getragen. Du weißt selbst, dass sie in den vergangenen Wochen und Monaten abgenommen hat. Der Ring könnte ihr vom Finger geglitten und so verloren gegangen sein.«

»Aber dann hätte man ihn im Haus gefunden. Sie hat es ja kaum noch verlassen. Außerdem behauptet Niko, sie hätte ihn am Dienstag noch getragen.«

»Also gibt er zu, dort gewesen zu sein.«

»Er sagt, er habe seine Tante am Vormittag besucht. Und als er gegangen sei, hätte sie noch gelebt und den Ring am Finger gehabt.«

Markus stieß Luft durch die Nase, seine Miene verdüsterte sich. »Das kann auch einfach ein Schachzug der Familie sein, um deine Glaubwürdigkeit als Zeugin zu untergraben. An deiner Stelle würde ich mir keine Sorgen machen.«

Noch machte ich mir keine, aber ich fühlte mich in meiner Ehre gekränkt. Sollte sich der Verdacht herumsprechen, ich hätte den Ring genommen, würde das unweigerlich Auswirkungen auf meine Arbeit haben. Immerhin hatte ich von einigen Wohnungen und Häusern die Schlüssel. Ich schob den Gedanken beiseite und sah Markus an.

»Warum macht jemand so etwas?«, fragte ich.

»Deine Glaubwürdigkeit als Zeugin untergraben? Das liegt doch auf der Hand.«

»Nein, ich meine den Mord an Frau Kiening. Warum bringt man jemanden um, der ohnehin vier Wochen später gestorben wäre? Der Täter hätte doch einfach nur zu warten brauchen. Welches Problem auch immer er mit ihr hatte – es hätte sich ganz ohne seine Mithilfe gelöst. Oder glaubst du etwa auch, jemand hätte ihr

Leiden verkürzen wollen? Frau Nawrath wollte mir das einreden.«

Er schob seinen Teller zur Seite, legte seine Hände flach auf den Tisch und breitete seine Finger wie einen Fächer aus. »Ich glaube, jeder, der Frau Kiening kannte und mochte, hätte liebend gerne ihr Leiden verkürzt. Aber nicht um diesen Preis, nicht auf diese Weise.«

»Aber warum dann?«

Markus sah aus dem Fenster. »Von außen betrachtet sind es ja oft ganz banale Gründe. Da gibt ein Wort das andere, die Gefühle schaukeln sich hoch und einer dreht durch und kann nicht mehr klar denken. Aber wenn man jemanden vorher sediert, kann man sich wohl kaum auf eine Tat im Affekt herausreden.« Er hielt inne und schien einen Gedanken zu verfolgen. »Ein Raubüberfall scheidet ja wohl auch aus. Karolin meinte, es würde nichts fehlen.«

»Bis auf den Ring.«

»Deswegen wird man sie wohl kaum umgebracht haben.« Er sah auf die Uhr, stand auf und räumte das Geschirr in die Spülmaschine. »Verlassen wir uns einfach auf die Kripo. Die meisten Morde hierzulande werden aufgeklärt, habe ich neulich erst gelesen. Warum sollte also ausgerechnet der an Frau Kiening ungeklärt bleiben?« Er drehte sich zu mir um und betrachtete mich eingehend. Sein Blick fiel auf mein Handgelenk und den blauen Fleck, der sich drum herum gebildet hatte. »Was hast du da eigentlich gemacht?«

»Montagabend hat sich ein ungebetener Besucher ins Haus von Frau Kiening geschlichen. Ich war bei ihr, um mit ihr über Coco zu reden. Da haben wir Geräusche gehört, und ich wollte nachsehen. Er hat mich aus dem Dunkel heraus angegriffen und zu Boden geschleudert. Hat Karolin dir nicht davon erzählt?«

»Wir hatten noch gar keine Gelegenheit, viel zu reden. Was sagt die Polizei dazu?«

»Frau Kiening wollte keine Polizei. Sie war überzeugt, ihre Familie habe sie einschüchtern wollen, um sie von ihrem geplanten Tod abzuhalten. Sie hatten ihr wohl gedroht, sie auf ihren Geisteszustand untersuchen zu lassen.«

»Wer ist mit *sie* gemeint?«

»Darauf wollte sie nicht näher eingehen.«

Markus ließ sich das durch den Kopf gehen. »Ist es nicht viel wahrscheinlicher, dass bereits am Montagabend jemand versucht hat, sie umzubringen, und dann durch dich dabei gestört wurde?«

»Keine Ahnung.« Ich sah ihn ratlos an. »In meinem Kopf herrscht ein einziges Durcheinander …«

»Kannst du denn überhaupt schlafen?«

»Nur mit sehr vielen Unterbrechungen und Albträumen.«

»Wenn das so bleibt, melde dich bei mir, dann verschreibe ich dir etwas. Und falls du einen guten Rat gebrauchen kannst: Versuch die ganze Geschichte so weit wie möglich von dir fernzuhalten.«

Nichts lieber als das, hatte ich noch beim Verlassen der Praxis gedacht, als mich ein Anruf von Kommissar Tannreuther erreichte. Er habe noch ein paar Fragen an mich, die er gerne kurzfristig klären würde. Ich versuchte, ihn mit dem Argument abzuwimmeln, dass ich eine Trainingsstunde zu absolvieren hätte und meinen Job riskieren würde, sollte ich anfangen, Stunden abzusagen. Kein Problem, meinte er, dann würde er mich eben begleiten. Widerwillig erklärte ich ihm, wo im Englischen Garten er mich finden würde.

Ich hatte bereits mit Bogart und Sammy eine halbe Stunde lang gearbeitet, als der Kripobeamte – ausgerüstet mit Regenschirm und Gummistiefeln – neben mir auftauchte. An diesem Tag wirkte er wesentlich besser gelaunt, was vielleicht an der Natur lag, die er mit einem staunenden, fast ein wenig melancholischen Blick bedachte. Als hätte er etwas wiederentdeckt, das ihm gefehlt hatte. Er atmete tief ein und aus und wiederholte diesen Vorgang mit geschlossenen Augen und voller Hingabe.

»Schön hier, nicht wahr?«, fragte ich leise.

»Selbst im Regen.« Er lächelte und fuhr sich mit der freien Hand über seine Glatze.

»Sie kommen nicht viel raus in die Natur. Stimmt's?«

»Viel zu selten.«

»Ich würde eingehen ohne das hier.«

»Haben Sie sich deshalb für diese Arbeit entschieden?«

»Deshalb und wegen der Hunde.«

Bogart und Sammy hatten sich hechelnd neben mich gelegt und scannten die Umgebung.

»Was trainieren Sie mit ihnen?«

»Spurensuche.« Ich deutete auf Bogart. »Der Rüde ist sehr gut in der Personensuche.« Mein Zeigefinger richtete sich auf den Pointer-Mix Sammy. »Und dieser hier wird mal richtig gut in der Flächensuche sein.«

»Sind die beiden professionell im Einsatz?«

Ich schüttelte den Kopf. »Nein, ich mache das nur, damit ihre Nasen ausgelastet sind und sie nicht vor lauter Langeweile und Frust das Inventar ihrer Besitzer auseinandernehmen.«

»Was ist aus der Hündin von Frau Kiening geworden?«

»Gerade jetzt liegt sie in meinem Transporter und schläft vermutlich. Sie trauert ziemlich um Frau Kiening, und sie frisst nicht. Was kein Wunder ist, die beiden waren ein Herz und eine Seele. Ich hoffe, dass ich schnell einen Platz für sie finde.«

»Kann sie nicht bei Ihnen bleiben?«

»Bei mir?«

»Liegt das so völlig außerhalb Ihrer Vorstellungskraft?«

Ich dachte an Kerry, meinen Parson-Russel-Terrier, der, als ich siebzehn war, vor ein Auto gelaufen war, weil ich nicht auf ihn aufgepasst hatte. Ich war überzeugt gewesen, ihn im Griff zu haben, dass er aufs Wort hörte, in jeder Situation. Aber ich hatte nicht mit dem Eichhörnchen auf der anderen Straßenseite gerechnet. Er war am Straßenrand in meinen Armen gestorben. Sein Gewicht konnte ich immer noch in meinen Armen spüren. Und auch seinen letzten Blick hatte ich nie vergessen. Er war voller Vertrauen gewesen.

»Ich habe so viele Hunde, um die ich mich beruflich kümmere, ich möchte keinen eigenen«, rang ich mich zu einer Antwort durch.

»Wie lange ist es her?«, fragte er, nachdem sein Blick sekundenlang nachdenklich auf meinem Gesicht geruht hatte.

Ich biss mir auf die Unterlippe und schüttelte abwehrend den Kopf. »Weswegen sind Sie eigentlich hier? Was wollen Sie wissen?«

Inzwischen hatte der Regen aufgehört. Kommissar Tannreuther klappte seinen Schirm zusammen. »Laufen wir ein Stück?«

Ich gab den Hunden ein Zeichen und setzte mich mit ihnen in Bewegung, während der Kripobeamte mir aufzählte, um welche Fragen es ihm ging. Ich sollte ihm noch einmal ganz genau beschreiben, an welche Stelle ich die Gläser in die Spülmaschine geräumt hatte. Er wollte wissen, ob ich seinem Kollegen Scherf auch sicher die richtigen Gläser gezeigt hatte. In der durchaus nachvollziehbaren Aufregung wäre es nicht auszuschließen, dass man etwas verwechselte. Ich war mir jedoch sicher, ich hatte nichts verwechselt.

Während Bogart und Sammy in ausgelassenem Spiel über die Hundewiese sprangen, betrachtete Kommissar Tannreuther mich im Gehen von der Seite. Ich fing seinen Blick auf und blieb stehen.

»Was ist?«, fragte ich. »Verdächtigen Sie mich etwa immer noch? Gerade eben haben Sie mir noch ans Herz gelegt, Coco zu mir zu nehmen, und jetzt sehen Sie mich an, als ob …«

»Ich versuche nur, Ordnung in das Chaos zu bringen und den roten Faden zu finden.«

»Was ist mit Nikolai Nawrath? Er war am Tatort, und sein Handy lag unter der Leiche seiner Tante, die vor ihrem Tod mit einem Medikament beruhigt wurde. Oder hat sie es selbst genommen? Wurde es in ihrem Haus gefunden?«

»Nein, das wurde es nicht.« Er blies Luft durch die Nase. »Sie sind aber gut informiert.«

»Das ist nicht sonderlich schwer, wenn man sich im Dunstkreis der Familie Nawrath bewegt. Vor allem dann nicht, wenn man eine Aussage gemacht hat, die einen von ihnen belasten könnte.«

»Hat man versucht, Sie von dieser Aussage abzubringen?«

»Ja.«

»Und?«

»Ich bleibe dabei.«

»Bleiben Sie auch dabei, dass Sie nichts vom Tatort entfernt haben?«

»Sie meinen den Ring?« Ich strich Bogart, der sich an mich lehnte, übers Fell und bedachte auch Sammy mit einer Streicheleinheit. »Ich habe diesen Ring nicht, Herr Tannreuther, das schwöre ich Ihnen bei allem, was mir heilig ist.«

»Und was ist Ihnen heilig, wenn ich fragen darf?«

»Das Leben – in jedweder Form.«

Er ließ einen Moment verstreichen, bevor er fortfuhr: »Von dem Ring einmal abgesehen, fehlt vermutlich noch etwas. Frau Kiening hat allem Anschein nach an alle Menschen, die ihr etwas bedeutet haben, Abschiedsbriefe geschrieben. An Sie gibt es auch einen, wie Sie wissen. Aber wir konnten bisher keinen Brief an Nikolai Nawrath finden.«

»Vielleicht hat er ihn mitgenommen.«

»Er ist ein intelligenter Mann. Glauben Sie, er hätte sich einen solchen Schnitzer geleistet?«

»Wenn er es nicht war, hatte Frau Kiening ihn vielleicht noch gar nicht geschrieben. Das kann ich mir aber eigentlich nicht vorstellen. Außer, sie hat ihn angesichts der Ereignisse am Montagabend vernichtet und hatte vor, ihn noch einmal neu zu formulieren.«

»Dabei gehen Sie davon aus, dass Nikolai Nawrath an dem Abend im Haus war und Sie angegriffen hat. Das ist jedoch reine Spekulation, die sich durch keinerlei Beweise untermauern lässt.«

»Haben Sie den Müll durchsucht? Vielleicht hat sie den Brief weggeworfen?«

»Wir beherrschen unseren Beruf«, erwiderte er mit einem Schmunzeln. »Haben Sie sich mal gefragt, ob Sie wirklich frei sind von Ressentiments gegenüber Nikolai Nawrath?«

»Wie bitte?«

»Sie haben meine Frage verstanden.«

»Nein, natürlich bin ich nicht frei von Ressentiments. Es hat eine Zeit gegeben, da hätte ich ihm gerne mal kräftig gegens Schienbein getreten. Aber ich reite ihn doch nicht bei einer Mordermittlung rein.«

»Ihre Aussage, dass er zum besagten Zeitpunkt bei Frau Kiening war, ist schwerwiegend. Sind Sie sich dessen bewusst?«

»Wollen Sie mich jetzt etwa auch noch dazu bewegen, meine Aussage zu revidieren? Am besten gründen Sie gleich einen Club mit den Nawraths. Haben die Ihnen womöglich auch Geld geboten?« Ich ging ein paar Schritte auf Abstand. »Erst versuchen Sie, mich mit einem netten, verständnisvollen, persönlichen Gespräch einzulullen, und dann packen Sie Ihre Munition auf den Tisch, um mir damit zu drohen?«

Er fühlte sich nicht im Geringsten angegriffen, sondern lachte, als hätte ich ihm nicht gerade unterstellt, ein korrupter Polizist zu sein. »In den Filmen, aus denen Sie allem Anschein nach Ihre Erfahrungen beziehen, würde einer wie ich jetzt sagen: *Ich gehöre zu den Guten.*«

»Und? Gehören Sie zu denen?«

Er schien nachzurechnen und nickte. »Seit ziemlich genau vierunddreißig Jahren.«

11

Gegen Abend zeigte sich endlich wieder die Sonne. Ihre Strahlen tauchten unsere Küche in warmes Licht und fielen auf unseren Tisch, der für drei gedeckt war. Es war einer jener seltenen Abende, an denen Lukas, Charlotte und ich uns gemeinsam zum Essen in der Küche einfanden. Charlotte hatte Spaghetti gekocht und Mozzarella und Tomaten darunter gemischt. Dazu gab es Salat.

Lukas, der bis eben geschlafen hatte, schnupperte an seinem Teller und lächelte selig. Obwohl er selbst nur Junkfood kaufte, wusste er gutes Essen durchaus zu schätzen. Er griff nur deshalb nicht gleich zu Gabel und Löffel, weil Charlotte ihm mit strengem Blick bedeutete zu warten, bis auch sie saß.

Beim Essen entspannte ich mich, denn unser Gespräch drehte sich um alles Mögliche, nur nicht um den Mord an Berna. Es war, als hätten die beiden sich verabredet, das Thema auszusparen. Was auch gelang, selbst als Coco auf Lukas' Schoß sprang und damit begann, ihn mit ihrem Pudelblick anzuhimmeln. Lukas gab ihr ein Stückchen Mozzarella von seinem Teller, und Coco, die seit Dienstag nichts mehr gefressen hatte, verschlang es und leckte Lukas die Finger ab.

»Sie liebt mich«, sagte mein Mitbewohner mit seligem Blick.

»Sie liebt deine Nachgiebigkeit«, kommentierte Charlotte.

»Gib ihr ruhig noch ein Stück«, forderte ich ihn auf. »Hauptsache, sie futtert irgendwas.«

»An diesen Satz werde ich euch erinnern, wenn ihr das nächste Mal an meinem Essen herummäkelt.«

»Dein Essen verdient den Namen nicht«, kam es von Charlotte.

»Mir schmeckt es, und das ist doch wohl die Hauptsache.« Lukas kraulte Coco hinter den Ohren.

»Frag mal deinen Körper, was für ihn die Hauptsache ist.«

Lukas grinste Charlotte frech an. »Dass auf ein ganz entscheidendes Teil Verlass ist.«

»Auch das wird vom Gehirn gesteuert, also solltest du gut zu ihm sein«, konterte Charlotte mit einem zuckersüßen Lächeln. »Nicht, dass es da mal irgendwelche Ausfälle gibt.«

»Sollte es so weit kommen, werde ich dich konsultieren. Du wirst dann ganz bestimmt alles wieder richten.«

Den Schlagabtausch der beiden unterbrach ein lang gezogenes Klingeln an der Tür, das Coco mit aufgeregtem Bellen quittierte. Charlotte sprang auf, lief zur Sprechanlage, öffnete und kam mit Pokerface-Miene zurück.

»Besuch für dich«, sagte sie zu mir.

Nur Sekunden später stürmte Bogart in unsere Küche, kurz darauf erschien Tom im Türrahmen und fragte, ob er eventuell seinen Hund über Nacht bei mir lassen könne. Er habe Besuch von einem Freund bekommen, dem er schon lange eine Tour durch die Münchner Bars versprochen habe. Es könne spät werden. Und so lange wolle er Bogart nicht allein lassen.

Ich willigte ein und befürchtete schon, er würde gleich wieder gehen, als er einen so sehnsüchtigen Blick auf die Schüssel mit Spaghetti warf, dass Charlotte auf den Stuhl neben sich deutete und meinte, für ein schnelles Essen habe er doch sicher noch Zeit.

Von schnell konnte schließlich gar keine Rede sein, denn um zehn saßen wir immer noch beieinander. Nur Lukas hatte sich aus unserer Runde verabschiedet, da er arbeiten musste. Coco war gerade vorsichtig in den Korb zu Bogart gestiegen und hatte sich an ihn gekuschelt, als mein Handy klingelte. Es war Markus, der mir von den neusten Entwicklungen berichten wollte, die er gerade von Karolin erfahren hatte. In den vergangenen Stunden hatten die Ereignisse sich allem Anschein nach überschlagen.

Auf einem der beiden Gläser, die ich in die Spülmaschine geräumt hatte, waren die Fingerabdrücke von Niko gefunden worden. Das zweite Glas, das mit Bernas Abdrücken, enthielt Reste des Beruhigungsmittels, das in hoher Dosis auch in ihrem Blut nachgewiesen worden war. In Nikos Wohnung, die auf dem Familienanwesen der Nawraths in Pullach lag, hatte daraufhin eine Hausdurchsuchung stattgefunden. Entdeckt hatte man dabei ein Medikamentendöschen mit dem fraglichen Beruhigungsmittel. Zudem wurden in seiner Manteltasche in einem kleinen Tütchen Pulverreste gefunden. Niko sei noch während der Hausdurchsuchung geflohen. Inzwischen sei er zur Fahndung ausgeschrieben worden.

Markus rief aus dem Auto an. Er war auf dem Weg zu Karolin, die ihn angefleht hatte zu kommen. Sie sei außer sich, sagte er – so wie die gesamte Familie. Und sie mache sich Sorgen um ihren Vater, den die ganze Geschichte sehr aufrege und der in keinem guten Zustand sei.

Für eine Weile hatten mich die Stunden am Küchentisch aus der Mordgeschichte herausgerissen, nach Markus' Anruf fühlte ich mich jedoch wieder mittendrin. Auch wenn ich mich dagegen sträubte, spürte ich den Hauch eines schlechten Gewissens. Als sei ich mitverantwortlich für den Zustand des Nawrath-Seniors und der anderen Familienmitglieder – allen voran Niko. Dann ließ ich Revue passieren, was Markus mir von der Hausdurchsuchung gesagt hatte. Und erst in dem Moment wurde mir bewusst, dass Niko schuldig war, dass er seine Tante tatsächlich umgebracht hatte.

Sowohl Charlotte als auch Tom musterten mich besorgt, als ich zurück in die Küche kam.

»So, wie es aussieht, hat Niko tatsächlich seine Tante umgebracht«, sagte ich immer noch ein wenig fassungslos und erzählte von den neuen Indizien. »Aber er ist ihnen entwischt und auf der Flucht.«

»Du meine Güte!«, sagte Charlotte.

Tom runzelte die Stirn. »Schwer zu glauben. Ich mag ihn zwar nicht, aber das bedeutet noch lange nicht, dass ich ihm einen Mord zugetraut hätte.«

»Er kann ziemlich skrupellos sein«, sagte ich. »Trotzdem …« Ich wusste nicht recht, wie ich es in Worte fassen sollte.

»Es gibt viele skrupellose Menschen, aber nur die wenigsten begehen einen Mord«, kam Tom mir zu Hilfe. »Meinst du das?«

Ich nickte.

Er beugte sich zu mir und strich mir über die Hand, während Charlotte aufstand und damit begann, den Tisch abzuräumen.

»Ich bin nur froh, dass wir zum Schutz die Hunde hier haben«, meinte sie trocken. »Womöglich kommt es diesem Typen noch in den Sinn, hier aufzutauchen.

Er will, dass du deine Aussage zurückziehst, was ich aus seiner Sicht sogar verstehen kann. Vor Gericht würde sie sich nicht gerade gut für ihn machen. Deshalb stellt sich die Frage, zu welchen Mitteln jemand greifen wird, der bereits einen Mord begangen hat.«

»Jetzt mach aber mal halblang, Charlotte«, sagte Tom. »Morgen früh sitzt er bestimmt längst hinter Gittern. Wenn er schlau ist, wofür ich ihn halte, stellt er sich.«

Charlotte ließ sich zurück auf ihren Stuhl sinken. »Von so etwas liest man immer nur oder hört es in den Nachrichten. Jetzt kennen wir so jemanden.« Sie klang, als habe damit das Verbrechen schlechthin in unser Leben Einzug gehalten und sei nicht mehr daraus zu entfernen.

Tom versuchte, dem Ganzen die Theatralik zu nehmen, indem er ihr sagte, dass wir alle vermutlich nicht nur einen Menschen kannten, der Dinge tat, über die in den Nachrichten berichtet wurde. Der Unterschied sei nur, dass in diesem speziellen Fall einer dieser Menschen aufgeflogen sei.

»Du meinst, wir sind umgeben von Mördern?«, fragte Charlotte, die ihren Humor wiedergefunden hatte. »Dann brauchen wir nicht nur die Hunde zu unserem Schutz, sondern vielleicht auch noch dich. In Mias Zimmer gibt es eine Schlafcouch für Gäste«, meinte sie mit einem Augenzwinkern in meine Richtung. »Vielleicht kannst du die Tour durch die Bars mit deinem Freund auf morgen verschieben?«

»Kein Problem!« Tom zückte sein Handy. »Ich rufe ihn gleich an.«

»Bist du jetzt von allen guten Geistern verlassen?«, fragte ich Charlotte, als Tom die Küche zum Telefonieren verlassen hatte.

»Ich glaube keine Sekunde lang, dass es diesen Freund wirklich gibt. Er brauchte nur einen Vorwand, um hier vorbeizukommen.«

»Aber …«

»Du bist echt eine harte Nuss, Mia Kaminski. Jetzt mach es ihm doch nicht so schwer. Er ist ein guter Typ, und er bringt dich zum Strahlen. Das ist doch eine ganze Menge.«

»Wie kommst du bloß darauf, ihm meine Schlafcouch anzubieten?«

»Hätte ich ihm etwa gleich dein Bett anbieten sollen? Ein wenig Initiative wollte ich dir auch noch überlassen.«

»Und was ist mit mir?«, fragte Tom von der Tür aus. Allem Anschein nach hatte er uns zugehört.

Ich lief knallrot an und wäre am liebsten im Erdboden versunken. »Was mit dir ist?«, konterte ich über die Schulter hinweg. »Du darfst dich auf unserem Küchentisch verewigen. Niemand schläft auf meiner Couch, bevor er sich nicht geoutet hat.«

Tom hatte Rita Mae Brown zitiert: *Das Leben ist viel älter als die Vernunft.* Trotzdem hatte ich mich an diesem Abend für die Vernunft entschieden und ihn auf die Tour mit seinem Freund geschickt. Danach war ich sofort ins Bett gegangen, aber bereits nach einer Stunde mit Herzklopfen wieder aufgewacht. In meinem Traum war ich verfolgt worden und hatte mich nicht von der Stelle rühren können. Danach war an Schlaf nicht mehr zu denken. Kurz entschlossen schickte ich Grete eine SMS und fragte, ob sie Lust auf eine Zigarette hätte. Ihre Antwort kam postwendend: Treffpunkt in fünf Minuten im Hausflur.

Während ich mich anzog, beäugten Coco und Bogart mich von ihrem Korb aus und rollten sich dann beide fast gleichzeitig mit einem tiefen Seufzer wieder zusammen.

»Ich bin gleich zurück«, verabschiedete ich mich und zog unsere Wohnungstür leise ins Schloss.

Grete erwartete mich bereits, wedelte mir wortlos mit der Zigarettenschachtel vor der Nase herum und lief voraus. Einhellig entschieden wir uns für den Leopoldpark an der Georgenstraße, wo wir uns auf eine der Bänke setzten und die Zigaretten anzündeten.

»Ich habe jemanden kennengelernt«, platzte sie heraus. »Er ist zwei Jahre älter als ich, Witwer, hat schon Enkelkinder und nichts als Flausen im Kopf. Aber wir lassen es ruhig angehen.«

»Was heißt das?«

»Wir wollen uns hin und wieder treffen und schauen, wohin uns das treibt. Und du?«

»Bei mir geht es gerade ziemlich drunter und drüber.« Ich erzählte ihr, was seit Dienstag geschehen war.

»Du meine Güte!« Sie drückte ihre Zigarette aus. »Die arme Frau. Plant ihren Tod und wird umgebracht. Das ist wirklich makaber.«

»Weißt du, was schlimm ist, Grete? Meine letzte Begegnung mit ihr kam mir vor wie ein Abschied. Es war ja auch einer, das habe ich gespürt, aber ich habe ihre Signale falsch interpretiert. Anstatt ihr zu helfen, habe ich sie im Stich gelassen.«

»Sie hätte sicher nicht gewollt, dass du dich in Gefahr begibst, und das hättest du vermutlich. Ihr war bestimmt wichtig, sich von dir zu verabschieden und dir den Namen ihres Mörders zu nennen.«

»Aber genau das verstehe ich nicht. Niko hat sie

wohl kaum allein zur Tür gehen lassen. Er wird irgendwo in der Nähe gestanden und uns belauscht haben. Also muss er mitbekommen haben, dass sie seinen Namen genannt hat. Spätestens da hätte er sein Vorhaben aufgeben müssen.«

»Aber da hatte er ihr wahrscheinlich schon dieses Mittel verabreicht. Hätte er sie am Leben gelassen, hätte sie ihn wohl kaum damit davonkommen lassen. Sie war benommen, sie wird gemerkt haben, dass er ihr etwas in den Drink gemischt hat. Er musste sich also entscheiden.«

»Und hat sich für die schlechteste aller Möglichkeiten entschieden.«

»Das sieht er womöglich anders. Er hat seine Tante getötet – aus welchem Grund auch immer –, und jetzt wird er versuchen, sich mit allen möglichen Argumenten herauszureden. Dabei steht ihm natürlich deine Aussage im Weg. Ich will dich ja nicht beunruhigen, Mia, aber vielleicht war es nicht eine unserer glorreichsten Ideen, nachts hier im Park herumzusitzen und auch noch Rauchzeichen zu geben.«

»Er hat schon versucht, mich einzuschüchtern, aber ich glaube, ich bin zurzeit sein geringstes Problem. Was mich betrifft, wird er immer behaupten, dass ich mich rächen will. Letztlich steht dann Aussage gegen Aussage. Aber bei dem Mittel, das bei ihm gefunden wurde, wird ihm das nicht so leicht gelingen.«

»Er muss nur behaupten, das sei für den Eigenbedarf. Viele Leute haben Benzodiazepine in ihrem Badezimmerschrank, erst neulich habe ich eine Sendung darüber gesehen. Bisher sind das doch alles nur Indizien, für die es tatsächlich andere Erklärungen geben könnte. Denk nur an das, was Montagabend passiert ist. Wenn ihm nicht nachzuweisen ist, dass er derjenige war, der dich im Haus seiner Tante angegriffen hat, stellt sich die berechtigte Frage, ob das nicht ein erster Versuch war, sie umzubringen. Ein Versuch, der dann am Dienstag vollendet wurde. Wenn ich sein Anwalt wäre, würde ich genau darauf setzen.« Sie zündete sich eine weitere Zigarette an.

Wir erschraken beide, als in diesem Moment mein Handy schrillte. Ich warf einen Blick aufs Display, zeigte es Grete und meldete mich. Ute war am anderen Ende und meinte, ihre Mutter sei schon wieder verschwunden. Das sei bereits das zweite Mal in dieser Woche.

»Kein Problem«, sagte ich. »Ich mache mich gleich auf den Weg und suche sie. Mach dir keine Sorgen! Bisher habe ich sie doch immer gefunden.«

Wir mussten beide lachen, als ich das Gespräch beendet hatte.

»War sie schon immer so ängstlich, oder ist sie erst nach dem Unfall deines Mannes so geworden?«, fragte ich.

»Für ihn war das Leben immer eine einzige Bedrohung. Ute ist da leider in seine Fußstapfen getreten. Durch seinen Unfall haben sich all ihre Ängste bestätigt. Dagegen komme ich nicht an. Sie tut mir oft leid, doch dann reiße ich mich zusammen und sage mir, dass ihr damit nicht geholfen ist. Das Leben meisterst du nur, wenn du schwimmst, nicht, wenn du alles nur vom Beckenrand aus beobachtest.«

12 Es war eine Zielscheibe mit zehn Ringen, wie man sie für Schießübungen benutzte. In die Mitte hatte jemand in Knallrot *Mia* geschrieben. Die von Schrotkugeln durchsiebte Pappe war mit einer Heftzwecke genau an dem Baum im Englischen Garten angebracht worden, unter dem ich oft eine Pause mit den Hunden einlegte.

Meine erste Reaktion, als ich sie entdeckte, war eine Gänsehaut. Dann packte mich die Wut. Ich riss die Zielscheibe in kleine Stücke, nur um es Sekunden später zu bereuen. Wie wollte ich beweisen, dass Niko mir drohte, wenn ich die Beweise dafür vernichtete? Ich bekam ein mulmiges Gefühl und scannte meine Umgebung. Was, wenn er sich hier noch irgendwo herumtrieb?

In der vergangenen Nacht mit Grete auf der Parkbank hatte ich mich ganz sicher gefühlt und war überzeugt gewesen, ich sei Nikos geringstes Problem. Aber so, wie es aussah, gewichtete er seine Probleme anders als ich. Für jemanden, der vor der Polizei auf der Flucht war, ging er damit ein hohes Risiko ein.

Ich wählte die Nummer von Kommissar Tannreuther. Als er sich nach dem dritten Klingeln meldete, sprudelte ich los, erzählte von der SMS – *Überleg dir gut, was du tust, Mia Kaminski!!* – und von der Zielscheibe. Er bat mich, bei ihm im Präsidium vorbeizukommen und ihm beides zu zeigen. Das sei schwierig, bekannte ich und ärgerte mich über mich selbst. Die SMS hätte ich bereits gelöscht, die Zielscheibe zerrissen. Letztere könne ich aber ganz leicht zusammensetzen und kleben. Er hielt mir einen kurzen, prägnanten Vortrag über Fingerabdrücke und den Umgang mit Beweismitteln und fragte, wie ich mir so sicher sein könne, dass beides von Nikolai Nawrath stamme. Das liege doch auf der Hand, antwortete ich. Für niemanden sonst sei meine Aussage eine Bedrohung.

Ob Niko inzwischen gefasst worden sei, wollte ich von ihm wissen. Das sei nur noch eine Frage der Zeit, erhielt ich zur Antwort. Bis dahin würde er mir raten, nicht draußen herumzulaufen und mich zur Zielscheibe zu machen. Man könne schließlich nie vorhersagen, was jemandem, der in die Enge getrieben wurde, in den Sinn kam. Daraufhin fragte ich ihn trocken, ob man solche Sätze auf Fortbildungsveranstaltungen zum Thema *Wie beruhige ich Zeugen* beigebracht bekomme. Und ob er mir verraten könne, wie ich meinen Job machen solle, ohne dabei draußen herumzulaufen? Ohne seine Antwort abzuwarten, beendete ich das Gespräch.

Ich pfiff die Hunde zu mir und verstaute gerade die Schnipsel der Zielscheibe in meiner Jackentasche, als mein Handy klingelte. Ich dachte, es sei Kommissar Tannreuther, weil er vielleicht gerne das letzte Wort hatte und es sich nicht von mir aufzwingen lassen wollte, aber ich hatte mich geirrt. Am anderen Ende der Leitung meldete sich Gundula Nawrath. Nach unserer Begegnung im Café Luitpold hatte ich nicht damit gerechnet, noch einmal von ihr zu hören, geschweige denn, von ihr zum Abendessen in die Familienvilla nach Pullach eingeladen zu werden.

Aber genau das tat sie. Als ich ihr mit einem entschiedenen Nein antwortete, redete sie mit Engelszungen auf mich ein. Ich hätte sicher einiges von dem, was sie gesagt hatte, missverstanden, aber das sei in einer solchen Situation nachvollziehbar. Darin sei schließlich keiner von uns geübt. Ich solle ihr bitte noch eine Chance geben, alles ein wenig geradezurücken. Das sei ich nicht nur ihr schuldig, sondern auch ihrer Schwester. Ganz besonders ihrer Schwester.

Obwohl ich kein gutes Gefühl dabei hatte, willigte ich nach einigem Hin und Her schließlich ein. Niko würde sich ganz bestimmt nicht in der Nähe des Familienanwesens aufhalten, so dumm war er nicht. Und vom Rest der Familie würde mir wohl kaum Gefahr drohen.

Nachdem ich im Anschluss an meine Nachmittagsrunde im Polizeipräsidium vorbeigefahren war, um für Kommissar Tannreuther die Schnipsel der Zielscheibe abzugeben, drückte ich pünktlich um halb acht in Pullach den Klingelknopf neben dem massiven, zwei Meter hohen Tor, das kurz darauf fast geräuschlos zur Seite glitt. Dahinter öffnete sich der Blick auf ein großzügiges, im Bauhausstil errichtetes Anwesen, dessen Weiß jetzt in der Dämmerung zu leuchten schien. Links davon befand sich das Gärtnerhaus, in dem Markus aufgewachsen war, und ein Stück weiter ein kleineres Bauhaus mit zwei Wohnungen, in denen Karolin und Niko lebten. Dominik, der dritte Nawrath-Sprössling, wohnte in München.

Vor etwas mehr als einem Jahr, kurz bevor Niko sich von mir getrennt hatte, war ich zuletzt hier gewesen. Ich blieb stehen und sah mich um. Alles schien unverändert. Der Garten, Gundula Nawraths Steckenpferd, sah wie immer perfekt aus, vorausgesetzt man mochte diese Art der Perfektion. Er schmeichelte dem Auge, war aber alles andere als ein Rückzugsort für Wildtiere und Insekten. Der Gärtner, der dem *Wildwuchs* Tag für Tag mit allen möglichen lärmenden Maschinen zu Leibe rückte, saugte selbst die kleinsten Laubreste aus den Beeten. Ich hatte ihn einmal gefragt, wie er nach dem täglichen Massenmord an unzähligen Insekten nachts überhaupt schlafen könne. Er hatte mich angesehen, als spräche ich eine Sprache, die ihm völlig unverständlich war.

Ich atmete tief ein, wappnete mich und ging auf die Eingangstür zu, an der Gundula Nawrath mich bereits mit einem Lächeln erwartete.

»Gefällt dir mein Garten?«, fragte sie mich anstelle einer Begrüßung.

»Er ist Ihr Steckenpferd, nicht wahr?«, manövrierte ich mich um eine ehrliche Antwort herum.

»Oh ja, er hat mir schon über so manche schwere Stunde hinweggeholfen. Gerade jetzt wüsste ich nicht, was ich ohne ihn tun sollte.«

Der Garten wüsste ganz bestimmt, was er ohne ihre chirurgisch präzisen Eingriffe machen würde, schoss es mir durch den Kopf.

»Aber was stehen wir hier herum«, sagte sie, hakte mich wie eine Freundin unter und führte mich hinein. »Dir ist sicher kalt.«

Sie geleitete mich durch die Halle mit ihren großformatigen Familienporträts und geschmackvollen Blumenarrangements. An der Garderobe nahm sie mir den Mantel ab und ging dann mit mir ins Esszimmer, wo um einen großen runden Tisch fünf Personen versammelt waren. Bis auf eine blonde Frau, die etwa in meinem Alter war und bei der es sich vermutlich um

Nikos neue Freundin handelte, kannte ich alle: Niko, Dominik, Karolin und Markus. Lediglich der Senior, Armin Nawrath, fehlte. Gut möglich, dass er sich der Scharade, die hier offensichtlich geplant war, verweigert hatte.

Niko hatte es tatsächlich gewagt herzukommen. Ich fragte mich, was dazugehörte, sich das zu trauen. Die Überzeugung, über allem zu stehen, dass nichts und niemand ihm etwas anhaben konnte? Oder war es eher Verzweiflung? Hatte er sich bei seiner Familie verkrochen, weil er sich nur dort sicher fühlte? Aber das glaubte ich nicht, so weit war er noch nicht. Also konnte es sich nur um eine List handeln, um die Gewissheit, dass die Polizei ihn hier am allerwenigsten vermuten würde. Was vermutlich auch zutraf.

Ich hätte nur mein Handy zücken und die Polizei anrufen müssen, dann wäre es mit der gespielten Gelassenheit am Tisch ganz schnell vorbei gewesen. Wie konnten sie sich so sicher sein, dass ich genau das nicht tat? Anders gefragt: Wie wollten sie mich in Schach halten? Auf meinen Armen bildete sich eine Gänsehaut.

»Was soll das?«, fragte ich betont schroff. Sie sollten nicht glauben, dass ich so leicht einzuschüchtern war.

»Setz dich doch erst einmal«, forderte Karolin mich auf. Sie war eine brünette, natürliche Schönheit mit schulterlangen Haaren und leichter Stupsnase.

Ich ignorierte sie und fixierte Niko. »Ist das dein nächster Versuch, mir zu drohen? Den kannst du dir sparen. Du stehst sicher nicht wegen meiner Aussage auf der Fahndungsliste.«

Er setzte zu einer scharfen Bemerkung an, wurde aber von seinem Bruder ausgebremst, der zu seiner

Linken saß und ihm beschwichtigend die Hand auf den Arm legte. Dominik hatte mich immer an eine leicht spießige Version von Brad Pitt erinnert. Er trug Kinn- und Oberlippenbart, karierte Hemden und konnte gar nicht anders, als skeptisch zu gucken. Niko hatte einmal gesagt, was Lebensfreude anginge, sei Dominik zu kurz gekommen.

»Um eines klarzustellen«, setzte Niko sich durch, »ich habe dir nicht gedroht, ich habe lediglich von dir verlangt, bei der Wahrheit zu bleiben.«

»Und was ist mit der Zielscheibe? Wo ordnest du die ein? Ich finde es gruselig, meinen Namen auf so einer durchlöcherten Pappe zu lesen. Ich habe sie übrigens vorhin bei der Kripo abgegeben.«

»Was denn für eine Zielscheibe?« Niko wollte aufstehen, wurde aber von Dominik daran gehindert.

»Setz dich bitte wieder, mein Junge«, bat ihn seine Mutter in liebevollem Tonfall. »Das wird sich alles aufklären, glaub mir. Die Wahrheit setzt sich immer durch.«

Diesen Satz hätte ich zwar nicht unterschrieben, aber ich war froh, dass er eine besänftigende Wirkung auf ihren Sohn auszuüben schien.

»Und setz du dich doch bitte auch, Mia«, forderte mich Gundula Nawrath auf.

»Ich weiß nicht, wozu das hier gut sein soll«, sträubte ich mich, trat ostentativ einen Schritt vom Tisch zurück und vergewisserte mich, dass ich mit ein paar Schritten die Tür erreichen konnte.

Markus stand auf, trat zu mir und beugte sich dicht an mein Ohr. »Keine Sorge, dir passiert nichts, das wird Niko sich nicht trauen. Spiel das Spiel einfach mit.« Er zog mich mit sich und bugsierte mich zu dem Stuhl neben sich.

»Du kennst ja fast alle hier am Tisch«, sagte Nikos Mutter. »Darf ich dir Janette vorstellen? Janette Heidenkamp. Sie ist …«

»Ich weiß, wer sie ist«, fiel ich ihr ins Wort.

Gundula Nawrath runzelte kurz die Stirn und setzte sich dann mit einem Seufzer. »Wie ihr alle wisst, liebe ich es, alle um unseren Tisch herum zu versammeln. Allerdings hätte ich mir einen fröhlicheren Anlass gewünscht. Was du bestimmt noch nicht weißt, Mia: Mein Mann wurde angesichts der erschreckenden Ereignisse mit Verdacht auf einen Herzinfarkt ins Krankenhaus eingeliefert. Für ihn war das alles zu viel.« Sie sah mich an und schien auf eine Reaktion zu warten.

»Das tut mir leid.«

»Er kämpft um sein Leben.« Sie ließ ihre Worte einen Augenblick wirken und fuhr dann betont sanft fort: »Für sein Überleben wäre es sicher hilfreich, diese leidige Situation aufzuklären. Vielleicht können wir alle heute Abend gemeinsam etwas dazu beitragen.«

Während die Haushälterin Spargelcremesuppe auftrug und verteilte, fragte ich mich, wie Gundula Nawrath diese leidige Situation, wie sie die Mordermittlung gegen ihren Sohn nannte, klären wollte. Indem sie weiter versuchte, mich zu bestechen, und Niko damit fortfuhr, mich zu bedrohen?

Kaum hatte sich die Tür hinter der Haushälterin geschlossen, fuhr Gundula Nawrath fort. Was folgte, war ein einziger Appell an mich: Ich sei doch bereits als Klassenkameradin ihrer Tochter Karolin während unserer Schulzeit bei ihnen ein und aus gegangen und ein Jahr lang sogar als Nikolais Freundin. Ich sei ein so nettes Mädchen gewesen und jetzt eine ebensolche junge Frau. Ich würde die Familie gut kennen, aus ihren Reihen sei niemand zu einem Mord fähig. Auch nicht Niko. Er habe mir vielleicht wehgetan, unabsichtlich wohlgemerkt, aber er sei kein Mörder. Was man ihm vorwerfe, sei hanebüchener Unsinn. Zugegeben, er sei an Bernas Todestag bei ihr gewesen, aber als ich kam, sei er längst fort gewesen. Wie das Beruhigungsmittel in seinen Badezimmerschrank und Reste davon in seinen Mantel gelangt seien, könne er sich nicht erklären. Sein Handy müsse er bei seinem Besuch bei Berna verloren haben. Es hinge jetzt einiges von meiner Aussage ab. Berna habe durch ihre Erkrankung nicht mehr deutlich sprechen können, da sei ein Missverständnis durchaus möglich. Als sie geendet hatte, richteten sich sechs Augenpaare auf mich.

Ich fixierte Gundula Nawrath. »Wie gelingt es Ihnen nur, die Realität so dermaßen auszublenden und bei all diesen Beweisen noch an die Unschuld Ihres Sohnes zu glauben? Wo sehen Sie denn da überhaupt noch einen Interpretationsspielraum? Glauben Sie tatsächlich, dass Sie ihm damit helfen?«

Niko gab einen undefinierbaren Laut von sich. Ich sah zu ihm und erschrak angesichts seines hasserfüllten Blicks. Er griff nach seinem Messer. Seine Finger krampften sich so fest darum, dass seine Knöchel weiß hervortraten. Im Augenwinkel sah ich Markus, dessen Anspannung deutlich zu spüren war.

Ich wandte mich an Niko. »Ich kann verstehen, dass deine Familie sich so sehr für dich einsetzt. Wärst du mein Bruder, würde ich wahrscheinlich ähnlich handeln. Nur ist niemandem damit gedient, dir am allerwenigsten. Anstatt dich vor der Polizei zu verstecken, könntest du versuchen, zur Klärung des Ganzen beizutragen. Du warst bei deiner Tante, du weißt, was passiert ist. Und womöglich bringt es dir mildernde Umstände ein, wenn du dich kooperativ verhältst.«

»Wie habe ich mich nur jemals in jemanden wie dich verlieben können?« Er schüttelte ungläubig den Kopf. »Du hast sie doch nicht mehr alle!«

»Niko, ich bitte dich«, ging seine Mutter dazwischen. »Mäßige dich ein wenig.«

»Mäßigen?«, fragte er gefährlich leise, hielt seinen Blick aber auf mich gerichtet. »Ich soll mich mäßigen, während hier alles den Bach runtergeht, während mein Ruf zerstört wird, und das nur, weil dieses Miststück, das nicht verlieren kann, meint, sich an mir rächen zu müssen?« Sein Blick hielt mich umfangen wie ein Schraubstock. »Ja, Mia, es stimmt: Ich wollte dich nicht mehr, weil ich Janette wiedergetroffen hatte, die weit besser zu mir passt … weil du ein Irrtum warst. Das habe ich eigentlich schon in den ersten Monaten gespürt, als der erste Rausch vorbei war. Aber dann habe ich es laufen lassen, weil ich dachte, das Ganze würde sich irgendwie von selbst erledigen. Ich dachte, du würdest von selber gehen. Ich konnte mir einfach nicht vorstellen, wie es eine Frau wie du auf Dauer mit mir aushalten will. Du machst ein Gewese um Nacktschnecken und um Marienkäfer mit zwei Punkten, weil sie angeblich aussterben, um irgendwelche Singvögel und Insekten. Vermutlich würdest du sogar versuchen, eine Maus mit Herzinfarkt wiederzubeleben, nachdem einer deiner Hunde sie sich geschnappt hat.«

»Möchtest du den anderen hier am Tisch vielleicht erklären, dass du es mit mir nicht ausgehalten hast, weil du ganz anders bist? Möchtest du ihnen erklären, auf welch abstoßende Weise du anders bist?«

»Kinder, ich bitte euch«, versuchte Gundula Nawrath

den Bann zwischen uns zu brechen. »Eure Nerven sind angespannt, das verstehe ich ja …«

»Möchtest du ihnen vielleicht mal etwas über deinen völligen Mangel an Skrupel erzählen? Oder soll ich das tun?«

»Halt den Mund!«, herrschte er mich an. Er schlug auf den Tisch und sprang auf. »Halt verdammt noch mal den Mund, du …«

Wieder war es Dominik, der ihn zur Räson brachte. Markus war ebenfalls aufgesprungen, aber Nikos Bruder hatte ihm mit einer knappen Geste bedeutet, dass er das allein erledigen würde.

Es war sicher nicht klug, jetzt noch Öl ins Feuer zu gießen, aber ich konnte nicht anders. »Wie schnell dir doch die Sicherungen durchbrennen«, sagte ich. »Ist dir das bei deiner Tante auch so gegangen? Sie sagte mir, ihr hättet eine Auseinandersetzung gehabt. Hast du ihr deshalb dieses Zeug in den Whiskey gemischt? Um sie wehrlos zu machen? Dabei hättest du doch auch so ein leichtes Spiel mit ihr gehabt.« Mein Puls raste. »Einem findigen Anwalt wird es sicher gelingen, den Mordvorwurf in Tötung im Affekt zu wandeln und eine abstruse Erklärung dafür zu finden, dass du das Beruhigungsmittel mitgebracht hast.«

»Gar nichts habe ich mitgebracht«, schrie er mich an. »Und es hat auch keinen Streit gegeben. Das alles ist eine einzige Intrige von dir. Wer hat dir dabei geholfen, das Zeug zu mir nach Hause und in meinen Mantel zu schaffen? Wer? Sag es!«

»Du hast es verbockt, Niko, du ganz allein«, entgegnete ich leise. »Und jetzt steh wenigstens auch dazu! Hör auf, deiner Familie etwas vorzuspielen. Das hat keiner von ihnen verdient. Sie kämpfen für dich.«

Sekundenlang fehlten ihm die Worte, bevor er sich wieder fing. »Ich verfluche den Tag, an dem du dich in mein Leben gedrängt hast, hörst du? Ich verfluche diesen Tag. Und ich verfluche dich.«

»Ich glaube, es ist besser, wenn du jetzt gehst, Mia«, sagte Gundula Nawrath bestimmt und erhob sich von ihrem Platz. Ihr Blick flog kurz über den Tisch, als mache sie eine Bestandsaufnahme und stelle erst jetzt fest, dass niemand die Suppe angerührt hatte.

»Ich bringe Mia hinaus«, bot Markus sich an, legte den Arm um meine Schulter und wandte sich mit mir zur Tür.

Gundula Nawrath nickte ihm dankbar zu und setzte sich wieder, ohne mich noch eines weiteren Blickes zu würdigen.

»Die müssen doch davon ausgehen, dass ich die Polizei informiere, sobald ich im Auto sitze«, sagte ich fassungslos zu Markus, der mir an der Garderobe meinen Mantel reichte.

»Das tun sie auch, glaub mir. Und ich bin dir dankbar, dass du es übernimmst. Sonst hätte ich mich dazu durchringen müssen, und das würde Karolin mir nie verzeihen.«

13

Die Morgensonne schien durch mein geöffnetes Fenster und weckte mich. Ich lauschte auf das Vogelgezwitscher, das sich in den Verkehrslärm mischte, sehnte mich nach einem Kaffee, war aber zu müde, um aufzustehen. Die vergangenen Tage forderten ihren Tribut. So ausgelaugt und verspannt, wie ich mich fühlte, hätte ich am liebsten den ganzen Samstag im Bett verbracht. Aber mindestens sechs Hunde warteten ab elf Uhr darauf, dass ich mit ihnen laufen würde.

Und auch Coco wartete. Sie stellte ihre Vorderpfoten auf die Bettkante, wedelte und sah mich auffordernd an. Als ich nicht reagierte, verlegte sie sich aufs Fiepen. Ich strich ihr über den Kopf und erklärte ihr, dass heute Samstag war und wir es ein wenig ruhiger angehen lassen würden. Sie hatte ganz sicher kein Wort davon verstanden, aber das Streicheln schien sie zu beruhigen. Ich ließ mich zurück in die Kissen sinken und dachte an gestern Abend.

Als die Tür der Nawraths hinter mir ins Schloss gefallen war, hatte ich mein Handy gezückt, um einen der beiden Kripokommissare anzurufen. Doch dann hatte ich mir die möglichen Folgen vor Augen geführt und gezögert. Wieder wäre ich diejenige gewesen, die Niko anschwärzte, und vermutlich hätte über allem einmal mehr der Verdacht geschwebt, ich sei getrieben von Rachsucht.

Es war nicht schwer, sich auszumalen, was nach meinem Anruf geschehen wäre. Die Polizei wäre bei den Nawraths aufgetaucht und hätte nach Niko gefragt.

Die Familie hätte bestätigt, dass ich zum Essen da war, was allerdings Niko betreffe, müsse ich mich irren. Markus wäre es sicher schwergefallen zu lügen, aber letzten Endes hätte er meine Glaubwürdigkeit geopfert, um die wieder aufgeblühte Beziehung zu Karolin nicht zu gefährden. Was ich ihm nicht einmal verübeln könnte. Wozu also anrufen? Nur um mich korrekt zu verhalten, meiner Pflicht nachzukommen und mich dabei wieder in ein zweifelhaftes Licht zu rücken?

Natürlich machte Niko mir Angst, und diese Angst war um einiges größer als die Sorge, die Kripobeamten könnten mir wieder niedere Motive unterstellen. Ein Anruf würde jedoch nichts gegen diese Angst ausrichten können, und die Kripo nichts gegen Niko. Jedenfalls nicht, solange er sich auf freiem Fuß befand.

Es war naiv gewesen, die Essenseinladung anzunehmen und Gundula Nawrath zu glauben, sie wolle ein Missverständnis zwischen uns ausräumen. Ihr ging es einzig und allein darum, die Schlinge, die sich um Nikos Hals gelegt hatte, zu durchtrennen.

Ich setzte mich im Bett auf, sah durchs Fenster zum blauen Himmel, den weiße, an den Rändern zerfaserte Wolken durchzogen, und fragte mich, was in den Köpfen der anderen am Tisch vorgegangen war. Dominik hatte seine Aufgabe offensichtlich allein darin gesehen, seinen Bruder zu beschwichtigen. Karolin hatte sich nur anfangs einmal zu Wort gemeldet und dann geschwiegen. Und Nikos Freundin Janette hatte sich aufs Beobachten verlegt – nach außen hin unaufgeregt und gelassen, und das selbst dann noch, als Niko aggressiv geworden war. Nicht ein einziges Mal hatte sie auch nur den kleinsten Versuch unternommen, ihn zu bremsen. Allem Anschein nach hatte sie sich passgenau in das System Nawrath gefügt. In dieses System, in dem Schuld keine Rolle zu spielen schien und in dem es ausschließlich darum ging, ein Mitglied der Familie um jeden Preis von allen Vorwürfen reinzuwaschen.

Auch Berna war ein Mitglied dieser Familie gewesen, aber die Tatsache, dass sie ohnehin hatte sterben wollen, schien die Nawraths von jeglicher Verpflichtung zu entbinden, sich an einer Aufklärung ihres gewaltsamen Todes zu beteiligen. Als gelte ein Mord nichts, wenn der Tod bereits so nahe gerückt war, dass er an die Tür klopfte. Als sei damit jeder Anspruch des Opfers auf Strafverfolgung verwirkt, als gebe es eigentlich gar kein Opfer. Zum Glück sahen die Kommissare Scherf und Tannreuther das anders.

Nach einem ausgiebigen Frühstück blieb mir noch genügend Zeit für einen kleinen Abstecher, bevor ich die Hunde für den geplanten Spaziergang einsammelte. Ich parkte meinen hellblauen Transporter vor Bernas Haus, nahm Coco an die Leine und steuerte mit ihr das Haus der Geschwister Böhm an. Es stammte ebenfalls noch aus den Sechzigerjahren, war aber deutlich kleiner als das der Toten und wurde seit Jahren ein wenig vernachlässigt, was ihm einen morbiden Charme verlieh.

Helmut Böhm werkelte zwar ständig daran herum, zählte aber zu den Menschen, die fünf Stellen gleichzeitig in Angriff nahmen, ohne jemals auch nur eine davon zu beenden. Ich hoffte, dass er unterwegs war und ich in Ruhe mit seiner Schwester, der achtzigjährigen Astrid Böhm, reden konnte.

Da sie seit Jahren unter starkem Rheuma litt, verbrachte sie ihre Tage meist in einem bequemen Sessel am Wohnzimmerfenster, das zur Straße hinaus lag. Von den Geschwistern hatte sie eindeutig das sonnigere Gemüt und nahm trotz ihrer Erkrankung auf eine lebensfrohe Weise regen Anteil an dem, was um sie herum vor sich ging. Außerdem fing sie ihren Bruder, der zu unflätigen Ausbrüchen neigte, immer wieder ein.

In der Hoffnung, sie hätte etwas von den Vorgängen am vergangenen Dienstag mitbekommen, öffnete ich das Gartentor und ging direkt auf das Wohnzimmerfenster zu, hinter dem sie in ihrem Sessel zu erkennen war. Sie hatte die Augen geschlossen und den Mund leicht geöffnet, ihre brünette Perücke war verrutscht. In ihrem Schoß lagen Rätselheft und Kugelschreiber. So wie es aussah, machte sie ein Nickerchen. Ich wollte schon wieder gehen, beschloss dann aber doch, sie zu wecken, und klopfte gegen die Scheibe. Als sie die Augen aufschlug, winkte ich ihr zu und wartete, bis sie das Fenster öffnete.

»Hallo, Frau Böhm«, begrüßte ich sie.

Sie rieb sich das linke Auge, das ein wenig tränte, und zupfte mit einem Lächeln ihre Perücke zurecht. »Mia«, sagte sie nur, beugte sich vor und spähte über die Fensterbank hinweg nach unten. »Haben Sie Coco dabei?«

Ich nickte und hob die Pudeldame hoch, damit sie auch sie begrüßen konnte.

»Armes Ding«, sagte sie schließlich, nachdem sie die Hündin ausgiebig gekrault hatte. »Was wird denn nun aus ihr?«

»Ich suche ein neues Zuhause für sie.«

»Aber sie hat doch Familie, kann denn von denen niemand sie nehmen?« Für ihr Alter sprach sie noch ziemlich schnell.

»Bisher hat sich niemand dazu durchringen können.«

Traurig schüttelte sie den Kopf. »Wenn ich nur ein bisschen besser auf den Beinen wäre und Helmut nicht ein so unverbesserlicher Hundehasser, würde ich sie zu mir nehmen. Aber ich bin viel zu alt für so einen Wirbelwind. Und viel zu schwerfällig. Könnte sie nicht bei Ihnen bleiben?«

Da war sie wieder – diese Frage, der ich bisher erfolgreich ausgewichen war. »Es wird sich eine Lösung für Coco finden, Frau Böhm. Keine Sorge!« Ich setzte die Hündin zurück auf den Boden, leinte sie ab und ließ sie durch den Vorgarten schnüffeln. »Ich würde Sie gerne etwas fragen.«

»Geht es um letzten Dienstag?«

»Ja. Sie verbringen doch viel Zeit hier am Fenster. Und da ...«

»Das haben die von der Kripo mich auch schon gefragt. Sie möchten wissen, ob ich etwas beobachtet habe, nicht wahr?«

»Haben Sie?«

Sie griff nach ihrer Lesebrille, die an einer Kette um ihren Hals hing, und schließlich nach dem Rätselheft in ihrem Schoß. Sie blätterte es durch, bis sie den Zettel fand, nach dem sie suchte. »Hier habe ich ihn«, sagte sie zufrieden. »Nachdem ich erfahren hatte, was passiert ist, habe ich mir rasch alles notiert, damit ich nichts vergesse. Also ...« Sie tippte mit dem Finger auf den Zettel. »Ganz früh am Morgen war der Arzt bei Frau Kiening. Etwas später habe ich Sie gesehen, als Sie Coco zum Gassi abgeholt haben. Dann kam der Neffe, ich vergesse immer seinen Namen, in jedem Fall war es der Hübschere von beiden.«

»Niko«, warf ich ein.

»Ja, richtig, Niko. Wie lange er geblieben ist, kann ich nicht sagen, irgendwann musste ich schließlich mal etwas essen.«

»Haben Sie mich gesehen, als ich Coco gegen Mittag zurückgebracht habe?«

Sie sah auf ihre Zeilen, dachte nach und schüttelte den Kopf. »Aber mein Bruder. Er hat ja sogar mit Ihnen gesprochen, das hat er jedenfalls der Kripo erzählt. Ich habe Sie erst am frühen Nachmittag wieder gesehen. Ungewöhnliche Zeit, habe ich noch gedacht, sonst kommen Sie doch nie am Nachmittag.«

»Stimmt, aber Frau Kiening hatte mich darum gebeten.« Ich hielt kurz inne. »Und Sie haben Niko nicht das Haus verlassen sehen?«

»Nein, das habe ich leider verpasst, und Helmut ebenfalls. Ich wünschte, das wäre anders. Wie ich gehört habe, verdächtigt die Polizei ihn und sucht nach ihm. Aber das halte ich für Unsinn, der Junge bringt doch seine Tante nicht um.«

Ich unterließ den Versuch, sie vom Gegenteil zu überzeugen. Das würden irgendwann die Medien tun, wenn ausführlich über den Fall berichtet wurde. »Haben Sie oder Ihr Bruder sonst noch irgendetwas an dem Tag beobachtet?«

»Na ja … die Polizei natürlich. Hier ging es am Nachmittag dann ja ziemlich rund.«

»Und davor? Ich meine, bevor ich am frühen Nachmittag noch einmal wiedergekommen bin. Gab es da irgendetwas Besonderes?«

»Nein, nichts, nur das Übliche. Ein Paketbote hat geklingelt, und jemand hat Werbung verteilt.«

Ich stutzte. »Kleben hier nicht überall Schilder an

den Briefkästen, dass keine Werbung eingeworfen werden soll?«

»Deshalb ist der uns überhaupt nur aufgefallen. Helmut hat noch rübergerufen, dass er es lassen soll, aber er hat ihn gar nicht beachtet. Vielleicht hat er ihn aber auch nicht gehört. Es war so einer mit Kappe und Kapuze, und bestimmt hatte er noch Stöpsel in den Ohren. Ohne geht das ja heutzutage offensichtlich nicht mehr.« Sie hob vielsagend die schütteren Augenbrauen. »Die Leute von der Polizei wollten, dass wir ihn beschreiben, aber beschreiben Sie mal jemanden, dessen Gesicht Sie gar nicht sehen konnten.«

»Als Niko bei seiner Tante war, stand da sein Auto vor der Tür?«

»Ja, und später war es weg.«

»Wann später?«

»Als Sie am frühen Nachmittag wiedergekommen sind, stand es nicht mehr da. Das weiß ich noch.«

»Und vorher, als es noch da war, hat es da wie immer in der Garageneinfahrt gestanden?«

»Es war alles wie immer.«

Alles wie immer – diese Worte gingen mir nicht aus dem Kopf. Im Angesicht von Bernas Tod klangen sie absurd. Etwas ganz Entscheidendes war nicht wie immer gewesen, nur hatte es offensichtlich niemand beobachtet.

Alles sprach für Niko als Täter. Dennoch wollte mir die Vorstellung von einem Niko, der einerseits so planvoll vorging und andererseits so viele stümperhafte Fehler machte, immer noch nicht in den Kopf. Die Fehler waren es, die nicht zu ihm passten, die mich irritierten.

Ich rekapitulierte noch einmal: Aus einem bisher unerfindlichen Motiv hatte er den Entschluss gefasst, seine Tante zu töten. Er hatte das pulverisierte Beruhigungsmittel mitgebracht und es ihr in den Whiskey gemischt. Dann musste er kurz das Haus verlassen haben, um sein Auto umzuparken. Als ich Coco zurückbrachte, war er immer noch dort – zu einem Zeitpunkt wohlgemerkt, um den herum ich den Pudel an jedem Wochentag ablieferte. Das wusste Niko. Wieso dieses Risiko? Wieso hatte er sein Handy dort vergessen? Wieso die Pulverreste nicht verschwinden lassen? Ich versuchte, diese Ungereimtheiten in einen logischen Zusammenhang zu bringen, und kam zu dem einzig möglichen Schluss, dass er zwar vorher alles gut durchdacht hatte, dann jedoch – von der Situation überwältigt – begonnen hatte, Fehler zu machen. Selbst für einen skrupellosen Menschen war ein Mord eine Extremsituation.

Während der gesamten Hunderunde fiel es mir schwer, mich von diesen Fragen zu lösen. Sie beschäftigten mich auch noch, als ich Stunden später die Wohnungstür aufschloss.

Auf dem Heimweg hatte ich auf dem Elisabethmarkt eingekauft und Charlotte eine Nachricht geschickt, dass ich für uns kochen würde. Da sie nicht geantwortet hatte, klopfte ich jetzt an ihre Tür, um zu sehen, ob sie überhaupt zu Hause war. Vielleicht hatte sie eine Trainingsstunde, was bei ihr an Samstagen keine Seltenheit war.

Als ich ihre Stimme hörte, öffnete ich und blieb im Türrahmen stehen. »Was hältst du von Gemüselasagne?«, fragte ich.

Charlotte stand am Fenster, hatte die Arme vor der

Brust verschränkt und blickte auf die Straße. »Ich habe schon gegessen«, antwortete sie, ohne sich umzudrehen. Ihr Ton war abweisend.

»Ist alles okay mit dir?«

»Ja.«

Ich ging zu ihr und betrachtete sie von der Seite. »Irgendetwas stimmt doch nicht. Jetzt sag schon: Was ist los?«

»Ich sage doch, es ist alles okay. Ich muss nur über etwas nachdenken. In Ruhe.« Es klang wie ein Rauswurf. Und es klang überhaupt nicht nach Charlotte, wie ich sie kannte.

»Was ist denn passiert?«

»Ich möchte in Ruhe nachdenken. Was ist daran so schwer zu verstehen?«, sagte sie ungehalten.

»Nichts, rein gar nichts. Aber irgendwie habe ich das Gefühl, dass es etwas mit mir zu tun hat. Bin ich dir mit irgendetwas auf die Füße getreten? Habe ich dich unabsichtlich verletzt? Sag es doch bitte!«

»Geh einfach, Mia, und lass mich in Ruhe!«

Ich erschrak angesichts der Härte in ihrer Miene. »Also gut. Ich mache jetzt Essen. Solltest du doch noch Appetit bekommen, freue ich mich, wenn du mir Gesellschaft leistest. Noch mehr würde ich mich allerdings freuen, wenn du mir reinen Wein einschenkst, anstatt mich so im Regen stehen zu lassen. Ich mag es nicht, wenn etwas ohne jede Erklärung so anklagend und kryptisch im Raum steht.«

»Ich mag auch einiges nicht, und trotzdem existiert es.«

»Und was soll ich deiner Meinung nach jetzt damit anfangen?«

»Mach, was du willst, Mia, das tust du ja ohnehin.«

14 Charlottes Worte waren wie eine eiskalte Dusche gewesen. Erschreckend fand ich, dass ich sie überhaupt nicht hatte erreichen können. Falsch, dachte ich: Ich hatte sie erreicht, aber sie hatte sich mir völlig verweigert – als hätte ich ein Schwerverbrechen begangen und sie wolle fortan nichts mehr mit mir zu tun haben.

In dieser Atmosphäre, die sich in jeder Ritze unserer Wohnung festzusetzen schien, hielt ich es keine Sekunde länger aus. Einem Impuls folgend rief ich Tom an und fragte ihn, ob er Lust auf selbst gemachte Gemüselasagne habe. Die Bedingung sei allerdings, dass ich sie bei ihm zubereitete und Coco mitbrachte. Er antwortete mit einem Lachen und den Worten, auf solche Bedingungen lasse er sich liebend gerne ein.

Eine halbe Stunde später stand ich in seiner zum Wohnraum hin offenen Küche und schnitt das Gemüse klein, während Tom nach passender Musik suchte und Bogart und Coco sich lautstark um ein Spielzeug stritten.

»Wer hat eigentlich deine Wohnung eingerichtet?«, fragte ich.

Tom bewohnte eine Penthouse-Wohnung mit großer Terrasse in Schwabing. Sie war mit einem guten Gespür für Farben und Kontrapunkte gestaltet worden. Meinte man gerade, einen bestimmten Stil ausmachen zu können, wurde er sogleich wieder durch ein einzelnes Element durchbrochen, als hätte jemand erfolgreich versucht, so etwas wie Perfektion gar nicht erst entstehen zu lassen. Das verlieh dem Ganzen einen sehr anheimelnden Charakter.

»Meine frühere Freundin«, antwortete er.

»Die, von der du Bogart übernommen hast?«

»Genau die.«

»Sie hat einen guten Geschmack.« Die Frage, ob sie ein Herz besaß, wenn sie ihre Hündin einfach ihrem Exfreund überließ, stellte ich weder ihm noch mir. Manchmal besaßen nämlich gerade die ein Herz, die sich für das Wohlergehen ihres Hundes entschieden.

»Ich weiß«, entgegnete er mit einem Grinsen. »Ich bin der beste Beweis.«

»Warum hat es mit euch eigentlich nicht funktioniert?«

»Wir haben beide zu viel gearbeitet und hatten zu wenig Zeit füreinander, und irgendwie ist es uns nicht gelungen, daran etwas zu ändern. Wir haben uns ganz einfach auseinandergelebt.«

»Und seid auseinandergegangen, ohne zu kämpfen?«, fragte ich erstaunt.

»Vielleicht haben wir gespürt, dass wir unsere Prioritäten nicht ohne Grund so gesetzt haben. Ich glaube, bei uns beiden hat das Gefühl nicht für einen Kampf gereicht.«

»Das klingt ziemlich abgeklärt.«

»Hast du um Nikolai gekämpft?«

Ich dachte über seine Frage nach und schüttelte schließlich den Kopf. »Es war wohl eher so, dass ich gegen ihn Krieg geführt habe, er hat mich ziemlich verletzt.« Ich zog die Platten aus Nudelteig aus der Packung und sah mich in der Küche um. »Hast du eine Auflaufform?«

Er ging an einen der Küchenschränke, holte sie heraus und stellte sie neben das Brett mit dem klein geschnittenen Gemüse. »Hattest du vor, mit Nikolai den Rest deines Lebens zu verbringen?«, fragte er wie beiläufig und schaute mir dabei über die Schulter.

»Auf die Idee bin ich nie gekommen. Im Nachhinein glaube ich, dass diese elf Monate mit ihm nur dazu dienten, mein verletztes Ego zu besänftigen. In der Schule habe ich ihn nämlich angehimmelt, aber er hat mich keines einzigen Blickes gewürdigt.«

»Das ist wirklich ein herber Schlag«, meinte er und hauchte mir einen Kuss in den Nacken.

»Du nimmst mich nicht ernst.«

Er lehnte sich gegen die Arbeitsplatte und ließ dabei nur wenig Raum zwischen uns. »Ich versuche nur, die Beziehung zwischen dir und ihm nicht ernst zu nehmen. Als du mir das erste Mal davon erzählt hast, habe ich mich gefragt, wie ihr überhaupt zusammengepasst habt und ob ich mich so in dir täusche.«

»Und da du ihn nicht magst, hast du gemeint, ich würde auch nichts taugen?« Ich versuchte, mir nicht anmerken zu lassen, dass mir diese Vorstellung wehtat.

»Er taugt durchaus etwas, jedenfalls was sein unternehmerisches Geschick angeht, aber menschlich kommt er mir ziemlich defizitär vor.«

»So defizitär, dass er einen Mord begehen könnte?«

»Ich weiß nicht, was dazu gehört, jemanden umzubringen, ich kann mir nicht einmal vorstellen, was einen annähernd dazu befähigt, obwohl es ja heißt, jeder Mensch sei dazu fähig.« Er vergrub seine Hände in den Hosentaschen. »Ich kann wirklich nicht behaupten, den Typ zu mögen, trotzdem leuchtet es mir nicht ein, dass jemand wie er dermaßen entgleist. So wie ich ihn kennengelernt habe, hat er einen sehr kühl kalkulierenden Kopf. Wenn einer wie er ein Verbrechen begeht, dann eines, das nicht so leicht ans Licht kommt.«

Stimmt, wäre es mir beinahe herausgerutscht. Ich konnte gerade noch an mich halten und war froh, dass Tom meinen Gesichtsausdruck nicht sah.

»Was ich allerdings seltsam finde«, fuhr er fort, »ist die Tatsache, dass es in dieser Familie bereits das zweite Gewaltverbrechen in nur drei Jahren ist.«

»Du meinst die Sache mit Hubert Janda? Das war ein Unfall.«

Ungefähr zu der Zeit war ich gerade mit Niko zusammengekommen und hatte die Nachwirkungen des Unfalls aus nächster Nähe miterlebt. Von Hubert Janda wusste ich deshalb nur aus Erzählungen, ich hatte ihn nie kennengelernt.

Vor drei Jahren hatte Armin Nawrath, der Senior der Familie, der gerade mit einem Herzinfarkt im Krankenhaus lag, die Geschicke des Unternehmens, das Präzisionsteile für die Luft- und Raumfahrttechnik produzierte, in die Hände von Niko gelegt und ihm Karolins Verlobten Hubert Janda zur Seite gestellt. Dominik, der ältere der beiden Nawrath-Brüder, war zum Leiter der Entwicklungsabteilung ernannt worden. Die Wirtschaftspresse hatte diese Generationenregelung als gelungen und beispielhaft gefeiert.

Ein Jahr lang hatten sich Niko und Hubert in der Doppelspitze bewähren können, dann war Karolins zukünftiger Mann beim Joggen im Wald von einem Geschoss aus einem Jagdgewehr tödlich getroffen worden. Sein gesamtes Umfeld war damals befragt worden, aber es hatte sich kein überzeugender Ansatzpunkt für ein persönliches Tatmotiv gefunden. Lediglich Niko hatte womöglich eines gehabt. Die ermittelnden Beamten hatten ihm unterstellt, dass er Hubert Janda loswerden wollte, um die Geschicke des Unternehmens allein zu lenken, aber sie hatten ihm nichts nachweisen können. Letztendlich war der Fall dann als ungeklärter Jagdunfall zu den Akten gelegt worden.

Ich erinnerte mich noch genau daran, wie aufgebracht Niko über diese Unterstellungen und Verdächtigungen gewesen war. Hubert Janda war damals tagtäglich Gegenstand unserer Unterhaltungen gewesen. Beschwichtigungen von der Art, dass es Aufgabe der Polizei sei, alle Möglichkeiten in Betracht zu ziehen, hatten ihn nicht besänftigen können. Mittlerweile verstand ich ihn, es war ein ungutes Gefühl, in Verdacht zu geraten. Und bei mir ging es nur um eine mögliche Falschaussage und um Diebstahl.

Ich musste an den Ring denken, der immer noch nicht wieder aufgetaucht war. Die Vorstellung, Niko könnte ihn seiner Tante vom Finger gezogen haben, war absurd – zumindest unter dem Gesichtspunkt der finanziellen Bereicherung. Aber welchen ideellen Wert sollte der Ring für ihn haben?

Tom schnipste direkt an meinem rechten Ohr mit dem Finger und brachte mich ins Hier und Jetzt zurück. »Wo warst du denn gerade mit deinen Gedanken?«, fragte er.

»Bei dem Unfall und bei dem Mord. Bei dem Ring, der verschwunden ist.«

»Welcher Ring?«

»Es handelt sich um ein Familienerbstück. Berna hat ihn immer getragen, sie wollte ihn ihrer Nichte vermachen. Er ist verschwunden und bisher nicht wieder aufgetaucht. Ich kann mir nicht vorstellen, dass Niko ihn genommen hat.«

Tom sah mich erstaunt an. »Immerhin wird er verdächtigt, seine Tante umgebracht zu haben. Wieso sollte er dann nicht auch ihren Ring eingesteckt haben?«

»Wieso sollte er es getan haben? Er kann nichts mit ihm anfangen. Er wird ihn wohl kaum seiner neuen Flamme an den Finger stecken.«

»Möglicherweise wollte er damit einen Raub vortäuschen.«

»Dafür hätte er mehr mitgehen lassen müssen. Außerdem gab es bei ihm doch die Hausdurchsuchung, dabei hätten sie sicher auch den Ring entdeckt.«

»Dann wird ihn jemand anderes genommen haben. Im Haus der Toten ist es doch bestimmt wie in einem Taubenschlag zugegangen.«

»Ich war auch dort.«

Er lachte. »Dich verdächtigen sie ganz sicher nicht.«

»Das habe ich auch geglaubt, aber sowohl die Kripo als auch die Familie Nawrath hält es für möglich, dass ich den Ring gestohlen habe.«

Tom kam zu mir, legte seine Arme um mich und drückte mich an sich. Seinen Körper an meinem zu spüren fühlte sich gut an. Ich lehnte mich gegen ihn und überließ mich diesem Gefühl.

»Du bist nie und nimmer eine Juwelendiebin«, sagte er dicht an meinem Ohr.

»Woher willst du das wissen? Jeder hat eine dunkle Seite.«

Tom hielt mich immer noch umschlungen und strich mit seinen Lippen über meinen Hals. »Das mag ja stimmen, aber was solltest du denn mit dem Ring anfangen? Du trägst überhaupt keinen Schmuck.«

Ich legte meine Wange an seine und küsste sein Ohr.

»Vielleicht ist Sammeln meine heimliche Leidenschaft.«

Als wäre genau das das Stichwort gewesen, fanden sich unsere Lippen. Unsere Hände erkundeten den Körper des anderen, und für eine Weile vergaßen wir die Lasagne, die Familie Nawrath und die beiden Hunde, die uns von ihrem Korb aus betrachteten.

Der Nachmittag war in den Abend übergegangen, die Zeit war gerast und schien doch gleichzeitig stillgestanden zu haben. Ich musste an den Satz von Rita Mae Brown denken, den Tom auf unserem Küchentisch hinterlassen hatte: *Das Leben ist viel älter als die Vernunft.*

»Glaubst du, das mit uns ist vernünftig?«, fragte ich ihn, als wir uns mit einem Glas Rotwein auf seinem Sofa aneinandergekuschelt hatten.

»Glaubst du, dass du nur in dir selbst zu Hause sein kannst und nicht auch bei einem anderen Menschen?«, antwortete er in Anlehnung an meinen Satz und strich mir zärtlich eine Haarsträhne aus der Stirn.

»Kluge Menschen behaupten, man müsse erst in sich selbst zu Hause sein, um es auch woanders sein zu können. Du hast übrigens meine Frage nicht beantwortet.«

Er lächelte. »Was sollte an uns unvernünftig sein?«

Ich wollte gerade zu einer Antwort ansetzen, als mein Handy klingelte. Ein schneller Blick aufs Display kündigte mir einen Anruf von Kommissar Tannreuther an. Für einen Moment erwog ich, nicht dranzugehen, doch dann rang ich mich dazu durch. Vielleicht gab es gute Nachrichten, vielleicht war Niko inzwischen gefasst worden.

»Mia Kaminski«, meldete ich mich und machte Tom

ein Zeichen, dass das Gespräch höchstens zwei Minuten dauern würde.

»Gut, dass ich Sie erreiche, Frau Kaminski«, setzte er an. »Ich würde gerne …«

»Haben Sie ihn?«, unterbrach ich ihn.

»Sie meinen Nikolai Nawrath? Nein, er befindet sich noch auf der Flucht. Haben Sie gestern Abend an einem Essen im Hause Nawrath teilgenommen?«

»Warum wollen Sie das wissen?«

»Haben Sie?«

»Ja.«

»Können Sie mir sagen, wer außer Ihnen noch dort war?«

Ich zählte alle Beteiligten auf, ließ Niko jedoch unerwähnt.

»Haben Sie nicht noch jemanden in Ihrer Aufzählung vergessen?«

»Woher wissen Sie davon?«

»Die Frage ist doch wohl eher, wieso Sie uns nicht informiert haben. Sie sitzen mit einem Tatverdächtigen, nach dem wir fahnden, an einem Tisch und …«

»Sie sind doch derjenige, der mir ständig unterstellt, ich würde ihn ausschließlich aus Rachsucht anschwärzen. Das ist nicht gerade förderlich, wenn man über alles informiert sein will. Wer hat Ihnen verraten, dass er dort war?«

»Seine Schwester. Es ist ihr in der Aufregung herausgerutscht.«

»Wieso Aufregung?«, fragte ich alarmiert. »Was ist passiert?«

»Armin Nawrath ist gestorben. Er ist vor ein paar Stunden den Folgen seines Herzinfarkts erlegen.«

15

Mit Bernas Tod sei das Unglück über die Familie Nawrath hereingebrochen, sagte Markus, als ich ihn am Sonntagmorgen anrief. Er klang erschöpft, so als habe er in den vergangenen Stunden kein Auge zugetan.

»Mir kommt es so vor«, sagte er ein wenig schleppend, »als wäre am vergangenen Dienstag ein Dominostein ins Wanken geraten und gefallen. Und auf die eine oder andere Art hat er alle nachfolgenden mit sich gerissen. Berna Kiening und der alte Nawrath sind tot, Niko immer noch auf der Flucht und der Rest der Familie am Boden zerstört.«

»Wenn du mich fragst, hat es schon viel früher begonnen, nämlich mit Bernas Krankheit und der Ermordung von Hubert Janda.«

»Als würden sie das Unglück anziehen …«

»Ich glaube nicht, dass irgendjemand das Unglück anzieht, eher dass es nach dem Zufallsprinzip verteilt wird. Heute trifft es den einen, morgen den anderen. Niemand ist davor gefeit, irgendwann ist jeder einmal an der Reihe. Das erlebst du doch tagtäglich in deiner Praxis.«

»Da erlebe ich vor allem, wie manche Menschen vom Schicksal in die Knie gezwungen werden, und das würde ich Karolin gern ersparen. Aber wer weiß schon, was von Niko noch alles zu erwarten ist. Inzwischen halte ich ihn für unberechenbar.«

»Hat er eigentlich noch etwas gesagt, nachdem ich weg war?«

»Das Wenige, das er von sich gegeben hat, bevor er

mit Janette verschwunden ist, handelte ausschließlich von dir. Und ich kann mir nicht vorstellen, dass du es hören willst. Warum hast du eigentlich nicht die Polizei gerufen, wie du es vorhattest?«, fragte er. »Ich bin noch eine ganze Weile bei Karolin geblieben, und wir beide haben jeden Moment damit gerechnet, dass ein Einsatzkommando das Haus umstellt.«

»Was hätte das denn bewirkt? Ich hätte mir höchstens den Rüffel erspart, den ich mir eingehandelt habe, weil es herausgekommen ist. Perfiderweise war übrigens Karolin diejenige, die es einem der Kripobeamten gesagt hat.«

»Ja, das hat sie mir erzählt. Sie ist ganz unglücklich darüber und hat das Gefühl, ihren Bruder verraten zu haben.«

»Ich weiß nicht, ob man bei einem Mörder unbedingt von Verrat reden sollte.«

»So sieht sie ihn nicht, Mia, das kann sie gar nicht, sie liebt ihn.«

»Ihre Tante hat sie auch geliebt, und die ist jetzt tot. Und nun komm du mir bloß nicht auch noch damit, dass sie in vier Wochen ohnehin gestorben wäre. In meinen Augen macht es einen gewaltigen Unterschied, wie jemand aus dem Leben scheidet. Berna hat genug gelitten. Dass sie auf diese Weise sterben musste, finde ich entsetzlich.«

»Da sind wir völlig einer Meinung«, sagte Markus leise. »Und ich hoffe, dass sie Niko dafür mit aller Härte zur Rechenschaft ziehen und er sich nicht auf verminderte Schuldfähigkeit oder sonst einen Unsinn herausreden kann. Damit darf ich den Nawraths natürlich nicht kommen, aber ich wünsche mir nichts sehnlicher, als dass Niko ganz schnell gefasst wird und dieser unsägliche Spuk endlich ein Ende hat. Vorher wird Karolin nicht zur Ruhe kommen.«

Ich fragte mich, wie sie danach zur Ruhe kommen sollte, denn auf Nikos Festnahme würde die Untersuchungshaft folgen und schließlich der Prozess, der wohl kaum mit einem Freispruch enden würde.

Bevor ich zu meiner sonntäglichen Vormittagsrunde mit den Hunden aufbrach, klopfte ich leise an Charlottes Zimmertür und lauschte auf ihre Stimme. Es war jedoch kein Mucks von ihr zu hören. Entweder war sie immer noch in dieser seltsamen Stimmung und wollte nicht mit mir reden, oder sie war bereits zu einem Training unterwegs. Vielleicht konnte ich sie mittags zu Hause erwischen und noch einmal versuchen, an sie heranzukommen.

Für die Sonntagsrunde zog ich mich regelmäßig in den Nordteil des Englischen Gartens zurück, weil dort kaum Touristen unterwegs waren und es viel ruhiger war, und das selbst an einem Tag wie diesem, der dem Frühling alle Ehre machte. Mit den sechs Vierbeinern, die ich an diesem Vormittag betreute, lief ich ein ganzes Stück am Ufer der Isar entlang. Coco klebte mir an den Fersen und folgte keiner der Spielaufforderungen ihrer besten Hundefreundin.

Inzwischen fraß sie zum Glück wieder, trotzdem war ihr anzumerken, wie sehr sie nach wie vor trauerte. Ich musste so schnell wie möglich ein neues Zuhause für sie finden. Mit jedem Tag, den sie bei mir blieb, würde sie sich mehr an mich binden, und dann würde sie sich ein zweites Mal trennen müssen. Das wollte ich ihr ersparen. Nur wohin sollte ich sie geben? Wer würde sie nehmen? Von den Hundebesitzern, die ich kannte, wollte niemand einen zweiten Hund. Und nirgends war gerade ein Körbchen frei geworden, in das Coco gepasst hätte. Auf einen Zufall warten wollte ich nicht. Was also tun?

Mir schwirrten so viele Gedanken durch den Kopf – an Berna und den Pudel, an Niko und seinen Vater. Und natürlich dachte ich an Tom. Der Abend mit ihm war so gewesen, wie man ihn sich wünschte, wenn man verliebt war. Irgendwie hatten trotz Leid und Chaos, die durch Bernas Tod entstanden waren und schwer auf mir lasteten, die Schmetterlinge in meinem Bauch durchgehalten. Es war ein seltsames Gefühl, all das nebeneinander und gleichzeitig zu spüren. Eine Mischung aus Traurigkeit, Entsetzen und Verliebtheit. Für den Moment beschloss ich, nur der Verliebtheit Raum zu geben. Ich stellte mich an den Wasserrand, spürte die Sonne auf meinem Gesicht, warf Steinchen, ohne dabei die Hunde aus den Augen zu lassen, und dachte an Tom. Die Gedanken an ihn wärmten mich und entführten mich in einen Raum voller Verheißung und Geborgenheit.

Schließlich atmete ich tief durch und kehrte zurück ins Hier und Jetzt. Inzwischen hatten alle Hunde außer Coco gebadet und sich mehrmals kräftig geschüttelt. Gemeinsam erklommen wir den kleinen Abhang und kehrten auf den Spazierweg zurück. Wir waren noch nicht weit gekommen, als ich hinter mir Charlottes Stimme hörte.

Joggend schloss sie zu mir auf und presste mit abweisender Miene ein Hallo hervor. Sie trug ihre Sportklamotten, also hatte sie vermutlich gerade ein Training mit einem Kunden absolviert oder es noch vor sich.

Ich blieb stehen und sah sie an. »Geht es dir heute besser?«

Sie ging einfach weiter und antwortete über die Schulter hinweg mit einem Nein.

»Kannst du mir nicht endlich sagen, was los ist?«, versuchte ich, sie zurückzuhalten.

Sekundenlang blieb sie stehen, dann setzte sie ihren Weg kopfschüttelnd fort.

Ich lief ihr hinterher. So hatte ich sie noch nie erlebt, und ich konnte mir nicht vorstellen, was passiert sein musste, damit sie solch ein Verhalten zeigte. »Jetzt warte bitte, und mach verdammt noch mal endlich den Mund auf!«

Den Blick stur auf den Boden gerichtet, lief sie neben mir her. »Also gut: Was würdest du tun, wenn du herausfindest, dass eine Freundin etwas Schlimmes getan hat?«

»Wie schlimm?«

»Sehr schlimm.«

»Ich würde mit ihr darüber reden.«

»Und wenn sie alles abstreitet?«

»Dann würde ich meine Quellen überprüfen. Im günstigsten Fall ist sie unschuldig und die Quelle irrt sich oder will dich aus irgendwelchen Gründen manipulieren.«

»Es gibt keine Quelle, ich habe es selbst herausgefunden.«

»Kenne ich die Freundin?«

»Ja.«

»Und du bist dir hundertprozentig sicher?«

»Bin ich.«

»Dann rede trotzdem mit ihr, vielleicht hat sie ein Einsehen.«

»Hätte sie das nicht vorher haben sollen, bevor sie kriminell geworden ist?«

»So schlimm?«

»Ja.« Sie öffnete den Reißverschluss ihrer Sportjacke und holte etwas daraus hervor. Sie hielt ihre Hand zur Faust geschlossen und bewegte sie langsam auf mich zu. Dann öffnete sie sie.

Fassungslos starrte ich auf den Gegenstand in ihrer Handfläche und sah zwischen ihm und Charlotte hin und her. »Woher hast du ihn?«, fragte ich und überlegte fieberhaft, wie sie an den Ring gekommen sein konnte – den Ring mit dem großen blauen Saphir umgeben von kleinen Diamanten, nach dem alle suchten und den ich angeblich gestohlen haben sollte. Immer noch fassungslos starrte ich Charlotte an. Der Ring in ihrer Hand stellte alles auf den Kopf.

»Woher hast du ihn?«, fragte ich.

»Überleg mal, wo du ihn zuletzt gesehen hast!«, forderte sie mich mit Schärfe in der Stimme auf.

Coco sprang winselnd an mir hoch, während die anderen Hunde uns aufmerksam umringten.

»An Bernas Finger, ein paar Tage vor dem Mord. Woher hast du ihn?«, wiederholte ich meine Frage.

»Du lügst! Mia, du lügst!« Sie war so aufgebracht, dass sich ihre Augen plötzlich mit Tränen füllten. »Ich hätte nie für möglich gehalten, dass du so etwas tun würdest. Dass du überhaupt fähig dazu wärst. Erklär es mir, ich möchte es wenigstens verstehen.«

»Woher hast du den Ring?«, fragte ich um Fassung bemüht, wobei ich jedes Wort betonte.

»Aus deiner Jackentasche.«

»Das ist unmöglich!«

»Ich hatte gestern noch Platz in der Waschmaschine

und wollte deine Jacke mitwaschen. Da du in deinen Outdoorjacken immer Leckerchen hast, habe ich die Taschen durchsucht. Dabei habe ich den Ring gefunden.« Sie wischte sich die Tränen aus den Augen.

»Nein, Charlotte, nein und noch mal nein! Ich habe den Ring nicht genommen.«

»Gestohlen trifft es wohl eher.«

»Ich war das nicht, das musst du mir glauben!« Mit einem Mal tat mir alles weh, und ich krümmte mich. Übelkeit machte sich in meinem Magen breit.

»Und wie soll er dann in deine Jackentasche gelangt sein? Durch Geisterhand?«

Ich bewegte mich von ihr fort, ging ein Stück über die Wiese und lehnte mich gegen einen dicken Baumstamm. Die Hunde folgten mir. Es gelang mir nicht, einen klaren Gedanken zu fassen, alles wirbelte durcheinander, nichts ergab einen Sinn. Charlotte trat neben mich, aber ich schüttelte nur den Kopf und bedeutete ihr, Abstand zu halten. Ich brauchte Raum zum Denken. Irgendwo musste die Lösung sein.

Fast im selben Moment, als Charlotte sich ein paar Schritte von mir entfernte, hörte ich einen Schuss dicht gefolgt von einem Geräusch direkt neben mir. Bevor ich begriff, was da gerade geschah, fiel ein zweiter Schuss. Und dann schien alles gleichzeitig zu passieren. Zwei meiner Hunde – die beiden, die nicht schussfest waren – erstarrten mit eingeklemmten Ruten. Charlottes Miene gefror und schien ein Spiegel meiner eigenen zu sein. Bis wir uns alle fast im selben Moment aus dieser Starre lösten und in Bewegung setzten. Im Rennen deutete Charlotte auf einen dicken Baumstamm, hinter dem wir Deckung suchten. Eine Aktion, die völlig sinnlos gewesen wäre, wenn der Schütze weitergemacht hätte. Wir konnten nur erahnen, aus welcher Richtung die Schüsse gekommen waren. Er hätte uns genauso gut noch im Visier haben können. Hektisch sah ich mich um und zählte die Hunde durch. Sie waren alle da und augenscheinlich unversehrt – wenn auch zutiefst irritiert.

Ich weiß nicht, wie lange wir dort hinter dem Baumstamm verharrten, ich verlor jegliches Zeitgefühl. Charlotte berappelte sich als Erste.

»Du blutest«, sagte sie und deutete auf meinen Arm.

Vorsichtig tastete ich darüber, spürte jedoch nichts.

»Lass mal sehen!«, sagte sie und bedeutete mir, die Jacke auszuziehen.

Ich entledigte mich der Jacke, lehnte mich mit dem Rücken gegen den Baumstamm und schob den Ärmel meines Pullovers hoch.

»Zum Glück ist es nur eine Schramme«, sagte Charlotte, nachdem sie mit einem Papiertaschentuch über die Wunde gestrichen hatte. »Scheint nur ein Streifschuss zu sein.«

»Nur ist gut«, entgegnete ich und zog zitternd den Ärmel wieder darüber. Dann zückte ich mein Handy und rief Kommissar Tannreuther an. Aufgeregt schilderte ich ihm, wo wir waren und was gerade geschehen war. Im Telegrammstil klärte er ab, ob wir uns noch in Gefahr befanden, und forderte mich dann auf, mich nicht von der Stelle zu rühren, bis er eintraf. Er versprach, Gas zu geben.

Für einen Moment schloss ich die Augen und versuchte, ruhig zu atmen und mein Zittern in den Griff zu bekommen. »Das war Niko«, sagte ich schließlich zu Charlotte. »Das war eine weitere Warnung an mich.«

16 Kommissar Tannreuther und sein Kollege Scherf trafen fast gleichzeitig mit zwei Mannschaftswagen der Polizei und dem Rettungswagen ein. Bereits zum zweiten Mal in nicht ganz einer Woche bekam ich es mit einem Notfallmediziner zu tun. Dieser war noch ziemlich jung, sehr dünn und hatte zu viel Rasierwasser aufgetragen. Während er im Rettungswagen meine Wunde säuberte und versorgte und mehrere Polizeibeamte ausschwärmten, um nach möglichen Spuren des Schützen zu suchen und die beiden Geschosse zu sichern, wurde Charlotte von Ludwig Scherf und ich von Traugott Tannreuther befragt. Um in dem engen Wagen weder Notarzt noch Sanitäter im Weg zu stehen, drückte er sich an die Wand.

Ich bat darum, die ärztliche Versorgung nach draußen zu verlegen, damit ich meine Hunde im Blick behalten konnte, erntete aber nur ein kurzes *Stillhalten!* des Mediziners. Kommissar Tannreuther beruhigte mich, sein Kollege sei mit meiner Freundin bei den Hunden, alle seien angeleint, es könne ihnen nichts geschehen.

Er fragte mich, wann die Schüsse gefallen seien, wo genau wir uns zu dem Zeitpunkt befanden, ob uns zuvor jemand oder etwas aufgefallen sei und ob ich mich verfolgt gefühlt hätte. Ob es Zeugen gebe, die sich vor dem Eintreffen der Polizei entfernt hätten, und wer davon hatte wissen können, wo genau ich mich an diesem Tag im Englischen Garten aufhalten würde.

»Wer das wissen wollte, hätte mir nur zu folgen brauchen. Das ist nicht sonderlich schwer, da ich mich mit den Hunden nicht schnell bewege. Und mein Auto ist auch ziemlich auffällig.«

»Gehen Sie immer dieselben Wege?«

»Während der Woche bin ich oft im Südteil des Englischen Gartens und wandere von dort aus in den Nordteil. Sonntags bin ich ausschließlich im Nordteil. Meine Uhrzeiten sind auch immer die gleichen.« Ich zuckte zusammen, weil die Wunde schmerzte.

»Wer weiß darüber Bescheid?«, fragte er.

»So ziemlich jeder, der mich kennt.«

»Auch Nikolai Nawrath?«

Ich nickte und bedankte mich bei dem Notarzt, der den Verband um meinen Oberarm fixiert hatte und mir mit einem Nicken zu verstehen gab, dass er fertig war. Er riet mir, gleich morgen meinen Hausarzt aufzusuchen. Ich versprach es und kletterte aus dem Wagen. Als ich schnurstracks zu Charlotte und den Hunden gehen wollte, hielt Kommissar Tannreuther mich zurück. Er brauche noch für einen Moment meine ungeteilte Aufmerksamkeit.

»Stichwort Nikolai Nawrath«, nahm er den Faden wieder auf.

»Niko kennt meine Gewohnheiten ziemlich gut. Er kennt die Wege, die ich laufe, er hat mich ein paar Mal begleitet, als wir noch zusammen waren. Haben Sie eigentlich irgendwelche Spuren an der Zielscheibe gefunden?«

»Bisher nichts Verwertbares.«

Ich verzog den Mund. »Allem Anschein nach hat sie ihm als Drohung nicht gereicht. Jetzt hat er sich offensichtlich für härtere Bandagen entschieden.«

»Macht Ihnen das gar keine Angst?«, fragte er verwundert und musterte mich eingehend. »Sie wirken ungewöhnlich gelassen für das, was Ihnen da gerade widerfahren ist. Immerhin wurden Sie angeschossen.«

»Gelassen?«, hielt ich ihm ungläubig entgegen. »So fühle ich mich ganz und gar nicht. Und ich kann mir auch niemanden vorstellen, der keine Angst hat, wenn auf ihn geschossen wird. Aber ein paar Minuten nach den Schüssen hat sich zum Glück meine Vernunft zurückgemeldet.«

»Um Ihnen was zu sagen?« Ein uniformierter Beamter unterbrach ihn kurz. Die beiden bewegten sich ein paar Schritte von mir fort und besprachen sich. Der Uniformierte nickte, und Kommissar Tannreuther kehrte zu mir zurück, als mein Handy mit einem Pling eine Nachricht ankündigte.

Ich gab ihm ein Zeichen, sich einen Moment zu gedulden, und schaute nach. Tom hatte mir ein Selfie von sich und Bogart geschickt. Untertitelt war das Bild mit den Worten, sie würden mich beide vermissen. Ich antwortete mit einem Smiley mit Herzchenaugen.

»Was hat Ihnen Ihre Vernunft gesagt?«, holte der Kommissar mich zurück.

Ich runzelte die Brauen und konzentrierte mich auf seine Frage. »Dass er mich erschossen hätte, wenn er das gewollt hätte. Niko ist normalerweise alles andere als ein Dilettant, auch wenn er Ihnen angesichts der Fehler, die ihm beim Mord an Frau Kiening unterlaufen sind, so vorkommen mag. Diese Fehler haben mich anfangs sogar an seiner Schuld zweifeln lassen.« Ich schluckte. »Aber wissen Sie was? Ich bin froh, dass er Fehler gemacht und nicht sämtliche Spuren verwischt hat. Sonst wüssten Sie vielleicht noch immer nicht, wer sie umgebracht hat.«

Coco, die mich entdeckt hatte, warf sich in die Leine und jaulte herzzerreißend. Ich gab Charlotte ein Zeichen, sie loszumachen. Augenblicklich stürmte sie auf mich zu, sprang erst an mir hoch und ließ sich dann schwer auf meine Füße fallen.

»Es ist noch nicht hundertprozentig sicher, dass Nikolai Nawrath tatsächlich der Täter ist«, sagte der Beamte, während er den Blick auf den Pudel gerichtet hielt. »Da gibt es noch einiges zu klären.«

»Aber Sie fahnden doch nach ihm. Bedeutet das nicht …« Ich hielt inne.

»Es spricht einiges für ihn als Täter, nicht zuletzt seine Flucht. So wie er von seinem Umfeld beschrieben wird, neigt er nicht zu Panikreaktionen. Sie selbst beschreiben ihn als sehr überlegt und strategisch. Er muss also einen schwerwiegenden Grund haben zu fliehen.«

»Als er seine Tante umbrachte, hat er auch alles andere als strategisch gehandelt. Demnach neigt selbst Niko in Ausnahmesituationen dazu, panisch zu werden. Das überrascht mich immer noch, diese Seite kannte ich bisher nicht an ihm. Ich hätte es nie für möglich gehalten, dass er untertaucht.«

»Welche Reaktion würde denn Ihrer Meinung nach zu ihm passen?«

Ich ging in die Hocke, um Coco zu streicheln, und sah zu dem Kommissar hoch. »Bevor das alles geschehen ist, hätte ich meine Hand dafür ins Feuer gelegt, dass er sich in einer solchen Situation ausschließlich auf ausgefuchste Anwälte verlässt, darauf, dass sie ihn da schon raushauen werden. Sein Leben, seine Familie und seine Firma aufzugeben hätte ich für die allerletzte Option gehalten. Ein Leben auf der Flucht ist ganz bestimmt nicht erstrebenswert, und Niko hat genug Vorstellungskraft, um sich das in allen Facetten auszumalen.«

»Dann wird er sich auch ein Leben hinter Gittern vorstellen können, und zwar über viele Jahre hinweg. Das hat schon ganz andere Kaliber dazu bewegt, sich auf und davon zu machen.«

Ich ließ mir seinen Einwand durch den Kopf gehen und erhob mich. »Niko ist angeschlagen. Den Eindruck hat er zumindest vorgestern Abend auf mich gemacht«, sagte ich in Erinnerung an das überraschende Treffen bei den Nawraths.

Kommissar Tannreuther betrachtete mich aufmerksam. »Worauf wollen Sie eigentlich hinaus, Frau Kaminski?«

Ich vergrub meine Hände in den Hosentaschen. »Wenn ich das nur so genau in Worte fassen könnte … es ist eher ein Gefühl.«

»Versuchen Sie es.«

»Es ist, als würde ich Niko noch einmal neu kennenlernen. Bis letzten Dienstag hätte ich Ihnen ein ziemlich genaues Psychogramm von ihm geben können. Er hat wirklich nicht die besten Charaktereigenschaften, und er würde ziemlich weit gehen, um seine Ziele durchzusetzen, aber einen Mord hätte ich ihm trotzdem nicht zugetraut.«

»Vielleicht weil Mord außerhalb dessen liegt, was man gemeinhin Menschen im eigenen Umfeld zutraut. Solch eine Tat erschüttert die Grundfeste und stellt alles auf den Kopf, und zwar nachhaltig.« Er bedachte mich mit einem warmherzigen Lächeln, das mich für einen Moment in einen Kokon hüllte. »Vielleicht spielt bei Ihrer Einschätzung aber auch eine Rolle, dass Sie eine Beziehung mit ihm hatten.«

»Wegen dieser Beziehung haben Sie mir Rachegelüste und Verleumdung unterstellt.«

Er sah mich ernst an. »Ich meinte eher, dass es schwer sein kann, sich damit abzufinden, mit einem Mörder liiert gewesen zu sein. Diese Tatsache ist oftmals erschütternd. Es wird einem dann nämlich plötzlich bewusst, wie wenig man eigentlich vom anderen weiß.«

»Die oft zitierten Abgründe?« Ich zog meine Hände aus den Hosentaschen und sah auf meine Finger. »Ich kann damit wenig anfangen. Als sei alles Dunkle tief in uns vergraben und nur das Helle an der Oberfläche. Ist es nicht viel eher so, dass alles immer zum Greifen nah ist, dass es am Charakter liegt, was jeweils zum Tragen kommt, und natürlich an den Situationen, in die wir im Leben geraten?« Ohne seine Antwort abzuwarten, zog ich den Ärmel meines Pullovers über den Verband und schlüpfte in meine Jacke. Mein Blick wanderte zu Charlotte, die nah bei den Hunden stand und mich nicht aus den Augen ließ. Ich dachte an den Ring und fragte mich, ob sie dem Beamten davon erzählt hatte. Wenn ja, hätte er ganz bestimmt sofort seinen Kollegen informiert. Aber das war offensichtlich nicht geschehen, zumindest noch nicht. »Wie geht es jetzt weiter?«, fragte ich Kommissar Tannreuther.

»Wir untersuchen den Tatort und natürlich die Geschosse, dann wissen wir mehr.«

»Und ich? Wie soll ich mich verhalten?«

»Würden Sie sich daran halten, wenn ich Ihnen empfehle, in den nächsten Tagen nicht draußen als Zielscheibe herumzulaufen?«

»Nein.«

»Er könnte es wieder versuchen. Vielleicht sind Sie nur deshalb so glimpflich davongekommen, weil er ein schlechter Schütze ist. Zum gegenwärtigen Zeitpunkt können wir das nicht ausschließen. Ich an Ihrer Stelle wäre vorsichtiger, aber das habe ich Ihnen schon einmal gesagt.«

»Niko ist Jäger, zumindest hat er früher gejagt. Er trifft sein Ziel, wenn er es will.«

Kommissar Tannreuther fuhr sich mit der Hand über seine Glatze und sah mich an, als habe er es mit einem störrischen, uneinsichtigen Kind zu tun. »Ich würde mich nicht darauf verlassen, Frau Kaminski. Im Wald auf ein Reh zu zielen ist etwas völlig anderes als an einem Sonntagvormittag im belebten Englischen Garten auf einen Menschen. Da ist das Risiko, entdeckt zu werden, enorm hoch und damit auch der Druck. Da kann man schon mal danebenschießen. Und noch etwas kommt hinzu: Was, wenn wir uns alle irren und wir es mit einem anderen Täter zu tun haben?«

»Und wer sollte das bitte schön sein?«

»Das versuchen wir herauszufinden.«

»Jetzt noch? Nach allem, was geschehen ist?«

»Wir würden unserer Aufgabe nicht gerecht, wenn wir es nicht täten.«

Mit Charlottes Unterstützung brachte ich kurz darauf alle Hunde bis auf Coco zu ihren Besitzern zurück. Charlotte hatte ihr Auto in der Nähe vom *Seehaus* stehen lassen und saß am Steuer meines Ducatos. Sie war überzeugt, ich stünde unter Schock und dürfe nicht fahren. Was mit ihr sei, hielt ich ihr entgegen, aber davon wollte sie nichts wissen. Sie sei hartgesotten, außerdem sei sie nicht verletzt worden.

Wir berieten, ob ich den Hundebesitzern von dem Vorfall erzählen sollte, und kamen beide zu dem Schluss, dass es gar keinen anderen Weg gab. Besser, sie erfuhren es von mir als über irgendwelche anderen Kanäle. Welche Konsequenzen sie daraus zogen, musste ich ihnen überlassen. Natürlich hoffte ich, dass sie sich nicht schrecken ließen und ihre Hunde weiterhin bei mir in guter Obhut wähnten, aber vielleicht war das allzu optimistisch gedacht. Die nächsten Tage würden es zeigen.

Von unterwegs rief ich meine Mutter an und sagte die Einladung zum Kaffee ab. Mir sei ein wichtiger Kunde dazwischengekommen, manövrierte ich mich um die Wahrheit herum und bedeutete Charlotte, den Mund zu halten und nicht dazwischenzureden.

Als ich aufgelegt hatte, fragte sie mich, warum ich meiner Mutter keinen reinen Wein eingeschenkt hätte. Weil sie dann spätestens eine Stunde später bei uns aufgetaucht wäre, um mich zu umsorgen wie ein Kleinkind und am besten gleich zurück nach Hause zu holen, antwortete ich. Meine Mutter fand oft nicht das richtige Maß und neigte dazu, alles nur noch schlimmer zu machen.

Während der restlichen Fahrt sprachen wir über das, was im Englischen Garten passiert war. Dabei sparten wir das Thema Ring aus. Erst nachdem wir uns umgezogen und Kaffee und Tee aufgesetzt hatten, näherten wir uns ihm an. Charlotte zauberte aus ihrem Kühlschrankfach ein Kuchenpaket und lud jeder von uns ein Stück Apfelkuchen auf einen Teller, nachdem sie noch schnell als Nervennahrung Sahne geschlagen hatte. Mit den Fingern brach sie ein Stück vom Rand des Kuchens ab, schob mit der Gabel ein Sahnehäubchen darauf und steckte es sich in den Mund.

»Also los!«, forderte sie mich kauend auf. »Wie ist das

Ding in deine Tasche gekommen? Und lüg mich bloß nicht an!«

Während der Autofahrt hatte ich mir den Kopf über das Schmuckstück zerbrochen. Meiner Meinung nach gab es nur eine einzige Möglichkeit. »Berna muss ihn mir zugesteckt haben. Es kann nur so gewesen sein. Ich habe dir doch erzählt, dass sie mich zum Abschied umarmt hat – etwas, das ganz ungewöhnlich für sie war und das sie vorher noch nie gemacht hatte.«

»Wenn sie sich das Leben nehmen und dir den Ring zukommen lassen wollte, würde ich das ja für möglich halten, aber sie wurde umgebracht.«

»Das wird sie zu dem Zeitpunkt bereits geahnt haben, immerhin war sie völlig benommen.«

»Und dann soll sie dir vorher noch schnell den Ring zugesteckt haben? Nach dem Motto: Danke, Mia, für all deine guten Dienste? Das glaubst du doch selbst nicht!«

»Sie hätte mir den Ring niemals vermacht«, sagte ich tief in Gedanken. »Sie hatte ihn schon lange Karolin versprochen, und ein Versprechen hat ihr viel bedeutet. Sie hätte es nicht gebrochen.«

Ohne mich aus den Augen zu lassen, schob Charlotte sich ein weiteres Stück Kuchen in den Mund. »Warum dann?«, fragte sie kauend. »Als Hinweis auf Niko taugt er wohl kaum. Außerdem hatte sie dir ja bereits gesagt, dass ihr Neffe bei ihr ist.« Sie überlegte und setzte sich dann mit einem Ruck auf.

»Was ist?«

»Vielleicht war es ein Hinweis auf seine Schwester … auf Karolin.«

17

Was hatte Berna mir mit dem Ring sagen wollen? Dass Karolin mit ihrem Bruder unter einer Decke steckte? Oder dass ich Karolin warnen sollte? Nur wovor?

Und warum hatte Niko im Englischen Garten auf mich geschossen? Ausgerechnet dort? Ich musste an Kommissar Tannreuthers Worte denken, dass es einen enormen Druck bedeutete, an einem Sonntagvormittag an einer solch exponierten Stelle auf jemanden zu schießen. Das Risiko sei viel zu groß. Warum hatte er sich für die riskante Variante entschieden – er, der ein Ass in Nutzen-Kosten-Analysen war?

Nicht nur diese Fragen hielten mich wach, auch die um einige Stunden verspätete Reaktion auf die Schüsse trug das Ihrige dazu bei. Mir war kalt, ich zitterte und bekam das leise Plopp der neben mir einschlagenden Geschosse nicht aus dem Kopf.

Kurz nach Mitternacht schickte ich Tom eine Nachricht und fragte, ob er noch wach sei. Da er oft noch spät arbeitete, würden gleich die zwei blauen Häkchen auftauchen, und kurz darauf würde ich seine Antwort lesen. Aber ausnahmsweise schien er bereits zu schlafen.

Ich stieg aus dem Bett, schlich leise über den Flur und klopfte an Lukas' Tür. Ich wartete ein paar Höflichkeitssekunden ab, drückte dann die Klinke hinunter und spähte in sein Zimmer. Hoch konzentriert starrte er auf seinen Rechner, hatte mich aber offenbar aus dem Augenwinkel wahrgenommen, denn ohne den

Kopf zu drehen, wedelte er mich mit einer unmissverständlichen Geste wieder hinaus.

Zurück in meinem Zimmer tigerte ich hin und her und nahm nur am Rande wahr, dass Coco mir zunächst auf meinen verschlungenen Wegen durch den Raum folgte, sich dann jedoch wieder in ihr Körbchen verzog und mich beobachtete. Als mir bewusst wurde, dass ich nicht zur Ruhe kommen würde und jemanden zum Reden brauchte, schickte ich Grete eine SMS. Fünf Minuten später standen wir uns im Hausflur gegenüber.

Grete sagte mir zur Begrüßung, sie habe eine Ausnahme gemacht und ihrer Tochter eine Nachricht hinterlassen, dass sie einen Spaziergang mit mir mache. Also hoffe sie, dass Ute Ruhe geben und mich nicht behelligen würde.

Mit Coco an der Leine zogen wir los und trotteten in gemächlichem Tempo durch die Straßen der Maxvorstadt. Grete fragte, was los sei, selbst in dem dämmrigen Licht der Straßenlaternen würde ich ziemlich blass um die Nase herum aussehen. Also erzählte ich ihr, was passiert war.

Grete, die so schnell nichts aus der Ruhe bringen konnte, hörte sich alles geduldig an, nahm dann meine Hand, drückte sie und zog die Zigaretten aus der Tasche. Sie zündete eine an, reichte sie mir und steckte sich dann eine eigene an.

»Schlimm«, brachte sie die Sache mit den Schüssen auf den Punkt. »Der Kerl muss ja inzwischen ziemlich verzweifelt sein.«

»Trotzdem werde ich den Gedanken nicht los, dass diese Kugeln ganz sicher nicht im Baumstamm eingeschlagen wären, wenn er so verzweifelt gewesen wäre, wie alle glauben. Dann hätten sie mich nämlich getroffen.«

»Wenn man verzweifelt ist, zielt es sich womöglich nicht mehr so gut«, gab Grete zu bedenken und wich Coco aus, die ihr vor die Füße gelaufen war.

Ich schüttelte den Kopf, nahm einen weiteren Zug und blies den Rauch gen Himmel. »Versetz dich doch mal in seine Lage: Du hast jemanden umgebracht, und dann komme ich und bezeuge, dass du am Tatort warst. Also musst du irgendwie verhindern, dass ich vor Gericht gegen dich aussage. Und wie bewerkstelligst du das?«

»Ich bringe dich um«, führte sie meinen Gedankengang fort und blinzelte mich durch ihre schwarz umrandete Brille an.

»Genau das würdest du tun, wenn du wirklich verzweifelt wärst. Denn du hast ja bereits einen Mord begangen. Da fällt der zweite vermutlich leichter.«

»Das stellen wir uns als Laien so vor. Aber es könnte ja auch genau umgekehrt sein. Der erste Mord erschreckt einen so sehr, dass man gar keinen zweiten begehen kann. Aber auch das ist bloße Theorie. Worauf willst du hinaus?«

»Ich bin mir nach wie vor sicher, dass der Streifschuss an meinem Arm nur eine Warnung sein sollte, dass es ein gezielter Schuss war und dass Niko eben nicht verzweifelt ist. Er hat alles genau kalkuliert und durchdacht.«

Grete blieb stehen und lehnte sich gedankenverloren an eine Hauswand. Schließlich runzelte sie die Stirn und machte ein skeptisches Gesicht. »Aber er kennt dich«, sagte sie und beschrieb mit ihrer Zigarette kleine Kreise in der Luft. »Er wird wissen, dass du nicht klein beigeben wirst. Du bist doch eher von der Sorte, die sagt: Jetzt erst recht! Diese Warnung, wenn es denn wirklich eine ist, läuft ins Leere.«

Ich drückte die Zigarette mit der Schuhspitze aus und steckte die Kippe in einen Kotbeutel. Dann lehnte ich mich ebenfalls an die Wand, was den Pudel dazu veranlasste, sich zwischen unsere Füße zu setzen. »Ich frage mich die ganze Zeit, was das, was er getan hat und vielleicht noch tun wird, aufwiegt. Was steht dem Mord an Berna gegenüber? Für ihn muss es ungemein wichtig sein. Immerhin so wichtig, dass er die Gefahr, geschnappt zu werden, in Kauf nimmt.«

»Wir schauen immer nur auf ihn und nicht auf sie, auf Berna Kiening. Welche Rolle hat sie im Leben von diesem Kerl gespielt? Vielleicht ergibt sich daraus etwas?«

»Sie war seine Tante, sie haben sich auf Familienfesten gesehen, und hin und wieder hat er sie besucht.«

»Waren das Pflichtbesuche oder Sympathiekundgebungen?«

»Ich hatte immer das Gefühl, dass er sie wirklich mochte. Sie ist nicht wie seine Mutter in Ehrfurcht erstarrt vor ihm. Ich glaube, sie hat ihn ganz realistisch gesehen, und deshalb hat sie auch nie ein Blatt vor den Mund genommen, wenn sie mit ihm geredet hat. Sie war durchaus jemand, der ihm die Stirn geboten und versucht hat, ihm den Kopf zurechtzurücken.«

»Hatte er Respekt vor ihr?«

Ich dachte über diese Frage nach. »Ich glaube, Niko hat vor niemandem Respekt.«

»Aber sie hätte ihm gefährlich werden können, wenn sie gewollt hätte?«

»Ihr war ganz wichtig, wie die Familie nach außen

dasteht, dass kein Schatten auf das glanzvolle Bild fällt. Nach außen hätte sie nichts unternommen, das ihm hätte schaden können. Und was hätte ihm nach innen schaden sollen?« Ich dachte darüber nach. »Höchstens das Testament, das sie noch unterzeichnen wollte.«

»Weißt du, was darin steht?«

Ich schüttelte den Kopf. »Ich weiß nicht einmal, warum sie mir den Ring zugesteckt hat.«

»Da hätte ich eine Idee. Du hast doch von dem ungewöhnlichen Abschiedskuss erzählt. Der lässt eigentlich nur den einen Schluss zu, nämlich dass sie gewusst hat, dass sie an diesem Tag sterben würde. Durch diesen Kerl, der gerade bei ihr war, als du den Hund bei ihr abgegeben hast. Und deshalb kann der Ring eigentlich nichts anderes gewesen sein als ein weiterer Hilferuf.«

»Einer, den ich nicht gehört habe«, flüsterte ich. »Den ich nicht hören konnte, weil ich nicht in meine Jackentasche gefasst habe.«

Selbst einer heißkalten Dusche gelang es am nächsten Morgen nicht, meine Lebensgeister zu wecken. Ich hatte nicht einmal zwei Stunden geschlafen und fühlte mich bleiern und müde. Kaum hatte ich die Augen aufgeschlagen, stand dieses quälende Wort wieder im Raum: Hilferuf. In der Nacht hatte ich meine letzte Begegnung mit Berna wieder und wieder vor meinem inneren Auge ablaufen lassen. Was ich vor dem Gespräch mit Grete nicht hatte sehen können, breitete sich jetzt klar vor mir aus: Alles, aber auch wirklich alles an der ungewöhnlichen Abschiedsszene war ein Hilferuf gewesen – nicht nur der Ring. Es war schwer, unter der Wucht dieser Erkenntnis nicht in die Knie zu gehen.

Zu wissen, dass ich hätte helfen können, dass sie vielleicht noch leben würde, wenn ich die richtigen Schlüsse gezogen hätte. Aber der Gedanke an ein vorgezogenes freiwilliges Sterben hatte sich wie der Rauch einer Nebelkerze in meinem Hirn verteilt. Währenddessen hatte ihr Leben an einem seidenen Faden gehangen. Einem Faden, den ihr Neffe schließlich durchtrennt hatte.

Es war weder ein Gefühl von Schuld, das mich niederdrückte, noch die Sorge, mir das nie verzeihen zu können – es war vielmehr die erschreckende Einsicht, völlig versagt zu haben, als es darauf ankam.

Niedergeschlagen ging ich in die Küche, um mir einen Kaffee zu machen. Ich hätte gerne mit Charlotte gesprochen, aber sie war bereits unterwegs, ihr benutzter Teebecher stand auf der Spülmaschine. Ich wollte ihn gerade wegräumen, als Lukas in die Küche schlurfte und missmutig guten Morgen sagte. Er hob nicht einmal den Kopf, als er an den Kühlschrank ging, ihn öffnete und wie verloren hineinstarrte.

»Was ist los?«, fragte ich ihn, froh über Gesellschaft, selbst wenn es eine schlecht gelaunte war.

»Nix.« Er schlug die Tür mit einem Knall zu, sodass drinnen die Flaschen klirrten.

»Hat *Nix* dir wehgetan?«, fragte ich behutsam. Wenn Lukas in dieser Stimmung war, dann meistens wegen einer Frau. Er verliebte sich immer wieder in die Internetschönheiten, für die er die Videos schnitt.

»Hat sie! Sie ist verheiratet und will es auch bleiben.« Es klang, als liege diese Entscheidung außerhalb seiner Vorstellungskraft.

»Das ist doch eigentlich ein bemerkenswerter Charakterzug.«

»Ich weiß nicht, was das mit Charakter zu tun haben soll.«

»Wie wär's mit einem gewissen Hang zur Beständigkeit?«

»Hör auf, Mia, du nervst!«

Mit einem Stöhnen ließ ich mich auf einen Stuhl sinken. »Entschuldige.«

Er setzte sich auf die Fensterbank, zog die Füße an und stellte sie auf die Heizung. »Warum kann ich mich denn nicht endlich mal in eine aus der Realität verlieben?«

»Du arbeitest die Nächte durch und schläfst tagsüber. Außer Charlotte und mir und vielleicht gerade noch der Kassiererin aus dem Supermarkt läuft dir doch so gut wie kein weibliches Wesen über den Weg.«

»Die ist genauso wenig mein Typ wie du«, meinte er gedankenverloren, um gleich hinterherzuschicken, ich solle das aber jetzt bloß nicht persönlich nehmen. »Es sind die roten Haare. Damit habe ich nur schlechte Erfahrungen gemacht.«

»Ich werd's überleben.«

Lukas hob den Blick und wirkte verunsichert. »Wäre ich denn überhaupt dein Typ? Ich meine, wenn du jünger wärst.« Uns trennten fünf Jahre.

»Darüber habe ich noch nie nachgedacht«, manövrierte ich mich um eine ehrliche Antwort herum.

Er fuhr sich mit beiden Händen übers Gesicht und sah mich dann über seine Fingerspitzen hinweg an. »Was stimmt denn nicht mit mir?«, fragte er geradeheraus. »Und jetzt komm mir nicht mit irgendwelchen blöden Ausflüchten, damit hilfst du mir nicht.« Er verstummte und hing an meinen Lippen, als erwarte er von ihnen die Erlösung.

Innerlich stöhnte ich auf. Die Richtung, die das Gespräch einschlug, war so ziemlich das Letzte, wonach mir gerade der Sinn stand, aber ich mochte Lukas zu sehr, um ihn jetzt im Regen stehen zu lassen. »Mit dir ist alles okay, Lukas. Du hättest auch längst eine Freundin, wenn du mehr draußen in der Welt und nicht nur ständig im Internet unterwegs wärst. Vielleicht könntest du mal ein bisschen an deinen Arbeitszeiten schrauben, dann hättest du mehr Zeit, könntest dich mit Freunden treffen und …«

»Meine Freunde haben ähnliche Arbeitszeiten wie ich. Das ist schwierig.«

»Wann hättest du denn überhaupt Zeit für eine Freundin? Ich meine, mal ganz pragmatisch gefragt.«

Er lehnte den Kopf gegen die Fensterscheibe, schloss die Augen und gab einen unglücklichen Seufzer von sich. »Schwierig.«

»Schwierig, aber nicht unlösbar – sagst du das nicht immer zu deinen Kunden?«

»Und du meinst wirklich, ich hätte Chancen? Ich meine da draußen?«

»Jeder hat da draußen eine Chance, Lukas.«

Er sprang von der Fensterbank und packte mich mit beiden Händen an den Oberarmen, um mir dann links und rechts einen Kuss auf die Wangen zu drücken.

Vor Schmerz schrie ich laut auf und wand mich aus seinem Griff.

»Was ist?«, fragte er völlig verdattert.

Ich deutete auf meinen Arm. »Ich habe gestern einen Streifschuss abbekommen.«

»Quatsch!«

»Schön wär's.«

Gerade als ich aus der Dusche kam, rief Tom an. Er hatte jetzt erst meine Nachricht entdeckt und bedauerte wortreich, dass er sie verschlafen hatte. Nachdem er ein Glas Rotwein zu viel getrunken hatte, sei er auf dem Sofa eingenickt und dort erst gegen Morgen aufgewacht. Und gleich müsse er zu einem Termin, sodass er mich nicht einmal sehen würde, wenn ich Bogart abholen kam. Das sei eigentlich das Schlimmste, denn er würde sich nach mir sehnen.

Es war weniger das, was er sagte, als der Klang seiner Stimme, der mich einhüllte und mir das Gefühl gab, angekommen zu sein. Es war, als gebe es nun einen Ort, den ich nie bewusst gesucht hatte, ganz einfach, weil ich keine Ahnung gehabt hatte, dass es ihn überhaupt gab. In der vergangenen Woche war so vieles geschehen, und jetzt war es auch noch um mich geschehen. Es kam mir vor wie eine Woche der Extreme, zwischen denen ich mich erst einmal zurechtfinden musste.

»Mia?«, fragte Tom vorsichtig. »Habe ich dich damit jetzt überrannt? Wenn dir das alles zu schnell geht, sag es bitte. Ich kann warten.«

»Nein, überhaupt nicht. Es ist nur …«

»Ein Fehler? Willst du das sagen?«

»Scht!«, unterbrach ich ihn. »Keine Sekunde mit dir war ein Fehler. Hörst du?«

»Was ist es dann?«

»Wollen wir uns heute Abend sehen? Dann erkläre ich es dir. Und du kannst dich beruhigen: Es hat überhaupt nichts mit dir zu tun.«

»Ganz sicher nicht?«

»Versprochen! Ich freue mich auf dich.«

Wie in jeder anderen Arztpraxis war am Montagmorgen auch bei Markus die Hölle los. Bereits um acht Uhr war das Wartezimmer gut gefüllt. Die Patienten schnieften und husteten, tauschten sich über Rückenprobleme und Übergewicht aus oder über ihr schwaches Herz. Mit einem Streifschuss war ich hier vermutlich eher die Ausnahme.

Ich bekniete eine der beiden Arzthelferinnen am Empfang, ihrem Chef auszurichten, dass ich ihn dringend in einer privaten Angelegenheit sprechen müsste und dass ich sehr in Eile sei. Bei ihnen hätten es alle eilig, blaffte mich die Zwanzigjährige mit dem Nasenpiercing unfreundlich an, ohne auch nur einen Zentimeter den Kopf in meine Richtung zu bewegen. Sie trommelte einfach weiter mit ihren unnatürlich langen Glitzernägeln auf der Tastatur herum. Ich überlegte kurz, was in ihrem Kosmos wirklich dringend sein könnte – zehn Hunde, die ungeduldig auf das Motorengeräusch meines Transporters lauschten, zählten ganz sicher nicht dazu.

Nachdem sie mich durch Ignorieren nicht loswurde, hob sie endlich den Blick. Ihr war anzusehen, dass sie solche Zwischenfälle überhaupt nicht schätzte. Widerwillig griff sie zum Hörer und rief Markus an. Ohne mich aus den Augen zu lassen, erläuterte sie ihm meine Wünsche, lauschte in den Hörer und sagte dann verärgert: »Den Flur entlang, Behandlungszimmer zwei!«

Ich bedankte mich und folgte ihrem ausgestreckten Zeigefinger. Gerade wollte ich die Klinke hinunterdrücken, als die Tür von innen geöffnet wurde und Markus mich hereinbat. Er deutete auf den Patientenstuhl, setzte sich mir gegenüber und nahm mich mit Medizinerblick in Augenschein.

»Du siehst erschöpft aus. Hast du nicht geschlafen?«

»Niko hat mich gestern im Englischen Garten angeschossen.«

Im ersten Moment schien er nicht zu begreifen, was ich da gerade gesagt hatte. »Er hat was?« Markus scannte meinen Körper, soweit er ihn im Blick hatte. »Wo hat er dich erwischt?«

Ich zog meine Jacke aus und krempelte den Ärmel meines Sweatshirts hoch. »Zum Glück ist es nur ein Streifschuss, aber der Notarzt meinte, ich sollte ihn heute zur Sicherheit von meinem Hausarzt ansehen lassen. Und da ich keinen Hausarzt habe, dachte ich …«

»Du lässt mir dieses Vergnügen zuteilwerden? Dann lass mal sehen!«

Markus löste den Verband, besah sich die Wunde, reinigte sie und verband sie wieder. Er meinte, ich hätte großes Glück gehabt, dass es nur eine Fleischwunde sei und nichts Ernsteres. »Dass er so weit gehen würde, hätte ich nicht gedacht«, sagte er, als er sich hinter seinen Schreibtisch setzte und etwas in den Laptop tippte.

»Bei Berna ist er doch viel weiter gegangen. Hast du eigentlich eine Ahnung, wie Niko an das Benzodiazepin gekommen sein könnte?«, fragte ich. »Diese Mittel sind doch verschreibungspflichtig.«

»Und da sie ein hohes Suchtpotenzial haben, sind verantwortungsbewusste Kollegen auch eher zurückhaltend mit Rezepten dafür. Aber irgendeinen wird er gefunden haben, der sie ihm verschrieben hat.«

»Lässt sich so etwas nachweisen?«

»Wenn er sie sich unter seinem Namen hat verschreiben lassen, dürfte es reine Fleißarbeit sein, das herauszufinden. Aber es gibt natürlich immer noch den illegalen Beschaffungsweg.« Markus sah auf die Uhr.

Ich nahm sein Signal auf und erhob mich. »Weißt du, was ich nicht verstehe?«, fragte ich, als er hinter seinem Schreibtisch hervorkam. »Warum hat Niko ihr erst dieses sedierende Mittel in den Whiskey gemischt, anstatt sie gleich umzubringen? Das ist einer der Punkte, die irgendwie keinen Sinn ergeben.«

»Die Antwort ist vermutlich ganz simpel: Er wird ihre Wehrhaftigkeit gefürchtet haben und wollte es sich leichter machen.«

»Berna war im Vergleich zu ihm doch nicht viel mehr als ein Windhauch, sie hatte kaum noch Kraft.«

»Wenn es ums Überleben geht, mobilisierst du deine letzten Kräfte.« Markus legte seine Stirn in Falten und sah kurz aus dem Fenster, bevor er seinen Blick wieder mir zuwandte. »Ohne all die Hinweise auf Niko würde ich sagen, der Verdacht sei absurd, aber sie sind nun einmal nicht wegzudiskutieren, dafür sprechen sie eine viel zu eindeutige Sprache. Und glaub mir – ich wünschte, es wäre anders. Für Karolin ist das eine einzige Katastrophe. Ich glaube, insgeheim gibt sie ihrem Bruder die Schuld am Tod ihres Vaters, was sie natürlich nie zugeben würde, genauso wenig wie die anderen. Sie sind alle in einem Dilemma gefangen, sie kämpfen für Niko, um das Familienkonstrukt aufrechtzuerhalten, aber Niko ist eben auch derjenige, der alles zum Einsturz bringt.«

»Dabei haben einmal alle Hoffnungen auf ihm geruht.«

»Du meinst die Firmenleitung?«

Ich nickte. »Wer springt denn jetzt überhaupt für ihn ein?«

»Dominik.«

»Das ist schon perfide«, meinte ich, »Dominik hat

damals so sehr dafür gekämpft, vom alten Nawrath an die Spitze gesetzt zu werden. Jetzt ist er dort und ist ganz bestimmt nicht glücklich damit.«

Markus zog behutsam den Ärmel meines Sweatshirts über den Verband und legte mir meine Jacke um die Schultern. Dann geleitete er mich zur Tür. »Ich glaube, da gehst du zu sehr von dir aus, Mia. Du wärst damit nicht glücklich. Bei Dominik bin ich mir nicht so sicher.«

18

Die Hunde erdeten und forderten mich und vertrieben für ein paar kostbare Stunden alle düsteren Gedanken. Erst hatte ich aus Sicherheitsgründen erwogen, meine übliche Route zu verlassen und völlig neue Wege zu gehen, vielleicht sogar hinaus an den Stadtrand in einen der Wälder zu fahren, aber dann hatte dieses *Jetzt erst recht* gesiegt, von dem Grete gesprochen hatte. Mich vertreiben zu lassen war keine Option. Schon allein deshalb nicht, weil ich es für mehr als unwahrscheinlich hielt, dass Niko ein weiteres Mal auf mich schießen würde. Inzwischen war er vermutlich weit weg.

Dennoch hatte ich genau darauf geachtet, ob mich unterwegs jemand verfolgte, und ich hielt auch jetzt die Augen offen. Aber es schien ein ganz normaler Montag zu werden. Einer, an dem etwas verloren gegangen war, das wir suchen konnten. Eine Frau, die meine Hundegruppe kannte und wusste, dass Suchhunde darunter waren, bat mich, ihren Schlüssel zu finden, den sie auf einer der großen Wiesen verloren hatte.

Das ideale Training für Sammy, den Pointer-Mix, und Jack, den einjährigen Weimaraner, die ich beide zu Flächensuchhunden ausbildete. Gemeinsam gingen wir zu der Wiese, an deren Rand ich die anderen Hunde platzierte. Erst ließ ich Sammy an einem Taschentuch der Frau schnuppern und gab ihm das Kommando. Wie ein geölter Blitz schoss er los, die Nase immer dicht am Boden. Im Zickzack stürmte er über die Wiese, bis er plötzlich stoppte, kurz und kräftig bellte und dann Platz machte. Ich gab der Frau ein Zeichen, mir zu folgen, und deutete auf ihren Schlüssel, der dicht vor Sammys Nase lag. Jack würde dieses Mal leer ausgehen. Aber die nächste Gelegenheit für ihn würde sicher nicht lange auf sich warten lassen.

Die Besitzerin des Schlüssels war überglücklich und erzählte mir gerade, dass sie schon einmal ihren Schlüssel verloren hätte und es da längst nicht so gut ausgegangen sei, als mein Handy klingelte. Ich schaute aufs Display und entschuldigte mich bei ihr.

»Ist dir noch etwas eingefallen?«, fragte ich Markus und winkte der Frau hinterher.

»Es gibt Neuigkeiten, unglaubliche Neuigkeiten sogar. Karolin hat sie von Nikos Anwalt erfahren, der gerade wegen einer Akteneinsicht bei der Staatsanwaltschaft war. Ich kann es immer noch nicht fassen …«

»Jetzt sag schon!«, fiel ich ihm ins Wort. »Hat er sich endlich gestellt?«

»Dazu ist er viel zu feige. Nein, es geht um die Gewehrpatronen. Sie sind kriminaltechnisch untersucht worden. Und die, die auf dich abgegeben wurden, stammen aus derselben Waffe, mit der Hubert Janda vor zwei Jahren erschossen wurde.«

Es dauerte einige Sekunden, bis ich begriff, was er gesagt hatte. »Irrtum ausgeschlossen?«, fragte ich, als ich endlich meine Sprache wiederfand. Nur mit Mühe gelang es mir, mich auf die Hunde zu konzentrieren. Ich gab ihnen ein Handzeichen, mir über die große Wiese zu folgen, was sie zum Glück ausnahmslos taten.

»Unglaublich, oder?«

Erst in diesem Moment wurde mir die Tragweite des Ganzen bewusst. »Dann war es damals gar kein Jagdunfall?«

»Das ist aus heutiger Sicht wohl eher unwahrscheinlich. Hubert Janda muss gezielt umgebracht worden sein, was ohne die Schüsse auf dich vermutlich nie herausgekommen wäre.«

»Aber wieso?« Ich versuchte, einen gemeinsamen Nenner für beide Angriffe zu finden. Bis eben noch hatte der Zusammenhang mit den Schüssen auf mich ganz klar auf der Hand gelegen: Berna und meine Zeugenaussage. Aber jetzt?

»Keine Ahnung. Karolin ist auch völlig durch den Wind und versteht die Welt nicht mehr. Über ihr bricht im Moment alles zusammen.«

»Wie ordnet die Kripo das denn ein?«

»Soweit der Anwalt in Erfahrung gebracht hat, haben sie die Zielfahndung nach Niko ausgeweitet. Sie halten ihn inzwischen wohl in beiden Fällen für den Täter. Genauen Aufschluss soll aber noch eine Zigarettenkippe geben, die sie unter dem Baum gefunden haben, von dem aus auf dich gezielt wurde.« Markus atmete schwer in den Hörer. »Hättest du das jemals für möglich gehalten, Mia?«, fragte er. »Ich meine, wir sind doch alle miteinander aufgewachsen. Niko war zwar immer der durchsetzungsstärkste von uns und schon damals ziemlich skrupellos, aber es hätte doch keiner von uns gedacht, dass er eines Tages zwei Menschen tötet. Ich habe den alten Nawrath noch im Ohr, wenn er voller Stolz auf seinen Mittleren geschaut und gesagt hat: *Der wird seinen Weg machen*. Erinnerst du dich?«

»Mit euch Jungs hatte ich doch gar nicht so viel zu tun, ich war mehr mit Karolin zusammen. Ihr wolltet uns doch gar nicht in eurer Nähe haben.«

»Und später dann habe ich Karolin angehimmelt und du Niko.«

Ich erinnerte mich noch an das Herzklopfen, das Niko mit einem einzigen Blick bei mir auslösen konnte. Es kam mir fast unwirklich vor. Ich bekam den Schüler vor meinem inneren Auge nicht mehr zu fassen, er war überlagert von einem Erwachsenen, der inzwischen als zweifacher Mörder gesucht wurde.

»Bist du noch dran, Mia?«, fragte Markus.

»Für den alten Nawrath muss es schlimm gewesen sein, seinen Sohn auf der Fahndungsliste zu wissen. Ausgerechnet den, von dem er überzeugt war, dass ihm alle Türen offen stehen würden.«

»Es hat ihn umgehauen, als hättest du eine alte Eiche gefällt. Vermutlich ist es aber besser so für ihn und hat sein Leiden abgekürzt. Den Prozess zu beobachten, in dem sein Sohn zu einer lebenslangen Haftstrafe verurteilt wird, das hätte ihm ganz bestimmt den Rest gegeben.«

»Gehst du immer noch davon aus, dass Niko geschnappt wird?«

»Selbst wenn nicht ... für die Familie macht es fast keinen Unterschied.«

Berna war nicht sein erstes Mordopfer gewesen. Dieser Erkenntnis folgte unweigerlich eine weitere: Als ich mit Niko zusammen war, hatte er bereits seinen zukünftigen Schwager umgebracht. Das, was ich für skrupellose Auswüchse gehalten hatte und worüber seine Tante mich gebeten hatte zu schweigen, war nur die Spitze eines gewaltigen Eisbergs gewesen.

Hätte ich etwas davon merken müssen? Und woran ließ sich überhaupt festmachen, dass der Partner ein Mörder war? Ich hatte hin und wieder von Frauen gelesen, die mit Mördern zusammengelebt hatten –

angeblich ohne etwas davon zu ahnen. Und ich hatte gedacht, so etwas würde ich merken, so etwas musste man doch merken. Wie naiv ich gewesen war.

Das Klingeln meines Handys riss mich aus meinen Gedanken. Kommissar Tannreuther kam ohne Umschweife zum Punkt: Sollte mir in den nächsten Tagen etwas seltsam oder ungewöhnlich vorkommen, sollte ich mich bitte sofort bei ihm oder seinem Kollegen melden. Da er mir keine Erklärung dafür lieferte, sagte ich ihm, dass ich bereits von der Übereinstimmung der Gewehrkugeln wisse. Er grummelte etwas Unverständliches vor sich hin und sagte dann, ich solle einen großen Bogen um Nikolai Nawrath machen und nicht an weiteren gemeinsamen Abendveranstaltungen teilnehmen. Das klang gerade so, als würde ich Nikos Nähe suchen, konterte ich verärgert, aber ich sei nicht lebensmüde. Dessen sei er sich gar nicht so sicher, bekam ich zu hören, immerhin würde ich immer noch da draußen als Zielscheibe herumlaufen. Ob der Streifschuss reines Kalkül gewesen sei oder ob der Täter nur schlecht gezielt hätte, könne mir zum gegenwärtigen Zeitpunkt niemand sagen. Er könne mir nur immer wieder raten, zu Hause zu bleiben, wenigstens für ein paar Tage. Ich versprach ihm, darüber nachzudenken.

Charlotte und ich verbrachten unsere Mittagspause gemeinsam zu Hause. Während sie Salat schnippelte und ich ein Dressing dazu rührte und ein Baguette im Ofen aufwärmte, erzählte ich ihr von dem Kommissar und seinem dringenden Rat und fragte sie, was sie an meiner Stelle tun würde.

»Das ist eigentlich eine Milchmädchenrechnung«, antwortete sie, legte das Messer, mit dem sie eine Avocado in Würfel geschnitten hatte, beiseite und begann damit, die Argumente an den Fingern abzuzählen. »Wir sind beide Freiberuflerinnen. Um Geld zu verdienen, müssen wir rausgehen. Wir haben genügend Konkurrenz, die sich liebend gerne auf unsere Stammkunden stürzen würde, wenn wir ausfallen. Wir verdienen nicht genug, um größere Reserven anzulegen. Und für keine von uns beiden käme es infrage, bei unseren Eltern um Unterstützung zu bitten. Ziemlich klarer Fall, wenn du mich fragst.«

Coco sprang an ihr hoch und bettelte sie gnadenlos an. »Avocado?«, fragte sie die Hündin.

»Auf keinen Fall!«, ging ich dazwischen und holte ein paar Leckerchen aus meiner Hosentasche. »Wenn du ihr etwas geben willst, dann hiervon. Aber warte, bis sie aufgehört hat zu betteln.«

Charlotte zwinkerte dem Pudel zu und ließ ein Leckerchen fallen, das Coco aus der Luft schnappte. »Sie bettelt nicht, sie hat Hunger, genau wie wir. Also sei nicht so streng. Sie trauert, und so wie du Frau Kiening beschrieben hast, hat die sie gnadenlos verwöhnt. Sie soll sich doch hier wohlfühlen.«

»Sie wird wieder gehen, Charlotte, sobald ich neue Besitzer für sie gefunden habe.«

»Also ich finde, sie würde wunderbar in unsere WG passen.«

»Gasthunde ja, ein eigener nein!«

»Na ja, das muss ja nicht heute entschieden werden«, sagte sie und holte eine Schale mit Tomaten vom Küchenschrank.

Mit einem knappen Kommando schickte ich Coco zurück in ihr Körbchen. »Können wir noch mal über Niko reden? Hältst du es für möglich, dass er …?«

»Bei dem halte ich inzwischen alles für möglich«, entgegnete sie trocken, wusch eine Tomate und begann damit, sie klein zu schneiden. »Du kannst nur froh sein, dass es so viele Indizien für seine Schuld gibt, dass nicht alles von deiner Aussage abhängt.«

Ich öffnete die Backofentür, holte das Baguette heraus und legte es auf ein Holzbrett. »Gäbe es nur meine Aussage, wäre er fein raus. Damit allein könnte ihm nicht viel passieren. Sein Anwalt würde ganz bestimmt versuchen, mich als Lügnerin und Racheengel darzustellen. Alles andere wird er wohl nicht so leicht vom Tisch wischen können.« Ich goss das Dressing über den Salat, stellte das Holzbrett auf den Küchentisch und setzte mich.

Charlotte verteilte Teller und Besteck und setzte sich ebenfalls. »Ich bin am Verhungern.« Sie schnitt sich eine Scheibe vom Brot ab, strich Butter darauf und biss hinein.

Ich nahm mir von dem Salat und pickte mit der Gabel auf meinem Teller herum. »Was sollen wir jetzt eigentlich mit dem Ring machen?«, fragte ich.

Charlotte schluckte und nahm gleich den nächsten Bissen. »Die Frage stellt sich nicht mehr«, meinte sie kauend. »Als wir nach den Schüssen losgerannt sind, habe ich ihn verloren. Heute Vormittag bin ich noch einmal dort gewesen, aber ich habe ihn nicht finden können.«

»Warum hast du mir nicht Bescheid gegeben? Jack oder Sammy hätten ihn ganz sicher gefunden.«

Charlotte legte ihr Besteck auf den Teller und streichelte Coco, die auf ihren Schoß gesprungen war. Sie betrachtete den Pudel wie ein kleines Wunder. »Ich kann dir ziemlich genau sagen, wie sich ein menschlicher Körper unter einem ganz bestimmten Training entwickelt. Aber für mich ist es immer noch schleierhaft, wie es diesen Fellnasen gelingt, einen winzigen Gegenstand auf einem riesigen Areal aufzuspüren.«

Eigentlich hatte Jack immer mittwochnachmittags seine Trainingseinheit, aber ich rief seine Besitzerin an und fragte sie, ob es ihr recht sei, wenn ich eine Extrastunde mit ihm absolvierte, selbstverständlich kostenlos. Sie freute sich und übergab ihn mir eine halbe Stunde später an der Haustür.

Jack, der am Vormittag nicht zum Zuge gekommen war, sprang aufgeregt um mich herum, als ich ihn auf dem Parkplatz aus dem Transporter holte. Während ich mit ihm zu der Wiese lief, auf der ich angeschossen worden war, machte sich ein mulmiges Gefühl in mir breit. Zum Glück hatte das Wetter viele Spaziergänger und Fahrradfahrer angelockt, sodass wir nicht allein waren.

Charlotte hatte für mich ein Papiertaschentuch mit ihrem körpereigenen Duft präpariert. Das hielt ich jetzt Jack in einer geöffneten Plastiktüte vor die Nase und gab ihm das Suchkommando. Die Suche dauerte länger als Sammys am Vormittag. Ich musste einmal zwischendrin abbrechen, damit er sich ausruhen konnte, und dachte während der Pause, dass der Ring vielleicht längst von jemandem gefunden worden war. Trotzdem setzte ich ihn ein zweites Mal auf den Geruch an. Und dieses Mal schaffte er es. Genau wie Sammy zeigte er mir mit einem kurzen Gebell und dem antrainierten Niederlegen an, dass er fündig geworden war.

Mit schnellen Schritten lief ich zu ihm, um ihn zu loben. Den Ring konnte ich allerdings nicht entdecken. Nachdem Jack angezeigt hatte, musste hier aber irgendwo etwas liegen, das nach Charlotte roch. Vorsichtig schob ich das Laub auseinander, das unter dem Baum lag, hinter dem wir gestern kurz Deckung gesucht hatten. Und tatsächlich fand ich das Schmuckstück, das Berna so viel bedeutet hatte.

Was sollte ich jetzt damit anfangen? Wo auch immer ich den Ring ablieferte – bei der Familie oder bei der Polizei –, man würde annehmen, ich hätte ihn gestohlen.

19

Den ganzen Tag über hatte ich mich auf Tom gefreut, und dann wurde der Abend zu einem einzigen Desaster. Als er mich zur Begrüßung in den Arm nahm und küsste, zuckte ich vor Schmerz zusammen. Stück für Stück entlockte er mir, was geschehen war, und sah mich dann eine ganze Weile lang fassungslos an. Bis er die Worte fand, die ausdrückten, was in ihm vorging. Er sei zutiefst enttäuscht von mir, verstünde nicht, warum ich ihm erst jetzt von den Schüssen erzählte, warum ich ihn nicht gleich angerufen hätte. So ein traumatisches Ereignis müsse man doch miteinander teilen. Was sei denn eine Beziehung sonst wert? Ich versuchte, ihm klarzumachen, dass unsere Beziehung doch noch ganz am Anfang stünde und ich sie für mein Empfinden mit dieser ganzen Kiening-Nawrath-Geschichte schon über Gebühr belastete, aber davon wollte er nichts hören. Das sei eine Frage von Vertrauen und Nähe, beides müsse man zulassen. Er habe keine Lust, nur jemand für die angenehmen Stunden zu sein und ansonsten außen vor gelassen zu werden. Ob ich ihm dieses Gefühl etwa gegeben hätte, wollte ich betroffen wissen. Ja, sagte er, das hätte ich.

Aber ich würde ihm vertrauen, hielt ich ihm entgegen, sehr sogar. Um es ihm zu beweisen, zog ich den Ring aus der Hosentasche und hielt ihn in der geöffneten Hand. Seine Augen weiteten sich bei dem Anblick und irrten entgeistert zwischen dem Schmuckstück und mir hin und her. Bevor ich etwas dazu sagen konnte, trat er einen Schritt von mir zurück, als müsse er sich vor mir schützen. Du hast ihn genommen?, fragte er erschüttert. Wir starrten uns an, bis ich meinen Blick löste und Coco zu mir rief. Dann machte ich auf dem Absatz kehrt. So viel zum Thema Vertrauen!

Wie nicht anders zu erwarten, war in der Nacht so gut wie nicht an Schlaf zu denken. Nachdem ich den Ring fürs Erste in Cocos Bettchen versteckt hatte, tigerte ich ruhelos durch mein Zimmer. Mein Smartphone glühte bereits in meiner Hand, weil ich ständig darauf starrte und auf eine Nachricht von Tom hoffte, es kam jedoch keine. Enttäuscht warf ich es aufs Bett. Nur zu gerne hätte ich gesagt *Dann eben nicht!*, aber das war nicht so einfach, dafür waren meine Gefühle für ihn schon viel zu intensiv.

Da ich nicht schon wieder Grete bemühen wollte, ging ich hinüber zu Lukas, klopfte und platzte gleich darauf in sein Zimmer. In dieser Nacht saß er jedoch nicht wie üblich mit Kopfhörern an seinem PC, sondern lag Rotwein trinkend mit einer Frau im Bett, die ich erst beim zweiten Blick als Charlotte identifizierte. Beim ersten Blick war ich noch überzeugt gewesen, einer Täuschung zu erliegen. Die beiden sahen mich völlig entspannt an, lachten und prosteten mir zu. Sie würden mich ja gerne auf ein Glas einladen, aber irgendwie passe das im Moment nicht so richtig.

Die Situation zauberte tatsächlich auch mir ein Lächeln aufs Gesicht. Ich schloss die Tür und verzog mich in die Küche, wo ich damit begann, Teig für einen Apfelkuchen zu rühren. Für eine erlösende kleine Ewigkeit ließen sich dadurch alle belastenden Gedanken verscheuchen. Ich konzentrierte mich auf nichts anderes als aufs Rühren und schließlich darauf, den

Teig in eine Form zu füllen und ihn mit Apfelschnitzen und Rosinen zu belegen. Eine Stunde später durchzog ein verführerischer Duft die gesamte Wohnung. Nachdem ich ein Stück des noch warmen Kuchens verschlungen hatte, fiel ich todmüde ins Bett.

Über Nacht war das Thermometer gefallen. Das Wetter zeigte sich durchwachsen – mit grauen Wolken, durchbrochen von ein paar mickrigen Sonnenstrahlen. Ich würde mich warm anziehen müssen. Aber nicht nur für die Witterung, vielleicht auch für das, was noch kommen würde, dachte ich beklommen.

In der Küche empfingen mich Kuchenkrümel, die über den Boden, den Tisch und die Arbeitsplatte verstreut waren. Ich konnte gar nicht so schnell reagieren, wie Coco sie vom Boden aufschleckte. Allem Anschein nach hatten sich Charlotte und Lukas noch in der Nacht über den Kuchen hergemacht. Sie hatten mir zwei Stücke übrig gelassen. Charlotte hatte mir, bevor sie das Haus verließ, Kaffee aufgesetzt und einen Zettel geschrieben. *War lecker*, stand darauf, *in jeder Hinsicht*. Ich musste grinsen, schenkte mir Kaffee ein und ließ mich mit einem Seufzer auf einen der Stühle sinken.

Als mein Handy klingelte, rannte ich in mein Zimmer und nahm den Anruf gerade noch rechtzeitig an, bevor sich die Mailbox einschaltete. Ich war so sicher, dass es nur Tom sein konnte, der so früh anrief, dass ich ein paar Sekunden brauchte, um zu begreifen, wer mich am anderen Ende der Leitung beschimpfte. Es war Karolin, die mir schluchzend vorwarf, den Herztod ihres Vaters auf dem Gewissen zu haben. Meine Aussage gegen Niko hätte eine Lawine ausgelöst, die ihren Vater unter sich begraben hatte. Ohne ein Wort drückte ich die rote Taste und beendete die Tirade.

Als es gleich darauf erneut klingelte, wollte ich den Anruf schon wegdrücken, entdeckte im Display aber eine mir unbekannte Nummer. Ich nahm den Anruf an.

»Janette Heidenkamp«, sagte eine weibliche Stimme, nachdem ich mich gemeldet hatte. »Nikos Freundin. Aber das muss ich wohl nicht extra hinzufügen.«

Gegen meinen Willen empfand ich ihre Stimme als angenehm, sie hatte einen warmen, melodischen Klang. »Eher nicht«, entgegnete ich trocken.

»Wir haben ja am Freitagabend kaum miteinander gesprochen«, fuhr sie unbeirrt fort, »deshalb weiß ich gar nicht so genau, ob wir uns duzen können. Ich meine, wenn du magst, mich würde es freuen.«

Ich mochte nicht, aber letztlich spielte es keine Rolle. »Rufst du nur deswegen an?«

»Ich wollte dir sagen, wie leid es mir tut, dass es so gelaufen ist.«

»Was genau meinst du mit es? Dass Niko seine Tante umgebracht hat? Das tut mir auch leid, sehr sogar. Oder meinst du mit es, dass er Hubert Janda getötet und vorgestern auf mich geschossen hat?«

Sie schnappte nach Luft und gab einen undefinierbaren Laut von sich. »Er hat niemanden umgebracht, Mia! Irgendjemand hat ihn nach allen Regeln der Kunst hereingelegt, und wir werden herausfinden, wer das war. Es ist nur eine Frage der Zeit. Wir …«

»Man kann seine Zeit auch sinnvoller verbringen«, fuhr ich dazwischen. »Wenn du klug bist, überzeugst du ihn, sich zu stellen.«

»Ich weiß nicht, was klug daran sein soll, jemanden

ins offene Messer laufen zu lassen. Für mich bedeutet Partnerschaft, füreinander einzustehen, auch wenn es mal ganz dick kommt.«

Dick war vielleicht ein wenig untertrieben, aber sie war ohnehin verblendet – so wie ich es einmal gewesen war. Damals hätte mich auch niemand erreicht, ich hatte meine Erfahrungen mit Niko selbst machen müssen. »Was willst du von mir, Janette?«

Sie räusperte sich und schien Anlauf zu nehmen. »Deine belastende Aussage könnte sich als Zünglein an der Waage herausstellen. Ohne sie gibt es nur Indizien, die aber auch ganz anders zustande gekommen sein könnten. Niko ist kein Mörder!«

Nichts sprach gegen leise Zweifel, die hatte ich selbst immer wieder. Aber sie waren weit entfernt von dieser unerschütterlichen Überzeugung von Nikos Unschuld. Woher nahmen seine Fürsprecher die? Weil nicht sein konnte, was nicht sein durfte? Weil es undenkbar war, dass einer aus ihrer Mitte zu zwei Morden fähig gewesen sein sollte? »Mach dir nichts vor, Janette, damit hilfst du weder dir noch ihm.«

»Könntest du nicht über deinen Schatten springen, dich mit ihm treffen und dir anhören, was er zu sagen hat? Nur noch ein einziges Mal.«

»Bist du eigentlich noch ganz bei Trost? Spätestens seit Sonntagabend solltest du wissen, was er mir zu sagen hat.«

»Da war er außer sich.«

»Das scheint ein Gemütszustand zu sein, der bei ihm allmählich die Oberhand gewinnt. Glaubst du allen Ernstes, ich treffe mich mit jemandem, der auf mich geschossen hat? In deinen Augen bin ich vielleicht ein bisschen durchgeknallt, aber ich bin nicht lebensmüde.

Und jetzt lass uns das hier beenden, das ist wirklich eine Farce. Ich …«

»Niko hat nicht auf dich geschossen«, fiel sie mir verzweifelt ins Wort. »Er kann es gar nicht gewesen sein, zu dem fraglichen Zeitpunkt war er nicht einmal in der Nähe des Englischen Gartens, er war mit mir zusammen.«

Ich stöhnte laut auf. »Tu dir das nicht an, Janette, fang nicht an, für ihn zu lügen. Das ist er nicht wert.«

»Du hast ihn doch auch mal geliebt …«

»Ich war in ihn verliebt.« Zum Glück nur das, sonst würde ich jetzt noch mehr an meinem Verstand zweifeln. »Wenn du etwas für ihn tun willst, sag ihm, er soll sich endlich stellen.«

»Hast du nicht einmal den kleinsten Zweifel, Mia? Kannst du beschwören, dass Berna tatsächlich Niko gesagt hat und nicht vielleicht Niki? Denk mal darüber nach!« Ohne ein weiteres Wort beendete sie das Gespräch.

Ihre Frage hatte die Kraft, für einen Moment alles infrage zu stellen. Zunächst sträubte ich mich dagegen, beschloss dann aber, mich rein theoretisch darauf einzulassen und diese Möglichkeit durchzuspielen. Nikolai wurde von seiner Familie Niko gerufen, sein Bruder Dominik hin und wieder Niki. Er mochte es nicht, wenn man ihn so nannte. Meistens hielten sich auch alle daran, aber besonders seiner Mutter rutschte der Spitzname noch manchmal heraus. Auch Berna hatte ihren Neffen so genannt.

Was, wenn Niko die Wahrheit sagte und er schon gegangen war, als ich dort auftauchte und mit seiner Tante sprach? Wenn statt seiner Dominik bei ihr gewesen war und ich sie tatsächlich falsch verstanden hatte? Ob jetzt Niko oder Niki hätte ich im Nachhinein nicht mit Bestimmtheit zu sagen gewusst. Vielleicht hatte mir auch mein Unterbewusstes einen Streich gespielt und mich Niko verstehen lassen anstatt Niki, weil mir Ersterer viel vertrauter war.

Es gab jedoch noch eine andere Möglichkeit, je länger ich darüber nachdachte: Was, wenn ich Berna durchaus richtig verstanden hatte, gleichzeitig aber einer Lüge aufgesessen war? Was, wenn Dominik seine Tante gezwungen hatte, seinen Bruder zu bezichtigen, um von sich abzulenken und gleichzeitig Niko ans Messer zu liefern? Das würde erklären, warum er sein Vorhaben nicht abgebrochen hatte, nachdem seine Tante mit mir an der Tür gesprochen hatte. Wenn es gar nicht Niko gewesen war, hatte kein Risiko bestanden, entdeckt zu werden.

Dominik hätte es auch gelingen können, das Beruhigungsmittel in Nikos Badezimmerschrank und seine Manteltasche zu schmuggeln. Aber was war mit dem Handy? Wie hätte er unbemerkt daran kommen können?

Während ich mir all das durch den Kopf gehen ließ, machte ich mir immer wieder bewusst, dass ich womöglich auf dem besten Weg war, mich manipulieren zu lassen. Dennoch ging Dominik mir nicht aus dem Kopf. Abgesehen vom alten Nawrath war er der Einzige, der mir gegenüber noch nicht für seinen Bruder in die Bresche gesprungen war. Auch am Sonntagabend war es ihm ausschließlich darum gegangen, Niko zu beruhigen, nicht, ihn zu verteidigen.

Aber welches Motiv hätte er haben können? Welches Motiv hätte Niko haben können? Könnte es beiden um das Testament gegangen sein? Ich musste mit jemandem sprechen, der einen ungetrübten Blick auf die beiden Brüder hatte.

Ich hielt mein Handy noch in der Hand und wollte gerade Bernas enge Freundin Hedwig Konrad anrufen, als das Gerät in meiner Hand klingelte. Meine Mutter versuchte, mich zu erreichen.

»Hallo, Mama«, meldete ich mich.

»Warum hast du uns nichts davon gesagt?«

»Wovon?«, hakte ich nach. Es war so viel geschehen, aus dem ich sie heraushalten wollte, dass ich begann, den Überblick zu verlieren.

»Nikolai Nawrath. Er befindet sich auf der Flucht, weil er seine Tante umgebracht haben soll. Stimmt das?«

»Ja.«

»Aber …« Ich sah sie vor mir, wie sie die Schnur ihres Telefons um die Finger wickelte. »Warum erzählst du denn so etwas nicht? Wieso muss ich das von unseren Nachbarn erfahren? Wir hätten doch …«

»Ich wollte euch nicht beunruhigen«, unterbrach ich sie sanft. »Ihr hättet euch nur aufgeregt.«

»Das bleibt uns jetzt auch nicht erspart. Ich verstehe überhaupt nicht, wie er das tun konnte. Erstens stammt er aus einer anständigen Familie, und zweitens war er mal mit dir liiert.« Es klang, als müsse meine Anständigkeit auf jeden in meiner Nähe abfärben. »Und du bist dir sicher, dass er es wirklich war?«

»Darauf kommt es nicht an«, wich ich der Frage aus. »Die Polizei fahndet nach ihm, das spricht wohl für sich.«

»Ihr hattet hoffentlich in letzter Zeit keinen Kontakt mehr.«

»Keine Sorge, Mama, ich mache einen großen Bogen um ihn.« Dass Niko das umgekehrt nicht tat, hätte ihr die Nachtruhe geraubt.

20 Als ich mit Coco im Schlepptau auf meinen Transporter zusteuerte, um die Hunde für die Vormittagsrunde abzuholen, lehnte Grete rauchend an der Fahrertür und bekundete, mich heute begleiten zu wollen. Ihr wäre so nach frischer Luft. Ich musste sie nur ansehen, um zu wissen, was dahintersteckte. Ob sie jetzt etwa ihrer Tochter nacheifere und versuchen wolle, mich vor den Gefahren des Lebens zu beschützen, fragte ich sie. Bei Ute, bekam ich zur Antwort, gehe es um eingebildete Gefahren, das sei ein großer Unterschied.

Ich kannte Grete inzwischen gut genug, um zu wissen, dass sie sich von nichts abhalten lassen würde, was sie sich einmal in den Kopf gesetzt hatte. Außerdem freute ich mich über ihre Gesellschaft. Wir wollten gerade einsteigen, als Gretes Handy sich mit einem Pling bemerkbar machte. Sie holte es aus der Tasche und sah sich mit gerunzelter Stirn die Nachricht an, um gleich darauf den Kopf zu schütteln.

»Kannst du Ute und mich in die Notaufnahme fahren? Sie hat sich mit dem Brotmesser in die Hand gesäbelt.«

»Vielleicht reicht ja ein Pflaster.«

Grete hielt mir das Foto hin, das ihre Tochter ihr geschickt hatte. »Sieht aus, als müsste es genäht werden.« Sie tippte etwas in ihr Handy.

»Ich fahre euch bei Markus vorbei, in der Notaufnahme lassen sie euch mindestens drei Stunden warten.«

»Und du glaubst, in einer normalen Praxis müssten wir das nicht? Träum weiter! Ute ist Kassenpatientin.«

»Ich werde ein gutes Wort für sie einlegen.«

Ute hatte sich schnell eine Jacke übergeworfen und ein Handtuch um ihre Hand gewickelt. Sie wirkte ein wenig kopflos, als sie aus der Haustür huschte und sich suchend umsah. Grete machte sich rufend bemerkbar und winkte ihre Tochter zu uns. Ute, die aussah wie die jüngere Ausgabe ihrer Mutter, war an diesem Morgen ein Bild des Jammers. Vor Schmerz liefen ihr Tränen übers Gesicht, und sie tat mir einfach nur leid.

Als Coco an ihr hochzuspringen versuchte, wich sie ängstlich zurück und drückte die umwickelte Hand gegen ihre Brust, als müsse sie sie vor umherirrenden Hundebakterien schützen. Um sie nicht noch weiter zu beunruhigen, hob ich den Pudel in eine der Transportboxen, dann stieg ich ein und startete den Motor.

Während ich uns durch den relativ dichten Morgenverkehr manövrierte, redete Grete tröstend auf ihre Tochter ein, ließ sich die stark blutende Schnittwunde zeigen und meinte, das sei nicht weiter schlimm und würde ganz schnell wieder heilen. Was ich an Grete so mochte, war, dass sie Ute in ihrer Not ernst nahm und liebevoll mit ihr umging. Bei ihren nächtlichen Exkursionen konnte sie sich heftig über sie beklagen, aber wenn es darauf ankam, war sie einfach nur Mutter.

Vor Markus' Praxis hielt ich in der zweiten Reihe, schaltete das Warnlicht ein und begleitete die beiden Frauen in den zweiten Stock. Auf dem Weg zum Empfang warf ich schnell einen Blick ins Wartezimmer, das zum Glück nicht so voll war wie gestern. Es saßen nur drei Patienten darin. Als die Arzthelferin mich erkannte, verbarrikadierte sie sich mit abweisendem Blick hinter ihrem Computer. Gestern hatte sie den Kürzeren gezogen und würde das sicher kein zweites Mal zulassen. Die Tochter meiner Freundin sei ein Notfall, erklärte ich ihr über den Tresen hinweg, sie habe sich mit dem Brotmesser in die Hand geschnitten. Zu beurteilen, wer hier ein Notfall sei, obliege dem Doktor und ganz bestimmt nicht mir, bekam ich in pampigem Tonfall zu hören. Dann wandte sie sich an Ute und fragte nach ihrer Versichertenkarte.

Während Grete die Karte aus dem Portemonnaie ihrer Tochter fischte, sagte ich, ich würde sie jetzt beruhigt ihrem Schicksal überlassen. Bei der hilfsbereiten jungen Dame am Empfang seien sie unzweifelhaft in kompetenten Händen. Über die Schulter hinweg zwinkerte Grete mir zu.

Durch den Zwischenfall mit Ute verspätete ich mich beim Abholen der Hunde um eine halbe Stunde. Da ich ohnehin nie wusste, wie gut ich durch den Verkehr kam, erwarteten die Hundebesitzer mich nie auf die Minute genau. Ich hatte gerade fünf Hunde eingesammelt, als mir die Besitzerin einer jungen Mischlingshündin an der Tür mitteilte, dass sie in Zukunft auf meine Dienste verzichten müsse. Die Sache mit den Schüssen im Englischen Garten sei ihr zu heikel und ginge ihr nicht mehr aus dem Kopf. Man könne ja nur von Glück reden, dass ihrem Liebling dabei nichts passiert sei. Wenn ich darauf bestünde, würde sie mich noch bis Ende des Monats bezahlen.

Ich bestand nicht darauf, sondern beteuerte, wie leid es mir tue und dass ich ihre Hündin in der Gruppe sehr vermissen würde. Ich verabschiedete mich, sagte, sie könne sich jederzeit wieder melden, sollte sie ihre Meinung ändern, und fuhr zu Tom. Als er nach dem zweiten Klingeln nicht öffnete, schloss ich die Tür auf und legte dem wild wedelnden Bogart das Halsband um.

Zwanzig Minuten später ließ ich neun Vierbeiner aus dem Transporter und startete unter einem verhangenen Himmel meine Runde mit ihnen. Besonders am Anfang ließ ich keines der Tiere aus den Augen, weil sie völlig unausgelastet und übermütig waren. Erst als sich alle ein wenig beruhigt hatten, zog ich mein Handy aus der Tasche und rief Bernas Freundin Hedwig Konrad an. Zum Glück hatte sie einen Eintrag im Telefonbuch und meldete sich nach dem fünften Klingeln.

Ich nannte meinen Namen und war überrascht, dass sie sich an mich erinnerte. Wir waren uns nur einmal kurz bei Berna begegnet. Am liebsten wäre ich ohne große Umschweife zur Sache gekommen und hätte sie gefragt, welche Motive die Nawrath-Söhne für den Mord an ihrer Tante gehabt haben könnten, aber das hätte sie vermutlich nur erschreckt. So hielt ich mich ziemlich bedeckt und fragte sie nur, ob sie vielleicht eine halbe Stunde Zeit für mich erübrigen könne, ich hätte eine Frage, die mit ihrer Freundin zusammenhinge, die ich ihr aber nicht am Telefon stellen wolle. Einen Moment lang war es still in der Leitung, dann sagte sie mit Entschiedenheit, sie sei nicht in der Verfassung für ein Gespräch über Berna. Deren Tod habe sie zu tief erschüttert, sie müsse erst einmal zur Ruhe kommen.

Auf die Gefahr hin, für ihn zur Nervensäge zu werden, schrieb ich daraufhin Markus eine Nachricht und fragte ihn, ob ich ihn noch einmal kurz in seiner Mittagspause überfallen dürfe, ich würde auch etwas Leckeres zum Essen mitbringen. Seine Antwort kam postwendend: Er hätte große Lust auf Pommes und Burger. Wenn ich das bewerkstelligen könne, stünde einem Überfall nichts im Wege.

Um Viertel vor eins stand ich mit einer gut gefüllten Papiertüte vor der Praxis und warf noch einen schnellen Blick auf mein Handy, bevor ich den Klingelknopf drückte. Keine Nachricht von Tom. Er war auch nicht zu Hause gewesen, als ich Bogart dort abgeliefert hatte. Dabei hatte ich gehofft, er würde dort auf mich warten, aber offensichtlich hielt er mich tatsächlich für eine Diebin, der er besser aus dem Weg ging.

Markus drückte den Türöffner und erwartete mich an der Praxistür. Er sah müde und übernächtigt aus, nahm mir die Tüte ab und ging mir voraus den Flur entlang. In den angrenzenden Räumen standen wieder alle Fenster offen, sodass uns ein kühler Windzug durch den Flur begleitete.

In der Küche waren bereits Teller und Gläser bereitgestellt. Ich setzte mich und sah dabei zu, wie Markus unser Essen verteilte und sich dann mir gegenüber niederließ.

»Ich habe heute Morgen die Tochter meiner Freundin zu dir gebracht, ich hoffe, das war okay.«

Er nickte. »Die Schnittwunde.«

»Ich glaube, deine Helferin am Empfang hasst mich inzwischen.«

»Sie hasst jeden.« Er seufzte. »Leider brauchst du so jemanden am Empfang, sonst wirst du überrannt. Du kannst dir nicht vorstellen, was für Geschichten die Leute erzählen, um so schnell wie möglich dranzukommen. Eine mit dem Herz am rechten Fleck würde da vor lauter Mitgefühl untergehen.« Er biss in den

Burger und kaute genussvoll. »Das ist heute genau das Richtige.«

Ich hielt mich an die Pommes frites und merkte erst jetzt, wie groß mein Hunger war.

»Die Schnittwunde hat mir übrigens die ganze Zeit über von dir vorgeschwärmt. Ohne dich läge ihre Mutter vermutlich längst unter der Erde. Stimmt es, dass sie sich nachts immer davonstiehlt?«

»Sie wohnt mit ihrer Tochter zusammen und braucht manchmal ein bisschen Abstand. Ute ist eher der ängstliche Typ, was Grete völlig abgeht.«

»Hemmungen gehen ihr offensichtlich auch ab. Sie meinte, ich sei ja mit dieser Mordgeschichte vertraut, und fragte mich über mögliche Motive von Niko aus. Ich war völlig von den Socken.«

»Das ist Grete«, antwortete ich mit vollem Mund. »Aber sag: Ist bei der Untersuchung der Zigarettenkippe etwas herausgekommen?«

Er trank einen Schluck Apfelschorle, wischte sich mit der Papierserviette über den Mund und schüttelte den Kopf. »Ich habe noch nichts Neues erfahren.«

»Könntest du dir eigentlich ein Motiv vorstellen, das nicht Niko, sondern Dominik zum Mörder an seiner Tante hätte werden lassen?«, stellte ich ihm die Frage, die ich Hedwig Konrad hatte stellen wollen.

»Ich weiß nicht einmal, welches Motiv Niko gehabt haben könnte. Wieso denn jetzt auf einmal Dominik?«

»Janette hat mich darauf gebracht, dass Niko und Niki phonetisch nah beieinanderliegen. Was, wenn ich das tatsächlich nicht genau verstanden habe? Immerhin kann ich es nicht hundertprozentig ausschließen.« Ich trank einen Schluck Wasser. »Weißt du, was mich bisher an der ganzen Geschichte stört? Ich kann mir immer noch nicht vorstellen, dass Niko seine Tante umbringt, nachdem sie mir an der Tür gesagt hat, dass er gerade bei ihr ist. Der Niko, den ich kenne, würde niemals ein solches Risiko eingehen.«

Markus schien anderer Meinung zu sein. »In seinem Job muss er tagtäglich Risiken eingehen. Je höher das Risiko, desto höher der Gewinn. Vielleicht hat er sich zu sicher gefühlt. Oder aber er war in einer absoluten Ausnahmesituation und ist durchgedreht. So kennen wir ihn zwar nicht, aber willst du ausschließen, dass es so gewesen sein könnte?«

Mit einer schnellen Handbewegung wischte ich sein Argument vom Tisch. »Lass dich trotzdem mal auf die Möglichkeit ein, dass Dominik es war. Bitte! Du kennst sie doch alle mindestens genauso lange wie ich, und im Gegensatz zu mir hast du viel mehr Zeit mit ihnen verbracht.«

Markus vertilgte den Rest seines Burgers und nahm sich dann die Pommes vor. Mit gerunzelter Stirn tunkte er ein Kartoffelstäbchen in Ketchup, verharrte dann aber in der Bewegung. »Bis zu den Schüssen auf dich … bis klar war, dass mit dieser Waffe auch Hubert Janda getötet wurde, habe ich mir den Kopf zerbrochen, was Niko dazu getrieben haben könnte, seine Tante umzubringen. Mir ist absolut nichts eingefallen. Und genauso wäre es mir gegangen, wenn ich über die Möglichkeit nachgedacht hätte, dass Dominik es gewesen sein könnte. Aber je länger ich darüber nachdenke …«

»Was?«

Er zögerte. »Diese Waffe ändert irgendwie alles, sie könnte das fehlende Bindeglied sein.«

Ich beugte mich näher zu ihm und stieß dabei fast mein Wasserglas um. »Erklär mir das bitte!«

»Als der alte Nawrath sich aus der Firmenleitung zurückgezogen und die Doppelspitze eingeführt hat, ist Dominik mit ziemlicher Sicherheit davon ausgegangen, dass er sie sich mit seinem Bruder teilen würde. Nebenbei gesagt, vermute ich, dass ihm schon die Idee dieser Doppelspitze zu schaffen gemacht hat. Er ist der Ältere, und er wird ganz selbstverständlich erwartet haben, seinem Vater in die Unternehmensleitung zu folgen, so wie der seinem Vater gefolgt ist. Als dann Hubert Janda zusammen mit Niko ernannt wurde und er selbst nur zum Leiter der Entwicklungsabteilung aufgestiegen ist, muss ihn das schwer getroffen haben.«

»Du meinst, er hätte Karolins Verlobten aus dem Weg geschafft, um an seine Stelle zu rücken?« Ich ließ mich gegen die Stuhllehne sinken und versuchte, mir das vorzustellen. »Niko ist damals in Verdacht geraten. Man hat ihm unterstellt, dass Hubert Janda ihm ein Dorn im Auge gewesen sei, den er versucht habe loszuwerden. Niko hat sich damals fürchterlich darüber aufgeregt.«

Markus knüllte die Pommestüte zu einem Papierball zusammen und knetete ihn. »Lass mal dahingestellt sein, ob nun Niko oder Dominik – ihre Tante könnte einem von ihnen auf die Schliche gekommen sein.« Er zielte mit dem Papierball auf den Mülleimer und traf. »Mein Favorit ist übrigens nach wie vor Niko. Die These, die die Kripo damals verfolgt hat, war vermutlich gar nicht so falsch. Niko duldet keine Götter neben sich. Dass der Alte ihm Hubert Janda zur Seite gestellt hat, muss ihn mitten in die Weichteile getroffen haben.«

»Ich kann mich nicht erinnern, dass er jemals ausgerastet wäre. Dafür war Dominik schon eher ein Kandidat.« Ich biss in meinen Veggie-Burger und dachte an unsere Jugendzeit, daran, dass schon damals die Rollen klar verteilt gewesen waren und die Charaktere bereits ziemlich klar konturiert. »Niko war immer der Schlaue, derjenige, der die Fäden in der Hand hielt, und dafür wurde er bewundert. Dominik fand aber, dass eigentlich er als der Ältere hätte bewundert werden müssen, und du …«

»Und ich?«, fragte er.

»Du warst genau wie alle anderen von Niko fasziniert und hast dabei übersehen, dass Dominik gerne enger mit dir befreundet gewesen wäre.«

»Karolin hat das auch immer wieder behauptet«, meinte er mit einem Lächeln.

»Wie geht es ihr jetzt überhaupt? Wie kommt sie damit klar, dass Hubert Janda möglicherweise von ihrem Bruder erschossen worden ist?«

Markus zuckte die Schultern. »Sie blendet es aus. Im Moment bricht alles um sie herum zusammen. Ihre Tante und ihr Vater sind tot, ihr Bruder auf der Flucht.«

»Wie gut, dass sie dich hat.«

Er sah mich unglücklich an. »Ich hätte mir nur günstigere Umstände für unseren Neuanfang gewünscht.«

21

Den Abend verbrachten wir in großer Runde um unseren Küchentisch herum. Grete hatte Pizza gebacken und in Begleitung von Ute an unserer Tür geklingelt. Sie wollten sich damit für meinen morgendlichen Einsatz bedanken. Charlotte und Lukas gesellten sich dazu und wechselten ständig so unverblümt heiße Blicke, dass irgendwann selbst ein Blinder die Energie zwischen den beiden gespürt hätte. Selbst Coco, die gerne auf Lukas' Schoß lag, wurde das zu viel, und sie verzog sich in den Hundekorb.

Ute hielt sich ihre verbundene Hand, schwieg die meiste Zeit und verlegte sich aufs Beobachten. Vornehmlich achtete sie darauf, dass Coco nicht in ihre Nähe kam. Dabei hätte es kein einziges Bakterium durch den Verband hindurch geschafft, den Markus ihr angelegt hatte.

Irgendwann wurde mir bewusst, dass Ute die Einzige war, die sich noch nicht auf unserem Küchentisch verewigt hatte. Ich holte unseren Permanent-Filzstift und legte ihn ihr neben ihren Teller. »Jeder, der an diesem Tisch sitzt, darf hier seine Sicht aufs Leben hinterlassen.« Ich deutete auf die inzwischen zahlreichen Sprüche und Cartoons.

Kaum hatte ich meine Einladung ausgesprochen, da schienen alle am Tisch die Luft anzuhalten. Ute, weil ihr Spontanes eher suspekt war, die anderen, weil sie befürchteten, der Tisch würde zum Spiegel ihrer Ängste und uns fortan den Appetit verderben.

Um die Situation zu entspannen, beugte Grete sich

vor, pickte sich ein paar der Sprüche heraus und las sie laut vor. Bei manchen runzelte sie die Stirn, andere schienen sie zu amüsieren. »Jetzt du, Ute«, forderte sie ihre Tochter sanft auf.

Ute biss auf ihrer Unterlippe herum und schüttelte den Kopf. »Mir fällt nichts ein. Tut mir leid.«

»Erinnerst du dich, was du mir neulich gesagt hast, als wir uns über das Leben unterhalten haben?«

Ute überflog die Sätze auf der Tischplatte, als hätte sie ihre Mutter gar nicht gehört, und blieb an einem hängen. Sie tippte mit dem Finger darauf. »*Das Leben ist nicht normal* … das hast du geschrieben.« Sie nahm den Stift, suchte sich eine freie Stelle, für die wir alle unsere Teller verrückten, und schrieb: *Ein gutes Leben hängt nicht davon ab, zu was ich Ja sage, sondern was ich verweigere und mir damit erspare.*

Ein Aufatmen machte die Runde, Blicke trafen sich und stoben wieder auseinander, um nur ja Ute nicht zu brüskieren.

Sie drückte die Kappe auf den Stift und legte ihn neben ihren Teller. »Geschafft«, sagte sie mit einem Lächeln.

Später, als Charlotte und Lukas sich verzogen hatten und Ute nach oben gegangen war, rauchten Grete und ich noch eine Zigarette am offenen Fenster. Ich erzählte von meinem Gespräch mit Markus, und sie fragte, was mit ihm los sei. Er habe einen unglaublich gequälten Eindruck auf sie gemacht. Verständlich, antwortete ich, er habe es zurzeit nicht gerade leicht. Die Nawrath-Tochter, in die er schon lange verliebt war, sei in denkbar schlechter Verfassung, und er tue alles, um sie aufzufangen. Bliebe nur zu hoffen, dass er ihr nicht ausschließlich als Rettungsanker diene, den sie später, wenn sie ihn nicht mehr bräuchte, ausmusterte. Sie hatte sich schon einmal von ihm getrennt, worunter er lange Zeit gelitten habe. Karolin sei mit Vorsicht zu genießen, eine Tatsache, der gegenüber Markus blind sei.

»Und diesen Hubert Janda, hat sie den geliebt?«, fragte Grete.

»Zu der Zeit hatte ich so gut wie keinen Kontakt zu ihr, deshalb kann ich es eigentlich nicht beurteilen, aber Karolin hat immer versucht, ihrem Vater zu gefallen. Und dem kam es ganz sicher zupass, dass sich die geschäftliche Verbindung mit Hubert Janda auch aufs Private ausgedehnt hat. Vielleicht hat er da sogar ein bisschen nachgeholfen, ausschließen würde ich das nicht.« Ich drückte meine Zigarette im Aschenbecher aus und sah in den Abendhimmel, an dem sich dicke Wolken türmten. Vielleicht würde es über Nacht regnen.

»War der Doktor eifersüchtig auf den Kronprinzen?«

Ich lachte. »Vergiss es, Grete! Markus hat Karolins Verlobten ganz bestimmt nicht umgebracht. Er würde nie etwas tun, was Karolin schadet. Er liebt sie wirklich.«

»Wie liebt man denn wirklich?«, fragte sie mit einem verschmitzten Lächeln.

»Sag du es mir, du hast ein paar Jahre mehr als ich auf dem Buckel.«

»Es gibt kein Wirklich darin, entweder du liebst oder nicht.«

»Wie macht sich eigentlich deine neue Flamme?«

»Gut, sehr gut sogar. Morgen Abend treffen wir uns wieder. Und du? Wie läuft es mit deinem Kunden, dessen Lachen du so magst? Der, in den du so *mal sehen – vielleicht* verliebt bist?«

»Da herrscht zurzeit Sendepause. Er hält es für einen Mangel an Vertrauen, dass ich ihm nicht gleich von dem Streifschuss erzählt habe. Als Vertrauensbeweis habe ich ihm daraufhin den Ring gezeigt. Jetzt hält er mich für eine Diebin.«

»Oha.« Grete nahm ihre Brille von der Nase und putzte sie mit dem Zipfel ihrer Bluse. »Klingt nach unüberwindbaren Hindernissen.«

»Nimmst du mich gerade nicht ernst?«

»Niemand, der dich kennt, würde es für möglich halten, dass du etwas stiehlst.«

»Ich hätte dieses Missverständnis gleich aufklären sollen, aber …« Ich kickte ein kleines Steinchen über den Küchenfußboden, was Coco für eine Spielaufforderung hielt. Sie sprang aus ihrem Korb und hechtete dem Steinchen hinterher. Ich beugte mich zu ihr hinunter und kraulte sie zwischen den Ohren.

»Aber?«, hakte Grete nach.

»Ich habe mich unverstanden gefühlt, ich dachte, er müsste doch …«

»Alles gleich wissen? Ganz besonders, wie du tickst?« Sie lachte. »Das wusste mein Mann von mir bis zu seinem Tod nicht, aber umgekehrt war es nicht viel besser, er hat mich immer wieder überrascht.« Sie suchte meinen Blick und hielt ihn fest. »Man muss nicht alles verzeihen, aber man sollte genau hinschauen und sich fragen, wann es besser ist, mal fünfe gerade sein zu lassen.«

»Wenn der Mann, den du morgen triffst, dich für eine Diebin hielte, würdest du ihn dann wiedersehen wollen?«

Sie dachte ernsthaft darüber nach und zwinkerte mir

dann zu. »Ich glaube schon, aber ich will ja auch nicht mein Leben mit ihm verbringen, sondern nur einen unterhaltsamen Abend.«

Das Gespräch mit Grete hatte mich so euphorisch gestimmt, dass ich am Morgen voller Optimismus an Toms Tür klingelte, um Bogart abzuholen. Aber wieder öffnete er nicht die Tür. Mit einem Stich in der Herzgegend zog ich mein Schlüsselbund hervor und ließ mich selbst ein. Bogart sprang wie immer aufgeregt um mich herum und konnte kaum stillhalten, während ich ihm das Halsband umlegte und nach der Leine griff, die an einem Haken neben der Tür hing.

»Wenigstens du zweifelst nicht an mir«, sagte ich zu dem Rüden und tätschelte ihm sanft die Flanke.

»Woher willst du das so genau wissen?«, kam es lallend aus dem Wohnzimmer.

Vor Schreck erstarrte ich und brauchte ein paar Sekunden, um mich zu berappeln. Dann folgte ich der Stimme, die leise etwas vor sich hin murmelte. Tom lag auf seinem Sofa und hatte einen Arm über die Augen gelegt.

»Bist du betrunken?«, fragte ich.

»Und wenn es so wäre?«

»Dann würde ich dir einen starken Kaffee machen.«

Er drehte den Kopf zur Seite und schwieg.

»Tom?«

»Erklär es mir!«

»Was?«

»Die Sache mit dem Ring.«

»Wie hast du dich überhaupt in mich verlieben können, wenn du so schnell bereit bist zu glauben, ich sei eine Diebin?«

Er setzte sich auf und fixierte mich mit einem Blick, der sich irgendwo zwischen Unglück und Vorwurf bewegte. »Wie hast du dich in Nikolai Nawrath verlieben können?«

Ich machte auf dem Absatz kehrt, rief Bogart und schlug die Wohnungstür mit einem lauten Knall hinter mir zu.

An diesem Vormittag war ich ungenießbar. In meinem Kopf schien sich alles zu vermischen, und es gelang mir nicht, eine klare Struktur in meine Gedanken zu bringen. Den Hunden schien es nichts auszumachen, für sie zählte nur, dass meine Anweisungen immer noch verständlich waren und ich ihre üblichen Routinen nicht durchbrach.

Der Regen war ausgeblieben und der Himmel fast wolkenlos. Die Sonne entwickelte Kraft und verstärkte die Farben der Frühlingsboten, die sich immer weiter ausbreiteten. An diesem Tag hatte ich jedoch keinen Blick dafür.

Ich zückte mein Handy und wählte die Nummer von Kommissar Tannreuther. »Mia Kaminski«, meldete ich mich, als er dranging. »Ich wollte wissen, ob es etwas Neues gibt.«

Einen Moment lang war es still in der Leitung, dann lachte er auf eine Weise, die ahnen ließ, dass er nicht viel bessere Laune hatte als ich. »Habe ich da etwas Entscheidendes übersehen? Stehen Sie neuerdings auf meiner Liste der Leute, die es zu informieren gilt?«

»Ich bin angeschossen worden.«

»Und daraus leiten sich Ihrer Meinung nach Rechte ab?«

»Können Sie bitte mal mit diesen dämlichen Fragen aufhören! Ich meine es ernst.«

»Ich auch, Frau Kaminski. Ich darf Sie nicht über den Stand der Ermittlungen informieren. Was bisher für Sie ja wohl auch kein Problem war, Sie haben schließlich Ihre eigenen Quellen. Sind die versiegt, oder was ist los?«

Ich stieß einen langen Seufzer aus. »Wie auch immer ich diese Geschichte drehe und wende, ich finde die Lösung nicht.«

»Und jetzt befürchten Sie, dass es uns ähnlich geht.«

»Haben Sie schon mal über Dominik Nawrath nachgedacht? Über die Rolle, die er vielleicht in alldem spielen könnte? Angefangen bei dem Mord an Hubert Janda? Er hätte ein Motiv gehabt, Hubert Janda hat ihm den Chefsessel vor der Nase weggeschnappt und hatte dann auch noch vor, sich familiär mit den Nawraths zu verbandeln.«

»Frau Kaminski«, setzte er an, hielt dann jedoch inne und besprach sich leise mit jemandem. »Entschuldigung«, sagte er schließlich. »Ich kann ja verstehen, dass Sie sich Gedanken machen, aber ich kann Ihnen versichern, dass wir unsere Arbeit beherrschen. Unsere Mühlen mahlen vielleicht nicht immer so schnell, wie man sich das wünscht, aber sie mahlen.«

»Und die Schießscheibe?«

»Hat keine verwertbaren Spuren ergeben.«

»Was ist mit der Zigarettenkippe?«

»Wird auf DNA untersucht.«

»Und Niko?«

»Ist nach wie vor flüchtig.«

»Und wenn er es gar nicht war?«

»Dann finden wir das heraus.«

Berna Kiening war seit mehr als einer Woche tot, und es schien sich nichts zu bewegen. Das machte mich zusehends unruhiger. In meiner Mittagspause setzte ich mich zu Hause an meinen Laptop und suchte nach Hubert Jandas Mutter. Ich hatte keine Ahnung, wie sie mit Vornamen hieß und ob sie überhaupt in Bayern wohnte, deshalb rief ich nacheinander mehrere Nummern an, die ich im Telefonbuch unter Janda fand. Bei der neunten hatte ich Glück.

Als ich sie am Apparat hatte, begann ich herumzudrucksen. Wie erklärte man einer älteren Frau, deren Sohn umgebracht worden war, warum man sie unbedingt sprechen musste – und das, ohne sie aufzuregen? Ich entschied mich für den direkten Weg und erzählte ihr von dem Mord an Berna, von dem sie bestimmt schon gehört hatte, und von den Schüssen auf mich, die aus der Waffe abgegeben worden waren, mit der auch ihr Sohn getötet wurde. Sie hörte sich alles an, ohne mich zu unterbrechen, und sagte dann freundlich, ich könne sie gerne besuchen. Sie nannte mir die Adresse und legte auf.

Ohne Zeit zu verlieren, schmierte ich mir ein paar Brote, nahm eine Flasche Wasser mit und natürlich Coco und rief von unterwegs Jacks Besitzerin an, dass ich ihren Rüden heute ausnahmsweise erst gegen Abend trainieren könne. Dann fuhr ich über die Dörfer Richtung Schliersee, wo Karin Janda in dem idyllischen Ort Fischhausen-Neuhaus ein kleines Landhaus bewohnte.

Sie hatte es mir sehr treffend beschrieben: untenherum weiß, obenherum mit dunkler Holzverkleidung bis unters Dach und braunen Fensterläden. Alles an diesem Häuschen wirkte aufgeräumt und gepflegt. Was kein Wunder war, dachte ich kurz darauf, denn auf seine Besitzerin trafen diese Attribute ebenso zu. Sie ging mit Sicherheit auf die siebzig zu, hatte kurze, graue Haare und trug Jeans und Twinset. Sie war schlank, sportlich und mir auf den ersten Blick sympathisch. Coco lief wedelnd auf sie zu, als sei sie eine alte Bekannte. Ich fragte sie, ob ich sie mit hineinbringen dürfe, und sie stimmte mit einem Lächeln zu. Pudel seien ihr die Liebsten. Früher hätten sie auch zwei gehabt, aber das sei lange her.

Sie führte mich in ein kleines, heimeliges Wohnzimmer, wo bereits der Tisch gedeckt war. Sie hatte Kaffee gekocht, zwei Schälchen mit Keksen gefüllt und Trauben hingestellt. Mit einer einladenden Geste bat sie mich, Platz zu nehmen. Sekundenlang betrachteten wir uns gegenseitig, dann ergriff ich das Wort.

»Erst einmal danke, dass Sie bereit sind, mit mir zu reden. Eigentlich habe ich eher mit einer Abfuhr gerechnet. Ich könnte ja schließlich wer weiß wer sein.«

»Mögen Sie Kaffee? Oder lieber einen Tee?«

»Kaffee ist wunderbar, danke.«

Sie schenkte uns beiden ein und schob eines der Keksschälchen in meine Reichweite. »Sie könnten eine Journalistin sein, ich weiß. Und ich weiß auch, dass Leute aus dieser Zunft vor nichts zurückschrecken. Deshalb sind meine Koffer bereits gepackt, ich werde morgen für ein paar Tage verreisen, damit ich fort bin, sollten wegen dieser Waffe und der Schüsse auf Sie die Wellen hoch schlagen.« Sie sprach leise und schien jedes Wort mit Bedacht zu wählen. »Ein Kripobeamter hat mir Ihr Foto gezeigt und gefragt, ob ich Sie kenne. Er hat wohl versucht, eine Verbindung zwischen Ihnen und meinem Sohn herzustellen.«

»Die es nicht gibt, jedenfalls nicht direkt. Ich habe Ihren Sohn nicht gekannt. Ich kenne die Familie Nawrath von früher und war kurz mit Nikolai liiert, aber das war nach dem Tod Ihres Sohnes.«

Sie strich sich über die Unterarme, als friere sie. »Huberts Tod liegt jetzt schon mehr als zwei Jahre zurück, und es fällt mir immer noch schwer …« Sie geriet ins Stocken. »Es fällt mir schwer zu verstehen, warum er so ums Leben kommen musste. Es wäre schlimm genug gewesen, wenn er krank gewesen wäre, aber damit hätte ich vielleicht eher fertigwerden können. Jedenfalls bilde ich mir das ein.« Für einen Moment presste sie die Lippen aufeinander. »Das, was einen nicht ereilt, erscheint einem oft leichter. Als es noch hieß, ein Jäger habe ihn versehentlich getroffen, habe ich diesen Unbekannten verflucht, ich habe ihm gewünscht, keine Ruhe mehr zu finden angesichts seines Versehens. Was für ein harmloses Wort im Vergleich zu dem, was es angerichtet hat. So habe ich gedacht.« Sie schluckte hart.

Ich saß ganz still und hörte ihr zu, während Coco zu meinen Füßen saß und den Kopf schief legte, als lausche sie ihr ebenfalls.

»Und dann kommt ein Mann von der Kripo hierher und teilt mir mit, dass es gar kein Versehen war, dass jemand mit voller Absicht abgedrückt hat.« Mit zittrigen Fingern nahm sie ihre Kaffeetasse in die Hand und trank einen Schluck. Dann setzte sie sie ab und deutete auf meine Tasse. »Bitte … trinken Sie doch auch etwas. Und die Kekse … sie sind ganz köstlich.«

Das Leid in ihrem Gesicht und in ihrer Stimme schnürte mir die Kehle zu, aber ich kam ihrer Bitte nach. Ich schob mir sogar einen Keks in den Mund und legte einen zweiten auf die Untertasse.

»Es fällt mir immer noch schwer, all das zu begreifen, wirklich zu begreifen. Dieses Versehen, das es bis gestern noch gab, hatte aus meinem Sohn ein Zufallsopfer gemacht, aber ein Mord ... der war ganz gezielt. Damit hat jemand genau ihn gemeint.« Sie betupfte sich die Mundwinkel mit einer kleinen Stoffserviette. »Und nun auch noch Berna.«

»Kannten Sie sie gut?«

»Ich habe sie auf der Verlobungsfeier meines Sohnes kennengelernt. Wir konnten gleich miteinander, wir waren auf einer Wellenlänge und sind in Kontakt geblieben – auch über Huberts Tod hinaus. Berna hat mir immer sehr tröstliche Briefe geschrieben, obwohl sie selbst stets betonte, es gebe gar keinen Trost. Sie war keine von denen, die das Unglück kleinredeten, um damit umgehen zu können, sie hat nie solche Floskeln benutzt wie Kopf hoch, es muss doch weitergehen. Im Gegenteil. Sie hat gesagt: Es braucht deinen Kopf nicht, um weiterzugehen, das tut es schon von ganz alleine. Manchmal hilft es, ihn hängen zu lassen.« Die Erinnerung an Berna schien sie zu beleben, sie lächelte. »Hin und wieder bin ich nach München gefahren und habe sie auf einen Kaffee besucht.«

»Deshalb hat Coco Sie so freudig begrüßt.«

»Das ist Coco?« Sie beugte sich zu ihr und streckte die Hand aus. »Verzeih, meine Kleine, dass ich dich nicht erkannt habe.« Coco lief mit wedelnder Rute zu ihr und ließ sich streicheln. »Dann haben Sie sie also zu sich genommen?«

Ich schüttelte den Kopf. »Nur vorübergehend, bis ich einen geeigneten Platz für sie gefunden habe.« Ich biss in den zweiten Keks und fing die Krümel auf. »Wann haben Sie Frau Kiening denn zuletzt gesehen?«

»Das ist schon eine ganze Weile her. Aber sie hat mir vor Kurzem noch geschrieben, dass sie wegen ihrer schweren Erkrankung ihrem Leben mithilfe eines Schweizer Sterbehilfevereins ein Ende setzen wolle. Sie war eine mutige Frau.« Karin Janda lehnte sich zurück und faltete ihre Serviette auf dem Schoß. »Stimmt es, dass ihr Neffe in Verdacht steht? Nikolai?«

»Ja, das stimmt.«

Sie sah aus dem Fenster, wo sich in einem Baum zwei Amseln stritten. »Es fällt mir schwer, das zu glauben.«

»Es ist nicht auszuschließen, dass Niko auf mich geschossen hat. Das würde bedeuten …«

Sie wandte den Blick wieder mir zu und schüttelte den Kopf. »Nie im Leben hat er Hubert umgebracht. Zwischen ihm und meinem Sohn ist es zwar häufig zu Auseinandersetzungen über die Firmenleitung gekommen, aber deswegen tötet man doch niemanden. Zumal mein Sohn kurz vor seinem Tod ohnehin beschlossen hatte, sich aus dem Unternehmen zurückzuziehen und Nikolai die Spitze allein zu überlassen.«

»Hat Niko von den Plänen Ihres Sohnes gewusst?«, hakte ich nach.

Sie nickte mit Nachdruck. »Hubert hatte ja bereits begonnen, die Modalitäten mit ihm auszuhandeln.«

»Erinnern Sie sich, ob die beiden das im Geheimen getan haben, oder wussten der Senior und der Bruder auch Bescheid?«

»Soweit ich weiß, wollten sie sich erst einigen, bevor sie es den anderen mitteilten. Hubert hatte nicht einmal Karolin eingeweiht, er hatte befürchtet, sie würde etwas davon im Familienkreis durchblicken lassen.«

»Demnach hat auch Dominik nichts davon gewusst?«

Sie beugte sich ein wenig vor. »Vor allem Dominik sollte nichts davon erfahren. Nikolai wollte erst alles in trockenen Tüchern haben, dann mit dem Senior reden und zum Schluss seinen Bruder vor vollendete Tatsachen stellen. Nikolai ist niemand, der sich eine Führungsposition teilt. Das war ja das eigentliche Problem, weswegen er ständig versucht hat, Hubert loszuwerden. Mein Sohn hat es sehr bereut, dass er sich bei den Anbahnungsgesprächen ein gänzlich falsches Bild von der Situation gemacht hat. Nachdem er begriffen hatte, wie der Hase läuft, hat er immer wieder zu mir gesagt, er verstünde nicht, wie der Vater auf diese Doppelspitze gekommen sei. Der einzige Grund, den er für möglich gehalten hatte, war der, dass Armin Nawrath durch meinen Sohn versucht hat, Nikolai zu kontrollieren. Diese undankbare Aufgabe hat er Dominik wohl nicht aufbürden wollen.«

Dominik hatte nichts davon gewusst, dass die Doppelspitze über kurz oder lang aufgelöst worden wäre. Damit hätte er ein Motiv gehabt, Hubert Janda umzubringen, um seinen frei gewordenen Platz in der Unternehmensführung einzunehmen. Es musste ein herber Schlag für ihn gewesen sein, als ihm dieser Platz verwehrt wurde. Ich fragte mich, wie er darauf reagiert hatte. Niko hatte nie von Grabenkämpfen mit seinem Bruder erzählt, aber das bedeutete nicht, dass es sie nicht gegeben hatte.

Ich verfolgte das mögliche Motiv von Dominik weiter und landete schließlich unweigerlich bei seiner Tante. Hatte er sie umgebracht und die Spuren so manipuliert, dass sie auf Niko als Täter deuteten?

»Was geht Ihnen da gerade durch den Kopf?«, fragte Karin Janda.

»Ich habe an Dominik gedacht. Was für ein Verhältnis hatte Ihr Sohn zu ihm?«

Sie dachte nach. »Er war sein zukünftiger Schwager.«

»Und geschäftlich? Wie hat er da zu ihm gestanden?«

Karin Janda zuckte bedauernd die Schultern. »Dazu kann ich nichts sagen, tut mir leid. Mein Sohn hat immer nur über Nikolai geredet.«

22

Während der Trainingsstunde mit Jack hatte Grete auf meinem Handy angerufen, aber ich hatte das Klingeln nicht gehört. Auf dem Heimweg rief ich sie zurück, landete aber nur auf ihrer Mailbox. Ich beschloss, es später noch einmal zu versuchen und erst einmal Janette Heidenkamp anzurufen.

Sie schien nicht überrascht zu sein, meine Stimme zu hören, und fragte, ob ich es mir überlegt hätte und nun doch dazu bereit sei, Niko noch einmal zu treffen. Diesen Zahn musste ich ihr leider ziehen. Zwar war ich längst nicht mehr hundertprozentig davon überzeugt, dass Niko seine Tante umgebracht und anschließend auf mich geschossen hatte, aber lebensmüde würde ich deshalb noch lange nicht werden.

Während ich durch den dichten Feierabendverkehr Richtung Maxvorstadt steuerte, fragte ich sie, wo Dominik sich aufgehalten hatte, als seine Tante umgebracht wurde.

»Du hast also darüber nachgedacht«, meinte sie in einem Ton, als hätte sie einen Teilsieg errungen. »Dominik hatte angeblich Kopfschmerzen und hat sich im Büro krankgemeldet. Er behauptet, zu Hause gewesen zu sein, Schmerztabletten geschluckt und sich in seinem abgedunkelten Schlafzimmer verkrochen zu haben. Bezeugen kann das niemand.«

Ich musste scharf abbremsen, als ein Fahrradfahrer mich schnitt, um links abzubiegen. Ich fluchte laut und verstand deshalb nicht, was Janette sagte. »Was hast du gesagt?«

»Berna müsste ihn allerdings ins Haus gelassen haben. Der Fingerabdruckscanner registriert jeden Benutzer, und Dominik hat das Gerät am Todestag seiner Tante definitiv nicht benutzt.«

»Welche Abdrücke hat er denn erfasst?«, fragte ich wie elektrisiert.

»Am frühen Morgen die von Markus, Bernas Arzt. Er ist vor seiner Sprechstunde bei ihr vorbeigefahren. Dann wurden deine erfasst, später die von Niko und noch später wieder deine. Danach keine mehr.«

Mir fiel etwas ein. »Im Flur hat an dem Tag ein Paket mit Hundefutter gestanden. Ich habe es direkt neben dem Eingang stehen sehen. Frau Kiening muss es angenommen haben. Vielleicht aber auch derjenige, der gerade bei ihr war. Weißt du, ob das untersucht wurde?«

»Der DHL-Bote ist befragt worden. Er hat das Paket vor der Haustür abgestellt, weil er von Berna eine ausdrückliche Genehmigung dafür hatte. Wer es hereingenommen hat, ist nicht klar. Niko sagt, er sei es nicht gewesen.«

»Weiß jemand etwas über diesen Austräger von Werbeblättern? Die Nachbarin hat ihn von hinten gesehen, konnte ihn aber nicht näher beschreiben. Dominik hätte sich so verkleiden können.«

Einen Moment war es still in der Leitung. »Keine Ahnung«, meinte sie schließlich. »Davon weiß ich nichts.«

»Weißt du denn, wo Dominik während der Schüsse auf mich war?« Ich stoppte, als die Ampel vor mir auf Rot sprang.

»Ich könnte versuchen, es herauszufinden.«

»Gut, dann …«

»Warte!«, unterbrach sie mich. »Erinnerst du dich an den Münchner Parkhausmord?«

Das Stichwort reichte, um mich an diverse Artikel über diesen Fall zu erinnern. Und an eine Dokumentation im Fernsehen. »War das nicht …?«

»Genau«, fiel sie mir ins Wort, ohne wissen zu können, was ich eigentlich sagen wollte. »In dem Fall geht es auch um einen Neffen, der angeblich seine Tante umgebracht hat. Und genau wie bei den Nawraths hat die Familie immer zu diesem angeblichen Mörder gehalten. Sie glaubte damals an seine Unschuld und tut es bis heute. Er hat nie ein Geständnis abgelegt, und er bestreitet, seine Tante getötet zu haben. Und weißt du, was das Perfide an so einem Fall ist, Mia? Wenn du unschuldig bist und aus diesem Grund natürlich auch die Tat nicht gestehst, hast du keine Chance auf eine vorzeitige Haftentlassung – weil du nämlich keine Reue zeigst. Ohne Reue, und sei sie nur gespielt, bekommst du die volle Dröhnung.«

Die Ampel sprang auf Grün, und ich fuhr an. »Janette …«

»Nein, warte!«, fiel sie mir ins Wort. »Dieser Mann ist allein aufgrund von Indizien verurteilt worden, und so würde es vermutlich auch mit Niko laufen.«

»Er könnte sich stellen.«

»Das wäre so ziemlich das Dümmste, was er tun könnte. Es sprechen viel zu viele Indizien gegen ihn. Dabei hat er überhaupt kein Motiv gehabt.«

»Nur weil wir uns kein Motiv vorstellen können, heißt es nicht zwingend, dass es keines gibt.«

Sie stieß einen unartikulierten Laut aus. »Auch bei diesem Parkhausmord hat es viele Ungereimtheiten gegeben, deshalb sprechen auch manche Leute von einem Fehlurteil. Willst du das?«, fragte sie in scharfem Ton. »Willst du, dass Niko unschuldig hinter Gittern landet?«

Die Frage war mir zu polemisch, um darauf zu antworten.

»Triff dich mit Niko«, flehte sie mich an. »Er wird dir nichts tun, das verspreche ich dir.«

Ich entdeckte fast direkt vor dem Haus eine Parklücke, blinkte und setzte zurück. »Das musst du mir nicht versprechen, Janette, denn ich gebe ihm erst gar keine Chance, mir etwas zu tun.«

An diesem Abend war ich froh, mit niemandem mehr reden zu müssen. Charlotte war unterwegs zum Training mit einem Kunden, und Lukas hatte bereits begonnen zu arbeiten, als ich in die Wohnung kam. Ich fütterte Coco, die sich mit großem Appetit auf ihr Futter stürzte, und belegte mir selbst ein Käsebrot mit Tomate, das ich vor dem Laptop aß. Auf der Suche nach etwas Leichtem, das mich ablenkte, aber nicht zu viel Konzentration erforderte, hatte ich mir *Bob, der Streuner* heruntergeladen.

Im Nachhinein hätte ich nicht sagen können, wie viele Szenen ich überhaupt noch mitbekommen hatte, denn ich war vor Erschöpfung ziemlich schnell eingeschlafen. Ich hatte es nicht einmal bis in mein Bett geschafft, sondern lag immer noch auf dem Sofa, als mich mein Handy aus dem Schlaf riss.

»Ute«, sagte ich mit unverhohlenem Vorwurf in der Stimme. »Es ist mitten in der Nacht!«

»Ich weiß, Mia. Und ich würde auch nicht anrufen, wenn es sich nicht wirklich um einen Notfall handeln würde.«

Ich warf einen Blick auf meinen Wecker, dessen Zeiger auf halb vier standen, und gähnte ins Handy. »Deiner Mutter geht es gut. Sie wird wie immer gemütlich irgendwo sitzen und eine Zigarette rauchen.« In diesem Moment fiel mir ein, dass Grete am Abend mit dem Mann von der Partnerbörse verabredet gewesen war.

»Als sie um kurz vor elf nach Hause kam, hat sie erzählt, dass sie sich mit jemandem getroffen hat. Sie seien essen gewesen und etwas trinken. Wenn du mich fragst, haben sie mehr getrunken als gegessen. Wie auch immer – in jedem Fall ist meine Mutter dann durch die Wohnung getigert und meinte plötzlich, sie könne hier nicht in Ruhe nachdenken, sie würde noch mal eine rauchen gehen. Ich solle aber nicht gleich wieder Alarm schlagen, wenn sie nach fünf Minuten noch nicht wieder zu Hause wäre. Jetzt ist es aber halb vier, und sie ist immer noch nicht zurück. Das ist doch nicht normal.«

»Für manche Menschen schon.« Ich gab einen genervten Seufzer von mir. »Geh schlafen, Ute. Morgen früh wird sie wieder da sein.«

»Mia, ich flehe dich an, ich habe das Gefühl, dass etwas passiert ist, etwas Schlimmes.«

»Nimm es mir nicht übel, aber das Gefühl hast du nicht zum ersten Mal, du …«

»Es war noch nie so heftig«, schnitt sie mir das Wort ab. Sie schien sich immer mehr in ihre Katastrophenvorstellungen hineinzusteigern. »Bitte, Mia, du musst mir helfen, du musst sie unbedingt suchen.«

»Das geht nicht, ich habe keinen Hund dafür.«

»Was ist denn mit Bogart? Der hat meine Mutter doch bisher immer gefunden.«

»Ich sage doch, das geht nicht!«

Zwanzig Minuten später hielt ich vor dem Haus, in dem Tom wohnte. Während ich darauf wartete, dass er mir Bogart herunterbrachte, fragte ich mich, wie es sein konnte, dass ich mich von Ute hatte weichklopfen lassen. In vielen anderen Nächten hatte es mir nichts ausgemacht loszuziehen und ihre Mutter zu suchen, in dieser hätte ich einiges darum gegeben, zu Hause zu bleiben. Aus irgendeinem Grund war es Ute jedoch gelungen, einen Teil ihrer Angst auf mich zu übertragen. Vermutlich lag es daran, dass ich seit Bernas Tod und den Schüssen auf mich dünnhäutiger geworden war. So vieles war in nur einer Woche geschehen. Mit einem Mal hielt ich Ereignisse für möglich, über die ich vorher nicht einmal nachgedacht hatte.

Tom musste bei meinem Anruf noch wach gewesen sein. Er hatte sehr geschäftsmäßig geklungen, als er einwilligte, mir Bogart für eine Grete-Suche mitzugeben. Da war kein Zögern gewesen, kein Innehalten, nicht einmal der Hauch einer Ahnung, dass er vielleicht froh war, trotz allem von mir zu hören.

Als Tom die Haustür öffnete und Bogart zu mir hinrennen wollte, ließ er ihn einfach los, wartete, bis sein Rüde mit auf dem Boden schleifender Leine bei mir angekommen war, und machte dann auf dem Absatz kehrt. So schnell, wie er aufgetaucht war, war er auch wieder im Haus verschwunden. Durch die Glasscheibe sah ich ihn in den Aufzug gehen, ohne sich noch einmal zu mir umzudrehen.

Dieses Mal hatte Ute mir ein Papiertaschentuch ihrer Mutter als Geruchsprobe für Bogart mitgegeben. Wie immer starteten der Rüde und ich vor unserem Haus, und wie immer fand er ziemlich schnell in die Spur. Sie führte auf die Leopoldstraße Richtung Siegestor. Sofort blitzte in mir die Ahnung auf, dass Grete wieder in den Hofgarten gegangen war und dort auf der Bank in der Nähe des Pavillons saß. Aber ich verscheuchte diesen Gedanken so schnell, wie er gekommen war. Ich wollte Bogart nicht beeinflussen, indem ich ihm durch meine Körpersprache Richtungen vorgab, die womöglich völlig von der eigentlichen Spur abwichen.

Während ich den Rüden aufmerksam beobachtete und mich von ihm leiten ließ, vibrierte in kurzen Abständen immer wieder mein Handy in der Jackentasche. Ein schneller Blick aufs Display bestätigte meine Vermutung: Ute versuchte fast ununterbrochen, mich zu erreichen. Einmal mehr spürte ich, dass es ihr gelungen war, mich mit ihren Ängsten anzustecken. Das ärgerte mich. Ich versuchte, den Gedanken an eine Grete in Not zu verscheuchen und ihn durch ein beruhigendes Bild zu ersetzen: Grete fröhlich rauchend auf einer Bank. Ein Ziehen in meinem Oberarm ließ das Bild verschwinden und erinnerte mich daran, dass ich längst den Verband hätte wechseln lassen müssen. Ich nahm mir vor, morgen ganz früh zu Markus in die Praxis zu fahren.

Bogart war stehen geblieben und schien die Spur verloren zu haben. Vielleicht lag es aber auch nur am Abschweifen meiner Gedanken. Ich riss mich zusammen, ignorierte weiter das Vibrieren meines Handys, rief den Rüden zu mir und hielt ihm noch einmal die Geruchsprobe unter die Nase. Dann gab ich ihm das Suchkommando. Wir standen auf der Hälfte des Weges zwischen Siegestor und Odeonsplatz, als sich die Leine wieder straffte und Bogart Gas gab.

Dieses Mal ließ er sich nicht beirren. Weder reagierte

er auf einen gelben Ferrari, der an der Ampel mit quietschenden Reifen von null auf hundert oder mehr beschleunigte, noch auf eine Gruppe Betrunkener, von denen einer nichts Besseres zu tun hatte, als eine Bierflasche am Bordstein zu zerschlagen. Er hatte jede Menge Muskeln und kaum Fett und offensichtlich auch nicht viel im Kopf. Ich wusste, es war sinnlos, trotzdem rief ich dem Mann zu, dass ich gerne mal dabei zusehen würde, wie er barfuß über diese Scherben lief. Dann würde er vielleicht nachempfinden können, wie es sich für einen Hund oder ein Wildtier anfühlte, wenn es sich die Pfoten an den Scherben verletzte. Als Antwort bekam ich zu hören, ich hätte keine Ahnung, diese Scherben seien die einzig wahren Juwelen. Hätte ich nicht längst gelernt, in solchen Situationen mit meiner Wut umzugehen, hätte ich mich selbst in Gefahr gebracht. Ich wandte mich ab und ließ die Männer johlend stehen.

Ein paar Meter weiter strich ich Bogart übers Fell, hielt ihm ein letztes Mal Gretes Taschentuch vor die Nase und ließ mich von ihm wieder auf die Spur bringen. Meine Ahnung hatte mich nicht getrogen, denn kurz vor der Feldherrnhalle zog Bogart mich nach links durch den Torbogen in den Hofgarten. Wir hatten es fast geschafft. Ich schaltete meine Stirnlampe ein und war mir sicher, Grete wie in der vergangenen Woche in der Nähe des kleinen Pavillons sitzend und rauchend vorzufinden. Ich meinte fast, den Rauch bereits riechen zu können, und ich freute mich auf eine Zigarette in ihrer Gesellschaft.

Bogart zog zielstrebig in das kleine Rondell mit dem Pavillon. Im Licht meiner Stirnlampe führte er mich zu der Bank, auf der wir in der Nacht vor Bernas Tod gesessen hatten, und blieb stehen. Ich sah mich um, konnte Grete jedoch nirgends entdecken. Auf keiner der Bänke im Rondell saß jemand.

Entnervt ließ ich mich auf die Bank sinken, ließ Bogart von der Leine, damit er schnüffeln konnte, und musste mir eingestehen, dass wir diese Herausforderung nicht gemeistert hatten. Ich schaltete die Lampe aus. Wo auch immer Grete war, hier war sie nicht. Bogart war vermutlich einer alten Spur gefolgt, und das, obwohl der Rüde eigentlich sehr gut zwischen frischen und alten Spuren unterscheiden konnte. Es wurde Zeit, Ute zurückzurufen.

»Hast du sie gefunden?«, fragte sie atemlos.

»Nein, noch nicht. Aber mach dir keine Sorgen, wir finden sie. Ich rufe dich dann gleich an, okay?«

»Okay. Oder soll ich nicht vielleicht doch mal bei der Polizei nachfragen? Vielleicht hatte sie einen Unfall.«

»Deine Mutter hat doch für den Notfall einen Zettel in ihrem Portemonnaie.« Ute hatte so lange auf Grete eingeredet, bis sie nachgegeben hatte. »Hätte sie einen Unfall gehabt, hätte sich längst jemand bei dir gemeldet.«

»Aber …«

»Warte mal einen Moment!« Hinter mir hörte ich Bogart im Gebüsch rascheln und dann leise jaulen. Ich wandte mich um und sah dabei zu, wie der Rüde einen kleinen Schritt vorwärts machte, sich dann zu erschrecken schien, wieder zurückwich und dabei die Rute einklemmte.

»Was ist denn da los?«, wollte Ute wissen.

»Es ist nur Bogart«, sagte ich in möglichst ruhigem Tonfall, obwohl ich plötzlich gar nicht mehr ruhig war.

»Wir machen weiter, ich melde mich bei dir. Versprochen.« Ohne auf ihre Reaktion zu warten, beendete ich das Gespräch und schaltete meine Stirnlampe wieder ein.

Ich ging zu der Stelle, von der Bogart nicht weichen wollte, die ihn aber gleichzeitig erschreckte, und richtete den Lichtstrahl ins Gebüsch. Grete trug wie üblich ihren Mantel und ihren Schal. Ihre Mütze war verrutscht, ihre Brille musste sie verloren haben, ihre Augen waren geschlossen. Wie versteinert stand ich da und konnte mich sekundenlang nicht rühren.

»Lass sie nicht tot sein«, flüsterte ich. »Bitte … lass sie nicht tot sein …«

23

Bevor ich zu ihr ins Gebüsch kroch, rief ich die eins eins zwei an und fixierte Bogart mit der Leine an der Bank. Er jaulte weiter, während ich hektisch Zweige beiseiteschob und neben Grete in die Knie ging. Ich nahm ihre Hand in meine, sie war eiskalt. Aber das musste nichts bedeuten, redete ich mir ein, die Nächte waren immer noch sehr kalt. Vielleicht hatte sie hier schon eine Weile bewusstlos gelegen und war ausgekühlt. Ich tastete nach ihrem Puls, spürte jedoch kein Klopfen, nicht einmal ein ganz zartes.

»Grete, wach auf!«, schrie ich sie an und strich ihr dabei über die kalten Wangen. »Wach auf!«

Ihr Mund war leicht geöffnet. Ich beugte mich darüber und versuchte, ihren Atem zu spüren. Nichts. Aber was bedeutete das schon? Womöglich war er ganz flach, und ich konnte ihn in meiner Panik nur nicht spüren. Ich sprang auf die Füße, stellte mich hinter ihren Kopf, griff unter ihren Armen hindurch und legte meine um ihren Brustkorb. Grete war kleiner als ich, aber schwerer. Trotz des Adrenalins in meinen Adern kostete es mich eine ungeheure Anstrengung, sie hinter mir her aus dem Gebüsch zu ziehen.

Neben der Bank ließ ich ihren Oberkörper vorsichtig zurück auf den Boden sinken. Ich öffnete Gretes Mantel und begann mit der Herzdruckmassage, wie ich es im Erste-Hilfe-Kurs gelernt hatte. Dreißigmal drücken, zweimal beatmen. Gretes Lippen waren eiskalt, als ich meine darauf presste. Ich zählte und ließ keine anderen Gedanken zu. In weiter Ferne klingelte mein

Handy. Gleich darauf drangen Sirenen an mein Ohr. Blaue Lichter huschten über Gretes Gesicht, und Bogart bellte wie verrückt. Unbeirrt machte ich weiter.

Ich hörte das Geräusch von Rollkoffern und drückte auch dann noch rhythmisch Gretes Brustkorb, als sich eine Notärztin neben mich kniete und sagte, sie würde jetzt übernehmen. Erst als mir jemand eine Hand auf den Arm legte und versuchte, mich von Grete wegzuziehen, gab ich nach. Ich sah über meine Schulter hinweg nach oben und begegnete dem Blick eines Rettungssanitäters, der mich aufforderte, sie ihre Arbeit machen zu lassen und mich um den Hund zu kümmern.

Ohne Grete aus den Augen zu lassen, ging ich um die Bank herum, löste den Knoten von Bogarts Leine und ging mit ihm ein paar Meter zur Seite. Der Rüde drückte sich heftig zitternd an mich. Ich ging in die Knie, schlang meine Arme um ihn und beobachtete, wie die Notärztin nach einem Rest von Leben in Grete suchte.

In meinem Kopf herrschte ein einziges Chaos, ich verstand nichts. Was hatte Grete in dem Gebüsch gemacht? Hatte sie dort etwas gesucht und war dabei bewusstlos geworden? Ich dachte an einen Herzinfarkt oder einen Schlaganfall, an etwas, das einen Menschen umknicken ließ wie einen Baum. Ich hatte Utes Stimme im Ohr, wie sie ihre Mutter genau davor warnte und versuchte, sie von den Zigaretten loszubekommen, die sie so sehr genossen hatte. War das jetzt der Preis?

Ich beobachtete, wie die Notärztin sich zu dem Sanitäter drehte und ganz leicht den Kopf schüttelte. Dieses Kopfschütteln brachte mich fast um den Verstand. Es war etwas so Alltägliches, Beiläufiges und hatte doch so unendlich viel zu bedeuten. Es entschied über Leben und Tod. Falsch, dachte ich, diese Entscheidung war längst gefallen. Das Kopfschütteln war nur die Antwort auf eine unausgesprochene Frage.

Zum x-ten Mal klingelte mein Handy. Ich hätte nicht sagen können, wie oft Ute es in den vergangenen Minuten versucht hatte. Ich drückte auf Grün, brachte aber kein Wort heraus.

»Es ist etwas passiert, ich spüre es«, flüsterte Ute. Und dann lauter: »Mia, rede mit mir! Sag mir, was …«

Ich schluckte gegen etwas in meinem Inneren an, das immer größer und gewaltiger zu werden schien. »Ich weiß nicht, was passiert ist.«

»Wo ist meine Mutter?«, schrie sie ins Telefon.

»Sie ist hier … im Hofgarten, bei dem kleinen Pavillon.«

Nachdem die Notärztin mit Grete fertig war, hatte der Rettungssanitäter eine weiße Plane über ihr ausgebreitet. Ich wollte ihn darauf hinweisen, dass sie so doch keine Luft bekäme, dass er den Kopf frei lassen solle, aber dann wurde mir durch den Nebel hindurch, der sich in mir breitgemacht hatte, die Sinnlosigkeit einer solchen Bitte bewusst.

Die Notärztin sprach mit mir, aber ich konnte ihre Worte in keinen Zusammenhang bringen. Bis die Worte Schock und Injektion zu mir durchdrangen. Ich zog meine Jacke aus und schob meinen Ärmel hoch. Sie wollte wissen, was das für ein Verband um meinen Oberarm sei, und ich erzählte ihr in einem wirren Telegrammstil von dem Streifschuss. Ich redete über Berna und Niko, über die Schüsse im Park und Hubert Janda.

Selbst in meinen Ohren klang es wie ein heilloses Durcheinander, und ich konnte nicht von ihr erwarten, all das in einen sinnvollen Zusammenhang zu bringen. Sie runzelte die Stirn und sagte immer wieder, die Spritze würde gleich wirken und ich solle versuchen, tief in den Bauch zu atmen, ein und aus, gleichmäßig.

Während ich immer weiter redete, hielt sie meine Hand. Erst als meine Worte versiegten, bat sie mich um mein Handy und darum, eine Nummer herauszusuchen, unter der sie jemanden erreichen könne, der mich hier abholen würde. Mit zittrigen Fingern scrollte ich durch meine Anrufliste und tippte auf eine Nummer. Die Ärztin nahm mir das Handy aus der Hand, erklärte kurz, wer sie war, wo wir uns befanden und dass sich jemand um mich und den Hund kümmern müsse.

Bogart zitterte immer noch, aber inzwischen konnte ich nicht mehr genau unterscheiden, ob nicht doch eher ich diejenige war, die zitterte. Ich konnte den Blick von der weißen Plane nicht lösen, und ich zuckte zusammen, als sich ein gellender Schrei über dem Hofgarten ausbreitete. Ich wandte den Kopf und sah Ute vom Rad springen. Sie ließ es einfach zu Boden fallen und stürzte sich auf die Plane, unter der sie ihre Mutter vermutete. Sie hatte Grete noch nicht gesehen, aber bereits jetzt wirkte ihr Gesicht, als sei es von einem unerträglichen Leid zerfetzt worden. Ich wollte aufstehen und zu ihr gehen, wollte sie abhalten, wollte sie irgendwie schützen und wusste doch gleichzeitig, dass es keinen Schutz gab.

Ich löste den Blick von dieser Szene, sie kam mir vor wie ein allzu intimer Moment, bei dem jeder andere nur störte. Was ich bisher nicht gesehen hatte, nahm ich jetzt wahr: uniformierte Polizisten, die großräumig Flatterbänder um uns herum anbrachten. Einer der Polizisten konnte Ute gerade noch davon abhalten, sich neben ihre Mutter zu legen.

»Warum machen die das?«, fragte ich die Notärztin, die dabei war, ihren Koffer zu packen. Meine Stimme klang schleppend.

»Das ist übliches Prozedere. Die Frau wurde umgebracht.«

Was folgte, kam mir vor wie ein endloser Fiebertraum, eine Abfolge von wirren, beängstigenden Träumen, die nur von kurzen wachen Phasen unterbrochen wurden, in denen ich Wasser trank, Charlottes Kartoffelbrei aß und Fragen mit Ja oder Nein beantwortete, um gleich wieder in diesen Dämmerzustand zu gleiten. Charlotte, Lukas und Tom wechselten sich an meinem Bett ab, bis meine Seele endlich bereit war, in die Realität zurückzukehren.

Tom saß gegenüber von meinem Bett und las etwas auf seinem Laptop. Coco und Bogart lagen links und rechts von meinen Füßen auf meiner Decke. Im Gegensatz zu Tom hatten sie durch mein Atmen längst bemerkt, dass ich wach war. Zwei Ruten klopften freudig auf die Bettdecke. Dieses Geräusch ließ Tom aufblicken.

»Da bist du ja wieder«, sagte er mit einem Lächeln, das mitten in meinem Herzen landete.

Vorsichtig setzte ich mich auf, zog die Knie an und umschlang sie mit den Armen. Meine Kehle fühlte sich trocken an. Ich griff nach der Wasserflasche, die neben meinem Bett stand, und trank ein paar Schlucke. Dann sah ich auf meinen Wecker, er zeigte auf kurz nach vier. »Welcher Tag ist heute?«

»Samstag.«

Ich rechnete zurück. In der Nacht auf Donnerstag hatte ich Grete gefunden. Grete … Mit einem Schlag war wieder alles da. Das Bild, wie sie am Boden gelegen hatte, fühlte sich an wie eine Faust, die in meinen Magen gerammt wurde. Ich hatte die Worte der Notärztin im Ohr, sie waren das Letzte, woran ich mich erinnerte.

»Ist Grete tatsächlich umgebracht worden?«

Tom nickte. »Ja.«

»Wie denn nur? Sie wirkte vollkommen unversehrt.«

Tom kam zu mir, setzte sich auf die Bettkante und nahm meine Hand. »Willst du nicht erst mal etwas essen, damit du wieder zu Kräften kommst? Ich könnte dir Pfannkuchen machen und einen Kaffee. Oder einen Tee. Was meinst du?«

»Bevor ich es nicht weiß, kann ich nichts essen. Bitte, Tom, sag es mir.«

Unwillig verzog er das Gesicht, was seine asymmetrischen Züge noch stärker zur Geltung brachte, dann gab er sich einen Ruck. »So, wie es aussieht, war es ein Raubüberfall. Jemand hat ihr mit einem Stein von hinten den Schädel eingeschlagen, sie ins Gebüsch gezogen, sich ihre Tasche geschnappt und ist abgehauen. Die Tasche hat man dann später in einem der Abfalleimer gefunden. Sie hatte an dem Tag gerade Geld geholt, hat ihre Tochter ausgesagt. Das Geld ist natürlich weg, ihr Smartphone ebenfalls.«

Das Gewicht auf meiner Brust erdrückte mich fast, ich versuchte, dagegen anzuatmen. »Was ist mit Ute?«

»Bis gestern hat sie durchgehalten, jetzt liegt sie mit einem schweren Nervenzusammenbruch im Rotkreuzklinikum.«

»Sie hat es geahnt«, stammelte ich. »Aber sie hat es immer geahnt. Verstehst du? Wann immer Grete aus dem Haus gegangen ist, hat ihre Tochter befürchtet, ihr würde etwas zustoßen. Was das anging, war sie völlig neurotisch. Deshalb musste ich Grete für sie nachts immer wieder suchen …«

Er strich über meine Hand und drückte sie. »Ich weiß.«

»Ich habe mich noch geärgert, weil ich mich Mittwochnacht von ihr habe anstecken lassen. Zum ersten Mal überhaupt. Ich habe geglaubt, es läge an alldem, was passiert ist. Sonst war ich immer völlig gelassen, habe Grete gesucht und es als Training für Bogart und mich betrachtet. Grete und ich haben eine Zigarette zusammen geraucht, übers Leben geredet und sind dann zusammen nach Hause gegangen.« Das würden wir nie wieder tun.

Coco kroch über die Decke zu mir und schob ihre Schnauze unter meine andere Hand. Sie stupste von unten dagegen, bis ich automatisch begann, sie zu streicheln.

In meinem Gehirn ratterten unaufhörlich die Gedanken. »Wenn sie erschlagen wurde, muss doch irgendwo Blut gewesen sein, ich habe aber überhaupt nichts gesehen.«

»Deine Jacke war voller Blut.«

Ich zuckte zusammen. »Ich habe Grete aus dem Gebüsch gezogen, ich hätte es doch bemerken müssen …«

»Es hätte nichts geändert, Mia.«

»Grete ist so oft nachts unterwegs gewesen, und nie ist etwas passiert. Könnte es nicht sein, dass es mit dieser Geschichte zu tun hat?«

Er hielt meinem Blick stand und schüttelte den Kopf. »Nein!«, antwortete er entschieden.

»Aber überleg doch mal: Erst wird Berna umgebracht, dann wird auf mich geschossen, und schließlich wird Grete getötet. Wie wahrscheinlich ist es, dass ihr Tod nicht damit zusammenhängt?«

»Es ist genauso wahrscheinlich wie der Zufall.« Tom sah mich mitfühlend an. »Ich kann ja verstehen, dass du da eine Verbindung herstellen möchtest, aber …«

»Aber sie drängt sich doch förmlich auf«, unterbrach ich ihn. »Hat Ute nicht auch …?«

»Ute wusste bis zum Tod ihrer Mutter weder etwas von Frau Kiening noch von den Schüssen auf dich. Ihre Mutter hat all das wohlweislich von ihr ferngehalten. Vermutlich um ihre Ängste nicht noch weiter zu schüren.«

»Vielleicht weiß die Kripo gar nichts von Grete«, insistierte ich und beugte mich vor. »Ich meine, natürlich werden sie davon wissen, es ist ja ein Gewaltverbrechen. Aber vielleicht wissen die Beamten, die Bernas Fall bearbeiten, nichts von dem neuen Fall. Und deshalb können sie womöglich auch gar keine Verbindung herstellen.«

Tom sah mich eindringlich an, während ich meine Finger mit seinen verschränkte. »Wie sollte diese Verbindung denn überhaupt aussehen, Mia?«

Ich dachte lange über seine Frage nach, kam aber zu keinem Ergebnis. »Keine Ahnung, ich weiß es nicht. Es existiert keine Verbindung zwischen Grete und alldem. Wir haben nur immer wieder darüber gesprochen und haben gemeinsam Spekulationen angestellt. Grete war gut darin.« Das Gewicht ihres Todes lastete nach wie vor schwer auf meiner Brust. »Was ist mit dem Mann, mit dem sie am Mittwochabend verabredet war? Hat Ute der Polizei von ihm erzählt?«

»Das hat sie, und er ist inzwischen auch befragt worden. Er bestätigt das, was Ute gesagt hat. Er hat sich mit ihrer Mutter getroffen, sie haben zusammen gegessen und einige Gläser getrunken, dann hat er sie nach Hause gebracht und ist anschließend zu sich gefahren. Dafür gibt es Zeugen.«

Mit einem Stöhnen ließ ich mich zurück gegen das Kopfende sacken. »Grete hat an dem Abend versucht, mich anzurufen, aber da habe ich gerade ein Training mit Jack gehabt und deswegen mein Handy nicht gehört. Später, als ich es bei ihr versucht habe, ist sie nicht drangegangen.«

Tom berührte mein Kinn und drehte meinen Kopf in seine Richtung. »Mia, du musst damit aufhören, das tut dir nicht gut. Willst du genau wie Ute im Krankenhaus landen?«

»Ich kann nicht aufhören«, flüsterte ich und spürte Tränen über meine Wangen laufen. Als hätte sich eine Schleuse geöffnet, wurden sie zu einem Strom, der tief in mir ein Schluchzen löste. Es fühlte sich wie eine Welle an, die mir die Füße wegzog und mich mit sich herumwirbelte. »Ich kann nicht«, stammelte ich, »es geht einfach nicht.«

24 Gegen Abend ging Tom. Zum Abschied nahm er mich fest in den Arm, so wie ein Bruder eine Schwester in den Arm nimmt. Anstatt mir einen Kuss zu geben, strich er mir über die Wange und sagte, ich könne die vergangene Woche sicher nicht vergessen, aber ich solle versuchen, sie hinter mir zu lassen.

Am liebsten hätte ich ihn gebeten zu bleiben. Stattdessen bedankte ich mich bei ihm, dass er mich nachts im Hofgarten abgeholt hatte und dass er die ganze Zeit an meinem Bett verbracht hatte. Er sagte, das sei selbstverständlich, und ich entgegnete, es würde mir viel bedeuten. Unsere Worte kamen mir vor wie Töne, die die falsche Melodie anschlugen.

»Haben wir noch eine Chance?«, fragte ich ihn, als er bereits an der Tür stand, die Hand auf der Klinke.

Er sah mich lange an. »Als ich neben deinem Bett saß, hatte ich eine Menge Zeit zum Nachdenken. Du magst mich für einen Schwächling halten, aber mich beunruhigt all das. Es ist, als hätte plötzlich …« Er suchte nach Worten.

»Das Verbrechen in dein Leben Einzug gehalten?«

»So kommt es mir vor.«

Ich nickte und gab mir alle Mühe, meine Tränen zurückzudrängen und bei dem Gedanken, dass es in mein Leben auch Einzug gehalten hatte, nicht in Selbstmitleid zu versinken. Zwei Frauen waren tot, die mir auf die eine oder andere Weise etwas bedeutet hatten. Grete hatte mir sogar sehr viel bedeutet. Sie hinterließ eine Lücke, die sich nie wieder würde schließen lassen.

»Möchtest du für Bogart eine andere Dogwalkerin?«, fragte ich mit Blick auf den Rüden, der sich völlig selbstvergessen mit Coco balgte.

Tom fuhr sich mit beiden Händen durch seine schwarzen Haare und gab einen unglücklichen Laut von sich. Sein Blick verfing sich in meinem.

Am liebsten hätte ich ihm gesagt, dass ich mir all das nicht ausgesucht hatte, dass ich mir wünschte, die Uhr zurückdrehen zu können, um Bernas Haus am Dienstagnachmittag gar nicht erst zu betreten. Doch ich verwarf diesen Gedanken so schnell, wie er gekommen war.

Tom räusperte sich, ihm schien ein Kloß im Hals zu sitzen. »Ich möchte niemand anderen für Bogart. Wenn es dir also nichts ausmacht …«

»Es macht mir nichts aus«, sagte ich schnell, bevor er es sich anders überlegen konnte. Ich strich Bogart über sein weiches, kurzes Fell, was Coco sofort animierte, unter seinem Bauch hindurchzuschlüpfen und sich zwischen meine Beine zu setzen. »Dann hole ich ihn am Montag wie üblich ab.«

Für einen Moment schloss er die Augen und atmete tief durch. »Gut … dann …«

Ich griff an ihm vorbei nach der Klinke und öffnete die Tür. »Mach's gut.«

»Und du pass auf dich auf!« Er ging, ohne sich noch einmal umzudrehen.

Während ich minutenlang unter der heißen Dusche stand, ließ ich meinen Tränen freien Lauf. Ich wünschte, sie hätten die Kraft, alles aus mir herauszuspülen, was wehtat. Sie linderten jedoch nicht den Schmerz, sie fügten ihm nur einen weiteren hinzu, für den mein

Schädel zu klein zu sein schien. Im Badezimmerschrank fand ich eine Schmerztablette und schluckte sie mit dem Wasser aus der Dusche.

Das heiße Wasser hatte das Bad in eine Nebellandschaft verwandelt. Ich öffnete das Fenster und fröstelte sofort in dem kalten Luftzug. Vom Hof drangen die Stimmen von spielenden Kindern herauf, dazwischen Hundegebell und von weit her ein wildes Hupen. Es klang, als habe jemand geheiratet. Wie verloren stand ich da und starrte auf den beschlagenen Spiegel, bis mich ein lautes Klopfen aus meinen Gedanken riss.

»Bist du da drin, Mia?«, rief Charlotte durch die Tür.

»Ja.«

»Dann beeil dich, ich mache gerade Pfannkuchen. Du hast doch bestimmt Hunger.«

Ich schlang mir ein Handtuch um die Haare, schlüpfte in Jogginghose und T-Shirt und holte mir auf dem Weg in die Küche noch einen Pulli aus meinem Zimmer. In der Küche saß Coco neben Charlotte, die am Herd hantierte und ihr immer wieder kleine Bröckchen von irgendwas in die Luft warf, damit sie sie auffing.

Als sie mich kommen hörte, drehte sie sich zu mir um. »Ich habe mir wirklich Sorgen um dich gemacht. Ich wollte immer wieder den Notarzt rufen, aber Tom sagte, du müsstest nur schlafen.«

Ich ließ mich schwer auf einen der Küchenstühle sinken und steckte das Handtuch wieder fest, das sich gelöst hatte. »Mein Bedarf an Notärzten ist gedeckt.«

Charlotte wendete einen Pfannkuchen und rieb Käse darüber. »Hast du Hunger? Es gibt Buchweizenpfannkuchen mit Ziegenmilch, Ei und Ziegenkäse. Habe ich gestern neu ausprobiert.«

»Es riecht gut.«

»Die Dinger schmecken auch gut.« Sie lud mir einen auf den Teller und stellte ihn vor mich. »Iss!«

»Weißt du, ob …?«

»Erst isst du, dann reden wir«, sagte sie streng und ließ Teig für den nächsten Pfannkuchen in die Pfanne laufen.

Nach dem ersten Bissen stimmte ich ihr zu, es schmeckte köstlich, und ich merkte, dass ich tatsächlich großen Hunger hatte. Im Nullkommanichts war mein Teller leer. Erst nachdem ich eine weitere Portion vertilgt hatte, legte ich Messer und Gabel beiseite und sah Charlotte beim Essen zu. Sie schaffte nicht einmal einen Bruchteil dessen, was ich gegessen hatte, und legte nach ein paar Bissen ihr Besteck beiseite.

»Jetzt frag schon«, sagte sie und schien mit einem Mal in sich zusammenzufallen. Hinter ihrem Bemühen um Normalität kam ihre Trauer zum Vorschein. Tränen standen ihr in den Augen. Sie wischte sie fort und goss sich ein Glas Rotwein ein. Sie bot mir ebenfalls eines an, aber ich schüttelte den Kopf.

»Ich weiß, dass Grete ausgeraubt und umgebracht wurde und Ute im Krankenhaus liegt«, begann ich schleppend. »Hast du mit Ute gesprochen?«

»Sie war zweimal hier und wollte mit dir reden.«

Der Schrei, den sie beim Anblick der abgedeckten Leiche ihrer Mutter ausgestoßen hatte, hallte immer noch in meinen Ohren. Ich hatte zu ihr gehen wollen, aber die Notärztin hatte mich zurückgehalten. Und dann war Tom gekommen, um mich abzuholen. Wir hatten vorgeschlagen, Ute nach Hause zu begleiten, aber sie hatte sich geweigert, sie hatte so lange wie möglich bei Grete bleiben wollen.

»Als Ute mich bat, nach ihrer Mutter zu suchen,

sagte sie, Grete sei noch einmal los, um in Ruhe über etwas nachzudenken. Hat Ute zufällig erwähnt, worüber?«

»Spielt das jetzt noch eine Rolle?«, fragte Charlotte. »Sie ist tot, jemand hat sie überfallen. Wegen zweihundert Euro, die sie nachmittags am Automaten gezogen hat.« Charlotte schnäuzte sich die Nase.

»Sie hat mich gegen Abend noch angerufen, aber ich habe ihren Anruf verpasst.« Ich zog die Beine an, stellte die Fersen auf die Stuhlkante und umschlang meine Knie.

»Selbst wenn du drangegangen wärst, hätte sie das bestimmt nicht gerettet«, meinte Charlotte traurig.

»Grete hat ganz selten angerufen, immer nur, wenn ihr etwas wichtig war«, überlegte ich laut. »Sonst hat sie SMS geschrieben.«

Charlotte schien mit ihren Gedanken abzudriften und durch mich hindurchzusehen.

»Charlotte? Hast du mir zugehört?«

»Sie wollte über das Leben nachdenken … darüber, ob es Antworten bereithält. Ute konnte nichts damit anfangen, sie meinte, ihre Mutter hätte sich oft so kryptisch ausgedrückt. Deine Mutter war übrigens hier.«

Ich setzte mich aufrecht hin und traf mit einem Fuß Coco, die offensichtlich direkt vor meinem Stuhl gelegen hatte. »Entschuldige, meine Kleine.« Ich beugte mich zu ihr und strich ihr übers Fell. »Was wollte sie?«

»Dich trösten. Sie meinte, es müsse *katastrophal* für dich sein, dass du *mit diesem Nikolai* liiert gewesen seist. Und sie würde den Tag preisen, an dem du dich entschlossen hättest, ihm den Laufpass zu geben. Weiß sie nicht …?«

»Doch, ich habe es ihr damals gesagt. Aber da sie überzeugt ist, dass ihre Kinder nicht verlassen werden, verdreht sie gerne die Tatsachen. Wie bist du sie losgeworden?«

»Indem ich ihr Tom vorgestellt habe. Er kam gerade aus deinem Zimmer, um etwas zu trinken.«

»Du hast ihr Tom vorgestellt? Als was?«

»Als Freund, der dich über die *Katastrophe* hinwegtröstet.«

»Und sie wollte nicht zu mir ins Zimmer?«

»Na klar wollte sie, du kennst doch deine Mutter, aber Tom hat ziemlich schnell geschaltet und gesagt, du bräuchtest deinen Erholungsschlaf. Da ist sie dahingeschmolzen.«

»Und sie hat ihn nicht gleich gefragt, was er beruflich macht?«

»Ihn nicht, aber mich«, antwortete Charlotte grinsend. »Ich vermute mal, sie schwelgt bereits in Schwiegermutterträumen, dass, wenn ihre Tochter schon nichts Gescheites zustande bringt, sie wenigstens einen Mann an Land zieht, der dieses Defizit ausgleicht.«

Ich löste das Handtuch und schüttelte meine feuchten Haare. »Den Traum hat sie bereits bei Niko geträumt. Gibt es von ihm eigentlich etwas Neues?«

Charlotte zuckte die Schultern. »Keine Ahnung.«

Ich würde später Markus anrufen. Was die Nawraths betraf, war er immer noch meine beste Informationsquelle. »Und die Hunde? Hast du die Besitzer informiert, dass ich nicht kommen konnte?« Charlotte und ich hatten uns für den Krankheitsfall gegenseitig mit Listen abgesichert, damit die jeweils andere die Termine absagen konnte.

»Lukas hat die Hunde übernommen.« Charlotte

erstickte meinen Protest im Keim. »Er meinte, er könne mal Tageslicht und frische Luft gebrauchen.«

»Aber er hat keine Ahnung.«

»Das scheint die Hunde nicht zu stören, sie mögen ihn allem Anschein nach. Ich bin immer mal hingefahren, wenn ich eine halbe Stunde Zeit hatte.«

»Charlotte, er ist nicht versichert, es hätte alles Mögliche passieren können!«

»Jetzt redest du schon wie Ute.« Sie nahm einen Schluck Rotwein und drehte dann das Glas zwischen den Händen.

»Aber er hat doch hoffentlich nicht die Schlüssel benutzt und die Wohnungen betreten. Oder etwa doch?« Ihr Blick war Antwort genug. »Das ist Hausfriedensbruch.«

»Das ist aktiver Tierschutz, ohne ihn wären die zu Hause versauert. Außerdem weißt du genauso gut wie ich, dass Kunden längst nicht immer treu sind. Wenn du drei Tage ausfällst, haben die ein Problem und deine Sympathiewerte sinken. Das Problem hat Lukas für dich gelöst, du solltest ihm dankbar sein.«

Sekundenlang schloss ich die Augen und versuchte, mich zu entspannen. Charlotte hatte recht. »Ich geh gleich zu ihm rüber.«

»Das kannst du dir sparen. Lukas ist unterwegs, er hat im Englischen Garten während einer der Hunderunden ein Mädel kennengelernt. Sie hat einen Chihuahua.«

»Ich dachte, ihr beide …?«

Sie winkte ab, als versuche sie, mich zu beruhigen. »Wir hatten guten Sex, aber das bedeutet ja nicht, dass wir unser Leben gemeinsam verbringen wollen.«

»Eine mit einem Chihuahua?«, wiederholte ich ihre

Worte. »Das kann er uns nicht antun.« Ich hatte nichts gegen Chihuahuas, im Gegenteil, ich mochte die kleinen Hunde. Ich hatte nur etwas gegen Frauen, die sie sich als Accessoire in Handtaschen stopften und mit ihnen shoppen gingen.

Charlotte lachte. »Keine Sorge, Mia, die Neue ist gepierct, trägt Jutebeutel und ist der festen Überzeugung, dass Chihuahuas laufen können.«

Coco stupste mich an und fiepte leise. »Weißt du, wann sie das letzte Mal zum Pipi draußen war?«

»Heute Mittag mit Tom und Bogart.«

»Dann gehe ich jetzt mit ihr.« Ich gab einen Schnalzlaut von mir, holte das kleine Geschirr und wandte mich zur Tür. Im Rahmen blieb ich stehen. »Weißt du, was Grete mir neulich per SMS geschrieben hat?« Für einen Moment schloss ich die Augen und atmete tief durch. »Dass sie heftiger denn je darüber nachdenke, wie sie ihre Tochter wieder loswerde. Kreativen Vorschlägen gegenüber sei sie aufgeschlossen. Sie wollte ihre Wohnung wieder für sich haben. Jetzt ist Ute diejenige, die dort allein bleiben wird.«

25

Nachdem ich fast drei Tage lang vor mich hin gedämmert hatte, blieb ich in der Nacht auf Sonntag hellwach. Mir gingen all die Nächte durch den Kopf, in denen ich Grete gesucht hatte – die Gespräche, die wir auf Parkbänken geführt, und die Zigaretten, die wir gemeinsam geraucht hatten. Ich dachte an Gretes Mut, daran, wie unerschrocken sie die Dinge stets angegangen war, und ich spürte, dass mich mein eigener Mut verließ.

Es gab immer noch unzählige Fragen, die sich um Berna, Hubert Janda und die Schüsse auf mich rankten. Vermutlich kannten die Kripobeamten inzwischen einige der Antworten. Inzwischen konnte sich vieles ergeben haben.

Vor Gretes Tod waren mir die Fragen wichtig erschienen, nichts hatte sie zurückdrängen können. Doch jetzt fühlte ich mich leer und hatte das Gefühl, in der Nacht im Hofgarten all meine Kraft eingebüßt zu haben. Nicht einmal Markus hatte ich angerufen, wie ich es vorgehabt hatte. Sollte Niko gefasst worden sein, würde es noch früh genug in der Zeitung stehen. Letztlich war es nur eine Frage der Zeit. Niko würde es nicht lange im Verborgenen aushalten, er war niemand, der sich in der Bedeutungslosigkeit einrichten konnte. Er brauchte Macht wie andere die Luft zum Atmen. Die Frage, ob er deshalb zum Mörder geworden war oder für seinen Bruder den Kopf hinhalten musste, war für mich in den Hintergrund getreten. Vielleicht würde diese Frage sogar nie ganz geklärt werden.

Ich würde zu Bernas Beerdigung gehen und zu Gretes, und ich würde Ute im Krankenhaus besuchen. Der Alltag mit den Hunden würde mir helfen, all das durchzustehen. Nur eines musste ich vorher noch erledigen: Ich musste Bernas Ring loswerden, der immer noch gut verborgen in Cocos Körbchen lag. Wem ich ihn geben sollte, hatte ich immer noch nicht entschieden.

Das war nicht die einzige Entscheidung, die anstand. Voller Wehmut betrachtete ich Coco, die entspannt dalag und schlief. Für sie musste ich auch endlich eine Lösung finden, denn mit jedem weiteren Tag würde die Bindung zwischen uns beiden stärker werden.

In der Nacht waren die Uhren auf die Sommerzeit umgestellt worden, und als wolle das Wetter gleich mitmachen, wurde es ein ungewöhnlich milder Tag mit Temperaturen, die eigentlich in den Mai gehörten. Die Sonne schien ungehindert vom Himmel, keine einzige Wolke trübte ihr Licht.

Während ich mit meinen sechs Sonntagshunden plus Coco gemächlich durch den Nordteil des Englischen Gartens wanderte, überholten uns etliche Jogger und Fahrradfahrer, die das Wetter ins Freie gelockt hatte. Als es zunehmend voller wurde, verzog ich mich mit den Hunden auf einsamere Wege, ließ mir das Gesicht von der Sonne wärmen und versuchte, an nichts anderes zu denken als an das, was sich gerade vor meinen Augen abspielte. Sieben Hunde, die sich ausschließlich für die Spuren interessierten, die ihre Artgenossen hinterlassen hatten und die nichts von ungeklärten Morden und Schüssen aus dem Hinterhalt wussten.

Das Klingeln meines Handys katapultierte mich unsanft aus diesem Bild heraus. Im Display las ich *Mar-*

kus. Kurz war ich versucht abzutauchen und seinen Anruf einfach zu ignorieren, aber dann empfand ich es als unfair. Markus hatte sich in den vergangenen zehn Tagen viel Zeit für mich genommen, mir sein Ohr geliehen und mich auf dem Laufenden gehalten, als ich das noch wollte.

»Wie geht es dir?«, fragte er anstatt einer Begrüßung. Er klang erschöpft, so als bräuchte er selbst jemanden, der sich mitfühlend nach seinem Befinden erkundigte.

»Ich fühle mich wie durch die Mangel gedreht. In meinem gesamten bisherigen Leben hat es nicht so viel Schreckliches gegeben wie in den vergangenen zwölf Tagen. Du weißt es bestimmt noch nicht, aber Grete Gottwald ist in der Nacht auf Donnerstag im Hofgarten überfallen und umgebracht worden. Ich war letzte Woche mit ihr und ihrer Tochter bei dir in der Praxis. Die Tochter war die *Schnittwunde.*«

»Ich weiß, jemand von der Polizei war bei mir und hat mich befragt.«

»Wieso denn dich?«, fragte ich überrascht und wich einem fremden Hund aus, der haarscharf an mir vorbeipreschte und dazu ansetzte, mein Rudel aufzumischen. Er wurde von einer alten Hündin ausgebremst, die sich ihm gelassen in den Weg stellte.

»Weil ich einer derjenigen war, mit denen sie am Mittwoch vor ihrem Tod noch telefoniert hat«, antwortete Markus.

»Aber wieso … was wollte sie denn von dir?«

Im Hintergrund war Karolin zu hören, die nach ihm rief. Er bat sie, sich einen Moment zu gedulden. »Das darf ich dir nicht sagen, Mia, das fällt unter die ärztliche Schweigepflicht.«

»Grete ist tot.«

»Es betrifft aber nicht nur sie.«

»Dann wollte sie mit dir über Ute sprechen.« Ich ließ einen Moment verstreichen. Als er nicht reagierte, sagte ich: »Verstehe.« Vermutlich hatte Grete ihn nach einem Therapeuten für ihre Tochter gefragt, nach jemandem, der in der Lage war, Utes Ängste zu therapieren. »Weißt du, was perfide ist, Markus? Wir alle haben Ute immer für völlig überspannt gehalten, und das ist sie ja auch. Aber dort im Hofgarten, in dieser Nacht, sind ihre schlimmsten Befürchtungen Realität geworden. Wie soll sie jemals darüber hinwegkommen? Wie soll sie je daran glauben können, dass das Leben ihr und ihren Liebsten nicht ausschließlich feindlich gesinnt ist?«

»Darauf wüsste ich selbst gerne eine Antwort. Für Karolin.«

»Wie geht es ihr?«

»Nach außen hin hält sie sich ganz wacker, aber ich rechne jeden Moment damit, dass sie zusammenklappt. Am Dienstag ist die Beerdigung ihres Vaters, am Mittwoch die ihrer Tante. Beides muss sie irgendwie durchstehen.«

»Und der Rest der Familie?«

»Dominik tut so, als betreffe ihn das alles nicht. In ihn kann ich einfach nicht hineinsehen. Und Karolins Mutter hat alle Hände voll mit den Vorbereitungen der Beerdigungen zu tun und telefoniert in jeder freien Minute wegen Niko mit irgendwelchen Anwälten.«

Ich hatte die Frage nicht stellen wollen, tat es dann aber doch. »Ist Niko immer noch auf der Flucht?«

»Was sollte er sonst tun?«, fragte er sarkastisch. »Vielleicht ausnahmsweise mal einen Gedanken an seine Familie verschwenden? Daran, wie es denen mit all dem geht?« Markus gab einen Laut von sich, in dem sich die Empörung und die Enttäuschung über den Freund aus Kinder- und Jugendtagen, den er mal so sehr bewundert hatte, vereinten. »Ich bin froh, wenn das alles vorbei ist.« Er atmete schwer ins Telefon. »Am liebsten würde ich so lange mit Karolin abtauchen.«

»Könntet ihr nicht nach den Beerdigungen für ein paar Tage wegfahren?«

»Dafür würde ich sofort meine Praxis schließen, aber Karolin glaubt, ihrer Mutter beistehen zu müssen. Da hat sie einfach ihren blinden Fleck. Sie kann nicht erkennen, dass Gundula ein beinhartes Kaliber ist, das ihren Beistand nicht braucht. Diese Frau würde noch in der Hölle funktionieren, du kennst sie ja.«

Ich dachte an die beiden Begegnungen mit ihr in der vergangenen Woche. »Eigentlich habe ich sie erst nach Frau Kienings Tod richtig kennengelernt. Davor war mein Bild von ihr ziemlich verzerrt, muss ich gestehen.«

»Sie ist gut darin, sich in Szene zu setzen.« Er atmete tief durch. »Aber lassen wir das. Weswegen ich dich eigentlich anrufe: Wie geht es deinem Streifschuss? Heilt die Wunde ab?«

»Ich glaube schon. Die Notärztin, die bei Grete im Hofgarten war, hat sie sich angesehen und neu verbunden.«

»Du weißt, du kannst jederzeit in die Praxis kommen.«

»Und du weißt, dass du jederzeit bei uns in der WG auf ein Glas Wein willkommen bist, wenn du mal einen Tapetenwechsel brauchst.«

»Klingt gut, ich überleg es mir.«

Am späten Nachmittag rief Tom an. Ich brauchte nur seine Stimme zu hören, schon schlug mein Herz unwillkürlich schneller, und in meinem Kopf formierte sich ein Knäuel aus Hoffnungen. Aber er wollte nichts von mir – jedenfalls nichts Privates. Er bat mich, mir Bogart vorbeibringen zu dürfen, da er morgen in aller Frühe zum Flughafen müsse, um einen Kunden zu treffen, der auf der Durchreise sei. Er wolle Bogart nicht so lange allein lassen. Ich willigte ein und ließ meinen Tränen freien Lauf, nachdem wir aufgelegt hatten.

Lukas überraschte mich in der Küche, riss wortlos ein Stück von der Küchenrolle und reichte es mir, um meine Tränen zu trocknen. Er setzte sich zu mir, sagte, wie sehr ihn der Tod von Grete getroffen habe, obwohl er sie gar nicht so gut gekannt hatte. Sie sei ein Original gewesen. Er deutete auf das, was sie übers Leben auf unserem Küchentisch geschrieben hatte – dass es nicht normal sei. Ich musste lächeln und sah sie vor mir, so lebendig, dass es unendlich wehtat.

»Im Hofgarten hatte sie über das Leben nachdenken wollen und ob es irgendwelche Antworten bereithalte«, sagte ich leise.

»Ein paar Antworten stehen hier«, meinte Lukas und strich mit der Hand über den Tisch. »Ich bekomme nachher übrigens Besuch und hätte es gerne, wenn sie sich auch auf unserem Tisch verewigen könnte.«

»Ist es die mit dem Chihuahua?«

»Er heißt Tyson.«

Ich musste lachen. »Charlotte sagte, du hättest mich gerettet und kurz entschlossen meine Hunderunden übernommen. Danke! Wenn ich mich irgendwie revanchieren kann …?«

»Du könntest noch mal so einen Apfelkuchen backen

und möglichst gleich damit anfangen. Dann ist er fertig, wenn Liese kommt.«

»Liese und Tyson? Die beiden sind bestimmt ein unschlagbares Gespann.«

»Darauf kannst du wetten.«

Der Kuchen war im Backofen, und Tom hatte gerade erst Bogart vorbeigebracht, als ich völlig überraschend einen Anruf von Hedwig Konrad, Bernas Freundin, bekam. Sie habe es sich überlegt: Sollte ich noch Interesse an einem Gespräch mit ihr haben, dürfte ich sie gerne besuchen. Am liebsten gleich heute Abend, das würde ihr außerordentlich gut passen.

Anders als bei unserem ersten Telefonat, in dem sie eher ablehnend gewesen war, klang sie dieses Mal sehr zuvorkommend. Ich bedankte mich für ihr Angebot, erklärte ihr aber, dass inzwischen so viel geschehen war, dass jetzt ich diejenige sei, die erst einmal Ruhe und Abstand bräuchte. Meine Absage schien sie völlig aus dem Konzept zu bringen. Sie stammelte, sie habe fest mit meinem Kommen gerechnet, ob ich es mir nicht doch noch überlegen könnte. Ich blieb jedoch standhaft und beendete das Gespräch, bevor sie es mir noch schwerer machte.

Besser, ich biss mich gar nicht an der Frage fest, worüber sie mit mir hatte sprechen wollen. Ich rief Coco und Bogart und gab Lukas, bevor ich die Wohnung verließ, genaue Instruktionen, wann der Kuchen aus dem Backofen geholt werden musste.

Es zog mich in den kleinen Ludwigpark, in dem ich vergangene Woche mit Grete geraucht hatte. Auf dem Weg dorthin kaufte ich mir Zigaretten und Streichhölzer und verstaute sie in meiner Jackentasche. Im Park wählte ich genau die Bank, auf der wir gemeinsam gesessen hatten, ließ die Hunde frei, damit sie schnüffeln konnten, und zündete mir eine Zigarette an. Ich zog daran, bildete beim Ausatmen mit den Lippen kleine Ringe aus Rauch und sah dabei zu, wie sie sich wieder in Luft auflösten. Obwohl ich wusste, dass Grete tot war, fiel es mir immer noch schwer, mich an den Gedanken zu gewöhnen, sie nie wiederzusehen. Mir nie wieder mir ihr eine Nacht um die Ohren zu schlagen, nie wieder ihre Klagen über Ute zu hören, nie wieder in ihr Lachen einzustimmen. Grete hatte in keine Schublade gepasst und sich stets allen Versuchen widersetzt, in eine hineingepresst zu werden. Jetzt lag sie vermutlich in einer der Schubladen im rechtsmedizinischen Institut. Eine Vorstellung, die mir eine Gänsehaut verursachte.

Als das Klingeln meines Handys sich in meine Gedanken drängte, versuchte ich, es zu ignorieren. Wer immer es war, sollte auf meine Mailbox sprechen. Nachdem ich die Zigarette ausgedrückt und die Kippe in den Abfallkorb geworfen hatte, rief ich Coco und Bogart zu mir. Sie trotteten gemütlich heran, als mein Handy ein weiteres Mal klingelte. Dieses Mal sah ich aufs Display. Es war wieder Hedwig Konrad.

»Frau Kaminski«, sagte sie ein wenig außer Atem, »ich habe es eben schon versucht. Gut, dass ich Sie nun doch noch erreiche.«

»Ist etwas passiert?«

»Nein, nein, es ist nichts passiert. Ich wollte Sie nur noch einmal fragen, ob Sie nicht vielleicht doch heute Abend zu mir kommen könnten.«

»Frau Konrad, ich …«

»Ich weiß«, fiel sie mir ins Wort. »Sie brauchen Ruhe,

das verstehe ich auch. Trotzdem würde ich gerne ein paar Worte über Berna mit Ihnen wechseln. Sie wissen, wir waren sehr gut befreundet.«

»Könnten wir das nicht auf einen späteren Zeitpunkt verschieben? Mir geht es im Moment nicht besonders gut.«

»Das tut mir leid«, meinte sie mitfühlend und schwieg. Einmal mehr schien ich sie aus dem Konzept gebracht zu haben. »Es ist nur so …«, setzte sie erneut an, »ich … also mir ist wirklich sehr an einem Gespräch mit Ihnen gelegen, Frau Kaminski. Ich glaube, es würde mir sehr helfen. Könnten Sie es nicht vielleicht doch einrichten? Im Gedenken an Berna?«

»Also gut …«, sagte ich widerwillig und versprach, in einer halben Stunde bei ihr zu sein.

26

Hedwig Konrad musste in der Nähe der Tür auf mich gewartet haben, denn sie öffnete nur Sekunden nach meinem Klingeln. Sie war eine kleine, zierliche Person Ende sechzig, Anfang siebzig, mit kurzen grauen Haaren, randloser Brille und unzähligen Falten im Gesicht, die vermutlich von der Sonne herrührten. Bereits jetzt im März war sie gebräunt wie andere im Hochsommer.

Ihr kleines Reihenhaus lag nur ein paar Straßenzüge von dem ihrer verstorbenen Freundin entfernt und machte den Eindruck, als könne seine Besitzerin sich nur schwer von etwas trennen. Bereits der Flur war völlig überfrachtet von Schränkchen, Regalen und Bildern. Als hätte sie es sich zur Aufgabe gemacht, die Wände unsichtbar werden zu lassen.

Hedwig Konrad wirkte angespannt und etwas fahrig, als sie mich hereinbat. Sie schien nicht recht zu wissen, wie sie sich verhalten sollte. Hatte sie es sich etwa anders überlegt und wusste nur nicht, wie sie es mir beibringen sollte?

Sie wollte mir voraus durch den Flur gehen, aber ich hielt sie zurück. »Wenn es Ihnen heute Abend doch nicht so gut passt, kann ich gerne ein anderes Mal wiederkommen, Frau Konrad.« Das wäre mir ohnehin lieber gewesen.

»Nein, nein, es passt, es ist nur …« Sie schluckte.

Mit einem Mal hatte ich das Gefühl, dass etwas nicht stimmte. Ohne sie aus den Augen zu lassen, tat ich einen Schritt Richtung Tür.

»Nein, bitte …!« Mit ausgebreiteten Armen kam sie auf mich zu. »Bitte bleiben Sie!«

Ich legte meine Hand auf die Türklinke und versuchte herauszufinden, was mich so stark irritierte, dass meine Fluchtinstinkte einsetzten, obwohl ich es mit einer älteren Frau zu tun hatte, die alles andere als angsteinflößend wirkte. Und dann kam ich drauf: Hedwig Konrad hatte selbst Angst. In dem Moment, als ich die Klinke drückte, erschien eine weitere Person im Flur.

»Janette?«, fragte ich völlig verdattert. »Was machst du denn hier?«

Hedwig Konrad drehte sich zu Nikos Freundin um, legte ihr mit einem Seufzer der Erleichterung die Hand auf den Arm und ließ mich einfach an der Tür stehen.

»Was ist hier los?«, fragte ich, obwohl Janette nicht einmal meine erste Frage beantwortet hatte.

»Komm doch bitte rein«, forderte sie mich auf.

»Ich bin drin.«

»Nein, ich meine ins Wohnzimmer.«

Ich machte keine Anstalten, ihrer Bitte zu folgen. »Was machst du hier?«

»Hedwig ist meine Stiefmutter, sie war in erster Ehe mit meinem Vater verheiratet.«

»Hat sie mich etwa deinetwegen hierher gebeten?«

»Meinetwegen«, hörte ich plötzlich eine männliche Stimme aus einem Zimmer am Ende des Flurs. Gleich darauf tauchte Nikos Kopf im Türrahmen auf.

Vor Schreck schnappte ich nach Luft, wirbelte herum und riss die Haustür auf. Im selben Moment tauchte Janette neben mir auf und warf sich gegen die Tür, sodass sie mit einem lauten Knall zuschlug.

»Hör dir wenigstens an, was er zu sagen hat!«, sagte sie, ohne ihre Hand von der Tür zu nehmen.

Unsere Gesichter waren nur Zentimeter voneinander entfernt, und ich spürte ihren Atem. Ich hielt ihrem Blick stand und versuchte, ruhig zu bleiben. »Ich werde ihm nicht zuhören«, sagte ich barsch. »Er sagt doch ohnehin immer dasselbe. Und jetzt lass mich vorbei!«

»Nicht, bevor du mit ihm geredet hast.«

Ich zog mein Handy aus der Tasche. »Das reicht mir jetzt! Ich ...«

Mit einer schnellen Bewegung schlug sie es mir aus der Hand, sodass es über den Steinboden schlitterte und vor Nikos Füßen liegen blieb. Er hatte sich in der Zwischenzeit nicht von der Stelle gerührt, bückte sich jetzt aber und hob mein Handy auf.

»Sieh ihn dir doch an«, forderte Janette mich auf. »Sieht so ein Mörder aus?«

Die Frage war absurd. Anstatt zu antworten, überlegte ich fieberhaft, wie ich hier rauskam.

Janette schob sich hinter mich, packte mich an den Schultern und drehte mich so, dass ich Niko ansehen musste. »Sieh ihn dir an!«

Mit Wucht rammte ich ihr meinen Ellenbogen in die Seite und trat ihr gegens Schienbein, sodass sie laut aufschrie. Trotzdem war sie immer noch im Vorteil, sie war der Tür näher. Blitzschnell drehte sie den Schlüssel im Schloss und zog ihn ab. Ich versuchte, ihn ihr aus der Hand zu schlagen, aber trotz der Schmerzen, die ich ihr zugefügt hatte, war sie schneller. Der Schlüssel verschwand in der Gesäßtasche ihrer Jeans.

Schwer atmend lehnte ich mich gegen die Wand, wobei ein Bild herunterfiel. Ich beachtete es nicht. »Das, was ihr hier tut, ist Nötigung und Freiheitsberaubung und was weiß ich noch alles. Und deine Stiefmutter leistet Beihilfe. Ist sie sich der Tragweite überhaupt bewusst, Janette? Und willst du so viel für einen Mann aufs Spiel setzen, der nur sich kennt und im Zweifel nicht mal den kleinen Finger für dich rühren würde?«

In diesem Moment war ein Protestlaut von Niko zu hören, bei dem sich mir die Nackenhaare aufstellten. Er schleuderte mein Handy in die Tiefen des Raumes hinter ihm und ballte die Fäuste, als wolle er sich jeden Moment auf mich stürzen. Mit ein paar Schritten war Janette bei ihm, schüttelte den Kopf und flüsterte ihm etwas zu, das ich nicht verstehen konnte. Was auch immer es war, es bewirkte, dass er sich zurückhielt.

»Mir ist inzwischen klar«, setzte sie an mich gewandt an und gab sich Mühe, ruhig zu sprechen, »dass wir einen sehr unterschiedlichen Blick auf Niko haben, und vermutlich wird sich daran nie etwas ändern. Trotzdem bitte ich dich, ihm zuzuhören. Du hast doch selbst inzwischen Zweifel, sonst hättest du mich nicht nach Dominiks Alibi für die Schüsse auf dich gefragt. Oder nach diesem Zeitungsausträger.« Sie sah mich flehend an. »Bitte …«

»Nur wenn du die Tür aufschließt. Und zwar augenblicklich!«

Niko stöhnte laut auf und schien in sich zusammenzusacken. »Ich habe dir gesagt, dass mit Mia nicht zu reden ist.« Auch seine Stimme hatte alle Kraft verloren. »Es ist völlig sinnlos, was wir hier tun.«

Als hätte er mit seinen Worten in einen Luftballon gestochen, ließ auch Janette ihre Schultern sinken und wirkte nur noch wie ein Häufchen Elend. Tränen liefen ihr über die Wangen. Mit hängendem Kopf ging sie an mir vorbei, schob den Schlüssel ins Schloss und öffnete die Tür einen Spalt.

Erleichtert zog ich die Tür auf. »Holst du mir bitte mein Handy?«

Als sie es mir brachte, machte ich Anstalten zu gehen.

»Ich war das nicht, Mia«, hörte ich Niko sagen. Er klang völlig ausgebrannt. »Ich schwöre es dir. Jemand anderer war es und versucht, es mir in die Schuhe zu schieben. Glaubst du allen Ernstes, ich hätte all diese Beweise hinterlassen?«

Im Türrahmen drehte ich mich zu ihm um. Ich erkannte in ihm kaum den Mann wieder, der sich mir am Schwabinger Bach und am Esstisch seiner Mutter entgegengestellt hatte. Vielleicht hatte er erst jetzt wirklich begriffen, wie ernst seine Lage war und dass er den Kopf nicht mehr so leicht aus der Schlinge würde ziehen können.

»Diese Frage habe ich mir natürlich auch gestellt«, nahm ich sein Stichwort auf, »aber vielleicht hast du dich nur sehr sicher gefühlt und bist deshalb unvorsichtig geworden. Oder du warst wie von Sinnen.«

Ein blauer Schimmer flackerte über sein Gesicht. Seine Augen weiteten sich, er machte auf dem Absatz kehrt und verschwand in dem Zimmer am Ende des Flurs. Er hatte nur wenige Sekunden Vorsprung, als Janette sich aus ihrer Erstarrung löste und ihm hinterherlief.

Das blaue Flackern erfasste den gesamten Flur. Selbst Hedwig Konrad hatte es entdeckt und kam aus einem der angrenzenden Zimmer auf mich zu.

»Wie konnten Sie wissen, dass er hier auf Sie warten würde?«, fragte sie. Der Schrecken war ihr ins Gesicht geschrieben.

Ich drehte mich zur Straße und beobachtete drei Polizeiwagen, die im Schein der Laternen am Straßenrand hielten und aus denen uniformierte Beamte stürmten. Allerdings rannten sie auf ein Haus zu, das schräg gegenüber auf der anderen Straßenseite lag und hell erleuchtet war. Um mich bemerkbar zu machen, rief ich laut und winkte.

Hedwig Konrads Arm legte sich schwer auf meinen. »Bitte nicht, bitte tun Sie mir das nicht an. Sehen Sie nicht? Die wollen gar nicht zu uns. Sie sind von den Nachbarn gerufen worden.«

Jetzt sah ich, was sie längst entdeckt hatte: Ein Ehepaar war aus dem Haus gegenüber gelaufen und redete aufgeregt auf einen der Beamten ein. Dabei gestikulierten die beiden wild und deuteten immer wieder auf ihr Haus. Mit dem, was hier geschah, hatte dieser Tumult da draußen ganz offensichtlich nichts zu tun.

Ich wollte einen Schritt in die Richtung der Beamten tun, als Hedwig Konrad mich zurückhielt. Dafür, dass sie so zierlich war, entwickelte sie eine enorme Kraft.

»Bitte nicht!«, bekniete sie mich.

Ich fuhr zu ihr herum und funkelte sie an. »Haben Sie auch nur eine Sekunde darüber nachgedacht, was Sie mir hier antun? Trotz aller möglichen Zweifel ist es nicht auszuschließen, dass Niko erst seinen zukünftigen Schwager und dann Ihre Freundin umgebracht und schließlich noch auf mich geschossen hat.«

»Sie haben ihn mal geliebt, habe ich mir sagen lassen.«

»Ich war in ihn verliebt.«

Sie streckte beide Hände aus, umfasste mein Gesicht und zwang mich, sie anzusehen. »Er ist kein Mörder, Frau Kaminski.«

Ich wich vor ihr zurück. »Das können Sie vor Gericht

dem Richter und dem Staatsanwalt vortragen. Und wagen Sie es nicht noch einmal, mich anzufassen!«

Von gegenüber kam einer der Uniformierten auf uns zu. Er war einer derjenigen, die offensichtlich gerade ausschwärmten, um die Nachbarschaft zu befragen. Ich machte Anstalten, ihm entgegenzugehen, als Janette neben mir auftauchte.

»Niko ist weg«, flüsterte sie. Ihr Atem ging stoßweise. »Bitte, Mia, er wird sich etwas antun. Er ist völlig außer sich, so habe ich ihn noch nie erlebt.«

»Sie werden ihn schnell finden, weit kann er ja nicht gekommen sein, oder hat er sich mit dem Auto davongemacht?«

Hedwig Konrad ging auf den Beamten zu und fing ihn noch auf dem Bürgersteig ab, wo sie ihn in ein Gespräch verwickelte. Sie und Janette waren wirklich ein eingespieltes Team.

»Mia, bei allem, was mir heilig ist: Ich schwöre dir, er war es nicht.«

Ich musterte sie und fragte mich, ob ich auch einmal so verblendet gewesen war. Es musste so gewesen sein, denn andernfalls wäre ich nicht fast ein Jahr lang mit ihm zusammengeblieben.

»Niko fühlt sich wie ein gehetztes Tier«, fuhr sie atemlos fort. »Er hat kaum noch Reserven, und ich kann ihn nicht einmal erreichen, er hat kein Handy.«

Genervt stieß ich Luft durch die Nase und sah dabei zu, wie Hedwig Konrad den Beamten um den Finger wickelte. Ich wollte gar nicht wissen, was für eine Geschichte sie ihm auftischte. Jedenfalls gelang es ihr, seine Aufmerksamkeit von Janette und mir abzulenken.

Zitternd schlang Janette die Arme um den Oberkörper. »Was sollen wir denn nur tun?«

Ich wusste genau, was richtig gewesen wäre. Der Polizist stand nur wenige Meter von mir entfernt, und er war nicht allein. Ich biss mir auf die Lippen und focht einen inneren Kampf mit mir aus.

»Warum bist du dir so sicher?«, fragte ich sie. »Und komm mir jetzt bloß nicht mit Dominik, das reicht mir nicht. Dass genauso gut er es gewesen sein könnte, ist reine Spekulation, dafür gibt es nicht ein einziges Indiz.«

»Niko war während der Schüsse auf dich mit mir zusammen. Das ist die Wahrheit!«

»Ist er bewaffnet?«

»Wieso?«

»Antworte!«

»Natürlich nicht.«

»Dann sag deiner Mutter, dass sie hierbleiben soll, falls er zurückkommt.«

Ihr Blick huschte zwischen dem Beamten und mir hin und her. Sie hatte Schwierigkeiten, mir zu vertrauen, aber sie begriff, dass ihr nichts anderes übrig blieb. »Was hast du vor?«

»Ihn suchen. Und du kommst mit!«

Als ich mich vor vier Tagen mit Bogart auf die Suche gemacht hatte, waren wir zu spät gekommen. Das Bild von Grete, wie sie leblos im Gebüsch lag, hatte sich in meine Netzhaut gebrannt, ich würde es nie wieder loswerden. Doch jetzt, in diesem Moment, musste ich es ausblenden, sonst war unsere Suche von vornherein zum Scheitern verurteilt. Meine Anspannung würde sich auf Bogart legen und ihn irritieren. Kurz schloss ich die Augen und versuchte, mich zu sammeln, bis Janette sich bemerkbar machte.

Ihr fiel es schwer, Ruhe zu bewahren und nicht gleich loszustürmen. Ungeduldig sah sie dabei zu, wie ich Einmalhandschuhe überstreifte, einen Keks nahm, von dem Niko abgebissen hatte, und ihn in einen Plastikbeutel fallen ließ. Dann zog ich Bogart, der mit Coco im Auto ausgeharrt hatte, das Suchgeschirr über und führte ihn auf die Terrasse auf der rückwärtigen Seite des Hauses. Janettes verbale Querschläger, dass das doch alles völlig sinnlos sei und alles Mögliche passieren könne, während wir hier wertvolle Zeit verschwendeten, ließ ich unkommentiert. Bogart würde sich nicht konzentrieren, wenn ich es nicht tat.

Ich setzte meine Stirnlampe auf, öffnete den Plastikbeutel, ließ den Rüden an dem Keks schnüffeln und gab ihm mit ruhiger Stimme das vertraute Suchkommando. Er wedelte vor Aufregung, nahm ohne Weiteres die Spur auf und zog mich quer durch den dunklen Garten bis zu einer Ligusterhecke. Der Rüde fand eine Lücke und war schneller hindurch, als wir ihm folgen konnten. Mit einer Hand hielt ich die lange Leine, mit der anderen schob ich die Zweige beiseite und achtete darauf, dass sie Janette nicht ins Gesicht schlugen.

Bogart durchquerte auch diesen Garten, bewegte sich aber auf das Haus zu, das völlig im Dunkeln lag und dessen Bewohner zum Glück nicht zu Hause waren. Nikos Spur führte seitlich am Haus entlang auf die Straße. Als wir dort einbogen, warf ich einen schnellen Blick zurück auf das Geschehen rund um die Polizeiwagen. Es schien uns niemand zu bemerken.

Der Rüde beschleunigte und zog kräftig an der Leine. Mit seiner klaren Körpersprache machte er es mir einfach, ihm zu folgen. Schnellen Schrittes und mit Janette im Schlepptau überquerten wir mehrere Seitenstraßen und näherten uns Bernas Haus. Als Bogart vor dem Gartentor der Sechzigerjahre-Villa stehen blieb, geriet ich kurz aus dem Konzept. Es war unwahrscheinlich, dass Niko ausgerechnet hierhergelaufen sein sollte. Er wusste nicht, dass die Polizei von Hedwig Konrads Nachbarn gerufen worden war, deshalb musste er annehmen, dass sie ihn suchten. Und das Haus seiner Tante war ein Ankerpunkt, den sie ganz bestimmt nicht auslassen würden.

Wenn ich jedoch eines beim Trailen gelernt hatte, dann das: Vertraue deinem Hund! Da es Bogart augenscheinlich auf das Grundstück zog, öffnete ich das Tor und ließ den Rüden hindurch. Hinter mir schnappte Janette hörbar nach Luft.

»Hier ist er nicht«, flüsterte sie, »so unvorsichtig ist er nicht.«

Ich bedeutete ihr, den Mund zu halten, und folgte Bogart ums Haus herum. Sollte Niko tatsächlich hier sein, war er wirklich nicht mehr ganz bei Trost. Nur Sekunden später gebärdete der Rüde sich wie immer, wenn er bei seiner Suche erfolgreich war. Wild wedelnd stand er an der Kellertreppe. Janette und ich erreichten die Stelle fast gleichzeitig. Ich richtete meine Stirnlampe auf die Treppe und entdeckte Niko, der zusammengekauert auf den Stufen hockte. Er wandte den Kopf und beschirmte seine Augen gegen das grelle Licht.

Ich belohnte Bogart mit Leckerchen und Streicheleinheiten und zog ihm das Suchgeschirr aus, während Janette die Treppe hinunter zu Niko lief und ihn umarmte. Er schien zu frieren und zitterte.

»Du hast eine Stunde, um mich zu überzeugen«, sagte ich, »und komm nicht auf die Idee, mich zu belügen.«

27

Hedwig Konrads Wohnzimmer war ähnlich zugestellt wie der Flur. In einer anderen Situation hätte ich es trotz der Enge als heimelig empfunden. Ich setzte mich auf einen Stuhl neben der Tür, sodass ich jederzeit aufstehen und gehen konnte, ohne dass sich mir jemand in den Weg stellte.

Niko saß in eine warme Decke gehüllt in einer Sofaecke. Es schien nicht mehr viel übrig zu sein von dem souveränen Mann, der sich bislang nicht nur in jeder Situation zurechtgefunden hatte, sondern der den Situationen auch seinen Stempel aufgedrückt hatte. Es war, als hätte er seinen Kompass aus den Augen verloren und würde nun auf unbekanntem Terrain herumirren.

Janette brachte ein Tablett mit Kaffee, schenkte ein und reichte jedem eine Tasse, wobei sie ihren Blick kaum von Niko lösen konnte.

Weit davon entfernt, ihm zu trauen, sagte meine innere Stimme mir, dass ich ihn anhören musste, dass es zu spät dafür war, mich umzudrehen und all das hinter mir zu lassen, wie ich es mir noch am Morgen so fest vorgenommen hatte.

Janette setzte sich zu Niko aufs Sofa und sah mich an. »Frag ihn!«

Nachdem ich ein paar Schlucke getrunken hatte, stellte ich die Kaffeetasse unter meinen Stuhl, ohne die beiden aus den Augen zu lassen. »Hast du dich Montagabend vor dem Tod deiner Tante in ihr Haus geschlichen und mich dort angegriffen?«

»Ganz sicher nicht, das war ich nicht!«

»Hast du ihr zu irgendeinem Zeitpunkt gedroht, sie entmündigen zu lassen, sollte sie den Gedanken an die Schweiz nicht aufgeben?«

»Meine Mutter und Karolin haben mal etwas in der Richtung zu ihr gesagt, aber das war doch nicht ernst gemeint.«

»Worum ging dann der Streit zwischen dir und deiner Tante an ihrem Todestag?«

Er schluckte und schüttelte den Kopf. »Es hat keinen Streit gegeben, unser Gespräch ist völlig harmlos verlaufen«, antwortete er leise. »Wir haben hauptsächlich über ihre Krankheit gesprochen und über die letzten Dinge, die sie noch erledigen wollte. Ich hatte ihr versprochen, sie noch einmal zu all ihren Lieblingsorten zu begleiten.« Niko zog die Decke enger um sich.

»Und sie hat dich nicht auf den Montagabend angesprochen? Sie hat dir nicht erzählt, dass jemand im Haus war?«

»Sie hat nur von einem Vorfall gesprochen und gefragt, ob ich damit zu tun hätte. Ich wusste überhaupt nicht, worum es ging. Sie war aber auch nicht bereit, sich näher dazu zu äußern, und hat schnell das Thema gewechselt.«

»Wenn stimmt, was du behauptest, dass du sie nicht umgebracht hast, wo warst du dann zu diesem Zeitpunkt?«

»Ich war in Lenggries, um mir dort ein Haus anzusehen. Hätte ich mein Handy bei mir gehabt, wäre es gar kein Problem gewesen, das zu beweisen, das hätte die Funkzellenauswertung ergeben. Aber ich muss es bei ihr liegen gelassen haben, und leider habe ich es nicht gleich bemerkt.« Seine Stimme wurde allmählich wieder kräftiger.

Janette beugte sich zu ihm und strich sanft über seinen Unterarm. »Wie hättest du denn auch auf die Idee kommen sollen, dass Berna umgebracht wird und du verdächtigt wirst!«

Niko sah sie an und durch sie hindurch, er schien mit seinen Gedanken weit fort zu sein.

»Wo hast du es liegen gelassen?«, fragte ich.

Seine Stirn legte sich in tiefe Falten. »Ich kann mich genau erinnern, dass ich vor Bernas Haustür einen Anruf bekam und kurz telefoniert habe. Und dann habe ich es in meine Manteltasche gesteckt. Ich weiß beim besten Willen nicht, wie es auf ihr Bett gekommen ist, ich war nicht mal in ihrem Schlafzimmer.« Er ließ den Kopf hängen und raufte sich mit beiden Händen die Haare. Dann hob er den Blick. »Es muss mir bei ihr aus der Manteltasche gerutscht sein. Damit habe ich ihrem Mörder auch noch unfreiwillig in die Hände gespielt. Er wird es gefunden und unter ihren Körper geschoben haben, um den Verdacht auf mich zu lenken.«

»Warum sollte jemand so etwas tun?«

»Ich habe längst nicht nur Freunde.«

»Hast du eine Idee, wer so weit gehen würde, um dir zu schaden?« Den Gedanken an Dominik schob ich beiseite.

Kraftlos schüttelte er den Kopf. Seinem Gesichtsausdruck nach zu urteilen zermürbte ihn die Tatsache, dass er keine Antwort auf diese Frage wusste.

»Und die Fingerabdrücke auf dem Whiskeyglas? Sind die auch manipuliert worden?«

»Berna und ich haben etwas zusammen getrunken, wie wir es immer getan haben, wenn ich sie besucht habe. Das war ein Ritual. Aber das war, bevor du Coco zurückgebracht hast.«

»Und als du gegangen bist, war sie da benommen?«

»Sie war völlig klar«, antwortete er mit einem verzweifelten Unterton.

»Was ist mit dem Medikament, das bei dir gefunden wurde?«

»Das muss mir genauso untergeschoben worden sein wie Berna mein Handy. Mein Anwalt hat erfahren, dass weder an dem Pillendöschen in meinem Badezimmerschrank noch an der kleinen Plastiktüte aus meiner Manteltasche Fingerabdrücke zu finden sind.«

Janette wandte sich mir zu. »Das allein ist doch Beweis genug.«

Ich beachtete sie nicht, sondern behielt Niko im Blick. »Noch mal zu deinem Handy: Wo hast du es gesucht, als du es vermisst hast? Auch in deinem Mantel?«

»Da zuallererst.«

»Und wieso ist dir dann das Tütchen mit dem pulverisierten Beruhigungsmittel nicht aufgefallen?«

Er dachte nach. »Weil ich nicht in die Taschen gegriffen, sondern den Mantel nur abgetastet habe.«

Das war plausibel. Zum nächsten Punkt: »Wer auch immer deine Tante umgebracht hat, muss sie hinauf ins Schlafzimmer getragen haben. Und wenn nicht getragen, dann zumindest gestützt. Außerdem wird er ihr beim Strangulieren nahe gekommen sein. Sind an deiner Kleidung, die du an ihrem Todestag getragen hast, Faserspuren von ihrer Kleidung oder umgekehrt entdeckt worden?«

»Das weiß ich nicht. Aber ich würde es nicht ausschließen, ich habe sie schließlich zur Begrüßung und zum Abschied umarmt.«

Hedwig Konrad kam ins Wohnzimmer und ließ sich

mit einem leisen Stöhnen in einen der Sessel fallen. Während sie zwischen uns dreien hin und her sah, hielt sie sich an einem Likörglas wie an einem Rettungsanker fest. Sie machte einen zutiefst unglücklichen Eindruck auf mich. Vermutlich begriff sie endlich, wo sie da hineingeraten war, und vielleicht hätte sie am liebsten die Uhr zurückgedreht, um ihre Beteiligung an diesem Zusammentreffen zu verweigern.

»Okay«, durchbrach ich das Schweigen, als mein Handy klingelte. Es war meine Mutter. Ich drückte den Anruf weg. »Falls es diesen fraglichen Jemand, der dir angeblich schaden will, tatsächlich geben sollte, müsste er Zutritt zu deinem Badezimmer gehabt haben«, spann ich meinen Gedanken fort. »Und er müsste an deinen Mantel herangekommen sein, um dir das Plastiktütchen mit den Medikamentenresten unterzujubeln. Das mit dem Mantel könnte geschehen sein, während du bei deiner Tante warst. Ist irgendjemand gekommen, während du dort warst? Hat deine Tante jemanden hereingelassen?«

»Nein«, antwortete er mit rauer Stimme.

»Dann muss es zwischen deinem Verlassen des Hauses und der Hausdurchsuchung bei dir geschehen sein. Wer hätte da an deinen Mantel gelangen können?«

»Jeder in meiner Umgebung. Im Büro, zu Hause. Aber …« Niko schlug mit der Faust auf die Sofalehne und presste die Lippen aufeinander, während sein Blick durch den Raum irrte, als suche er irgendeinen Halt. Einen Halt, den er nicht fand.

Janette ergriff das Wort. »Ich weiß, dass du nichts davon hören willst, Niko, aber ich frage es trotzdem noch einmal: Was ist mit Dominik?«

Niko schüttelte den Kopf.

»So etwas solltet ihr noch nicht einmal denken«, machte Hedwig Konrad sich empört Luft. »Dominik würde doch nicht so ein böses Spiel mit seinem eigenen Bruder treiben und ihn dann auch noch ans Messer liefern!«

Janette wandte sich ihrer Stiefmutter zu. »Denk nur mal an Kain und Abel, dann weißt du, wozu Brüder fähig sind.« Ihr Blick richtete sich auf mich. »Ich habe dich das schon einmal gefragt, Mia: Wie sicher bist du dir, dass Berna tatsächlich von Niko und nicht vielleicht doch von Niki gesprochen hat?«

»Ziemlich, aber nicht hundertprozentig«, antwortete ich ehrlich.

»*Ziemlich* lässt noch jede Menge Spielraum. Von deiner Aussage hängt viel ab.«

»Wie viel davon abhängt, scheint nicht nur mir bewusst zu sein, sondern auch demjenigen, der mir mit einer durchlöcherten Zielscheibe gedroht und dann auf mich geschossen hat«, entgegnete ich genervt.

Niko hielt es nicht mehr auf dem Sofa. Wie ein alter Mann quälte er sich aus den Polstern hoch und ging zum Fenster, wo er mit dem Rücken zu uns stehen blieb. Wie fühlte es sich an, wenn einem die Zügel entglitten, wenn die Macht zwischen den Fingern zerbröselte? Bisher war Niko immer alles gelungen. Er hatte die Fäden gezogen, und sie hatten sich nicht einmal verheddert. Er hatte seine Ziele verfolgen können und war für die Methoden, die dabei zum Einsatz kamen, nicht gestraft worden. Sie waren nicht ans Licht gekommen, er war geschickt genug gewesen, seine Skrupellosigkeit im Verborgenen auszuleben.

»Nicht dass es noch eine Rolle spielen würde«, sagte ich in die Stille hinein, die nur vom Ticken einer alten

Wanduhr unterbrochen wurde, »rein interessehalber: Wo warst du, als im Englischen Garten auf mich geschossen wurde?«

»Das habe ich dir doch schon gesagt«, kam Janette ihm zuvor. »Wir waren zusammen. Und wenn du es genau wissen willst: Wir waren in der Berghütte meiner Familie oberhalb vom Schliersee. Niko kann also nicht auf dich geschossen haben.«

Niko atmete schwer. »Das hat doch alles keinen Sinn«, presste er zwischen seinen Zähnen hervor. »Irgendjemand agiert aus dem Hintergrund und macht das ziemlich effektiv. Du wirst es ja ohnehin erfahren: Die Zigarettenkippe, die unter dem Baum gefunden wurde, von dem aus auf dich geschossen wurde, trägt meine DNA. Dabei habe ich vor vier Wochen aufgehört zu rauchen.« Er wandte sich zu mir um und sah mich so flehentlich an, dass ich kurz davor war einzuknicken. »Es ist zum Verrücktwerden, Mia. Das alles kommt mir vor wie ein Masterplan, um mich zu vernichten.«

Niko hatte auch einmal einen Masterplan erstellt. Damals war es darum gegangen, jemanden kaltzustellen, und vermutlich hatte es sich nicht einmal um eine Ausnahme gehandelt. »Was ist mit dem Mitarbeiter, den du …?«

»Nein«, unterbrach er mich harsch, »der hat nichts damit zu tun!«

»Wie kannst du dir da so sicher sein?«

»Ich habe Nein gesagt, Mia.«

»Um welchen Mitarbeiter geht es?«, fragte Janette in einem Ton, als wittere sie gerade Morgenluft.

»Vergiss es! Das ist völlig irrelevant«, tat Niko meinen Gedanken ab.

»Aber …«

»Hörst du mir nicht zu?«

Diese Seite von Niko schien für Janette neu zu sein. Sie zuckte zusammen, als habe er sie geschlagen, und sah ihn entgeistert an. Aber sie fing sich ebenso schnell wieder. »In diesem Ton redest du nicht mit mir«, sagte sie ganz ruhig.

»Entschuldige!«, lenkte er daraufhin sofort ein, setzte sich wieder neben sie aufs Sofa und ergriff ihre Hand.

Insgeheim revidierte ich mein vorschnelles Urteil über sie. Weswegen auch immer die Beziehung der beiden besser funktionierte als meine mit Niko, es lag nicht daran, dass sie klein beigab, wie ich angenommen hatte.

»Worüber wir überhaupt noch nicht gesprochen haben, ist Hubert Janda«, sagte Janette. »Und über ihn komme ich wieder auf Dominik. Deinem Bruder muss Karolins Verlobter ein Dorn im Auge gewesen sein. Immerhin hat er die Position bekommen, die Dominik für sich beansprucht hatte.«

»Dominik hat die alleinige Führung für sich beansprucht«, wandte Niko müde ein. »Genau wie ich. Wieso mein Vater auf diese blödsinnige Idee einer Doppelspitze verfallen ist, verstehe ich bis heute nicht. Und jetzt reicht es, das führt doch zu nichts. Wir können hier noch stundenlang sitzen und reden und kommen kein Stück weiter.« Er schloss erschöpft die Augen.

»Wirst du deine Aussage zurückziehen, Mia?«, fragte Janette.

Niko rührte sich nicht, während Janette und ihre Stiefmutter mich mit ihren Blicken fixierten.

»Zurückziehen werde ich meine Aussage ganz bestimmt nicht, aber womöglich würde ich sie revidieren in Bezug auf Niko oder Niki.« Ich stand auf. »Ich bin gleich wieder da.«

Bogart und Coco lagen zusammengerollt im Transporter und blinzelten mich müde an, als ich die Tür öffnete. Ich streichelte beiden übers Fell und leinte Coco an.

»Komm, meine Kleine, jetzt bist du dran.«

Janette beobachtete mich von der Tür aus. »Was hast du vor?«

»Das wirst du gleich sehen.«

Mit Coco im Schlepptau lief ich an ihr vorbei in den Flur und weiter ins Wohnzimmer. Die Gleichung, die ich im Stillen aufgemacht hatte, war denkbar einfach: Der Pudel war im Haus gewesen, als Berna ermordet wurde, die Hündin würde ihrem Mörder also ganz gewiss nicht ohne eine deutliche Reaktion begegnen. Nachdem ich sie abgeleint hatte, setzte ich mich neben Niko aufs Sofa. Coco ging schnüffelnd durch den Raum und verharrte kurz bei Hedwig Konrad, die sich zu ihr beugte. Dann beäugte sie Janette, die sich bei ihrer Mutter auf die Sessellehne setzte, und kam schließlich zu mir, um sich an mein Bein zu lehnen. Ich versuchte, sie auf den freien Platz auf dem Sofa zu locken – zwischen Niko und mich –, aber sie war nicht dazu zu bewegen. Stattdessen sah sie mich an, als wisse sie mit diesem Kommando nichts anzufangen.

In diesem Augenblick begriff Janette, worum es mir ging. Einen Moment lang schien sie die Luft anzuhalten. »Was bedeutet das?«, fragte sie alarmiert.

»Dass sie keine Lust hat, sich zwischen Niko und mir niederzulassen.« Coco hatte noch nie euphorisch auf

Niko reagiert, sondern ihn stets ignoriert, so wie man jemanden ignoriert, der einem mit Missfallen begegnet. »Aber sie hat auch keine Angst vor ihm.«

28

Janette erfüllte meine Antwort mit neuer Hoffnung. Sie durchquerte das Zimmer, umarmte ihre Stiefmutter und sagte, sie hätte immer gewusst, dass alles gut würde. Dann ging sie zurück zu Niko und malte ihm aus, dass sich jetzt endlich alles in Wohlgefallen auflösen würde. Ich bewunderte ihren Optimismus und versuchte mir vorzustellen, wie sie mithilfe von Cocos Reaktion einen Kripobeamten von Nikos Unschuld überzeugen wollte. Die ungläubigen Blicke, die ihr unweigerlich begegnen würden, würden sie in das Tal zurückstoßen, dem sie gerade erst entkommen zu sein glaubte. Aber das war nicht mein Problem, ich wollte nur noch fort von hier. Ich sehnte mich nach Ruhe und Ereignislosigkeit.

Niko erhob sich und entschuldigte sich für einen Moment. Wir hörten, wie sich im Flur die Toilettentür hinter ihm schloss. Ihm sei bestimmt wieder übel, flüsterte Janette ihrer Mutter gerade so laut zu, dass ich es verstand. Aber das sei schließlich auch kein Wunder bei all dem, was ihm zugemutet wurde. Ich unterließ es, mich mit ihr über Zumutungen auszutauschen.

Es war an der Zeit zu gehen. Ich wollte gerade aufstehen, als mein Handy klingelte. Es war Markus. Er klang erschöpft und fragte, ob ich Lust hätte, mit ihm essen zu gehen, er müsse zur Abwechslung mal einen Menschen sehen, der nicht Nawrath heiße. So schlimm?, fragte ich und bekam einen beredten Seufzer zur Antwort. Schlimmer, meinte er schließlich. Karolin sei nach wie vor außer sich, ihre Mutter zeige auch erste

Anzeichen von Ermüdung, und Dominik habe sich all dem entzogen, indem er sich in seine Wohnung in der Stadt geflüchtet habe.

An jedem anderen Abend wäre ich gerne mit Markus essen gegangen, nur nicht an diesem. Im Telegrammstil erzählte ich ihm, was geschehen war. Zwar handelte ich mir damit böse Blicke von Janette und ihrer Mutter ein, aber ich war längst über den Punkt hinaus, an dem mir das etwas ausmachte. Ich vertröstete Markus auf ein anderes Mal und wünschte ihm eine kleine Auszeit von den Nawraths. Etwas, das ich mir selbst auch wünschte.

Und zwar genau jetzt. Ich würde nicht warten, bis Niko von der Toilette zurück war. Als ich mich von Hedwig Konrad verabschiedete, machte ich keinen Hehl daraus, was ich von ihrer hinterhältigen Aktion hielt. Dasselbe knallte ich Janette an den Kopf. Dann nahm ich Coco unter den Arm und verließ schnellen Schrittes das Haus.

Draußen vor der Tür atmete ich tief durch und versuchte, die Anspannung loszuwerden, die mich seit Stunden im Griff hatte. Als ich den Pudel gerade in den Transporter gesetzt hatte und einsteigen wollte, kam Janette rufend aus dem Haus gelaufen. Reflexartig sprang ich auf den Fahrersitz und ließ den Motor an, doch sie hatte bereits die Beifahrertür aufgerissen und sich neben mich gesetzt.

»Er ist weg.«

Ich war am Ende meiner Geduld, ließ den Kopf aufs Lenkrad sinken und schloss die Augen. Dann öffnete ich sie wieder und sah zur Seite. »Jetzt ist Schluss, Janette. Raus aus meinem Auto, und zwar sofort!«

»Wir müssen ihn suchen.«

»Das habe ich hinter mir, und es wird keine Wiederholung geben. Niko ist erwachsen, er kann seine eigenen Entscheidungen treffen. Und jetzt steigst du aus! Sofort!«

Sie schien mich gar nicht zu hören. »Wir haben ihn überall im Haus gesucht, bis ich festgestellt habe, dass er mit meinem Auto weggefahren ist.«

»Vielleicht tut er das einzig Vernünftige und stellt sich der Polizei.«

Sie krallte sich mit beiden Händen in meinen Unterarm. »Bitte, Mia, du weißt, dass er das nicht tun wird.« Ihr Blick flatterte, und ich befürchtete, dass sie gleich kollabieren würde.

»Atmen!«, befahl ich ihr. »Ein und aus!«

Ihre Hände fielen kraftlos herunter, und sie sank schluchzend in ihrem Sitz zusammen. »Ich kann nicht mehr … ich weiß nicht mehr weiter.«

Das hatte mir gerade noch gefehlt. Ich stöhnte laut auf und hätte einiges dafür gegeben, mich in Luft auflösen zu können. Aber dieser Situation entkam ich weder durch Rückzug noch durch Flucht. Während ich Janette weiter anhielt, regelmäßig ein- und auszuatmen, überflog ich in Gedanken die Möglichkeiten, wohin Niko gefahren sein könnte. »Was ist mit Dominik? Könnte er bei ihm sein?«

Sie sah mich hilflos an.

»Wir fahren dorthin«, beschloss ich und forderte sie auf, sich anzuschnallen.

Gerade als ich aus der Parklücke setzen wollte, kam Hedwig Konrad aufs Auto zugelaufen. Sie wedelte wild mit den Armen und bedeutete mir zu warten. Außer Atem blieb sie an der Bordsteinkante stehen und stützte sich an meinem Transporter ab.

»Ich habe die Polizei gerufen«, sagte sie in einem Ton, als habe sie sich nur schweren Herzens zu diesem Schritt durchringen können.

»Was soll die Polizei hier noch ausrichten? Niko ist auf und davon«, entgegnete ich.

»Ich habe Dominiks Adresse angegeben. Ich vermute, Niko ist unterwegs zu seinem Bruder.«

Janette weinte während der gesamten Fahrt, und ich hatte den Eindruck, dass sich all die Anspannung löste, die sich seit Nikos Hausdurchsuchung und seiner anschließenden Flucht bei ihr aufgestaut hatte. Ihr Schluchzen hatte etwas Herzerweichendes. Ihre Stimme überschlug sich, während sie gebetsmühlenartig wiederholte, dass Niko und ihr vom Schicksal ein übler Streich gespielt worden sei, dass sie nicht mehr ein noch aus wisse. Ich ließ sie reden und schwieg, bis wir Dominiks Haus erreichten.

Es war ein klassizistischer Bau mit aufwendig restaurierter Fassade, hinter der die Altbauwohnungen Spitzenpreise erzielen würden. Durch ein geöffnetes Fenster im vierten Stock hörten wir lautes Geschrei. Es waren jedoch nicht nur die Stimmen der beiden Brüder, die bedrohlich klangen, sondern auch das Geräusch von zerberstenden Gegenständen. Janette rannte zum Hauseingang und klingelte bei allen Nachbarn Sturm, bis endlich jemand den Türöffner drückte.

»Wohin willst du?«, versuchte ich, sie zurückzuhalten.

»Wohin wohl?« Auf wundersame Weise schien sie während unserer Autofahrt neue Kraft getankt zu haben.

»Wir warten hier auf die Polizei! Einer von den beiden ist ein Mörder, und unter den gegebenen Umständen habe ich keine Lust herauszufinden, wer es ist. Im Augenblick ist keiner von ihnen mehr zurechnungsfähig, deshalb solltest du dir gut überlegen, was du tust.«

Janette stand in der geöffneten Tür. »Ich habe dich für mutiger gehalten.«

»Und ich dich nicht für lebensmüde.«

Sekundenlang wartete sie, ob ich es mir noch anders überlegte, dann wandte sie sich um und sprang, jeweils zwei Stufen auf einmal nehmend, die knarzenden Holzstufen hinauf. Gerade noch rechtzeitig, bevor die Tür ins Schloss fiel, brachte ich meinen Stiefel zum Einsatz. Zweifellos wäre es klüger gewesen, im Auto auf die Polizei zu warten, aber irgendwie steckte ich in diesem ganzen Schlamassel mit drin und wurde das Gefühl nicht los, dass ich ihm erst dann den Rücken kehren konnte, wenn dem Ganzen endlich ein Ende gesetzt wurde.

Je näher ich den Geräuschen kam, desto beängstigender wurden sie. Die Brüder schienen sich bis aufs Blut zu bekämpfen, während Janette versuchte, es mit Stimmgewalt mit ihnen aufzunehmen. Aber im Vergleich zu den beiden Männern, die sich brüllend ihre gesamte Vergangenheit an den Kopf warfen, war es, als würde ein Floh husten.

Im Nullkommanichts breitete sich ein kalter Schauer über meinem Rücken aus. Ich drückte mich gegen die Steinwand und atmete gegen die Angst an, die mich mit einem Mal gepackt hatte und die mich lähmte. Inzwischen waren nur noch Niko und Dominik zu hören, Janettes Stimme war verstummt.

In dem kühlen Hausflur, dessen Schönheit zu einer

anderen Zeit geschaffen worden war, zückte ich mein Handy und wählte mit zitternden Fingern Kommissar Tannreuthers Nummer. Nach dem dritten Klingeln sprang die Mailbox an und forderte mich auf, eine Nachricht zu hinterlassen. Erst jetzt wurde mir bewusst, dass es Sonntagabend war. Ich sprach trotzdem auf sein Band und gab mir Mühe, das, was in Dominiks Wohnung gerade geschah, verständlich zu schildern.

Dann nahm ich all meinen Mut zusammen und stieg die Stufen in den vierten Stock hinauf. Mit jedem Stockwerk wurden die Stimmen lauter. Auf der dritten Etage öffnete sich eine Tür, und eine Frau warnte mich weiterzugehen. Sie hätte bereits vor zehn Minuten die Polizei alarmiert. Es sei fürchterlich, sie verstünde überhaupt nicht, was da los sei, der Herr Nawrath sei ein so ruhiger, zuvorkommender Mensch, und jetzt das. Aber man schaue den Menschen eben nicht hinter die Stirn. Als sie begriff, dass ich mich nicht abhalten lassen würde, redete sie etwas von sehenden Auges ins Verderben rennen und schloss kopfschüttelnd die Tür.

Ein Stockwerk darüber erwartete mich eine offen stehende Wohnungstür. Im Flur lag eine Konsole am Boden, sie hatte ein Schlüsselbund, ein Smartphone und Kleingeld mit sich gerissen und über das Parkett verteilt. Auf leisen Sohlen folgte ich den Stimmen bis in Dominiks Wohnzimmer, in dem das absolute Chaos herrschte. Ein Tisch war umgestoßen worden, einem Stuhl fehlten zwei Beine, Glasflaschen waren zersplittert. Hinter dem umgestoßenen Tisch kauerte Janette am Boden, hielt sich die Ohren zu und kniff die Augen zusammen.

Um mich jederzeit retten zu können, blieb ich im Türrahmen stehen und beobachtete das Geschehen aus vermeintlich sicherer Entfernung. In der Nähe des Fensters lag Niko am Boden, Dominik kniete auf ihm und schlug abwechselnd mit beiden Fäusten auf ihn ein, während er seinem Bruder all seinen Hass ins blutige Gesicht schrie.

»Die Firma war immer das Wichtigste, und wer sie leitete, war der Wichtigste. Erinnerst du dich?« Wieder schlug er zu.

Niko stöhnte vor Schmerzen laut auf, während ich mich blitzschnell nach etwas umsah, womit ich dazwischengehen konnte. Ich wagte mich ein kleines Stück in den Raum vor und bückte mich nach einem der abgebrochenen Stuhlbeine. Ich wollte es gerade gegen Dominik zum Einsatz bringen, als Niko mir zuvorkam und Dominik ein Knie in die Seite rammte. Dominik geriet aus dem Gleichgewicht und fiel zur Seite. Sofort tat ich wieder einen Schritt zurück und verzog mich in den Türrahmen.

Auf dem Boden liegend starrten die beiden sich hasserfüllt an. Die Energie, die zwischen ihnen waberte, hätte den Raum in Flammen setzen können.

Dominik spuckte vor Niko aus. »Kannst du mir sagen, warum du mir vorgezogen worden bist? Warum hat Vater dich an die Spitze gebracht, und das, obwohl ich der Ältere bin? Warum? Mir hätte sie zugestanden, mir allein.«

»Habe ich sie etwa allein bekommen?«, schrie Niko zurück. »Ich musste sie mit Hubert teilen. Hast du überhaupt eine Ahnung, wie sich das angefühlt hat? Du jammerst herum, dass du übergangen worden bist, aber mir hat er es allein nicht zugetraut.« Niko wischte sich über den blutigen Mund und richtete sich halb auf.

»Mir hat er es gar nicht zugetraut. Dabei …«

»Du bist niemand für die Spitze, das warst du noch nie.«

Dominik liefen Tränen übers Gesicht, sie vermischten sich mit Blut. »Er hat mich noch nicht einmal in der Doppelspitze gesehen.« Er spie die Worte mit einer Wucht aus, die mir noch mehr Angst machte.

Wenn die Polizei nicht gleich eintraf, würde ein weiteres Verbrechen geschehen. Hilfe suchend sah ich zu Janette, aber von ihr war nichts mehr zu erwarten. Sie war schluchzend in sich zusammengesunken.

»Als Hubert endlich weg war, habe ich gedacht …« Dominik begann zu stammeln. »Ich habe ganz fest damit gerechnet, dass ich aufrücken würde, wenn auch neben dich … aber …« Er robbte über den Boden zur Wand und ließ sich dagegen fallen. »Ich habe Vater angebettelt.« Er sagte es in einem Ton, als habe er dadurch jede Achtung vor sich selbst verloren. Und dann brach der Hass wieder durch. »Aber du hast dich quergestellt. Erinnerst du dich?«

»Hast du dafür gesorgt, dass Hubert endlich weg war? Warst du das?«, fragte Niko. Er versuchte, Abstand zu Dominik zu gewinnen, indem er sich an die gegenüberliegende Wand verzog. »Du musst es gewesen sein, denn ich war es nicht, wie du alle glauben machen willst. Ich habe auch Berna nicht angerührt, geschweige denn umgebracht.«

»Das wird dir nicht gelingen«, schrie Dominik. »Wag es nicht, mir das in die Schuhe zu schieben.« Er griff nach einem Bildband, der aus einem der Regale gefallen war, und schleuderte ihn auf Niko. Der zuckte nicht einmal mit der Wimper, was Dominik nur noch mehr in Rage brachte. »Ich weiß, was du vorhast, so hast du es immer gemacht. Du hast etwas angestellt und dann behauptet, ich sei es gewesen.«

»Du hast kein Alibi für den Mord an Berna«, sagte Niko. Er schien allmählich herunterzukühlen.

»Du auch nicht!«

Durchs geöffnete Fenster waren Martinshörner zu hören, aber weder Niko noch Dominik nahmen etwas davon wahr. Sie waren in einem Kokon aus Verletzungen gefangen, die einen weiten Weg bis in die Gegenwart zurückgelegt hatten.

Ich lief ins Nebenzimmer, um von dort aus dem Fenster zu sehen, ob die Polizisten dieses Mal ins richtige Haus liefen und nicht wieder zu irgendwelchen Nachbarn. Zum Glück schien es zu klappen. Ich wollte mich schon abwenden, als ich auf der gegenüberliegenden Straßenseite im Schein des flackernden Blaulichts einen Mann an der Hauswand lehnen sah. Er schien mich auch bemerkt zu haben, denn augenblicklich schob er sich weiter zurück in den Schatten. Ich beugte mich ein wenig vor und kniff die Augen zusammen, um besser sehen zu können. Wer war der Mann? Ein Gaffer? Ein Passant, der sich am Geschehen ergötzte?

Während ich noch darüber nachdachte, trafen unten auf der Straße zwei Notarztwagen ein und versperrten mir die Sicht. Kurz darauf eroberten fremde Stimmen die Wohnung, und ich vergaß den Mann an der Hauswand. Mehrere Polizisten stürmten das Wohnzimmer, wo inzwischen Niko die Oberhand gewonnen hatte und auf Dominik einschlug. Die beiden waren so außer sich, dass die uniformierten Beamten Gewalt anwenden mussten, um die Brüder auseinanderzureißen. Und selbst da schleuderten sie sich noch gegenseitig Vorwürfe und Anschuldigungen um die Ohren.

Blutüberströmt wurden sie mit gehörigem Abstand zueinander aus der Wohnung und die Treppe hinuntergezerrt. Ich ließ das Stuhlbein, das ich immer noch in der Hand hielt, fallen und lief zu Janette, die teilnahmslos hinter dem Tisch kauerte.

»Janette?« Vorsichtig strich ich ihr über die Wange. »Hörst du mich?«

Wie in Zeitlupe drehte sie den Kopf zu mir, ihr Blick war leer.

»Janette, sieh mich an!«

Sie schluckte und versuchte zu sprechen, was ihr nicht auf Anhieb gelang. Sie räusperte sich. »Dominik war es. Er steckt hinter allem.«

Eine halbe Stunde später waren Niko und Dominik notärztlich versorgt und Niko verhaftet worden. Dominik hatte man in Begleitung von zwei uniformierten Beamten in seine Wohnung zurückkehren lassen. Wie Kommissar Tannreuther mir sagte, wurde er gerade nach dem genauen Hergang der blutigen Auseinandersetzung befragt.

Der Kripobeamte hatte meine Nachricht auf seiner Mailbox abgehört und sich sofort auf den Weg gemacht. Nachdem er für Nikos Verhaftung gesorgt hatte, hatte er sich mit Janette und mir in einen Mannschaftswagen der Polizei verzogen. Janette war auf die Beamten losgegangen, die Niko abführten, und schrie jetzt Kommissar Tannreuther an, dass sie den falschen Bruder verhaftet hätten. Dominik sei der Schuldige, und sie seien seinem Täuschungsmanöver aufgesessen.

Die Ruhe, mit der der Beamte auf Janettes Tiraden reagierte, nötigte mir Respekt ab. Er nahm keines ihrer Worte persönlich, sondern konterte mit Fakten und dem Hinweis, dass fehlende Fingerabdrücke auf dem Pillendöschen und Cocos Reaktion auf Niko kein Beweis für seine Unschuld seien. Außerdem habe Dominik Nawrath ein Alibi für die Schüsse im Englischen Garten. Das habe Niko auch, schrie Janette offensichtlich in der Vorstellung, nur noch in dieser Lautstärke dem ganzen Irrsinn etwas entgegensetzen zu können. Niko sei mit ihr zusammen gewesen, er habe also ebenfalls ein Alibi. Welches Motiv sie ihm denn überhaupt unterstellten?

»Ein klassisches«, antwortete Kommissar Tannreuther in einem Ton, als sei er es zutiefst leid, immer wieder auf genau dieses Motiv zu stoßen. »Macht und Geld. Berna Kiening hatte vor, den größeren Teil ihrer Firmenanteile auf ihren älteren Neffen Dominik zu überschreiben. Dies sollte ein Ausgleich dafür sein, dass der jüngere an ihm vorbei in die Firmenspitze aufgerückt war. Der Entwurf dieser Verfügung lag bereits beim Notar und war unterschriftsreif, doch dann kam ihr gewaltsamer Tod dazwischen.«

29

Um kurz nach Mitternacht parkte ich meinen Transporter zwei Straßen entfernt von der WG. Dann umrundete ich mit Coco und Bogart die beiden Pinakotheken und ließ sie auf den Grünstreifen ausgiebig schnüffeln. Als hätten sie an diesem Tag einen Marathon zurückgelegt, fielen sie eine halbe Stunde später aneinandergekuschelt in den Schlaf.

Obwohl auch mir vor Erschöpfung fast die Augen zufielen, verzog ich mich in die Küche, schmierte mir zwei Butterbrote, aß Oliven aus dem Glas und ließ meinen Blick über die Tischplatte wandern. Lukas' Freundin Liese sollte sich doch darauf verewigen. Ich suchte und fand ihren Eintrag direkt neben Nikos *Das Leben kennt nur Gewinner und Verlierer – dazwischen gibt es nichts*. In akkuraten Druckbuchstaben hatte Liese geschrieben: *Nimm's leicht, du kommst eh nicht lebend davon*. Sie hatte ihre Worte direkt neben seine platziert, als habe sie der Aussage intuitiv etwas entgegensetzen wollen. Ganz nach dem Motto: Entspann dich mal und sieh es nicht so verbissen. Es kam mir wie eine Ewigkeit vor, dass Niko zuletzt an diesem Tisch gesessen hatte.

Ich strich über diese Zeilen und versuchte, das Chaos in meinem Kopf zu entwirren. Ohne sein Motiv zu erahnen, hatten klare Indizien für Niko als Täter gesprochen. Dann hatte ich mich von Janette und ihm verunsichern lassen – wegen der Fehler, die er gemacht hatte und die nicht zu ihm passten. Kurzzeitig hatte ich es für möglich gehalten, dass Dominik versuchte, seinem

Bruder die Morde in die Schuhe zu schieben, um vergangenes Unrecht auszugleichen und endlich an die Spitze der Nawrath-Werke zu gelangen. Und dann war Kommissar Tannreuther gekommen und hatte von Bernas Testament erzählt. Wäre ihre Verfügung unterzeichnet worden, hätte Niko zu den Verlierern gezählt, jedenfalls was die Firmenanteile und seine Sicht auf die Welt anbelangte. Hier war das Motiv, über das ich mir tagelang den Kopf zerbrochen hatte. Es passte zu dem Niko, den ich kannte, zu seiner Skrupellosigkeit, die mich einmal aller Illusionen über ihn beraubt hatte.

Ich rief mir den Abend ins Gedächtnis, an dem ich ihn zufällig dabei belauscht hatte, wie er einen Detektiv damit beauftragte, etwas über den Vertriebsleiter der Firma in Erfahrung zu bringen. Am besten etwas *Beziehungsgefährdendes,* hatte er gesagt. Zunächst hatte ich geglaubt, mich verhört zu haben, aber im weiteren Verlauf des Gesprächs war mir klar geworden, dass er tatsächlich dieses Wort benutzt hatte. Der Mann sei verheiratet und habe drei Kinder, habe also einiges zu verlieren. Niko machte dem Detektiv klar, dass er etwas brauche, womit er den Mitarbeiter unter Druck setzen könne, damit er von sich aus kündigte. Wenn Niko ihm kündigte, müsste er ihm noch Geld hinterherwerfen, um ihn loszuwerden. Eine Abfindung käme jedoch keinesfalls infrage, und schon gar nicht in der Höhe, die ihm nach jahrelanger Betriebszugehörigkeit zustünde.

Als ich Niko zur Rede stellte und von ihm verlangte, diesen Auftrag sofort zurückzuziehen, bekam ich zu hören, er habe ein Unternehmen zu führen, und das gelinge nicht auf einem Schmusekurs. Bei ihm ginge es nicht darum, einem Hund mit positiver Verstärkung geduldig etwas beizubringen. Wer für ihn arbeiten wolle, müsse Leistung bringen. Sein Vater habe bei diesem Mitarbeiter viel zu lange beide Augen zugedrückt.

Ich hatte ihn gefragt, ob er auch nur einen einzigen Gedanken an die Familie des Mannes verschwendet habe, dass er sie womöglich ins Unglück stürze. Daraufhin hatte er mir einen Vortrag gehalten, dass er an das große Ganze denken müsse, an all die anderen Mitarbeiter, die die von ihm geforderte Leistung erbrächten. Ihnen gegenüber habe er eine Verantwortung. Auch ich würde Hunde ablehnen oder aus meiner Gruppe ausschließen, die als Störfaktoren im Rudel wirkten. Ich würde da eine genauso klare Linie verfolgen wie er.

In diesem Moment war ich explodiert. Ich hatte ihn angeschrien, dass ich dabei keine unlauteren Methoden einsetzen würde so wie er. Was, wenn der Mann sich etwas antäte, ob er sich das einmal überlegt habe? Dieses Risiko bestünde immer, hatte Niko ungerührt gekontert, damit müsse er leben. Er habe es sich zum Ziel gesetzt, das Unternehmen voranzubringen. Und dieses Ziel habe für ihn absolute Priorität.

Erschüttert von seiner Einstellung hatte ich ihn vor die Wahl gestellt: Entweder er würde einen anderen Weg einschlagen, um den Mann loszuwerden, oder ich würde mich von ihm trennen. Ich konnte nicht mit jemandem zusammen sein, der zu solchen Mitteln greift und sie auch noch verteidigt. Daraufhin hatte zwischen uns eine Woche lang Funkstille geherrscht. In dieser Woche hatte ich mit Berna über Niko gesprochen, darüber, was ich belauscht hatte. Sie hatte mir das Versprechen abgenommen, nichts davon nach außen dringen zu lassen. Nikos sehr zweifelhafte Methoden sollten keinesfalls den guten Ruf der Familie beschädigen. Im Gegenzug hatte sie mir das Versprechen gegeben, sich selbst um die Sache zu kümmern. Ich könne davon ausgehen, hatte sie beteuert, dass besagtem Vertriebsleiter ordnungsgemäß gekündigt und ihm eine Abfindung gezahlt würde.

Was mich nach alldem bewogen hatte, Niko wieder anzurufen, hätte ich nicht zu sagen gewusst. Eindeutiger hätte er sich nicht jenseits aller Moral positionieren können. Er hatte seine Einstellung nicht einmal zu beschönigen versucht. Im Nachhinein konnte ich mir meine Rückkehr zu ihm nur durch eine völlige Verblendung erklären – und durch die ebenso widersinnige wie naive Vorstellung, er würde sich ändern.

Bis zu dem Telefonat mit Karolin hatte ich nicht gewusst, dass er zu diesem Zeitpunkt längst mit Janette verbandelt war. Warum er unsere Auseinandersetzung nicht genutzt hatte, um mir den Laufpass zu geben, konnte ich mir nur so erklären, dass er befürchtet hatte, ich würde mich an ihm rächen und dafür mein Wissen um die Sache mit dem Vertriebsleiter nutzen. Inzwischen war ich mir sicher, dass er seine Tante über den Fortgang dieser Geschichte angelogen hatte. Und so, wie es aussah, war das noch das Harmloseste, was er ihr angetan hatte.

Mit dem Zeigefinger umkreiste ich Nikos Worte. Aus dem Gewinner war über Nacht ein Verlierer geworden. Mir dessen bewusst zu sein, bereitete mir jedoch genauso wenig Genugtuung wie die Tatsache, dass er die nächsten Jahre in einer Gefängniszelle verbringen würde, wo andere bestimmten, was er zu tun und zu lassen hatte – eine Situation, die schon für weniger machtbesessene Menschen ein Albtraum war. All das machte Hubert Janda und Berna jedoch nicht wieder lebendig.

Meine Finger wanderten zu dem, was Grete geschrieben hatte: *Das Leben ist nicht normal.* Am Abend ihres Todes war sie in den Hofgarten gegangen, um eine Zigarette zu rauchen und darüber nachzudenken, ob das Leben Antworten bereithalte.

»Die Antworten worauf, Grete?«, murmelte ich vor mich hin.

Der Gedanke an sie überschwemmte mich mit einer tiefen Traurigkeit.

Nachdem ich für fünf Stunden in einen bleiernen Tiefschlaf abgetaucht war, saß ich um halb sechs am Montagmorgen mit klopfendem Herzen aufrecht im Bett und versuchte herauszufinden, was mich geweckt hatte. Erst als es ein weiteres Mal an meiner Tür klopfte, realisierte ich es. Charlotte, die gleich zu einer Trainingsstunde aufbrechen würde, brachte mir einen starken Kaffee und wollte mir noch schnell von Liese erzählen, die sie gestern kennengelernt hatte. Ein Blick in mein Gesicht genügte jedoch, um den Fokus von Liese auf mich zu richten. Während sie sich auf meiner Bettkante niederließ, betrachtete sie mich wie eine Mikrobe unter dem Mikroskop.

»Du siehst verheerend aus«, fasste sie in Worte, wie ich mich fühlte, und hielt mir den Kaffeebecher hin.

Ich schubste Bogart und Coco, die es sich nachts wieder links und rechts von mir gemütlich gemacht hatten, von der Bettdecke und lehnte mich gegen das Kopfende. Dankbar trank ich einen Schluck Kaffee und hoffte, er würde mir helfen, meine Lebensgeister zurückzuholen.

»Seit Bernas Tod ist fast jeden Tag irgendetwas Schreckliches geschehen«, begann ich leise. »Es ist, als wäre alles aus dem Ruder gelaufen, aber anstatt sich wieder einzupendeln, verstärken sich die Ausschläge. Es hört einfach nicht auf.« Ich erzählte ihr von Nikos Verhaftung.

»Aber dann hat es doch aufgehört«, versuchte Charlotte, mich zu beruhigen. »Was soll denn jetzt noch kommen? Der Typ sitzt in Haft und kann kein Unheil mehr anrichten.«

»Ich hätte ihm fast geglaubt, verstehst du? Er und seine Freundin haben so lange auf mich eingeredet, dass ich es für möglich gehalten habe, sein Bruder stecke hinter alldem und treibe ein übles Spiel. Die Indizien haben zwar gegen ihn gesprochen, aber all die dilettantischen Fehler, die Bernas Mörder gemacht hat, haben gegen Niko gesprochen. Man hätte wirklich meinen können, jemand versuche, ihm den Mord an seiner Tante in die Schuhe zu schieben. Es gab auch einfach kein Motiv. Bis gestern, da hat der Kommissar von dem Testament erzählt. Dieses Testament ist der Grund, warum Niko nicht in aller Seelenruhe abwarten konnte, bis seine Tante selbst ihrem Leben ein Ende setzte.« Mir liefen schon wieder die Tränen. Ich wischte sie weg. »Ich bin wieder auf ihn hereingefallen. Du kannst dir nicht vorstellen, wie überzeugend er gestern in seiner Verzweiflung war.«

»Das wäre ich auch, wenn mir Gefängnis drohen würde«, meinte Charlotte trocken.

Ich nippte an dem Kaffee, während sich in meinem Kopf weiter die Gedanken überschlugen und bei dem Mord an Hubert Janda hängen blieben. Seine Mutter hatte es nicht für möglich gehalten, dass Niko ihren Sohn umgebracht hatte. Wie sie sagte, hätte er überhaupt kein Motiv gehabt, ihr Sohn habe sich aus der

Doppelspitze zurückziehen wollen. Wenn das stimmte, warum hatte Niko ihn dann getötet? Hatte Hubert Janda es sich doch noch einmal anders überlegt? Karolin zuliebe?

»Was ist?«, wollte Charlotte wissen.

Ich atmete gegen den Druck auf meiner Brust an. »Als ich mit Niko zusammen war, hatte er bereits Hubert Janda erschossen.« Ich hielt inne und schloss sekundenlang die Augen. »Das macht doch etwas mit dir, das lässt dich doch nicht weiter ruhig schlafen, als wäre nichts geschehen. Aber Niko hatte nicht einmal Albträume, nachdem er seinen zukünftigen Schwager umgebracht hatte. Und zwei Jahre später geht er hin, erdrosselt seine Tante und schießt auf mich. Einfach so.« Auf meinen Unterarmen breitete sich eine Gänsehaut aus. »Ich habe mit Grete die Frage diskutiert, ob einem der zweite Mord leichter fällt, wenn man bereits einen begangen hat. Ich meinte, ja, weil man schon einmal diese Grenze überschritten hat. Grete meinte jedoch, es könne ja auch genau umgekehrt sein, dass nämlich der erste Mord einen so sehr verschrecke, dass man gar keinen zweiten begehen könne. Was in Nikos Fall eindeutig nicht zutrifft.«

Charlotte wiegte den Kopf. »Vermutlich ist beides möglich, und es kommt ganz entscheidend darauf an, was für ein Kaliber Mensch jemand ist. Niko gehört ganz sicher zu denen, die, wenn sie erst einmal eine Grenze überschritten haben, gleich die nächste in Angriff nehmen.«

»So lange, bis er vor einer unüberwindbaren Mauer zum Stehen kommt, so wie jetzt. Ich hoffe nur, dass es seinen Anwälten nicht mit irgendwelchen Winkelzügen gelingt, ihn freizubekommen.«

Kurz nachdem Charlotte aufgebrochen war, zog ich das Rollo hoch und öffnete das Fenster. Frische Morgenluft strömte ins Zimmer. Es war noch dunkel, als ich mich in meine Decke gekuschelt auf die Fensterbank setzte und tief ein- und ausatmete. Eine Weile blieb ich so sitzen, dann holte ich mein Handy und scrollte durch die Nachrichten. Meine Mutter wollte wissen, wie ich mich nach dieser schrecklichen Sache fühlte. Immerhin sei ich mit einem Mörder liiert gewesen. Nur gut, dass die Beziehung gescheitert war.

Von Tom gab es keine Nachricht. Aus reinem Zweckpessimismus hatte ich versucht, nicht darauf zu hoffen, aber insgeheim hatte ich es natürlich doch getan. Ich dachte an den Abend und die Nacht mit ihm. Alles hatte sich so selbstverständlich angefühlt, so unkompliziert, als würden sich zwei Teile verbinden, die bis auf kleine Unebenheiten gut zueinanderpassten, und die Unebenheiten führten zu einem bunten, aufregenden Feuerwerk. So hätte es sein können.

Als hätte Bogart gespürt, an wen ich da gerade dachte, setzte er sich vor das Fenster und sah zu mir auf. Coco folgte ihm und verfolgte ganz genau, ob er Streicheleinheiten bekam und sie leer ausging. »Für dich muss ich bald eine Lösung finden«, sagte ich zu ihr, woraufhin sie wedelte, als hätte ich ihr ein kleines Paradies in Aussicht gestellt. Tränen stiegen mir in die Augen, und ich wischte sie entschieden weg. Jetzt nur nicht sentimental werden!

Zum Glück brach das Klingeln meines Handys den Bann. Im ersten Moment dachte ich, es sei schon wieder etwas passiert. Mein System war immer noch im Alarmmodus.

»Kaminski«, meldete ich mich.

Die weibliche Stimme am anderen Ende redete einfach drauflos, ohne sich vorzustellen.

»Frau Nawrath?«, unterbrach ich sie. »Sind Sie das?«

»Ja … entschuldige, Mia, aber ich bin völlig durcheinander. Ich musste einfach mit jemandem reden. Karolin ist nicht da, ich glaube, sie ist bei Markus, und Dominik geht nicht an sein Telefon. Heute Nacht hat mich noch Nikos Anwalt angerufen, mein Sohn ist verhaftet worden.«

»Ich weiß, ich war dabei. Ich bin ihm zusammen mit Janette gefolgt, als er zu Dominik gefahren ist.«

Sekundenlang schwieg sie, als müsse sie diese Nachricht erst einmal verdauen.

»Frau Nawrath? Sind Sie noch dran?«

»Wir waren eine glückliche Familie«, stammelte sie weinend. »Das weißt du, schließlich hast du es ja miterlebt.« Sie stockte und fuhr dann fort: »Wann immer ich von entsetzlichen Verbrechen gelesen habe, habe ich gedacht, dagegen sind wir gefeit. Diese Täterbiografien, Mia, die waren so weit von uns entfernt, die hatten mit unserem Leben nicht das Geringste zu tun. Meistens war von Verwahrlosung die Rede, von Vernachlässigung und Gewalt, von einem Mangel an Liebe, von Unberechenbarkeit der Eltern. Weißt du …« Sie schluckte. »Wenn ich das las, dann fühlte ich mich sicher. Weil ich überzeugt war, uns könne so etwas nie im Leben passieren. Unsere Familie war wie ein Bollwerk gegen alle Angriffe von außen. Das dachte ich zumindest. Und jetzt sitzt einer meiner Söhne in Untersuchungshaft, weil er angeblich zwei Morde begangen hat. Morgen muss ich meinen Mann zu Grabe tragen und am Mittwoch meine Schwester. Alles ist zusammengebrochen, als habe es nie dieses starke Fundament gegeben, auf das ich immer voller Zuversicht gebaut habe, als sei alles nur eine Illusion gewesen. Hast du überhaupt eine Vorstellung davon, wie entsetzlich das ist?«

»Frau Nawrath …«, setzte ich an, wusste jedoch nicht, was ich darauf antworten sollte. Wie tröstete man jemanden, der über Scherben lief?

»Nein, lass nur«, wehrte sie ab. »Eigentlich weiß ich gar nicht, warum ich ausgerechnet dir das alles erzähle. Du … ich …« Sie hielt inne, um Luft zu holen. »Ich habe mal geglaubt, alles richtig zu machen, und dann ist alles fürchterlich schiefgegangen. Verstehst du, was ich damit sagen will?« Sie wartete meine Antwort nicht ab. »Du denkst jetzt vielleicht auch, dass du alles richtig machst, und ahnst vermutlich gar nicht, was aus diesem vermeintlich Richtigen entstehen kann, welche Zerstörungskraft es in sich birgt. Meine Familie liegt bereits am Boden, Mia, trample nicht noch auf ihr herum, indem du diese verdammte Aussage machst. Hörst du?«

»Meine Aussage ist nur eines von mehreren Indizien.«

»Aber eines, das sich mit den anderen zusammen zu einer Kette verbinden lässt. Das sagt zumindest Nikos Anwalt.« Sie stöhnte. »Was willst du denn nur, Mia? Du hast dir deinen Lohn doch bereits genommen, reicht der denn nicht?«

»Welchen Lohn?«, fragte ich scharf.

»Den Ring meiner Schwester natürlich. Wer außer dir sollte ihn genommen haben?«

30

Während mir die Frühlingssonne ins Gesicht schien und ich mit meinen Schützlingen am Isarufer entlanglief, versuchte ich, diesen Anruf, den ich ohne ein weiteres Wort beendet hatte, aus meinem Kopf zu bekommen, aber es gelang mir natürlich nicht. Der Vorwurf, den Ring gestohlen zu haben, wog zu schwer, er legte sich wie Blei auf meine Seele.

Obwohl der Tag kaum begonnen hatte, fühlte ich mich müde und erschöpft. In der Nähe des Ufers ließ ich mich auf einem Baumstamm nieder und sah den Hunden dabei zu, wie sie die Umgebung mit ihren Nasen erforschten. Dabei spukte unaufhörlich der Ring in meinen Gedanken herum. Während ich mit einem Stöckchen zwischen den Kieseln herumstocherte, ließ ich noch einmal die letzte Szene mit Berna vor meinem inneren Auge ablaufen – ihre Umarmung und den Kuss auf meine Stirn, während sie den Ring in meine Jackentasche hatte gleiten lassen. In ihrer Benommenheit musste sie all das ungeheure Anstrengung und Konzentration gekostet haben. Wenn Niko vorgehabt hatte, sie zu töten, und sie das hatte kommen sehen, warum hatte sie es getan?

Ein Hilferuf, wie Grete geglaubt hatte, konnte es nicht gewesen sein. Berna hatte nicht damit rechnen können, dass ich ihr Schmuckstück sofort in meiner Tasche entdecken würde. Und so benommen, dass sie die Situation nicht mehr realistisch einschätzte, war sie nicht gewesen. Wenn es kein Hilferuf gewesen war, was dann?

Ich ließ meinen Blick übers Wasser gleiten und hakte im Geiste fast alle Möglichkeiten als unwahrscheinlich ab, bis ich an einer einzigen hängen blieb. Hatte sie mich mit der Nase darauf stoßen wollen, dass etwas nicht stimmte? Etwas von dem, das sie gesagt hatte? Sie hatte behauptet, alles sei in Ordnung. Das war es ganz und gar nicht gewesen, wie ich später begriffen hatte. Dafür hätte sie jedoch nicht diesen Aufwand betreiben müssen. Sie hatte von einer Auseinandersetzung gesprochen. Ging es darum? Niko hatte vehement bestritten, einen Streit mit seiner Tante gehabt zu haben, aber das war vermutlich nur eine seiner unzähligen Lügen. Hatte Berna mir mit der Auseinandersetzung einen Hinweis auf ihr Testament geben wollen? Hatte sie befürchtet, Niko könne es verschwinden lassen, um diesen eindeutigen Hinweis auf sein Motiv zu vernichten? Ich verwarf diesen Gedanken. Der Entwurf war vom Notar aufgesetzt worden, es hätte ihm nichts genutzt, das Testament mitgehen zu lassen. Was war es dann? In diesem Moment fühlte es sich an, als würde eine Kugel ins Loch fallen und damit alles auf den Kopf stellen.

Während inzwischen die Hälfte meines Rudels im Wasser stand und die andere Hälfte sich auf den von der Sonne leicht gewärmten Kieseln aalte, hielt es mich nicht mehr auf dem Baumstamm. Von Unruhe gepackt lief ich auf und ab und versuchte, mit dem Schluss klarzukommen, der sich mir längst hätte aufdrängen sollen: Hätte Berna frei reden können, hätte sie mir zum Abschied etwas gesagt, anstatt mich zu küssen und mir den Ring zuzustecken.

Sie musste gezwungen worden sein, Nikos Namen zu nennen – von jemandem, der von sich selbst ablenken und den Fokus auf Niko richten wollte, von jemandem, der hinter der Tür gestanden und uns beide belauscht hatte. Ich beschloss, den Ring zur Kripo zu bringen.

»Ich weiß, dass Sie und Berna Kienings Familie jetzt denken werden, ich hätte ihn gestohlen«, sagte ich zwei Stunden später zu Kommissar Tannreuther, nachdem ich das Schmuckstück vor ihn auf den Schreibtisch gelegt hatte. »Aber so ist es nicht.« Während ich von Charlotte erzählte, die den Ring in meiner Jackentasche gefunden hatte, bezog ich auch Kommissar Scherf ein, der mit verschränkten Armen und gerunzelter Stirn an der Fensterbank lehnte.

In den Gesichtern der Beamten stand überdeutlich geschrieben, dass sie mir nicht glaubten. Beide schwiegen und sahen mich abwartend an.

»Wenn ich ihn gestohlen hätte, würde ich ihn doch jetzt nicht bei Ihnen abgeben«, versuchte ich, ihrem Misstrauen die nötige Logik entgegenzusetzen.

»Ein schlechtes Gewissen führt zu den unterschiedlichsten Reaktionen, und längst nicht alle sind rational untermauert«, sagte Kommissar Tannreuther mit leisem Bedauern in der Stimme.

»Ich habe kein schlechtes Gewissen! Inzwischen bereue ich allerdings, überhaupt hierhergekommen zu sein.«

»Was sagten Sie, wann hat Ihre Freundin den Ring gefunden?«, fragte Kommissar Scherf.

»Dazu habe ich nichts gesagt, denn es spielt überhaupt keine Rolle, wichtig ist doch nur …«

»Wann?«

»Vor Kurzem.«

»Geht das etwas genauer?«

Ich hielt seinem Blick stand und schwieg.

»Wir können Ihre Freundin auch direkt dazu befragen.«

»Ein paar Tage nach dem Mord.«

»Demnach haben Sie sich mehr als ein paar Tage Zeit gelassen, um den Ring hier abzugeben. Lassen wir Ihre Gründe dafür zunächst einmal beiseite – wie soll denn der Ring überhaupt in Ihre Jackentasche gelangt sein?«

»Frau Kiening muss ihn mir zugesteckt haben, als sie mich zum Abschied umarmt hat.«

Jetzt runzelte auch Kommissar Tannreuther die Stirn. Nach einem schnellen Blickwechsel mit seinem Kollegen räusperte er sich, beugte sich vor und fixierte mich. »Und das wollen Sie nicht bemerkt haben?«

»Wenn ich Sie jetzt völlig überraschend umarmen und küssen würde, meinen Sie, Sie würden merken, wenn ich Ihnen währenddessen etwas in Ihre Sakkotasche fallen lasse? Dieser Trick mit der Ablenkung funktioniert doch auch umgekehrt, zum Beispiel bei Taschendieben. Das sollten Sie eigentlich besser wissen als ich.«

Sein harter Blick schien um eine Nuance weicher zu werden.

»Ich habe nur gemerkt, dass Frau Kiening sich für einen Moment an mir festgehalten hat, während sie mich auf die Stirn küsste«, fuhr ich fort.

Keiner von beiden sagte etwas, sie warteten ab. Vermutlich glaubten sie, mich damit verunsichern zu können.

»Versetzen Sie sich doch mal für einen Augenblick in meine Lage: Ständig hat mir jemand unterstellt, den Ring gestohlen zu haben. Dann taucht er in meiner

Jacke auf. Da ist es wohl nicht schwer, sich vorzustellen, welche Reaktionen das auslösen würde, und genau so ist es ja nun auch gekommen. Sie glauben mir nicht.«

»Das habe ich nicht gesagt. Wir hinterfragen nur«, konterte Kommissar Tannreuther.

»Dann hinterfragen Sie doch auch mal, wieso Frau Kiening das getan haben könnte.«

»Sie haben da allem Anschein nach einen großen zeitlichen Vorsprung. Wieso hat sie es denn Ihrer Meinung nach getan? Um Ihnen im Angesicht ihres Todes noch ein Geschenk zu machen?« Seine Frage war voller Ironie.

Es fiel mir schwer, mich nicht provozieren zu lassen. »Frau Kiening hat ihre Geschenke immer sehr bewusst ausgewählt und auf den jeweiligen Menschen zugeschnitten.« Ich streckte meine Hände aus. »Ich trage nie Ringe. Und auch wenn Sie sich möglicherweise darüber lustig machen – ich glaube, dass Frau Kiening mir damit etwas sagen wollte.«

»Und was?«, fragte Kommissar Scherf alles andere als belustigt, er wirkte eher genervt.

»Dass sie nicht offen reden konnte, dass jemand hinter der Tür stand und jedes ihrer Worte belauschte, jemand, der sie bedrohte.«

Er betrachtete mich, als habe er es mit einer Esoterikerin zu tun.

Ich stand auf und stellte mich so, dass ich beide Beamten im Blick hatte. »Wie wollen Sie Ihre Arbeit gut machen, wenn Sie das, was Ihnen unwahrscheinlich erscheint, von vornherein für abstrus halten? Haben Sie etwa bisher ausschließlich die Erfahrung gemacht, dass alles immer schön normiert ist, dass es nichts gibt, was sich außerhalb Ihrer Schubladen bewegt? Berna Kiening blieb vielleicht kein Raum für Normen, vielleicht war sie gezwungen, diesen ungewöhnlichen Weg zu wählen.« Ich funkelte die beiden abwechselnd an. »So, und jetzt machen Sie daraus, was Sie wollen. Ich habe meinen Part erfüllt.«

Was sie daraus machten, erfuhr ich am späten Nachmittag, als ich gerade im Supermarkt in der Schlange zur Kasse stand. Markus rief aus der Praxis an und ließ eine einzige Schimpfkanonade auf mich los. Was ich mir dabei gedacht hätte, diesen verdammten Ring bei der Kripo abzugeben? Ob ich mir auch nur annähernd vorstellen könne, was ich damit losgetreten hätte? Warum ich dieses vermaledeite Schmuckstück nicht einfach behalten oder in die Isar geworfen hätte? Dann hätte kein Hahn danach gekräht.

»Was ist denn passiert?«, fragte ich, als er endlich mal Luft holte.

»Was passiert ist?«, schimpfte er weiter. »Sie haben Karolin vorhin einbestellt und befragt.«

»Wegen des Ringes?« Ich schob meinen Einkaufswagen zur Seite und verzog mich zwischen zwei Regalreihen, wo keine Kunden waren.

»Ja, wegen des Ringes. Es ist völlig absurd. Sie behaupten, Frau Kiening hätte ihn dir zum Abschied zugesteckt. Warum hast du es nicht einfach gut sein lassen?«

Seine Frage ließ Raum für üble Assoziationen. »Wie meinst du das?«

»Ich nehme mal an, du hast ihn ihr …« Er schien nach dem passenden Wort zu suchen. »… sagen wir, du hast ihn ihr im Schock über ihren Tod vom Finger gezogen und warst dann später entsetzt über dich selbst. Du wolltest es ungeschehen machen und glimpflich aus der Sache rauskommen. Anstatt ihn einfach wegzuwerfen, hast du ihn deshalb mit dieser fadenscheinigen Geschichte bei der Kripo abgegeben. Das war die idiotischste aller Möglichkeiten. Glaubst du tatsächlich, so ließe sich deine Unbescholtenheit wiederherstellen? In Wahrheit …«

»In Wahrheit?«, blaffte ich ihn an. »Für Wahrheiten, die die Familie Nawrath betreffen, scheint sich niemand von euch zu interessieren. Trotzdem existieren sie. Und deshalb bleibe ich dabei: Frau Kiening hat den Ring in meine Jackentasche fallen lassen, als sie sich an der Haustür von mir verabschiedet hat.«

Ich hörte, wie Markus im Hintergrund ein Fenster öffnete und der Verkehrslärm anschwoll. Er atmete schwer ins Telefon. Als er wieder sprach, klang seine Stimme deutlich weniger aggressiv. »Damit bringst du alles durcheinander, Mia, und das ausgerechnet zu einem Zeitpunkt, wo sich endlich alles in die richtige Richtung bewegt. Ist dir das nicht bewusst? Niko sitzt endlich in Haft, und dann kommst du und bringst die ermittelnden Beamten auf völlig abwegige Ideen. Karolin hat nichts damit zu tun.«

»Von Karolin habe ich überhaupt nichts gesagt. Wie kommen sie denn überhaupt auf sie?«

»Sie verstehen den Ring als Botschaft, die auf eine weibliche Person hindeuten könnte«, antwortete Markus. »Und da steht Karolin natürlich an erster Stelle, da sie den Ring von ihrer Tante erben sollte, ihr Name ist ganz eng mit diesem Schmuckstück verbunden. Aber die Spekulationen, die daraus erwachsen, sind absurd. Es gebe verschiedene Möglichkeiten, haben die Beamten zu ihr gesagt: Entweder sie hat mit Niko gemeinsame Sache gemacht, oder aber sie hat allein gehandelt. In dem Fall wäre es ein Leichtes für sie gewesen, die Beweise, die auf ihren Bruder deuteten, zu manipulieren. Und noch etwas spricht möglicherweise für sie als Täterin: Der Einsatz des Benzodiazepins, das ihre Tante wehrlos gemacht hat, könnte auf einen Täter beziehungsweise eine Täterin mit mangelnder körperlicher Kraft hindeuten.« Markus hatte sich wieder in Rage geredet. Er spie die Worte aus und schien Mühe zu haben, seine Emotionen im Zaum zu halten. »Diesen Unsinn musste sie sich anhören – und das einen Tag, bevor ihr Vater beerdigt wird.«

»Hat Karolin kein Alibi?«, fragte ich.

Einen Moment lang hörte ich ihn nur atmen.

»Markus?«

»Du traust ihr das doch nicht allen Ernstes zu.«

»Hat sie eines?«

»Sie braucht keines, sie war es nicht! Und vermutlich wissen die das auch ganz genau, aber sie stochern ein bisschen herum, um sich später, wenn Niko vor Gericht steht, nicht von seinen Verteidigern sagen lassen zu müssen, sie hätten nicht jede Möglichkeit ausgelotet. Was sie Karolin damit antun, ist ihnen dabei völlig egal.«

Ich lehnte mich gegen ein Regal mit Toilettenpapier und senkte meine Stimme, da eine Kundin ihren Einkaufswagen langsam an mir vorbeischob, während sie jeden Artikel im Regal zu scannen schien. »Was für ein Motiv unterstellen sie Karolin denn?«, fragte ich so leise, dass ich nicht sicher war, ob Markus mich überhaupt verstand.

»Eifersucht auf Niko. In ihrer Familie sei die Unternehmensnachfolge immer das Wichtigste gewesen, und Karolin sei dabei nicht nur stets zu kurz gekommen, sie habe dabei nie eine Rolle gespielt. Sie kennen sie einfach nicht, so etwas bedeutet ihr nichts. Aber es kommt noch schlimmer.« Markus verschluckte sich fast an seinen Worten. Im Hintergrund war eine Frau zu hören, die mit ihm sprach. Er wies sie scharf zurecht, dass er telefoniere, das sei doch wohl offensichtlich. Er wolle nicht gestört werden. Die Patienten müssten sich eben gedulden und sie solle die Tür hinter sich schließen, es ginge gleich weiter. »Sie haben sie auch zu dem Mord an Hubert Janda befragt, und das auf eine Weise, die nahelegt, sie könne etwas damit zu tun haben«, fuhr er fort. »Ich weiß, das sind alles nur Versuchsballons, die sie da abschießen, aber Karolin hat sie ernst genommen, sie ist am Boden zerstört und versteht die Welt nicht mehr.«

»Welches Motiv hätte sie denn haben sollen, auf ihren Verlobten zu schießen?«, fragte ich in dem Bewusstsein, dass Karolin dann auch auf mich geschossen hätte.

»Etwas anderes als Eifersucht fällt denen nicht ein. Möglicherweise habe Hubert Janda sich von ihr trennen wollen, das werde gerade recherchiert.«

»Er hat sich nicht von ihr trennen wollen, sondern von dem Unternehmen.«

»Was? Wieso …?«

»Ich habe neulich mit seiner Mutter gesprochen.«

»Wieso das denn?«

»Ihr Sohn wurde mit der Waffe erschossen, mit der auch auf mich gezielt wurde. Schon vergessen?«

»Hast du etwa erwartet, sie würde dir den Täter aus dem Hut zaubern?«

»Aus irgendeinem Grund bin ich für denjenigen, der Hubert Janda getötet hat, zur Zielscheibe geworden. Ich habe mir Antworten erhofft.«

»Was hat sie gesagt?«

»Das führt zu weit«, blockte ich ab. »Jedenfalls nichts, was mir weitergeholfen hätte.«

Einen Moment lang war bis auf den Verkehrslärm im Hintergrund nichts zu hören.

»Du hättest das mit dem Ring nicht machen dürfen, Mia«, sagte er erschöpft.

»Weißt du was, Markus? Ich bin diese Vorwürfe leid. Erst hieß es, ich hätte nicht wiederholen dürfen, was Frau Kiening über Niko gesagt hat. Jetzt das mit dem Ring. Es kommt mir vor, als erwarte jeder von mir, mich zur Verschwörerin der Familie Nawrath zu machen. Aber ich werde nicht lügen – für keinen von ihnen, auch nicht für Karolin.«

Nachdem wir das Gespräch missmutig beendet hatten, suchte ich meinen Einkaufswagen und stellte mich wieder in die Schlange, die in der Zwischenzeit deutlich länger geworden war. Für nichts, was um mich herum geschah, hatte ich einen Blick, ich konnte an kaum etwas anderes denken als an diesen verdammten Ring und seine Bedeutung.

31

Während ich im Supermarkt mit Markus telefoniert hatte, war eine Nachricht von Tom eingetroffen. Er bat mich, Bogart am späten Nachmittag bei ihm abzugeben. Zwar sei er dann noch nicht zu Hause, aber ich hätte ja einen Schlüssel. Die Nachricht versetzte mir einen Stich, denn ich hätte ihn bei der Übergabe gerne gesehen, aber genau das war es wohl, was er zu vermeiden suchte.

Auf dem Heimweg brachte ich den Rüden in Toms Wohnung, stellte ihm frisches Wasser hin und fütterte ihn. Dann lief ich wie verloren durch die Räume, in denen ich nichts verloren hatte. Bogart hatte seine Schüssel im Nu leer gefressen und gesellte sich auf meiner Wanderung zu mir. Da er spürte, dass ich ihn gleich alleine lassen würde, klebte er an mir. Ich ging in die Hocke, strich ihm übers Fell und lehnte meinen Kopf kurz an seinen. »Du kannst ja mal ein gutes Wort für mich einlegen«, sagte ich leise, während ich ihn weiter streichelte.

Plötzlich wedelte er wie verrückt mit dem Schwanz und setzte sich in Bewegung. Fast gleichzeitig hörte ich die Wohnungstür. Hatte ich mir gerade noch gewünscht, Tom zu begegnen, wäre ich jetzt am liebsten im Erdboden versunken. Unglücklicherweise befand ich mich nämlich nicht etwa in der Küche, wo Bogarts Näpfe standen, sondern im Schlafzimmer, das sich genau gegenüber der Eingangstür befand.

Tom hatte mich mit einem Blick erfasst. Er kam ein paar Schritte auf mich zu, blieb im Türrahmen stehen und musterte mich wortlos. Ich kam aus der Hocke hoch und musste mich am Bettgestell festhalten, weil ich sonst das Gleichgewicht verloren hätte. Eine brennende Röte flutete mein Gesicht. Ich versuchte, mich an ihm vorbei durch den Türrahmen zu zwängen, aber er hatte sich dort breitgemacht. So einfach wollte er es mir allem Anschein nach nicht machen.

»Was hast du hier zu suchen?«, fragte er überrascht und ohne jeden Vorwurf.

Ich wollte ihm sagen, dass ich mein Herz hier verloren hatte, dass es höllisch wehtat und ich mir nichts sehnlicher wünschte, als dass wir beide eine zweite Chance bekamen, aber ich brachte nichts davon über die Lippen. Mein Herz pumpte, als stecke es im Überlebensmodus fest, und die Röte in meinem Gesicht brannte wie Feuer. Ich musste hier so schnell wie möglich raus.

»Mia, hast du mich gehört?«, fasste er nach, als ich nicht reagierte.

»Entschuldige«, stammelte ich, »ich habe mich erschreckt, ich dachte, ich hätte aus dem Schlafzimmer ein Geräusch gehört. Und da wollte ich zur Sicherheit nachsehen, bevor ich Bogart hier alleine lasse.«

»Unter dem Bett?«

Ich zuckte die Schultern. »Es war nur so ein undefinierbares Knacken. Vielleicht habe ich es mir auch eingebildet. Zurzeit liegen meine Nerven ziemlich blank.«

»Kann ich irgendetwas für dich tun?«

Du könntest mich in den Arm nehmen und küssen, du könntest sagen, dass du all deinen Mut zusammennimmst und es noch einmal mit mir versuchst. »Wie wäre es damit, mich vorbeizulassen? Ich muss nach Hause.«

Er trat einen Schritt zur Seite. Ich hatte meine Hand noch nicht auf der Klinke der Wohnungstür, als ich ihn hinter mir spürte.

»Mia?«

Ich drehte mich nicht um, sondern wartete mit angehaltenem Atem. »Ja?«

»Pass auf dich auf!«

In der Nacht hielten mich die Bilder der vergangenen zwei Wochen wach. Ich sah Berna tot auf ihrem Bett liegen und Charlotte und mich im Englischen Garten vor den Schüssen fliehen. Ich sah mich die tote Grete aus den Büschen im Hofgarten ziehen und wie ich versuchte, noch einmal Leben in sie zu pumpen. Ich sah Ute über der abgedeckten Leiche ihrer Mutter zusammenbrechen. Als wären diese Bilder nicht genug, sah ich Niko und Dominik aufeinander losgehen. Ich sah die Gestalt, die draußen allem Anschein nach seelenruhig an die Mauer gelehnt zu Dominiks Fenster hinaufgeschaut hatte.

Konnte diese Gestalt Karolin gewesen sein?, schoss es mir durch den Kopf. War das ihr Versuch, die Familie zu zerstören, ihr perfides Werk? Aus Eifersucht, wie die Beamten es in den Raum gestellt hatten? Aber dieser Gedanke brachte nichts in mir zum Klingen. Das passte nicht zu Karolin, da musste ich Markus recht geben. Die Unternehmensführung hatte nie auf ihrer Agenda gestanden. Ganz davon abgesehen konnte sie nicht die Person an der Hauswand gewesen sein, dafür war sie viel zu zierlich. Außerdem war ich sicher, dass es sich um einen Mann gehandelt hatte.

Mitten in diese Überlegungen hinein schrillte mein Handy. Ich angelte es vom Nachttisch und hoffte einen

Moment lang, es sei Tom, der auch nicht schlafen konnte, aber es war Ute, die aus ihrem Krankenhausbett anrief.

»Habe ich dich geweckt, Mia?«, fragte sie mit einer Stimme, die von Leid durchdrungen war. »Wenn ja, sei mir nicht böse … bitte. Ich weiß einfach nicht, wen ich sonst anrufen kann.«

»Du hast mich nicht geweckt.«

Sofort begann sie zu weinen. »Es tut so weh«, schluchzte sie. »Warum hat sie nur nie auf mich gehört? Ich hatte immer das Gefühl, dass etwas Schreckliches passieren würde, aber sie wollte nichts davon wissen, sie hat sich stark und unverwundbar gefühlt wie …« Offensichtlich fiel ihr kein passender Vergleich ein. »Aber sie war doch einfach nur eine kleine, alte Frau. Was hätte sie denn ausrichten können gegen die? Die haben sie erschlagen. Wie soll ich denn damit leben, Mia?« Sie zog die Nase hoch und gab kleine Geräusche von sich, die mir ins Herz stachen. »Ich denke die ganze Zeit an die Angst, die sie ausgestanden haben muss, so eine entsetzliche Angst …«

Diese Vorstellung vermochte es, einen Menschen in die Knie zu zwingen. Ich verschloss mich dagegen und versuchte, ihr etwas entgegenzusetzen. »Es wird alles ganz schnell gegangen sein, Ute, vermutlich hat deine Mutter kaum etwas davon mitbekommen. Sie ist bestimmt sofort bewusstlos gewesen.«

Sie ließ meine Worte sacken. »Wer tut denn so etwas?«

»Hast du mit den zuständigen Leuten bei der Kripo gesprochen? Gibt es irgendwelche Spuren oder einen Verdacht?«

»Bisher haben sie nichts außer Vermutungen. Die

plausibelste erscheint ihnen die zu sein, dass ein gewaltbereiter Junkie es auf Mutters Geld und ihr Handy abgesehen hatte. Sie hätte großes Pech gehabt, meinen sie.« Sie schluckte. »Aber weißt du, was sie mir natürlich nicht sagen, um mich nicht noch mehr zu belasten, was aber die ganze Zeit über im Raum steht?«

Da ich Ute inzwischen gut genug kannte, ahnte ich, was jetzt kommen würde, und stellte mich vor Grete, um den Ball, der sie postum treffen sollte, abzuschmettern. »Hör mir gut zu, Ute! Deine Mutter hat nichts, aber auch gar nichts herausgefordert. Sie ist wie so oft eine Zigarette rauchen gegangen, und zwar in den Hofgarten, nicht etwa in eine düstere, verrufene Ecke. Sie war im guten Glauben, dass sie das ungehindert tun kann, ohne dass ihr etwas zustößt. Was auch immer deiner Meinung nach unausgesprochen im Raum steht, streich es durch. Es wird deiner Mutter nicht gerecht.«

»Aber …«

»Nicht deine Mutter ist schuld, ihr Mörder ist es.«

Ute weinte in einem fort. Vor meinem inneren Auge sah ich Sturzbäche von Tränen über ihr Gesicht laufen. »Zum Abschied hat sie gesagt, ich solle nicht auf sie warten und schon schlafen gehen. Das hat sie immer gesagt, obwohl sie wusste, dass ich nie schlafen konnte, wenn sie nachts losgezogen ist. Ich glaube, deshalb hat sie sich manchmal heimlich davongeschlichen.«

Ich musste an die Nächte denken, in denen ich mit Bogart nach Grete gesucht hatte. Ich dachte an die Zigaretten, die wir geraucht, und die Gedanken, die wir ausgetauscht hatten. Jetzt war es mein Gesicht, über das die Tränen liefen.

»Mia, bist du noch dran?«

»Ja, bin ich«, antwortete ich heiser und schluckte.

»Findest du es nicht grausam, dass sie ausgerechnet in dem Moment gestorben ist, als sie über das Leben nachdenken wollte?«

»Ob es die Antworten bereithalte«, wiederholte ich, woran Charlotte sich nach dem Gespräch mit Ute erinnert hatte. »Das hast du zu Charlotte gesagt, und sie hat es mir erzählt. Ich weiß nur nicht, was Grete damit gemeint hat. Es klingt ein bisschen kryptisch.«

»Für mich gar nicht«, sagte Ute. »Wir haben doch an dem Abend davor bei euch am Tisch gesessen, und ich musste mich auf eurer Tischplatte über meine Sicht auf das Leben verewigen. Meine Mutter ist noch länger bei euch geblieben und erst später hochgekommen. Bevor sie schlafen ging, meinte sie zu mir, dass man aus diesen Sätzen, die auf eurem Küchentisch geschrieben stünden, viel herauslesen könnte über die Verfasser. Ich bin ziemlich an die Decke gegangen, weil ich dachte, sie würde nur wieder auf meine Ängstlichkeit anspielen. Darüber haben wir uns häufig gestritten. Aber sie sagte, sie hätte in dem Fall ausnahmsweise mal nicht mich gemeint.«

»Wen denn?«, fragte ich.

»Das hat sie nicht gesagt. Sie meinte, darüber müsse sie erst noch in Ruhe nachdenken.«

Nachdem wir aufgelegt hatten, ging ich in die Küche. Coco, die hoffte, dort etwas Leckeres zu ergattern, folgte mir. Als sie feststellte, dass ich mir nur ein Glas Wasser aus dem Hahn zapfte, trippelte sie wieder zurück in mein Zimmer.

Ich setzte mich an den Küchentisch, starrte auf die Einträge und überlegte, welchen von den Menschen, die sich dort über die Jahre verewigt hatten, Grete gekannt hatte. Niko natürlich, allerdings nur aus meinen Erzählungen, sie war ihm nie begegnet. Charlotte und Lukas. Markus hatte sie vor Kurzem erst kennengelernt. Mich. Ich schaute auf meinen Spruch – dass ein wundervolles Leben für mich bedeute, in mir selbst zu Hause zu sein. In diesem Zuhause herrschte zurzeit ein ziemliches Chaos.

»Mia?«

Ich erschrak und fuhr auf meinem Stuhl herum. »Ach du bist es«, sagte ich zu Lukas.

»Wer sollte es sonst sein? Charlotte neigt nicht zum Schlafwandeln.« Er goss sich kalten Kaffee in einen Becher und schaufelte drei Löffel Zucker dazu. »Alles okay mit dir?« Er ließ sich mir gegenüber auf einen Stuhl fallen, streckte die Beine aus und rührte in seinem Kaffee.

Ich strich mit beiden Händen über die Tischplatte und deutete dann mit dem Zeigefinger auf Nikos Spruch. »Was liest du daraus?«

»Dass der Typ ein Arschloch ist.«

Mein Finger wanderte zu Markus' Satz. »Und der hier?«

»Der ist Realist«, antwortete er mit einem Grinsen.

»Und was bist du?«, ging ich auf seinen leichten Ton ein.

»Ein Kämpfer – was sonst!« Er nahm meinen Zeigefinger und schob ihn zu Lieses Spruch. *Nimm's leicht, du kommst eh nicht lebend davon.* »Genauso ist sie. Sie lacht, anstatt sich unterkriegen zu lassen.«

»Hast du dich verliebt?«

»Ziemlich«, antwortete er mit einem Strahlen in den Augen. »Und was ist mit deinem Typen? Der, der so gerne mal unvernünftig wäre?«

Das Leben ist so viel älter als die Vernunft, hatte Tom geschrieben. Ich starrte darauf und lächelte traurig. »Er tut sich schwer damit«, sagte ich leise, trank mein Glas leer und sagte Lukas Gute Nacht.

Ich hatte gehofft, noch ein wenig schlafen zu können, aber ich wälzte mich von einer Seite auf die andere, bis ich mich schließlich wieder auf die Fensterbank verzog und auf die Straße unter mir schaute, ohne wirklich etwas zu sehen.

Irgendwo in diesem ganzen Chaos musste es doch eine Ordnung geben. Dass ich sie nicht sah, bedeutete nicht, dass sie nicht existierte. Vielleicht hatte ich nur noch nicht richtig hingesehen. Einmal mehr führte ich mir vor Augen, was geschehen war, und zwar von Anfang an.

Als ich Coco zu Berna zurückgebracht und sie mich bereits an der Haustür abgefangen und auf so ungewöhnliche Weise verabschiedet hatte, steckte sie mir den Ring zu. Angenommen, er war eine Botschaft gewesen, schloss sich unweigerlich die Frage an, warum sie auf diese Wiese zu mir *gesprochen* hatte. Die Antwort war wieder die gleiche: Weil sie nicht frei hatte reden können. Ihr Mörder musste ganz in ihrer Nähe gestanden und sie bedroht haben. An diesem Punkt angekommen raufte ich mir die Haare. Wenn ich bis hierhin richtiglag, konnte es nicht Niko gewesen sein.

Ich rief mir den genauen Wortlaut wieder in Erinnerung. Ich hatte sie gefragt, ob sie Hilfe bräuchte, und sie hatte geantwortet: »Nicht nötig. Es ist alles in Ordnung, Maria-Antonia. Der Junge ist gerade da … er kümmert sich.« Dann hatte sie innegehalten und nach Luft gerungen. Und erst dann hatte sie gesagt: »Niko. Wir haben eine kleine … Auseinandersetzung. Nichts Dramatisches.« Warum hatte sie nicht gleich von ihm gesprochen, sondern erst von dem Jungen? Weil es nicht Niko gewesen war! Das hatte sie damit andeuten wollen.

Weiter! An ihrem Todestag hatten nachweislich nacheinander drei Personen per Fingerabdruck Bernas Haus betreten: Markus, Niko und ich. Selbstverständlich konnte sie ihrem Mörder auch geöffnet haben, aber das hätte sie nur getan, wenn sie denjenigen kannte. Einem Austräger von Werbung oder einem Paketboten hätte sie ganz sicher nicht geöffnet. Aber Dominik hätte sie geöffnet.

Angenommen, Niko sagte tatsächlich die Wahrheit und hatte sich von seiner Tante verabschiedet, bevor ich Coco zurückgebracht hatte, dann musste Bernas Mörder die Gelegenheit gehabt haben, die Beweise und Indizien so zu manipulieren, dass sie auf Niko deuteten. Das Medikament in seinem Badezimmerschrank hätte er ihm schon vorher unterjubeln können, es wäre Niko dort ganz sicher nicht aufgefallen. Ganz anders verhielt es sich jedoch mit dem Pulvertütchen in der Manteltasche. Hätte Niko es entdeckt, hätte er sich mit Sicherheit darüber gewundert und es weggeworfen. Also musste der zeitliche Faktor eine Rolle gespielt haben.

Beim Stichwort Manteltasche fiel mir sein Smartphone ein. Niko hatte behauptet, er hätte schwören können, es nach einem Telefonat vor dem Haus seiner Tante in die Manteltasche gesteckt zu haben. Er hatte vermutet, dass es unbemerkt herausgefallen war. Das wäre jedoch nur möglich gewesen, wenn er den Mantel irgendwo abgelegt hatte, nicht, wenn er an der Garderobe hing. Ich bereute, ihn nicht danach gefragt zu haben. Also blieb mir nur, mich an der größeren Wahrscheinlichkeit auszurichten, und die deutete Richtung Garderobe. Berna hatte Ordnung geschätzt, sie hätte es vermutlich nicht geduldet, wenn er seinen Mantel einfach über die Sofalehne geworfen hätte.

Um an Nikos Handy zu gelangen, hätte sich der Mörder also gleichzeitig mit ihm und seiner Tante im Haus aufhalten müssen. Im ersten Moment hielt ich es für ausgeschlossen, dass keiner von beiden etwas davon bemerkt hätte, doch dann stellte ich mir die Situation vor: Der Neffe und seine Tante unterhielten sich, vielleicht hatte Berna auch eines ihrer geliebten Klavierkonzerte eingeschaltet, wodurch andere Geräusche übertönt wurden. Zum Beispiel Geräusche von Schritten, die sich durch den Flur auf die Garderobe zubewegten. Die Geräusche des letzten Gastes.

32

Es war der Tag, an dem Armin Nawrath im Familiengrab in Pullach beerdigt wurde. Die Trauerfeier war für 15 Uhr angesetzt, wie ich von Markus erfahren hatte. Er würde ausnahmsweise seine Praxis am Nachmittag schließen, um dem Senior das letzte Geleit zu geben, vor allem aber, um Karolin beizustehen. Ich fragte mich, ob sie sich bewusst war, was für ein Glück sie mit einem Mann wie ihm hatte. Er war fürsorglich und immer zur Stelle, wenn sie ihn brauchte. Und er kam mit ihrem schwierigen Charakter zurecht, was er vermutlich nicht einmal so empfand. Gut möglich, dass er ihre Sprunghaftigkeit und ihr aufbrausendes Temperament gar nicht wahrnahm, sondern nur den Charme sah, den sie durchaus auch versprühen konnte. Ich dachte an das gestrige Telefonat mit Markus, daran, wie er für Karolin in die Bresche gesprungen war, und ich spürte, dass ich neidisch war und mir wünschte, Tom würde sich so für mich einsetzen. Ich wischte den Gedanken beiseite und machte mich auf den Weg.

Bevor ich allerdings die Hunde zur Morgenrunde abholte, machte ich einen Abstecher in die Osterwaldstraße zu Bernas Haus, um vielleicht eine Antwort auf die Frage zu finden, wie ihr Mörder sich unbemerkt Zugang hatte verschaffen können.

Nachdem ich den Transporter direkt vor der Einfahrt geparkt hatte, wanderte mein Blick zum Haus. Am Samstag nach Bernas Tod, als ich mit ihrer Nachbarin Astrid Böhm sprach, war ich zum letzten Mal hier gewesen. Der Frühling war seitdem vorangeschritten. Im Vorgarten blühte der Magnolienbaum und warf bereits die ersten Blütenblätter ab. Durch die aufbrechenden Knospen an Büschen, Sträuchern und Bäumen war alles in einen Hauch von zartem Grün getaucht. Dieser Neubeginn in der Natur machte mir Bernas Tod umso stärker bewusst.

Mit zögernden Schritten bewegte ich mich auf das Haus zu, dessen Rollläden ringsherum heruntergezogen waren. Coco hatte ich wohlweislich im Auto gelassen, es würde ihr nicht guttun, hier herumzustreifen und von Erinnerungen überflutet zu werden. Ich folgte den Steinplatten, die am Haus entlangführten, und betrachtete alles unter dem Aspekt, wie jemand unbemerkt hineingelangen könnte. Jemand, der nicht vom Fingerabdruckscanner registriert werden wollte. Nachdem ich das Haus konzentriert umrundet hatte, erschlossen sich mir nur zwei Möglichkeiten. Entweder es hatte ganz profan ein Fenster oder die Terrassentür offen gestanden, und der Mörder hatte die Gelegenheit wahrgenommen hineinzuklettern, oder er war durch die Kellertür hinterm Haus hineingelangt.

Als ich gerade wieder ins Auto steigen wollte, hielt mich Helmut Böhm, der Schreck der gesamten Nachbarschaft, mit lauter Stimme zurück.

»Was wollen Sie denn noch hier?«, rief er. »Sie haben hier doch gar nichts mehr zu suchen!«

Bevor ich zu einem entsprechenden Kommentar ansetzen konnte, hörte ich, wie seine Schwester ihn zurechtwies: »Du solltest dich schämen, Helmut, das ist Mia, du kennst sie doch.«

»Ebendeshalb«, wetterte er.

»Komm sofort rein und lass sie in Ruhe! Hörst du?«

Nur widerwillig wandte er sich ab und schlurfte fluchend aufs Haus zu. Astrid Böhm winkte mir währenddessen vom Wohnzimmerfenster aus zu und gab mir Zeichen, näher zu kommen. Ich wartete jedoch, bis ihr Bruder im Haus verschwunden war.

»Alles gut bei Ihnen, Mia?«, fragte sie mit ihrem warmherzigen Lächeln.

Ich dachte an all das, was seit unserer letzten Begegnung geschehen war, und nickte tapfer. »Alles gut. Ich hoffe, bei Ihnen auch, Frau Böhm.«

»Bis auf kleinere Störfeuer«, entgegnete sie, zog dabei eine Grimasse und deutete mit dem Finger hinter sich, wo ihr Bruder als Schatten zu sehen war. »Das Alter ist nicht zu allen gleich gut, wenn Sie verstehen, was ich meine. Aber ich will nicht klagen, wir dürfen ja immerhin alt werden. Das ist längst nicht jedem vergönnt.«

Ich ging noch ein Stück näher zu ihr und senkte meine Stimme, damit Helmut Böhm mich nicht hören konnte. »Darf ich Sie etwas fragen, Frau Böhm?«

»Nur zu, fragen Sie!«

»Hatte Frau Kiening ihre Fenster manchmal weit geöffnet? Ich habe immer nur mitbekommen, dass sie gekippt waren.«

Als drohe von mir eine unkalkulierbare Gefahr, schlich sich Helmut Böhm von hinten an, ohne mich dabei auch nur eine Sekunde aus den Augen zu lassen. Seine Schwester hatte ihn jedoch bemerkt und wedelte ihn mit einer unmissverständlichen Handbewegung fort. »Mach die Tür hinter dir zu«, rief sie ihm nach und wandte sich dann wieder mir zu. »Sie meinen, es könnte jemand eingestiegen sein? Es soll doch aber der Neffe gewesen sein. Spielen denn da die Fenster überhaupt eine Rolle?«

Ich zuckte mit den Schultern. »Ich habe einfach nur

noch mal über die ganze Geschichte nachgedacht … um alle Möglichkeiten in Betracht zu ziehen.«

»Das hat die Polizei bestimmt längst getan. Machen Sie sich nur nicht so viele Gedanken, Mia, das ist nicht gut.«

»Könnten Sie mir trotzdem meine Frage mit den Fenstern beantworten?«

Sie lächelte und beugte sich ein wenig weiter vor in den Fensterrahmen. »Frau Kiening mochte keinen Windzug, deshalb waren die Fenster wenn überhaupt gekippt. Aber wie ich neulich in einer Sendung gesehen habe, schreckt das die Einbrecher nicht ab. Sie greifen einfach durch den Spalt hindurch und öffnen das Fenster.«

»Und was ist mit der Kellertür?«

»Mit roher Gewalt hätte ganz bestimmt jemand dort hinein gekonnt. Aber einen Einbruch hat es wohl nicht gegeben, das hätte sich hier sonst bestimmt herumgesprochen. Frau Kiening hat immer darauf geachtet, dass die Kellertür verschlossen ist. Wir haben uns mal darüber unterhalten, als hier so eine schreckliche Einbruchserie war.« Sie ließ ihren Blick über mein Gesicht gleiten. »Es ehrt Sie ja, Mia, dass Sie versuchen, den Neffen aus dem Feuer zu retten, aber dafür ist es wohl zu spät. Obwohl es mir immer noch nicht in den Kopf will, dass er es getan haben soll. Die eigene Tante umzubringen, dazu gehört schon was.« Sie sagte es in einem Ton, als müsse es einem bei Menschen, die einem weniger nahestanden, leichter fallen. »Dabei habe ich erst neulich einen Bericht gehört, dass einem von Angehörigen und Freunden eine viel größere Gefahr droht als von Fremden. Komisch eigentlich, aus dem Bauch heraus hätte ich gesagt, dass es genau umgekehrt ist.« Sie lachte.

»Demnach müsste ich mich ja womöglich vor meinem eigenen Bruder fürchten.« Mit einer schnellen Geste wischte sie diesen Gedanken beiseite und zwinkerte mir zu. »Er benimmt sich zwar manchmal, als sei er zum Fürchten, aber er ist einer von denen, die nur eine große Klappe haben, ansonsten aber völlig harmlos sind. Wenn Sie mich fragen, sind ja die stillen Wasser viel gefährlicher. Das sieht man auch immer wieder in diesen Krimis. Da sind immer diejenigen die Mörder, denen man es am allerwenigsten zugetraut hätte.« Sie forschte in meinem Gesicht nach einer Reaktion und legte den Kopf schief. »Der Neffe ist gar kein so stilles Wasser, habe ich recht?«

Ich nickte.

Sie gab einen undefinierbaren Laut von sich. »Hätten Sie es ihm zugetraut?«

»Bis vor zwei Wochen hätte ich niemandem in meinem Umfeld einen Mord zugetraut.«

»Angeblich sollen wir ja alle dazu fähig sein. Das liest man doch immer wieder.«

Ich holte tief Luft und ließ die Schultern sinken. »Zwischen angeblich und der Wirklichkeit liegt zum Glück ein weiter Weg.«

Diejenigen, denen man es am allerwenigsten zugetraut hätte. Astrid Böhms Satz wollte mir nicht aus dem Kopf. Während ich die Hunde einen nach dem anderen abholte, nahm in meinem Kopf ein Gedanke Gestalt an, gegen den sich so ziemlich alles in mir sträubte. Weil er absurd war. Weil er zeigte, wie sehr einen eine solche Mordermittlung auf Abwege lenkte und zu wilden Spekulationen verleitete. Es kam mir vor, als würde sie mich mit Vorstellungen infizieren, die mir vorher nie in den Sinn gekommen wären … Menschen zu verdächtigen, die es einfach nicht verdienten. Aber weil ein Mord etwas so Elementares war, das alles auf den Kopf und vermeintliche Gewissheiten infrage stellte, wurde plötzlich auch alles andere infrage gestellt. Alle anderen. Menschen, denen man niemals zugetraut hätte, einer Fliege etwas zuleide zu tun, wurden auf einmal verdächtigt.

Ich wusste, es war unfair, und ich schämte mich fast dafür. Es kam mir so vor, als würde mein Unterbewusstes verrücktspielen. Trotzdem war da dieser Name, der mir bei Astrid Böhms Worten spontan durch den Kopf geblitzt war, ohne dass ich hätte sagen können, warum ausgerechnet er. Warum überhaupt er.

Den Beamten hatte ich vorgeworfen, in Schubladen zu denken und Unwahrscheinliches nicht zuzulassen. Jetzt fühlte ich mich selbst in einer Schublade gefangen – in der mit der Aufschrift *Das darf nicht sein!*. Weil Menschen, die zum Helfen berufen waren, nicht genau das Gegenteil tun durften. War es das, was es mir so schwer machte, den Gedanken an Markus im Zusammenhang mit zwei Morden zuzulassen? Bei Niko fiel es mir um so vieles leichter. Selbst bei Dominik hatte ich keinerlei Hemmungen.

Niko war ohne jeden Zweifel skrupellos, wenn er ein Ziel ins Auge gefasst hatte, während Markus zu den stillen Wassern zählte, von denen Astrid Böhm gesprochen hatte. Er war niemand, der sich in den Vordergrund drängte, niemand, der die Ellenbogen ausfuhr. Er war zuverlässig und beständig, und er war einer von denen, die halfen, wo immer Hilfe vonnöten war. Als Arzt war er angetreten, Menschen zu heilen, nicht, sie zu töten. Ich war alles andere als naiv, und mir war durchaus bewusst, dass auch Ärzte keine Heiligen waren, dass es auch unter ihnen schwarze Schafe gab.

Ich kam mir schäbig dabei vor, auch nur den Schatten eines Verdachts auf ihn fallen zu lassen. Es fühlte sich wie ein schwerer Verrat an, und dennoch war da etwas in mir, das darauf drängte, den Gedanken durchzuspielen. Ein einziges Mal, um mich dann von ihm zu befreien und ihn abhaken zu können.

Während ich die Hunde aus dem Transporter lud und mit ihnen quer über die Wiese lief, wo sie sich erst einmal austoben und erleichtern konnten, stellte ich mir das Szenario an Bernas Todestag vor. Markus hatte sie früh am Morgen vor seiner Sprechstunde besucht. Er hatte sich wie üblich per Fingerabdruck eingelassen, das hatte das Schließsystem registriert. Berna hatte ihm womöglich erzählt, dass die Haushälterin sich für diesen Tag wegen einer heftigen Erkältung entschuldigt hatte, sie also alleine zurechtkommen musste. Und vielleicht hatte sie ihm auch von Nikos bevorstehendem Besuch erzählt. Waren das die Zutaten gewesen, die es gebraucht hatte, um den Plan ins Auge zu fassen, seine Patientin zu töten und die Tat einem anderen, in dem Fall Niko, in die Schuhe zu schieben?

Während ich die Hunde nicht aus den Augen ließ und ihre Haufen einsammelte, blieb ich an dieser Frage hängen. Hätte Bernas Tod einem spontanen Entschluss entstammen können? Wohl kaum. Dagegen sprach allein schon das Benzodiazepin in Nikos Badezimmerschrank. Das erforderte eine vorausschauende Planung. Was wiederum bedeutete, dass der Entschluss festgestanden haben musste und der Täter nur auf eine günstige Gelegenheit gewartet hatte, um ihn in die Tat umzusetzen. Die Gelegenheit hatte sich vor zwei Wochen ergeben.

Ja, so hätte es gewesen sein können. Aber mir Markus als vorausplanenden Mörder vorzustellen war aberwitzig. Zugegeben, er hätte ohne Weiteres an das Beruhigungsmittel kommen können. Da er bei den Nawraths ein und aus ging, wäre es ihm auch ein Leichtes gewesen, es in Nikos Badezimmerschrank zu deponieren. Aber welches Motiv hätte er haben sollen, Berna zu töten? Seine Patientin, die vier Wochen später ihre letzte Reise in die Schweiz angetreten hätte, woraus sie kein Geheimnis gemacht hatte. Eine Frau, die er zudem sehr gemocht hatte, was ganz offensichtlich gewesen war, wenn man die beiden zusammen erlebte.

Hatte er ihr den mühsamen Weg in die Schweiz ersparen wollen? Wenn ja, warum hatte er dann nicht eine sanftere Todesart gewählt, eine, die zudem nicht nachzuweisen gewesen wäre? Er hätte ihr nur Insulin zu spritzen brauchen. Warum den Verdacht auf ihren Neffen lenken? Das ergab überhaupt keinen Sinn.

Meine Gedanken wanderten von Berna zu Hubert Janda. Hätte Markus einen Grund gehabt, ihn umzubringen? War er eifersüchtig auf Karolins Verlobten gewesen? Die Antwort drängte sich mir mit voller Wucht auf: Selbstverständlich war er eifersüchtig gewesen, es konnte gar nicht anders gewesen sein. Markus war nie von Karolin losgekommen. Und seitdem sie sich wieder angenähert hatten, war er überglücklich. Die Nawrath-Tochter war seine große Liebe. Als sie von der Kripo wegen des Ringes zu einer Befragung eingeladen worden war, war er außer sich geraten und hatte mich beschimpft. Und dennoch: Nichts davon reichte aus, um ihn als Mörder abzustempeln.

33 Während Armin Nawrath noch bei strahlendem Sonnenschein und blauem Himmel zu Grabe getragen worden war, war über Nacht ein Tiefdruckgebiet herangezogen und hatte stürmisches Regenwetter gebracht, das sich den ganzen Mittwoch über beharrlich hielt. Die durchweg schwarz gekleideten Menschen, die am frühen Nachmittag Bernas Trauerfeier besuchten, kämpften auf dem Weg vom Parkplatz bis zur Trauerhalle mit Schirmen, wehenden Schals und davonfliegenden Hüten.

Ich kam ziemlich spät an, da ich im Verkehr stecken geblieben war. Zum Glück fand ich in einer der hinteren Sitzreihen noch einen Platz. Ganz vorne saßen wie üblich die Angehörigen und engsten Freunde. Zuallererst fiel mein Blick auf Markus, dem ich im Stillen Abbitte für meine düsteren Spekulationen leistete. Er saß mit Gundula Nawrath, Karolin, Janette und Dominik in der ersten Reihe und hatte seinen Arm um Karolin gelegt, die leise weinte. Für sie alle war es die zweite Trauerfeier in nur zwei Tagen. Sie saßen eng nebeneinander, als wollten sie damit ganz bewusst die beiden Lücken schließen, die in ihrem Familienverbund klafften. Aber auch wenn sie noch so dicht gedrängt saßen, konnte nichts über die Lücke hinwegtäuschen, die durch Niko entstanden war. Sie warf zu viele unbeantwortete Fragen auf, Spekulationen über seine Schuld, Entsetzen über das, was er allem Anschein nach der Frau angetan hatte, die in dem Sarg vor ihnen ruhte. Vermutlich gab es nur wenige in diesem Raum, die in ihm nicht den Mörder seiner Tante sahen. Dass sie es ihm nicht zugetraut hätten, war eine Sache, dass er es getan haben musste, eine andere. Die Polizei sollte schließlich wissen, was sie tat.

Mein Blick wanderte zu Bernas hellem Sarg, auf dem ein großes Herz aus weißen Rosen lag. Davor waren Kränze und Blumengebinde drapiert worden, links und rechts des Sarges brannten dicke weiße Kerzen in hohen Leuchtern. Ein Stück weiter rechts stand auf einem Holzgestell ein großes Schwarz-Weiß-Foto von ihr, das aufgenommen worden sein musste, als ihre zerstörerische Krankheit noch nicht so weit fortgeschritten war und das Leid ihre feinen Gesichtszüge noch nicht gezeichnet hatte.

Ich wandte den Blick ab und ließ ihn über die Reihen vor mir schweifen. Dabei entdeckte ich Karin Janda und ganz in ihrer Nähe Hedwig Konrad, Janettes Stiefmutter. Von Janette selbst hatte ich seit der Prügelei zwischen Niko und seinem Bruder am Sonntagabend nichts mehr gehört. Und auch jetzt sah ich sie nur von hinten. Ihrer Körperhaltung nach zu urteilen, ging es ihr nicht gut. Mit hängenden Schultern saß sie zwischen Karolin und Dominik und hob erst den Kopf, als der Trauerredner zu sprechen begann.

Berna, die in ihren letzten Lebensjahren keiner Kirche mehr angehört hatte, hatte sich genau diesen Trauerredner gewünscht und ihm auch weitestgehend den Text vorgegeben. Sie hatte alles für ihren Tod vorbereitet, nichts außer Acht gelassen und nur nicht damit gerechnet, dass er sie vier Wochen früher als geplant ereilen würde. Schon gar nicht hatte sie mit einem so grausamen Ende rechnen können.

In diesem Aspekt wich der Trauerredner von seinem

Skript ab. Er tat dies jedoch sehr dezent, indem er nur von einem Unglück sprach, ohne das Wort Schuld in den Mund zu nehmen. Und dennoch war vermutlich jedem in diesem Raum bewusst, dass sowohl das Unglück als auch die Schuld ein und dieselbe Familie heimgesucht hatte.

Zum Schluss erklang eines von Bernas Lieblingsstücken. Weder wusste ich, wer es komponiert hatte, noch wer es interpretierte, aber es rührte nicht nur mich zu Tränen. Mit geschlossenen Augen sah ich Berna noch einmal leibhaftig vor mir. Es war unsere letzte Begegnung, die sich vor alle anderen Bilder schob. Ich spürte ihre Umarmung und den Kuss auf meiner Stirn. Beides fühlte sich wie ein Vermächtnis an, das zusammen mit dem Ring eine feste Allianz bildete. Und genau hier, nur ein paar Meter von ihrem Sarg entfernt, überschwemmte mich das Gefühl, ihrem Vermächtnis nicht gerecht geworden zu sein. Als hätte sie mir einen Auftrag erteilt, der ihr zum Schluss das Wichtigste gewesen war, und ich hatte ihn vermasselt.

»Nikos Anwalt hat einen Antrag auf Kaution gestellt«, sagte mir Janette eine Stunde später beim Empfang im Hause Nawrath. Sie war außer Atem, als hätte sie sich durch die Gästeschar bis zu mir durchkämpfen müssen. Vielleicht waren es aber auch die vergangenen Tage, die ihr den Atem geraubt hatten. Sie zog mich hinter sich her in die angrenzende Bibliothek, wo sie die Tür hinter uns schloss. »Der Antrag wurde abgelehnt.« Sie weinte. »Hast du eine Vorstellung davon, was das für ihn bedeutet?« Sie schien keine Antwort zu erwarten. »Auf Dominik fällt nicht einmal der Schatten eines Verdachts, weil er angeblich kein Motiv hatte, seine

Tante umzubringen. Aber Niko unterstellen sie eines. Alles scheint sich nur noch um diese vermaledeiten Firmenanteile zu drehen.«

»Sie haben auch Karolin befragt«, wandte ich ein.

»Wegen des Rings, ich weiß. Aber das ist doch genauso absurd. Karolin hätte nun wirklich keinen Grund gehabt, ihrer Tante etwas anzutun. Und auch keinen, den Mord Niko in die Schuhe zu schieben. Dominik hingegen …«

»Ja?«, ließ seine laute Stimme uns beide zusammenzucken. Er war unbemerkt in die Bibliothek gekommen und sah uns von der Tür aus herausfordernd an. In seinem Gesicht waren noch deutlich die Spuren des Kampfes zwischen ihm und Niko zu sehen. »Was wolltest du gerade sagen, Janette?«

Nikos Freundin straffte die Schultern, hob ihr Kinn und wischte sich die Tränen von den Wangen. »Dass du durchaus einen Grund gehabt haben könntest, deinem Bruder einen Mord in die Schuhe zu schieben. Du hast ihm nie verziehen, dass er dir vorgezogen wurde, dass dein Vater ihm mehr zugetraut hat als dir, dass er sogar einen Fremden dir vorgezogen hat. Hubert Janda muss dir noch ein größerer Dorn im Auge gewesen sein als dein eigener Bruder. Mit Niko alleine an der Spitze wäre es wenigstens in der Familie geblieben.«

»In solchen Kategorien denken nur Kleingeister und ewig Gestrige«, sagte Dominik mit versteinerter Miene. »Ich habe mich für ein selbstbestimmtes Leben entschieden, bin in die Stadt gezogen und habe …«

»Ja, du lebst in der Stadt, aber du arbeitest innerhalb der vorgegebenen Strukturen der Nawrath-Werke, du hast nicht den Spielraum, den dein Bruder hat, der die Regeln bestimmen kann. So etwas …«

»So etwas hinterlässt Wunden«, unterbrach er Janette eisig und ging ein paar Schritte auf sie zu. »Aber sie sind längst nicht so tief, wie du glaubst. Du scheinst dieses Familiensystem vom ersten Moment an, als du mit Niko ins Bett gestiegen bist, inhaliert zu haben, aber du hast allem Anschein nach immer noch nicht begriffen, dass es nicht allmächtig ist. Es gibt Menschen, die es als etwas durchschauen, das nicht mehr in die heutige Zeit passt, die sich ihm verweigern und sich befreien.«

»Und du zählst zu diesen Menschen und hast dich ihm verweigert?«, fragte Janette angriffslustig und mit einer gehörigen Portion Spott in der Stimme. »Dass ich nicht lache! Schon vergessen, dass ich Zeugin eurer handfesten Auseinandersetzung am Sonntagabend war?« Mit einer ausholenden Geste deutete sie auf mich. »Und Mia ebenfalls. Wie würdest du das, was sich da Bahn gebrochen hat, nennen? Ich würde sagen, es war der blanke Hass. Von wegen, die Wunden sind nicht so tief. Sie sind viel tiefer, als du es dir eingestehen magst.« Sie wechselte den Tonfall und klang plötzlich viel weicher. »Und das verstehe ich sogar. Wenn einem plötzlich alles genommen wird, was einem selbstverständlich erschien, kann man schon mal …«

Er war blitzschnell bei ihr und schlug ihr hart ins Gesicht, sodass sie das Gleichgewicht verlor und gegen einen der Lesesessel fiel. Gerade als er nachlegen wollte, sprang ich dazwischen und baute mich mit klopfendem Herzen vor ihm auf.

»Wag es nicht!«, drohte ich ihm.

Er wich nicht einmal einen Millimeter zurück und hob seine Hand. »Sonst?«

»Sonst bekommst du es mit mir zu tun.« Markus war

mit ein paar Schritten bei uns. Karolin war in der Nähe der Tür stehen geblieben.

Dominik brach in ein Lachen aus, das mir Angst machte. Er stach seinen Zeigefinger erst in Janettes Richtung, dann in Markus'. »Ihr wollt in unsere Familie? Dann schlage ich vor, ihr fangt mal an, kleinere Brötchen zu backen und euer Benehmen den Gegebenheiten anzupassen. Vor allem du, Janette! Niko sitzt im Gefängnis. Vielleicht solltest du dir auch gleich überlegen, ob sich dein emotionales Investment überhaupt lohnt.«

Sekundenlang war nichts anderes zu hören als die gedämpften Stimmen, die von dem Empfang durch die geschlossene Tür drangen.

Karolin war die Erste, die sich berappelte. »Du bist widerlich, Dominik, schäm dich!«

»Wofür? Für die Wahrheit?« Er schüttelte den Kopf, machte auf dem Absatz kehrt und rempelte im Hinausgehen Markus an.

Janettes Schluchzen riss mich aus meiner Erstarrung, ich wandte mich zu ihr um. Sie saß in dem großen Ledersessel und starrte Dominik nach, der die Tür hinter sich zuschlug. Auf ihrer rechten Wange zeichnete sich eine rote Stelle ab, über die mit Wimperntusche gefärbte Tränen liefen. »Dieses Schwein redet allen Ernstes von Wahrheit.« Mit einer fahrigen Bewegung wischte sie sich über die Augen. »Die Wahrheit ist, dass sein Bruder für ihn einsitzt.«

»Janette, bitte …!«, meldete Karolin sich zu Wort.

»Ich weiß, er ist auch dein Bruder, und ich erwarte gar nicht von dir, dass du dich für einen von beiden entscheidest, aber Dominik hat genauso wenig ein Alibi für den Mord an Berna wie Niko.«

»Dominik hatte aber damals ein hieb- und stichfestes Alibi, als Hubert umgebracht wurde. Er lag auf dem OP-Tisch und wurde am Knie operiert.« Karolin deutete auf mich. »Und er hat auch ein Alibi für die Schüsse auf Mia.«

Janette sprang auf und ballte die Fäuste. Völlig außer sich sah sie zwischen uns dreien hin und her. »Wie oft soll ich es eigentlich noch schwören? Niko war mit mir zusammen, als auf Mia geschossen wurde. Glaubt ihr, das ist eine Gefälligkeit, die ich ihm da erweise? Ich werde einen Eid darauf schwören!«

Markus ging zu ihr, legte ihr den Arm um die Schultern und bugsierte sie zurück in den Sessel. »Du beruhigst dich jetzt erst einmal. Niko hat einen guten Anwalt, der wird ihn schon raushauen.«

Sie wand sich aus seinem Arm. »Das klingt, als würdest du ihn auch für schuldig halten. Was ist denn nur mit euch los? Ihr kennt ihn doch alle viel länger als ich.«

Ebendeshalb, lag es mir spontan auf der Zunge, doch ich wusste, dass es der ganzen Angelegenheit nicht mehr so ganz gerecht wurde.

Janette bestand darauf zu gehen, und weder Markus noch Karolin konnten sie zum Bleiben bewegen. Ich versuchte es erst gar nicht, denn mir ging es ähnlich wie ihr: Ich wollte nur fort von hier. Dominik hatte sich wieder unter die Gäste gemischt und parlierte in scheinbarer Gelassenheit, als habe es das Intermezzo in der Bibliothek gar nicht gegeben. Karolin hatte sich in ein Gespräch mit Karin Janda vertieft, und Markus hatte sich zu mir gesellt.

»Danke, dass du vorhin dazwischengefunkt hast«,

sagte ich zu ihm. »Ich habe schon am Sonntagabend einen Eindruck davon bekommen, wie sehr er in Rage geraten kann.«

»Ja, Dominik ist nicht ohne, er wirkt nur immer so harmlos.«

»Du bekommst sie alle gratis mit dazu«, sagte ich mit einem schiefen Lächeln.

»Hättest du auch beinahe.«

Ich schüttelte den Kopf. »Ich war zwar verliebt, aber es hat sich nie wirklich so angefühlt, als könnte es von Dauer sein.« Ich dachte an die Zeit mit Niko zurück. »Trotzdem hat es ziemlich wehgetan, als er sich von mir getrennt hat.«

»Wirst du trotzdem gegen ihn aussagen?«

»Wieso trotzdem?«

Markus ließ seinen Blick über die Gäste schweifen. »Weil alle dir unterstellen, du wolltest dich damit nur an ihm rächen.«

»Alle? Du etwa auch?«

»Blödsinn!« Markus lachte und nahm mich in den Arm. Seine Hand landete genau auf der Wunde an meinem Oberarm.

Ich zuckte zusammen, weil die Stelle immer noch empfindlich war.

»Entschuldige!« Er trat einen Schritt zurück und musterte mich eingehend. »Du hättest längst noch mal kommen sollen, damit ich mir das anschaue. Nimm das nicht auf die leichte Schulter, Mia. Mit so etwas ist nicht zu spaßen.«

»Keine Sorge, die Wunde sieht gut aus, Charlotte hat sie mir zweimal frisch verbunden.«

»Ich würde trotzdem lieber noch mal einen Blick darauf werfen. Du musst auch gar nicht erst in die Praxis kommen. Wie wär's, wenn du, Karolin und ich an einem der nächsten Abende zusammen essen gehen? Wie wär's mit Freitagabend? Was meinst du?«

»Ihr könnt auch zu uns kommen, und ich koche endlich mal wieder. Karolin war, glaube ich, noch nie in unserer WG, und du warst auch schon seit Ewigkeiten nicht mehr da.«

»Gute Idee.« Markus suchte über die Köpfe der Gäste hinweg nach Karolin.

Ich folgte seinem Blick und entdeckte sie immer noch in das Gespräch mit Karin Janda vertieft.

»Ich glaube, ich muss mal gehen und sie retten«, sagte Markus mit einem verschwörerischen Augenzwinkern.

»Vor Hubert Jandas Mutter musst du sie ganz bestimmt nicht retten«, meinte ich überrascht. »Ich finde sie überaus sympathisch und einfühlsam.«

»Manchmal muss man einen Menschen vor seiner Vergangenheit retten«, entgegnete er mit gerunzelter Stirn, strich mir kurz über die Wange und machte sich auf den Weg zu Karolin.

34

Ich wollte den Empfang nicht verlassen, ohne ein paar Worte mit Hubert Jandas Mutter gewechselt zu haben. Ihr schien es umgekehrt genauso zu gehen, denn wir steuerten fast gleichzeitig aufeinander zu. Sie begrüßte mich mit einem unglücklichen Lächeln und meinte, es sei um einiges schwerer, jemandem die letzte Ehre zu erweisen, der einem Gewaltverbrechen zum Opfer gefallen sei. Das sei ihr in den letzten Tagen bewusst geworden. Im Nachhinein sei sie fast dankbar dafür, dass sie erst vor Kurzem erfahren habe, dass ihr Sohn ermordet worden war … dass jemand gewollt hatte, dass er stirbt. Bis dahin sei er ein Zufallsopfer gewesen. Auch da könne man mit dem Schicksal hadern, aber mit einem Mord erreiche der Verlust des eigenen Kindes noch einmal eine andere Dimension, obwohl sie das nicht für möglich gehalten hatte. Hubert zu verlieren hatte sie in einen Abgrund gestürzt, der ihr lange bodenlos vorgekommen war.

Ich fragte sie, ob sie sich selbst nicht zu viel abverlangt habe, indem sie zur Trauerfeier gekommen sei. Sie dachte darüber nach, schüttelte dann aber entschieden den Kopf. Sie habe Berna Kiening sehr gemocht, es sei ihr wichtig gewesen, sich auf diese Weise von ihr zu verabschieden. Außerdem habe sie noch nie etwas von Sippenhaft gehalten. Die Familie Nawrath zu meiden, weil einer aus ihrer Mitte ein Mörder sei, komme für sie nicht infrage. Zudem täte sie sich immer noch schwer mit der Vorstellung, dass Niko ihren Sohn getötet haben sollte. Er habe doch gar kein Motiv gehabt.

Zum Abschied strich sie mir zart über die Wange und sagte, ich dürfe sie jederzeit besuchen kommen, sie würde sich sogar freuen. Vor allem, wenn ich in Begleitung von Coco käme.

Ich wollte gerade auf Karolin und Markus zugehen, um mich auch von ihnen zu verabschieden, als Gundula Nawrath mir die Hand auf die Schulter legte und mich zurückhielt. Während des gesamten Empfangs hatte ich einen großen Bogen um sie gemacht, da ich keine Lust hatte, mir weitere Anschuldigungen zu dem Ring anzuhören.

»Da hast du uns ja alle ganz schön an der Nase herumgeführt«, sagte sie in wohldosierter Lautstärke, sodass keiner der Umstehenden sie verstehen konnte. »Fast hätte ich dir geglaubt.«

Anstatt einmal mehr zu beteuern, den Ring nicht gestohlen zu haben, hielt ich ihrem Blick stand und schwieg.

»Ich verstehe nur eines nicht: Warum hast du ihn nicht einfach behalten? Es hätte dir doch niemand etwas nachweisen können.«

»Ihre Schwester hat mir den Ring zugesteckt.«

»So etwas hätte sie niemals getan, sie hatte ihn Karolin zugedacht.«

»Sie hat es getan, und ich habe ihn abgegeben.«

»Warum bei der Kripo? Warum hast du ihn nicht uns gegeben, ihrer Familie?«

»Weil ich glaube, dass Ihre Schwester mir damit etwas sagen wollte, etwas, das sie nicht aussprechen konnte, weil jemand hinter der Tür stand und ihr zuhörte.«

»Du kannst von Niko nicht lassen, nicht wahr? Du musst immer noch eins draufsetzen. Bist du wirklich eine so schlechte Verliererin?«

Ich forschte in ihrem Gesicht nach dem, was ich einmal darin gesehen zu haben glaubte, konnte es jedoch nicht mehr finden. Als hätte es niemals existiert.

»Hast du eine Vorstellung davon, was du mir als Mutter damit antust?«, fuhr sie fort. »Und mir als Ehefrau? Mein Mann ist wegen dieser Geschichte gestorben.« Sie deutete auf Markus, der ein paar Meter von uns entfernt stand, Karolin im Arm hielt und leise mit ihr sprach. »Warum kannst du dir nicht ein Beispiel an Markus nehmen? Er hat zu meiner Tochter gehalten, selbst als sie nicht zusammen waren. Das nenne ich Anstand.« Sie schaute mich an und schien in meinem Gesicht zu forschen, ob dieses Wort irgendetwas in mir auslöste. »Markus hat Karolin von Anfang an geliebt. Ich erinnere mich noch genau, wie er als kleiner Bub sagte, eines Tages werde er sie heiraten.« Ein kleines Lächeln umspielte ihre Mundwinkel. »Und vielleicht bewahrheitet sich das sogar bald. In seiner fürsorglichen Art tut er ihr gut, ganz besonders jetzt. Ich bin froh, dass er sich so gut entwickelt hat. Wenn seine Mutter ihn heute sehen könnte, wäre sie bestimmt stolz auf ihn … und erleichtert.« Sie schien alles um sich herum vergessen zu haben und hielt ihren Blick fest auf Karolin und Markus gerichtet. »Die Differenzen und Missverständnisse, die es gegeben hat, sind ja heute zum Glück vergessen.«

»Welche Differenzen?«, fragte ich aus reiner Höflichkeit, als sie schwieg.

»Markus hat es sich selbst manchmal nicht leicht gemacht. Er war früher sehr verletzlich und leicht in seinem Stolz gekränkt. Erinnerst du dich nicht?«

»Doch, aber warum betonen Sie das so?«

Sie fuhr sich mit beiden Händen über die perfekt zu

einem Knoten gesteckten Haare und prüfte, ob sich irgendwo eine Strähne gelöst hatte. »Er wäre immer gerne etwas Besonderes gewesen … so wie meine Söhne. Aber das hat sich ja nun zum Glück verwachsen.«

»Wie meinen Sie das: etwas Besonderes?«

»Markus war der Sohn unserer Haushälterin, wie du weißt«, sagte sie, als sei das die Antwort auf meine Frage.

»Ja, und?«

»Ich rede hier von Klassenunterschieden. Markus hat sich wegen seiner Herkunft Niko und Dominik gegenüber minderwertig gefühlt.«

»Die drei Jungs haben doch immer zusammen gespielt, die waren wie Pech und Schwefel. Niko war der Anführer, den die anderen beiden bewundert haben. Und dabei …«

»Du warst zu jung, um das zu begreifen«, schnitt sie mir das Wort ab. »Und du hast nur das Spiel gesehen, nicht den Rest.«

»Welchen Rest?«

»Zufällig habe ich damals eine Auseinandersetzung zwischen Markus und seiner Mutter mitangehört. Er hat ihr mit bitterbösen Worten vorgehalten, dass ausschließlich er von uns dazu angehalten würde, dem Gärtner zur Hand zu gehen. Er sei für uns der Lakai, während unsere feinen Söhne auf der faulen Haut liegen durften. Er könne tun, was er wolle, er könne sich noch so sehr anstrengen, er bliebe immer der Sohn der Haushälterin.« Gundula Nawrath drehte ihren Perlenohrring zwischen den Fingern. »Ich konnte seine Verzweiflung damals sogar verstehen, keiner von uns wird den eigenen Stallgeruch jemals los. Deshalb wurde er auch diese Verzweiflung nicht los. Seiner Mutter war das alles immer sehr unangenehm, ganz besonders das, was er sich dann später geleistet hat.« Für einen Moment schien sie aus ihren Erinnerungen aufzutauchen und sich bewusst zu werden, mit wem sie da so vertraulich plauderte. »Aber das ist Schnee von gestern«, sagte sie brüsk und machte Anstalten, sich einem der anderen Gäste zuzuwenden.

»Was kam später?«, hielt ich sie zurück.

»Unschöne Dinge, Mia, sie betreffen dich nicht.«

Ich runzelte die Stirn. »So entstehen Gerüchte. Ist Ihnen das bewusst? Erst loben Sie Markus über den grünen Klee, und dann tun Sie gerade so, als käme er aus der Gosse und habe sich am Familiensilber vergriffen.«

»Vergreifst du dich da nicht gerade im Ton?«

Wir funkelten uns an, bis sie den Blick senkte und so tat, als entferne sie einen Fussel von ihrem Blazer. »Ich wünschte, du würdest mal so für Niko in die Bresche springen.«

»Was kam später?«, wiederholte ich meine Frage.

»Wie du dich sicher erinnerst, war meine Tochter schon einmal zwei Jahre lang mit Markus liiert. Dann hat sie sich wegen Hubert von ihm getrennt. Sie hatte sich verliebt, so etwas passiert. Für Markus ist damals jedoch eine Welt zusammengebrochen. In seiner Verzweiflung hat er meinem Mann und mir vorgeworfen, wir würden dahinterstecken, wir hätten Karolin unmerklich manipuliert. Er hat uns unterstellt, wir würden glauben, er sei nicht gut genug für unsere Tochter. Als dann seine Mutter wegen einer schweren Depression ihre Stelle bei uns gekündigt hat, war er überzeugt, wir hätten sie loswerden wollen.« Sie schob die Hände in die Blazertaschen und trat unruhig von einem Fuß auf den anderen. »Das war eine schwere Zeit für uns alle. Wir hätten sie gerne weiter in dem Gärtnerhaus wohnen lassen, aber wir brauchten den Platz für ihre Nachfolgerin. Es ist ja auch alles gut ausgegangen, zumindest eine Zeit lang. Markus hatte sie zu sich genommen und sich ganz rührend gekümmert. Trotzdem hat sie das Leben nicht mehr ertragen und sich umgebracht, während er in seiner Praxis war.« Gundula Nawrath hob die Hand und winkte Hedwig Konrad zu, die offensichtlich nach ihr Ausschau gehalten hatte, um sich zu verabschieden. »Zum Glück ist das alles inzwischen überwunden. Und wenn ich ihn so zusammen mit Karolin sehe, habe ich den Eindruck, als hätte er seine Mitte gefunden. Es ist ja auch etwas aus ihm geworden, er hat großen Ehrgeiz bewiesen, das sollte man anerkennen. So, jetzt aber genug davon, Mia. Entschuldige mich, ich möchte mich von Frau Konrad verabschieden.«

Die Gedanken, die meinen Kopf stürmten, waren erschreckend und verstörend zugleich. »Einen Moment noch, Frau Nawrath, bitte!«, rief ich, sodass sich ein paar Köpfe neugierig zu uns umdrehten. »Wen hat Ihre Schwester gemeint, wenn sie von dem Jungen gesprochen hat?«, fragte ich um einige Nuancen leiser.

Sie sah mich irritiert an, als müsse sie sich erst in dieser Frage zurechtfinden. »Früher hat sie Markus so genannt. Warum willst du das wissen?«

»Gundula, meine Liebe«, sagte Hedwig Konrad, umarmte Nikos Mutter und tauschte gleich darauf Floskeln mit ihr aus, die perfekt auf den Anlass abgestimmt waren.

»Kennst du Mia?«, stellte Nikos Mutter mich vor.

»Wir hatten vor ein paar Tagen das Vergnügen«, kam ich Janettes Stiefmutter zuvor.

»In der Tat«, sagte sie und lächelte mich überaus freundlich an, um sich gleich darauf wieder an die Gastgeberin zu wenden. »Es war ein wunderbarer Abschied von deiner Schwester, sehr würdig. Lass uns die Tage telefonieren, es gibt sicher viel zu erzählen.« Die beiden umarmten sich ein weiteres Mal und trennten sich dann.

Gundula Nawrath nickte mir zu und wollte gerade gehen, als ich sie zurückhielt. »Wissen Sie zufällig, wie die Kellertüre Ihrer Schwester von innen gesichert ist? Ebenfalls elektronisch wie die Eingangstür?«

»Wenn ich mich recht entsinne, hat sie nur ein normales Schloss und einen Querriegel.« Sie betrachtete mich, als sei ich ihr ein Rätsel. »Was geht nur in deinem Kopf vor? Du warst mal ein so reizendes Mädchen.«

35 In meinem Kopf lief ein Film ab, in dem Markus eine der Hauptrollen spielte. Dieser Film zeigte, wie es gewesen sein könnte: Markus war an Bernas Todestag morgens bei ihr gewesen. Er hatte wie immer einen Hausbesuch gemacht und sich selbst per Fingerabdruck eingelassen. Er hatte seine Patientin behandelt, war wie immer fürsorglich und zugewandt gewesen und hatte aufgehorcht, als sie von ihrer kranken Haushälterin erzählte und von Niko, der später noch auf einen Sprung bei ihr vorbeikommen wollte. Das könnte für ihn der Startschuss gewesen sein. Bevor er das Haus verließ, um in seine Praxis zu fahren, hatte er Berna, die sich vermutlich auf dem Sofa im Wohnzimmer ausruhte, gebeten, sich die Hände waschen zu dürfen, so wie Ärzte es nach einer Behandlung üblicherweise taten. Anstatt jedoch die Gästetoilette aufzusuchen, könnte er in den Keller geschlichen sein, um dort die Kellertür so zu manipulieren, dass er sich später unbemerkt ins Haus schleichen konnte. Vielleicht hatte er sich vor Nikos Eintreffen Zugang verschafft, vielleicht auch erst kurz danach. Dann hatte er das Handy aus Nikos Manteltasche an sich genommen und ihm als tickende Zeitbombe das Tütchen mit dem pulverisierten Beruhigungsmittel untergeschoben. Schließlich hatte er nur abwarten müssen, bis Niko das Haus verlassen hatte, um sich dann ein zweites Mal an diesem Tag um seine Patientin zu kümmern. Bei dieser Vorstellung lief es mir kalt den Rücken hinunter.

Ich sehnte mich danach, mit Grete reden zu können.

Oder mit Charlotte, aber aus der WG waren alle ausgeflogen. Kurz überlegte ich, einen der beiden Kommissare zu kontaktieren, beschloss dann jedoch, damit noch bis zum nächsten Tag zu warten. Erst wollte ich in Ruhe meine Theorie überdenken, denn nichts anderes war es – obwohl es sich längst nicht mehr so anfühlte.

Von Unruhe getrieben, zog ich mir Regenzeug über, leinte Coco an und lief ziellos durch die Straßen, bis ich mich wie von Geisterhand gelenkt vor Toms Haus wiederfand. Während ich einfach nur dastand und auf die Haustür starrte, prasselte der Regen auf uns nieder. Coco drängte sich zwischen meine Füße und machte sich ganz klein, als könne sie den verhassten Tropfen auf diese Weise entkommen.

Als das Handy in meiner Jackentasche klingelte, zog ich es mit nassen Fingern heraus und erkannte Toms Nummer im Display.

»Hallo«, sagte ich leise und suchte die Fenster der Penthouse-Wohnung ab, weil ich glaubte, er habe mich von dort aus beobachtet, aber er war nirgends zu sehen. »Ist etwas mit Bogart?«

»Bogart ist völlig okay.« Er schwieg. »Ich habe mich nur gefragt, was du gerade machst.«

»Ich gehe Erinnerungen nach.«

»Sind sie schön?« Seine Stimme klang rau, aber vielleicht bildete ich mir das auch nur ein.

»Schön, aber auch traurig.« Coco sprang fiepend an mir hoch. Ihr wurde kalt, sie wollte weiter. Als sie zu bellen begann, ging ich in die Hocke und strich ihr beruhigend über das nasse Fell. »Was machst du?«, fragte ich.

»Ich vermisse dich.«

Ich schloss die Augen und badete meine verwundete Seele in diesen drei Worten.

»Mia? Hast du gehört, was ich gesagt habe?«

»Kann man sich bei nur drei Worten irren? Ich meine, kann es sein, dass …?«

»Ich glaube nicht.«

Mein Herz klopfte bis in den Hals. »Tom, meinst du, dass wir …«

»Was?«

Ich nahm all meinen Mut zusammen. »Könnten wir einen Abend lang so tun, als sei das Leben tatsächlich älter als die Vernunft?«

»Nur einen Abend? Und dann?«

»Und dann?«, nahm ich seine Frage auf. »Das weiß man doch nie, da kann man immer nur hoffen. Ich könnte bei dir vorbeikommen … eigentlich stehe ich gerade vor deinem Haus.«

»Ich weiß.«

Ich hob den Kopf und suchte die Fenster ab.

»Hinter dir.«

Einen Moment lang hielt ich die Luft an, dann wandte ich mich langsam um und sah Tom ungefähr zwanzig Meter weiter unter einer Linde stehen. Wir setzten uns beide fast gleichzeitig in Bewegung und trafen uns in der Mitte. Nur ein paar Zentimeter voneinander entfernt blieben wir stehen und sahen uns an. Es kam mir vor wie ein Abtasten, als wollten wir uns vergewissern, dass der andere Wirklichkeit war. Ich überwand die letzten Zentimeter, legte meine Arme um seinen Hals und küsste ihn. Erst ganz vorsichtig, dann als hätte ich ihn nach Jahren endlich wiedergefunden.

Zwei Stunden später wirbelten unsere nassen Sachen im Trockner umeinander. Tom und ich saßen uns in Bademäntel gewickelt auf seinem Sofa gegenüber, aßen Käsebrote und tranken Rotwein. Die Hunde hatten sich in Bogarts Korb aneinandergekuschelt und schliefen.

Erst hatte ich erwogen, Tom nichts von meinen Überlegungen zu den Mordfällen zu erzählen, um ihn nicht wieder zu beunruhigen. Wenn das mit uns jedoch überhaupt eine Chance haben sollte, durfte ich nicht so tun, als gebe es all das nicht. Also erzählte ich ihm von meiner Theorie und baute auf seinen neutralen Blick, da er Markus nicht kannte. Ich schloss mit den Worten, dass ich ihn mir trotz alledem nicht als Mörder vorstellen konnte.

»Wenn du es nicht könntest, hättest du deine Theorie nicht entwickelt«, konterte Tom. »Es geht doch viel eher darum, dass du es nicht willst, weil der Mord nicht ins Bild passt. Zumindest nicht in das Bild, das du dir über die Jahre von ihm gemacht hast. Da passt Nikolai um einiges besser. Oberflächlich betrachtet, bringt er all die abstoßenden Eigenschaften mit, die in unseren Augen einen Mörder ausmachen. Aber bei diesem Markus sind sie vielleicht nur besser verborgen.«

Ich nippte am Rotwein und schob meine Füße unter Toms Oberschenkel. »Wenn er es tatsächlich war, müsste er alles von langer Hand geplant haben. Denk nur an das Medikament in Nikos Badezimmerschrank. Und dann müsste er abgewartet und auf einen Zufall in Form einer idealen Konstellation gehofft haben.«

»Die Haushälterin, die sich krank-, und Nikolai, der sich angemeldet hatte.«

Ich dachte nach. »Vielleicht hat er es sogar vorher

schon mal versucht. Niko hat vehement abgestritten, mich an dem Montagabend im Haus seiner Tante angegriffen zu haben. Zugegeben, das heißt nichts. Aber angenommen, er hat die Wahrheit gesagt, dann könnte es Markus gewesen sein. Vielleicht wollte er Berna schon an dem Abend töten und wurde durch mich gestört.« Ich trank einen Schluck Rotwein. »Das Perfide an dieser Konstellation wäre, dass er am nächsten Tag geradezu ideale Bedingungen vorgefunden hat, um Niko den Mord in die Schuhe zu schieben.«

Tom ließ sich das durch den Kopf gehen. »Das klingt einleuchtend, trotzdem stört mich irgendetwas daran.« Er legte den Kopf in den Nacken und schloss für einen Moment die Augen. »Keiner von uns weiß, wie lange dieses Medikament schon in dem Badezimmerschrank gelegen hat, es spricht aber in jedem Fall für Planung. Und jemand, der so weit vorausschaut, soll auf einen Zufall warten, um eine Frau umzubringen, die nur noch ein paar Wochen zu leben hat?« Er schüttelte den Kopf. »Der will doch, dass es klappt, und zwar um jeden Preis.«

Was Tom sagte, ließ sich nicht von der Hand weisen. »Lass es uns mal anders herum angehen. Welches Motiv könnte ihn getrieben haben? Nach dem, was Nikos Mutter mir gestern erzählte, würde ich darauf tippen, dass er der Familie Nawrath schaden will, um sich an ihnen für all das Unrecht zu rächen, das ihm und seiner Mutter widerfahren ist. Was ihm ja auch gelungen ist, indem er Niko den Mord in die Schuhe geschoben hat. Das trifft die Familie ins Mark. Aber vielleicht hatte er sich mehrere Optionen offengehalten. Er hätte jemand anderen aus ihren Reihen umbringen und es dann womöglich Dominik in die Schuhe schieben können. Wer weiß, wo er sonst noch mögliche Beweise deponiert hat. Und dann kam ebendieser Zufall am Dienstagmorgen, und er hat zugegriffen, hat Niko das Handy gestohlen, ihm die Medikamentenreste untergejubelt und seine Patientin umgebracht.«

»Du hast spekuliert, er habe die Familie Nawrath ins Mark treffen wollen. Aber was ist mit Karolin? Sie gehört auch zur Familie«, gab Tom zu bedenken. »Würde er seiner großen Liebe wirklich so etwas antun?«

»Zurzeit ist er ihr Fels in der Brandung. In seinen Augen könnte es vermutlich nicht besser laufen«, entgegnete ich trocken.

Tom fuhr sich über die Augen, als könne er damit unliebsame Bilder verscheuchen. »Ist dir bewusst, dass er mit alldem durchaus davonkommen könnte? Selbst wenn er kein Alibi für den Mord an Frau Kiening hätte – sein Motiv ist viel weniger offensichtlich als das von Nikolai. Und es gibt weder Beweise noch Indizien, die auf ihn deuten.« Tom stand auf und lief unruhig durchs Zimmer. »Wenn es stimmt, was du dir da zusammenreimst, wäre er derjenige, der Hubert Janda erschossen und auf dich geschossen hat. Ist dir das bewusst?«

Ich nickte und strich mit den Fingern über meinen Oberarm. »Und meine Schussverletzung hat er dann auch noch versorgt.«

»Hast du dabei auch nur den Anflug eines komischen Gefühls gehabt?«, fragte Tom.

Ich schüttelte den Kopf. »Nein … überhaupt nicht.«

Tom schlief noch fest, als ich um halb fünf bei ihm aufbrach. Ich ließ einen Zettel auf meinem Kopfkissen zurück, nahm Bogart gleich mit und lief eine halbe

Stunde mit den Hunden durch den Regen. Zu Hause rubbelte ich sie trocken, duschte und machte Frühstück für drei in der Hoffnung, Charlotte und Lukas kurz zu sehen.

Um Viertel vor sechs saßen wir alle um unseren Küchentisch herum. Lukas war aufgekratzt und schwärmte uns mit strahlenden Augen von Liese vor, was Charlotte mit der Ankündigung quittierte, sie habe morgen Abend ein Date mit dem Bruder eines Kunden, der gestern eine Trainingsstunde mitgemacht und allem Anschein nach ein Auge auf sie geworfen hatte.

»Und du?«, fragte Lukas sie mit einem Grinsen.

»Ich habe seinen Blick erwidert«, antwortete Charlotte, die für ihre Verhältnisse um diese Uhrzeit ungewohnt redselig war. »Irgendjemand muss mich doch trösten, nachdem mir Liese mit ihrem Chihuahua den Rang abgelaufen hat.« Sie erwiderte sein Grinsen.

»Ich wünschte, ich hätte etwas von eurer Leichtigkeit, wenn es um Beziehungen geht«, sagte ich und sah zwischen beiden hin und her.

»Kein Grund, neidisch zu sein, bei uns ging es ausschließlich um Sex.« Charlotte zwinkerte Lukas zu. »Worum ging es eigentlich bei dir heute Nacht?« Sie schob ihren Teebecher beiseite und tippte auf Toms Eintrag auf dem Küchentisch. »Hast du ihm die Vernunft austreiben können?«

Ich schaute auf Toms Worte und lächelte. »Zumindest habe ich es versucht.«

Charlotte und Lukas klatschten sich ab. »Darauf haben wir gewettet«, sagte Lukas.

»Gewettet?«, fragte ich verdattert. »Und wer hat gewonnen?«

»Wir haben beide das Gleiche gewettet. Wäre nämlich echt eine Verschwendung gewesen, wenn ihr nicht zusammengekommen wärt.«

»Wir sind nicht *zusammengekommen*«, protestierte ich. »Es ist erst einmal nur …«

»Ein Versuch«, nahm Charlotte mir das Wort aus dem Mund. »Sonst bist du doch auch nicht so vorsichtig! Apropos …« Mit einem Mal wurde sie ernst. »Bei Vorsicht muss ich sofort an Ute denken. Hast du etwas von ihr gehört?«

»Sie hat mich vorgestern Nacht aus der Klinik angerufen.«

»Haben sie das Schwein?«, fragte Lukas.

»Ich glaube nicht. Jedenfalls wusste sie noch nichts Neues. Morgen ist die Beerdigung. Kommt ihr mit?«

Beide sahen mich an, als wäre ich von allen guten Geistern verlassen. Lukas ergriff zuerst das Wort. »Die Frage stellt sich doch gar nicht.«

Obwohl ich mich in der Nacht im Hofgarten längst von Grete verabschiedet hatte, würde ihre Beerdigung mir einiges abverlangen. Aber das war erst morgen, versuchte ich, mich zu trösten, und holte mir Grete vor mein inneres Auge. Für einen Moment spürte ich ihre Präsenz, als stünde sie neben mir. Ich fragte mich, was sie an meiner Stelle getan hätte, und fasste einen Entschluss.

Während ich auf dem Parkplatz die Hunde auslud, rief ich Kommissar Tannreuther an und fragte, ob er heute ein paar Minuten Zeit für mich hätte, ich müsse dringend mit ihm reden. Ich schlug vor, nach meiner Hunderunde bei ihm im Büro vorbeizukommen. Er fragte, wo ich gerade sei, und machte den Gegenvorschlag, mich ein kurzes Stück zu begleiten, er sei ganz in meiner Nähe. Keine zehn Minuten später stieg er aus seinem Wagen, öffnete die Heckklappe, wechselte seine Schuhe gegen Gummistiefel und zog eine Mütze über seine Glatze.

»Der kleine Ausflug ins Grüne scheint Ihnen beim letzten Mal gefallen zu haben«, begrüßte ich ihn.

Er schlug seinen Mantelkragen hoch, spannte den Schirm auf und kam mit schnellen Schritten auf mich zu. »Und Sie scheinen mir nicht mehr böse zu sein.«

»Wegen des Ringes?« Ich schüttelte den Kopf. »Ich bin nicht nachtragend.«

Mit einer übertriebenen Geste legte er sich die Hand aufs Herz. »Das erleichtert mich ungemein.«

»Hier draußen sind Sie viel netter als in Ihrem Büro.«

»Das bleibt besser unser Geheimnis«, meinte er mit einem Augenzwinkern.

Ich gab den Hunden ein Zeichen für den Aufbruch und bedeutete dem Beamten, mir zu folgen. »Danke übrigens, dass Sie gekommen sind. Hier redet es sich leichter, vor allem, weil ...« Ich stockte. Er würde mich für übergeschnappt halten.

»Haben Sie noch mehr unterschlagen?«, fragte er wachsam.

»Ich habe den Ring nicht unterschlagen, ich bin nur nicht gleich damit zu Ihnen gekommen.«

Ihm war anzusehen, dass er sich immer noch schwer damit tat, mir zu glauben.

»Es ist wichtig, dass Sie mir die Sache mit dem Ring abnehmen. Er ist ein ganz zentrales Element bei dem, was ich Ihnen zu sagen habe.«

Nach kurzem Zögern gab er sich einen Ruck. »Also dann los – raus damit!«

»Könnten wir gewissermaßen inoffiziell miteinander reden?«

»Die Frage kann ich Ihnen erst beantworten, wenn ich weiß, worum es geht.«

»Niko Nawrath ist noch in Haft, oder?«

»Ja.«

»Ich habe gehört, dass Sie seine Schwester verhört haben.«

»Wie immer sind Sie gut informiert.« Er drehte seinen Schirm, um das Wasser abzuschütteln.

Wir gingen nebeneinanderher, ohne uns anzusehen. Kommissar Tannreuther schien mit jedem einzelnen Blick die Natur aufzusaugen, während ich die Hunde nicht aus den Augen ließ.

»Bedeutet die Tatsache, dass Sie mit Karolin gesprochen haben, dass Sie nicht ausschließlich Niko im Fokus haben, sondern auch Alternativen in Betracht ziehen?«

Er blieb stehen und sah mich an. »Ich weiß zwar nicht, worauf das Ganze hier hinausläuft, Frau Kaminski, aber nur mal so viel zu unserer Arbeit: Alles, was wir bisher an Spuren, Indizien und Zeugenaussagen gesammelt haben, unterziehen wir einer Plausibilitätsprüfung. Wir entwickeln Hypothesen über den Tathergang und gleichen diese Hypothesen mit der Wirklichkeit ab, in der Hoffnung, dass zum Schluss nur eine Möglichkeit bleibt. Das hat übrigens nichts mit diesem Schubladendenken zu tun, das Sie uns vorgeworfen haben.«

»Entschuldigung!«

»Akzeptiert. So, und worum geht es jetzt?«

Fast gleichzeitig setzten wir uns wieder in Bewegung. »Ich glaube, dass Sie sowohl mit Niko als auch mit Karolin auf der falschen Fährte sind.« Beherzt erzählte ich ihm von meinen Spekulationen, obwohl er mich die ganze Zeit über so ansah, als sei er im falschen Film gelandet. »Frau Kiening hat Markus Langhorst früher *den Jungen* genannt. Und sie hat am Tag ihres Todes an der Tür von dem Jungen geredet und erst im nächsten Satz von Niko. Dazwischen war so ein Moment der Verzögerung.«

»Sie war krank und im Sprechen eingeschränkt.«

»Sie hat gezögert«, beharrte ich. »Haben Sie sich mal gefragt, wozu Niko dieses Medikament hätte benutzen sollen?«

»Selbstverständlich! Mit dem Beruhigungsmittel war seine Tante ihm völlig ausgeliefert.«

»Das wäre sie doch ohnehin gewesen. Selbst ich hätte Frau Kiening überwältigen können.«

»Und Ihre Theorie?«

»Ich glaube, dass es bei dem Mord an ihr darum ging, Niko die Tat in die Schuhe zu schieben und damit die Familie Nawrath ganz empfindlich zu treffen. Das Beruhigungsmittel hatte er vorsorglich bei Niko deponiert. Und dann hat ihm der Zufall in die Hände gespielt: die Haushälterin, die krank wurde, Niko, der seine Tante besuchte und sein Handy in der Manteltasche ließ, wo Markus es gegen das Pulvertütchen austauschte. Und schließlich ich, die vorbeikam, um Coco abzugeben, und die er als Zeugin missbrauchen konnte.«

»Für meinen Geschmack sind das zu viele Zufälle, Frau Kaminski. Sie wollen mich glauben machen, der Mann deponiert das Beruhigungsmittel in Nikolai Nawraths Badezimmerschrank im Vertrauen darauf, dass das Schicksal ihm dann passgenau eine günstige Gelegenheit für einen Mord in die Hände spielt?«

»Vielleicht hat es ja nicht nur dieses Pillendöschen in Nikos Schrank gegeben, vielleicht hat er auch Dominik etwas untergeschoben, das er hätte nutzen können. Markus geht seit einiger Zeit wieder bei der Familie ein und aus. Es kann nicht schwierig für ihn gewesen sein. Aber bleiben wir bei Niko. Selbst wenn es diese Zufälle nicht gegeben hätte, bin ich überzeugt, dass es Markus gelungen wäre, sein Ziel zu erreichen und ihn ans Messer zu liefern. Ich glaube sogar, dass er es an dem Montagabend vor dem Mord versucht hat, dass er derjenige war, der mich im Haus von Frau Kiening angegriffen hat.« Ich holte tief Luft. »Wenn man Niko gut kennt, und das trifft auf Markus zu, dann kennt man auch seine Gewohnheiten. Niko geht meist morgens vor dem Büro joggen, oft aber auch noch mal abends. Und dann lässt er sein Handy immer zu Hause. Markus hätte Frau Kiening auch in einem solchen Zeitfenster umbringen können, und Niko hätte vermutlich nicht beweisen können, wo er gewesen war. Ihm wäre sicher noch einiges eingefallen, um den Verdacht auf Niko zu lenken. Vielleicht hätte Markus sogar selbst behauptet, Niko bei dessen Tante gesehen zu haben. Ihnen muss ich doch nicht erklären, dass es reine Indizienprozesse gibt. Ich …«

»Frau Kaminski …«, versuchte er, mir Einhalt zu gebieten.

»Nein, warten Sie … bitte! Lassen Sie es mich zu Ende bringen. Ich halte es nämlich auch für möglich, dass Markus sich rechtzeitig, bevor Niko aufgehört hat zu rauchen, eine Zigarettenkippe von ihm gesichert hat, um sie später am Tatort zu hinterlassen. Deponiert hat er sie dann letztendlich an der Stelle, von der aus auf mich geschossen wurde. Und bedenken Sie den

Mord an Hubert Janda. Er geschah in dem Wald, in dem Niko oft joggte, und er ist dann ja auch ganz folgerichtig in Verdacht geraten.«

Ihm war anzusehen, dass er sich mit seinen nächsten Worten schwertat. »Frau Kaminski«, begann er in gutmütigem Tonfall. »Sie versuchen da gerade, die Indizien, die für Nikolai Nawrath als Täter sprechen, umzumünzen. Tun Sie das, weil Ihnen unterstellt wurde, sich an Ihrem Exfreund rächen zu wollen? Versuchen Sie deshalb, von ihm abzulenken?«

»Das trauen Sie mir zu?«, fragte ich, um mich gleich darauf zu korrigieren. »Blöde Frage. Sie trauen mir ja auch zu, den Ring gestohlen zu haben.«

»Ich traue in einen *Mordfall* verwickelten Personen eine ganze Menge zu. Er macht etwas mit den Menschen im Umfeld des Opfers. Er schürt Verdächtigungen und Misstrauen selbst da, wo es nicht angebracht ist. Mit dem gewaltsamen Tod eines Menschen konfrontiert, wird die reine Ratio oft ausgehebelt, weil wir uns alle danach sehnen, dass das Verbrechen aufgeklärt wird – und das so schnell wie möglich. Wir alle versuchen damit unbewusst, ein Gefühl von Sicherheit wiederherzustellen, das uns abhandengekommen ist. Aber das gelingt nicht, das kann es gar nicht, denn eine solche Tat hinterlässt ihre Spuren.«

Eine Weile liefen wir schweigend nebeneinanderher. Während der Regen auf seinen Schirm prasselte, suchte ich händeringend nach Argumenten, um ihn zu überzeugen. »Ich verstehe ja, dass Sie Schwierigkeiten haben, in Markus Langhorst einen Mörder zu sehen. Das ging mir anfangs auch so. Er hat Berna Kiening sehr gemocht, er war sehr liebevoll zu ihr, und dennoch halte ich es für möglich, dass er es gewesen ist. Vielleicht hat er es sich so zurechtgelegt, dass er ihr damit sogar hilft, da sie ohnehin nicht mehr lange zu leben hatte.«

»Auf die Gefahr hin, mich zu wiederholen«, sagte er geduldig, »es gibt keinen einzigen Beweis, der auf den Arzt deutet, nicht einmal ein schwaches Indiz.«

»Doch, es gibt diese Briefe! Der an Niko fehlt, haben Sie gesagt.«

»Das ist kein Beweis. Außerdem haben Sie selbst ganz richtig gesagt, Frau Kiening hätte den Brief womöglich noch gar nicht geschrieben oder ihn nach dem Vorfall am Montagabend zerrissen, um ihn neu zu formulieren.«

»Hat irgendjemand von diesen Briefen gewusst? Hat sie ihrer Familie davon erzählt?«

»Soweit wir wissen nicht, aber das heißt nichts.«

»Sie könnte Markus im Vertrauen davon erzählt haben. Seinem Arzt vertraut man vieles an, da steht immer die Schweigepflicht im Raum.«

»So können Sie nicht an die Sache herangehen, Frau Kaminski. Alles, was Sie anführen, bewegt sich ausschließlich im Bereich der Spekulation. Haben Sie eine Vorstellung davon, wie viele Menschen sich zurückgesetzt und minderwertig fühlen? Wie viele von Eifersucht zerfressen sind? Nur ein Bruchteil von ihnen begeht eine Gewalttat. Es gibt nämlich immer auch einen anderen Weg, damit umzugehen. Wir alle haben die Wahl.«

»Das Gleiche gilt für Leute, denen die Firmenanteile vorenthalten werden, mit denen sie fest gerechnet haben. Oder denen gegen ihren Willen in der Unternehmensführung jemand zur Seite gestellt wird. Mir ist bewusst, dass ich spekuliere und keinerlei Beweise habe, aber finden Sie es nicht wenigstens sinnvoll, darüber nachzudenken?« Ich ließ ihm keine Zeit zu antworten. »Nehmen Sie nur mal all die Fehler, die Niko gemacht haben soll und die überhaupt nicht zu ihm passen. So dilettantisch wäre er nie im Leben vorgegangen. Das hat mich von Anfang an gestört und zunächst an seiner Schuld zweifeln lassen.«

»Solch ein Verbrechen macht nicht nur etwas mit den Opfern, sondern auch mit den Tätern, glauben Sie mir. Da können übliche Handlungsschemata durchaus ausgehebelt werden.«

»Was ist mit diesem Zeitungsausträger?«, überging ich seinen Einwand. »Frau Kienings Nachbarin hat mir von ihm erzählt. Sind Sie dem nachgegangen? Markus könnte sich als Austräger verkleidet zum Haus zurückgeschlichen haben und durch die Kellertür, die er am Morgen manipuliert hatte, Zugang zum Haus verschafft haben.«

Traugott Tannreuther gab einen tiefen Seufzer von sich.

»Ich weiß, ich nerve«, gab ich zu, »aber aufgeben war noch nie eine meiner Stärken.«

»Man sollte aber den Moment erkennen, von dem an es sinnvoll ist.«

Ich blieb stehen und hielt seinen Blick fest. »Können Sie mir die Hand darauf geben, dass Sie die Sache mit dem Ring verstehen, dass sich Ihnen erschließt, warum Frau Kiening ihn mir in die Tasche gesteckt hat?«

»Nein, das kann ich nicht, ich bin mir aber auch nicht mal sicher, dass es so gewesen ist.« Er hielt meinem Blick stand. In seinen Augen lag ein warmherziger Ausdruck. »Ich mag Sie, Frau Kaminski, und das, obwohl Sie manchmal fürchterlich nerven und diesen Ring vielleicht sogar gestohlen haben. Sie sind mir sympathisch, ich glaube, das wissen Sie. Aber erwarten Sie bitte nicht von mir, dass ich mich davon leiten lasse. Das tue ich nicht.« Er hielt inne und schien zu prüfen, ob mich die Botschaft erreichte. »Zu Ihrer Beruhigung: Ich kann Ihnen versichern, dass Doktor Langhorst sich bei seiner Befragung in keinerlei Widersprüche verstrickt hat. Alles, was er gesagt hat, ist nachvollziehbar und schlüssig.«

»Was ist mit Karolin?«

»Wir haben sie aus einem einzigen Grund noch einmal befragt, um nichts außer Acht zu lassen. Aber sie ist raus, was die beiden Morde betrifft.«

»Und Sie hegen keinerlei Zweifel an Nikos Schuld?«

»Sagen wir mal so: Ich bin zu achtzig Prozent davon überzeugt, dass er beide Morde begangen und auch auf Sie geschossen hat.«

36

Damit fehlten zwanzig Prozent an seiner Überzeugung. Bei mir verhielt es sich inzwischen genau umgekehrt: Trotz der vielen Indizien, die für Niko als Täter sprachen, und trotz der schlechten Erfahrungen, die ich mit ihm gemacht hatte, war ich zu achtzig Prozent von seiner Unschuld überzeugt.

Blieben meine Spekulationen, dass Markus es gewesen sein könnte, und Kommissar Tannreuthers Einwände, dass ich mich damit verrannte. Damit mochte er recht haben, dennoch ließ sich diese Möglichkeit nicht völlig von der Hand weisen. Auch wenn es nicht einmal den leisesten Hinweis auf ihn als Täter gab, hätte er für beide Morde ein Motiv gehabt. Genau wie Niko, gab meine innere Stimme zu bedenken. Seine möglichen Motive waren zwar anders gelagert, aber sie würden sowohl einen Richter als auch einen Staatsanwalt überzeugen, und das womöglich so grundlegend, dass er verurteilt wurde.

Wer war Bernas letzter Gast gewesen? Aus welchem Grund hatte sie mir ihren Ring zugesteckt? Es fiel mir schwer, es so wie Kommissar Tannreuther zu machen und mit diesem Fragezeichen zu leben. Einmal mehr sehnte ich mich nach Grete und ihrem unverstellten Blick.

Während ich am frühen Freitagnachmittag in einer kleinen Runde von Menschen, die sie ebenfalls geliebt hatten, an ihrem Grab stand, in das die Urne hinuntergelassen wurde, dachte ich an unsere Zigarettengespräche mitten in der Nacht – an wechselnden Orten, die sie sich für ihre Ausflüge auserkoren hatte. Ich würde sie nie wieder suchen und finden.

Charlotte und ich stützten Ute, die sich kaum auf den Beinen halten konnte und in einem fort schluchzte. Die Pastorin sprach in einer Weise über Grete, die mich erahnen ließ, dass Ute ihre Mutter letztlich doch in ihrem Wesen erkannt hatte. Von wem sonst hätte sie all die Informationen über diesen liebevollen Freigeist haben können, der sich uns allen ins Herz gebrannt hatte. Sie sprach von Gretes Toleranz, von ihrem Humor, ihrem fast kindlichen Übermut, den sie sich bis ins Alter bewahrt hatte. Sie sprach von einer Großzügigkeit des Herzens und einem unfassbaren Verlust für die Menschen, die sie geliebt und geschätzt hatten.

Nachdem ich am späten Nachmittag noch einmal bei Ute vorbeigesehen hatte, um mich zu vergewissern, dass sie zurechtkam, telefonierte ich mit Tom und erzählte ihm von der Beisetzung. Er hörte sich alles geduldig an und bedauerte, nicht bei mir sein zu können. Er versprach, mich nach dem Essen mit seinem Kunden auf dem Heimweg abzuholen, damit wir das Wochenende gemeinsam verbringen konnten. Morgen wollten wir mit Coco und Bogart an den Chiemsee fahren und dort wandern. Tom meinte, ich bräuchte dringend einen Tapetenwechsel, um auf andere Gedanken zu kommen. Ich wollte ihn nicht desillusionieren, aber ich glaubte nicht, dass ein Tapetenwechsel reichen würde.

Kaum hatten wir aufgelegt, duschte ich ausgiebig, holte meine Lieblingsstücke aus dem Kleiderschrank, zog mich an und packte fürs Wochenende. Die Vormittage waren zwar für meine Hunderunden verplant, aber die Stunden für die Nachmittagshunde hatte ich ausnahmsweise einmal verlegt. Während ich überlegte, mir auf Dauer die Nachmittage an den Wochenenden frei zu halten, damit mir genügend Zeit für Tom blieb, musste ich über mich selbst lachen. Wir hatten uns gerade mal einen Abend und eine Nacht lang wieder angenähert, und ich schmiedete bereits Zukunftspläne. Aber was sprach schon dagegen?

Ich hatte den Reißverschluss meiner Reisetasche gerade zugezogen, als es klingelte. Lukas war mit Liese unterwegs und Charlotte mit dem Bruder ihres Kunden verabredet. Ute, schoss es mir durch den Kopf. Ich hatte ihr gesagt, sie solle runterkommen, falls sie es alleine in der Wohnung nicht aushielte. Ich lief zur Tür, öffnete, entdeckte jedoch niemanden im Hausflur. Als es zum zweiten Mal klingelte, drückte ich den Türöffner für die Haustür.

Mit einer Flasche Sekt in der Hand kam Markus die Treppe hoch. Sekundenlang fröstelte ich, als wehe mir mit ihm ein kühler Luftzug entgegen.

»Karolin ist noch bei ihrer Mutter«, sagte er anstelle einer Begrüßung. »Gundula geht es nicht so gut, aber Karolin versucht, sich loszueisen und nachzukommen.« Er forschte in meinem Gesicht. »Du hast es vergessen?«

»Ich …« Blitzschnell rief ich mir unser Gespräch während des Trauerempfangs ins Gedächtnis. Wir hatten den Freitagabend ins Auge gefasst, aber nichts fest ausgemacht. Oder doch?

»Du hast es vergessen«, sagte er enttäuscht.

In einer entschuldigenden Geste breitete ich die Hände aus. »Tut mir leid, Markus, ehrlich. Ich bin noch etwas durch den Wind, Grete Gottwald ist heute beigesetzt worden, das hat mir ziemlich zugesetzt. Unsere Verabredung muss mir deshalb irgendwie durchgerutscht sein.«

»Kein Problem! Hast du irgendetwas im Kühlschrank, aus dem sich etwas zaubern lässt?«

Alles in mir sträubte sich, ihn in die Wohnung zu lassen. »Wir könnten unten zum Italiener gehen und Karolin Bescheid geben, dass sie dorthin nachkommt«, schlug ich vor.

Markus atmete erschöpft aus. »Hast du eine Vorstellung, wie viele Menschen ich heute um mich hatte? Mir wäre ein ruhiger Ort lieber.«

»Und wenn wir es auf morgen verschieben?«

»Mia, bitte …« Er stieß einen Seufzer aus und hielt mir den Sekt hin. »Ich habe mich extra auf den Weg gemacht. Ich bin müde und hungrig …«

Zögernd nahm ich die gekühlte Flasche entgegen. »Ich kann dir aber nur einen Teller Spaghetti mit Mozzarella und Tomate anbieten.«

»Perfekt!« Markus folgte mir in die Küche und legte seinen Mantel über die Stuhllehne »Soll ich dir helfen?«, fragte er halbherzig.

Ich stellte zwei Gläser auf den Tisch und die Flasche dazu und bedeutete ihm, sie zu öffnen. Mit einem Seufzer ließ er sich am Tisch nieder. Gleich darauf hörte ich hinter mir das Plopp des Korkens. Im selben Moment sprang Coco aus ihrem Körbchen und drückte sich an mein Bein. Ich beugte mich zu ihr und streichelte sie. Als ich mich erhob, begann sie jämmerlich zu fiepen und sprang an mir hoch. Mit einem mulmigen Gefühl nahm ich sie zwischen meine Beine, damit sie sich beschützt fühlte, setzte Wasser für die Nudeln auf und begann, die Tomaten zu waschen. Die Gedanken, die mich bedrängten, versuchte ich auszuschalten.

»Bleibt sie jetzt eigentlich bei dir?«, wollte Markus wissen, während er Sekt in die Gläser füllte.

»Nein, ich hatte nur noch keine Zeit, nach einem geeigneten Platz zu suchen. Frau Kiening hatte sich ja gewünscht, Karolin würde sie nehmen, aber …«

»Ich weiß«, fiel er mir ins Wort, »sie hat abgelehnt. Du musst sie verstehen, mit einem Hund wäre sie viel zu sehr gebunden.«

Coco hatte zwischen meinen Beinen begonnen, heftig zu zittern.

»Was ist los mit ihr?«, wollte Markus wissen. Er beugte sich vor, um den Pudel besser betrachten zu können.

»Irgendetwas wird sie mit dem Plopp von Sektkorken verbinden«, antwortete ich leichthin und wider besseres Wissen, denn Coco war schussfest und gegen derartige Geräusche immun. »Das Problem haben leider viele Hunde.« Nach außen hin um Gelassenheit bemüht holte ich ein Wienerle aus dem Kühlschrank und lockte Coco damit in mein Zimmer. Zumindest sollte es für Markus so aussehen, als würde ich sie locken. Was der Hund in Wirklichkeit tat war flüchten. Mit eingeklemmter Rute sprang sie in ihr Körbchen und drehte den Kopf zur Seite, als ich ihr die Wurst vor die Nase hielt. Wenn es überhaupt noch einer Bestätigung meines Verdachts bedurft hätte, dann war ihre Reaktion Antwort genug. »Verstehe«, flüsterte ich und kuschelte sie in einen meiner Pullis, damit sie sich geborgen fühlte.

»Alles in Ordnung?«, fragte Markus von der Tür her.

Ich hatte ihn nicht kommen hören und fuhr erschrocken herum. Nur Sekunden später zwang ich ein Lächeln auf mein Gesicht. »Sie ist immer noch ziemlich durcheinander. Am besten lasse ich sie jetzt hier, dann hat sie ihre Ruhe.« Ich stand auf und bedeutete

Markus, mir zurück in die Küche zu folgen. Während ich ihm durch den Flur vorausging, überschlugen sich meine Gedanken. Cocos Reaktion war eindeutig gewesen, aber sie war kein Beweis – nichts, was der Kripo für einen Anfangsverdacht ausreichen würde. Markus würde mit zwei Morden davonkommen. Der Gedanke traf mich wie ein Vorschlaghammer.

Auf dem Herd sprudelte inzwischen das Nudelwasser und ließ den Topfdeckel scheppern. Ich nahm ihn ab, gab zwei Packungen Spaghetti in den Topf und stellte die Uhr, während mein Überlebensinstinkt mich mit aller Macht drängte, augenblicklich alles stehen und liegen zu lassen, mir Coco zu schnappen und so schnell wie möglich die Wohnung zu verlassen. Meine Vernunft hielt mich jedoch zurück. Es konnte alles Mögliche geschehen, wenn Markus begriff, dass ich vor ihm davonlief. Solange er nicht wusste, was in mir vorging, würde er sich durch mich nicht bedroht fühlen. Wir würden gemeinsam essen, uns über dies und das unterhalten und uns dann verabschieden – vorausgesetzt, er bekam nichts von meiner Angst mit.

»Wer soll denn das nur alles essen?«, fragte Markus erstaunt, als er sich wieder am Tisch niederließ.

»Lukas und Charlotte stoßen gleich noch dazu, und vielleicht auch noch Tom, mein Freund. Mit Karolin wären wir dann zu sechst, und ich allein habe schon einen Bärenhunger.« Auf dem Weg zum Kühlschrank warf ich einen Blick aus dem Küchenfenster auf die gegenüberliegende Hausfassade. Dort waren mehrere Fenster erleuchtet. Ich wandte mich ab, holte zwei Päckchen Mozzarella aus dem Kühlschrank und begann, ihn klein zu schneiden.

»Karolin isst wie ein Spatz. Kein Wunder, das alles

nimmt sie fürchterlich mit. Nikos Anwalt hat einen weiteren Versuch unternommen, ihn aus der Untersuchungshaft freizubekommen. Er behauptet, die Kripo hätte sich von Anfang an ausschließlich auf ihn fokussiert, aber das ist Blödsinn.« Markus trank einen großen Schluck Sekt. »Sie haben uns doch alle genauestens unter die Lupe genommen, selbst mich, und ich habe nicht einmal ein Alibi gehabt.« Er klang fast so, als sei er stolz darauf.

»Hattest du keine Praxis?«

»An dem Tag war so herrliches Wetter, dass ich meine Hausbesuche auf den Abend verschoben habe und laufen war.« Sein Stuhl quietschte über den Küchenboden.

Ich fuhr herum und sah, dass er etwas vom Tisch abgerückt war, um seine Beine ausstrecken zu können. »Du bist ganz schön schreckhaft, Mia. Aber das ist ja auch kein Wunder bei all dem, was du in den vergangenen Wochen erlebt hast.« Seine Stimme klang einfühlsam. »Kannst du überhaupt schlafen, oder grübelst du nachts? Verfolgen dich Bilder?«

Ich spürte seinen Blick wie tausend kleine Nadeln in meinem Rücken. »Bist du als Freund gekommen oder als Arzt?« Inzwischen war das Fenster vom Wasserdampf beschlagen. Ich stellte es auf Kipp und lehnte mich gegen die Fensterbank. »Mach dir keine Gedanken, mir geht es gut.«

»Niko hat auf dich geschossen, eine solche Erfahrung lässt sich nicht so leicht abschütteln. Manche Menschen entwickeln nach derartigen Erlebnissen eine posttraumatische Belastungsstörung. Damit ist nicht zu spaßen.«

»Ich bin ja außer Gefahr, er kann mir nichts mehr tun.«

»Sei dir da nicht so sicher. Sein Anwalt wird nicht aufgeben, er wird weiter versuchen, ihn rauszuhauen.«

»Das wird ihm nicht gelingen. Außer Niko hatte niemand ein Motiv, Frau Kiening zu töten«, sagte ich fest und hoffte, die Diskussion damit zu beenden.

»Glaub mir: Diesem Anwalt wird schon irgendjemand einfallen. Der wird versuchen, es so darzustellen, als versuche der eigentliche Täter, Niko die beiden Morde in die Schuhe zu schieben.«

»Du meinst, weil Niko nicht so dilettantisch vorgegangen wäre? Das habe ich im ersten Moment auch geglaubt, aber dabei habe ich wohl unterschätzt, wie sehr eine Situation eskalieren kann.« Ich ging zurück zum Herd und rührte die Nudeln um. »Lass uns über etwas anderes reden, bitte! Ich will endlich mit der ganzen Sache abschließen.«

»Ich warte nur darauf, dass er mich ins Visier nimmt«, sinnierte er, als habe er meine Bitte gar nicht gehört.

»Wer? Der Anwalt? Das ist doch Blödsinn! Du hast doch überhaupt kein Motiv. Niko und du ... ihr seid von klein auf befreundet, und du gehörst quasi zur Familie.«

Markus blies Luft durch die Nase und trank sein Glas leer. »Danke für dein Plädoyer! Ich muss dich nur in einem Punkt korrigieren: Zu dieser Familie gehörst du nicht, wenn du der Sohn der Haushälterin bist. Hast du nie mitbekommen, wie sie mit mir geredet haben?«

»Wer? Niko und Dominik?«

»Nein, ihre Eltern. Ihr Standardsatz war, ich sei ein netter Junge. Dabei hat immer ein *Aber* mitgeschwungen.« Er goss sich Sekt nach, nahm das Glas und lief unruhig in der Küche umher. »Sie haben schon ganz früh versucht, mir mit lauter kleinen Gesten und

Bemerkungen meinen Platz zuzuweisen.« Er war auf dem besten Weg, sich in Rage zu reden.

»Du hast dir deinen Platz erobert«, versuchte ich, ihn von seinem beängstigenden Kurs abzubringen. »Denk an Karolin … ihr beide seid ein so wunderbares Paar. Lass die Vergangenheit ruhen, die spielt doch jetzt keine Rolle mehr«, sagte ich gegen jede Überzeugung, gab währenddessen Tomaten, Mozzarella, Salz und Olivenöl in eine Schüssel und mischte alles durch.

»Dich haben sie nie so behandelt, du warst in ihren Augen ja auch standesgemäß.«

Ich stützte mich auf der Arbeitsplatte ab, schloss kurz die Augen und versuchte, das Zittern zu unterdrücken, das durch meinen Körper ging. »Selbst wenn es so war«, hob ich an, »unter uns Kindern hat es nie eine Rolle gespielt.«

»Für dich mag es keine gespielt haben, und für Karolin auch nicht, aber Niko und Dominik haben mich das mehr als einmal spüren lassen. Ganz besonders Niko, für ihn war ich auch nur der Sohn der Haushälterin.«

Ich drehte mich zu ihm um und versuchte, seinen Blick festzuhalten, der unstet durch die Küche irrte. »Das war bestimmt nicht leicht für dich, aber es ist vorbei. Hörst du? Du hast ihnen allen gezeigt, was in dir steckt, und das allein zählt.« Als könne man die Vergangenheit abschütteln. Sie war ein Teil von ihm, so wie sie ein Teil von mir war.

Er atmete mit einem Schwall aus, als hätte er die Luft angehalten. »Für meine Mutter war es noch viel schwerer, sie musste all die Jahre dabei zusehen, ohne etwas daran ändern zu können. Sie hat natürlich immer versucht, es kleinzureden, um mich zu trösten, aber …«

Der Wecker für die Nudeln schrillte und ließ mich

einmal mehr zusammenzucken. Reiß dich zusammen, Mia! Ich atmete tief durch, probierte eine Nudel und stellte den Wecker noch einmal für zwei Minuten. »Willst du mal versuchen, Karolin zu erreichen, ob sie es noch rechtzeitig zum Essen schafft?« Als er nicht antwortete, hakte ich nach. »Markus?« Ich erreichte ihn nicht.

»Als sie krank wurde, haben sie sie einfach fallen gelassen. Das hat sie nicht überwunden.« Er gab einen unartikulierten Laut von sich und stellte sich ans Fenster. »Mit Ausnahme von Karolin ist das eine durch und durch gnadenlose Familie. Deshalb habe ich auch kein Mitleid mit Niko, mit ihm hat es ganz sicher nicht den Falschen getroffen. Ich hoffe nur, dass es für Karolin nicht noch ein Nachspiel geben wird.«

»Inwiefern?«

»Nikos Anwalt wird womöglich versuchen, die Sache mit dem Ring gegen Karolin ins Feld zu führen. Auch dass es ein Leichtes für sie gewesen wäre, die Beweise gegen Niko zu manipulieren. Außerdem hätte Frau Kiening ihr sicher die Tür geöffnet, wenn Karolin hätte vermeiden wollen, sich selbst per Fingerabdruck einzulassen.«

Ich stellte ein Sieb in die Spüle und goss die Nudeln ab. »Das würde Niko nicht zulassen. Du weißt, was ich von ihm halte und dass ich ihm einiges zutraue, aber da würde er hoffentlich eine Grenze ziehen.«

»Wozu eine Grenze ziehen, wenn es dadurch gelänge, Zweifel an seiner Schuld zu säen?«

»Frau Kiening war durch das Beruhigungsmittel doch völlig benommen. In dem Zustand, in dem ich sie an der Tür erlebt habe, wäre sie gar nicht mehr allein die Treppe hinaufgekommen. Sie hatte ja im Normalzustand schon erhebliche Schwierigkeiten mit den Stufen. Und Karolin hätte im Gegensatz zu Niko gar nicht die Kraft gehabt, sie zu tragen.«

»Geschweige denn, sie über Minuten zu strangulieren«, sagte er. »Hast du überhaupt eine Vorstellung, wie das ist?«

Es war, als stünde nach einem Donnerschlag die Zeit still. Ich erstarrte in meiner Bewegung und spürte, wie es mir eiskalt den Rücken hinunterlief. »Nein«, antwortete ich mit einem Kloß im Hals. Über Minuten? So lange hatte es gedauert? Nur mit Mühe löste ich mich aus meiner Starre und sah mich nach meinem Handy um. Ich entdeckte es auf einem Stapel Kochbücher auf der Anrichte, blieb jedoch, wo ich war, und füllte die Nudeln in eine Schüssel. »Das Essen ist fertig«, sagte ich gepresst. »Am besten rufe ich gleich mal Lukas und Charlotte an und frage, wann sie kommen. Und natürlich Tom. Magst du Karolin anrufen? Vielleicht schafft sie es auch noch rechtzeitig. Ich würde mich freuen.« Die Angst schnürte mir immer mehr die Kehle zu. Seinen Blick meidend begann ich damit, den Tisch für sechs zu decken. Auch wenn die anderen nicht da waren, hielten ihn die Gedecke vielleicht davon ab, die Nerven zu verlieren. Und mir gaben sie Hoffnung.

37 Als ich zur Anrichte ging, um Gläser aus dem Schrank zu holen, versuchte ich, unbemerkt mein Handy einzustecken, es rutschte mir jedoch aus der Hand. Ich wollte es auffangen, machte dabei aber eine so ungeschickte Bewegung, dass ich mit dem Ellenbogen eines der Gläser umstieß. Es zerbarst auf dem Küchenboden und bedeckte mein Handy mit Scherben. Von einer Sekunde auf die andere schienen sich all meine Muskeln zu verkrampfen. Trotzdem schaffte ich es irgendwie, in die Knie zu gehen und mir mein Handy zu greifen. Dabei bohrten sich mehrere Splitter in meine Hand.

Markus kniete sich neben mich, nahm mir das Handy aus den blutenden, zitternden Fingern, besah sich meine Hand und forschte dann in meinem Gesicht. Er zog mich hoch und schob mich auf einen der Stühle zu.

»Setz dich, Mia!«

Ich deutete auf meine Hand. »Ich muss das erst desinfizieren, außerdem brauche ich ein Pflaster.«

Er riss ein Stück Küchenrolle ab und reichte es mir. »Setz dich!« Er wies mir den Stuhl am Fenster zu und setzte sich mir gegenüber mit dem Rücken zur Tür. Mein Handy legte er neben seinen Teller.

Ich starrte auf die Manschette seines Hemdes, auf die Blutstropfen, die darauf geronnen. Er folgte meinem Blick, nahm eine Serviette und wischte sich mein Blut von den Fingern. Das alles tat er mit einer unerträglichen Gelassenheit, die im Widerspruch zu seiner Wachsamkeit stand.

Wie schnell auch immer ich war, er würde schneller sein, denn er saß näher an der Tür. Als Coco Angst gezeigt hatte, hätte ich den Pudel nehmen und davonlaufen sollen. Nur weg von Markus, weg von der Gefahr, die von ihm ausging. Das wusste ich jetzt. Aber ich war so naiv gewesen zu glauben, ich würde die Situation handeln können – mit ihm essen und ihn dann verabschieden … mit heiler Haut davonkommen.

Kommissar Tannreuther hatte mir nicht glauben wollen und hatte meine Überlegungen für reine Spekulation gehalten. Er hatte den Hass unterschätzt, der Markus antrieb. Den Hass auf die Familie Nawrath, auf das Schicksal, das ihn in die falsche Wiege gelegt hatte. Hass auf das Leben, das er als ungerecht empfand. Und den tief sitzenden Wunsch, sich für all das an den Nawraths zu rächen.

Sekundenlang kam es mir so vor, als wäre unser Blickkontakt eingefroren. Nur mit Mühe löste ich mich daraus und ließ meinen Blick durch die Küche huschen. Dabei vergewisserte ich mich, wo der Messerblock stand, und befahl mir gleichzeitig zu funktionieren und bloß nicht in eine Starre abzudriften, die mich handlungsunfähig machte. Es würde niemand kommen, um mich zu retten, das musste ich selbst tun. Ich schob ihm die Schüssel mit den Spaghetti zu.

»Möchtest du dir selbst nehmen, oder soll ich dir auffüllen?« Als er nicht antwortete und mich stattdessen nur weiter anstarrte, lud ich mit meiner unverletzten Hand erst ihm und dann mir Nudeln auf die Teller und gab die Tomaten-Mozzarella-Mischung darüber.

Markus nahm die Gabel in die Hand und drehte sie zwischen den Fingern. Dabei ließ er mich keine Sekunde aus den Augen. Was mich am meisten erschreckte, war die Tatsache, dass er nicht viel anders aussah als sonst. Ich sah die tiefen Falten, die seine Stirn durchfurchten, die Müdigkeit nach einem anstrengenden Tag. Aber obwohl der Hass in ihm brodelte, war er nicht zu erkennen. Ihn zu verbergen musste ihm mit den Jahren zur zweiten Natur geworden sein.

»Der Hund hatte Angst vor mir, nicht vor dem Korken, und du hast auch Angst vor mir«, konstatierte er, als stelle er eine Diagnose. »Das ist unnötig, ich werde dir nichts tun, das brauche ich gar nicht. Jeder, dem du mit irgendwelchen abstrusen Verdächtigungen oder Behauptungen kommst, wird das einsehen. Du hast unter den Ereignissen der vergangenen Wochen so sehr gelitten, dass du dein Urteilsvermögen eingebüßt hast. Zurzeit fällt es dir sehr schwer, Menschen und Situationen realistisch einzuschätzen. Das kann ich als dein Arzt bezeugen. Deshalb habe ich dir, als du bei mir in der Praxis warst, zur Sicherheit ein Psychopharmakon mitgegeben und dir dringend geraten, die Tabletten zu nehmen. Du warst nur leider sehr uneinsichtig, und ich habe befürchtet, dass du das Mittel gleich in den Müll wirfst. Was du vermutlich getan hast. Mein Wort wird gegen deines stehen. Wem wird man glauben? Der Frau, die einer Toten den Ring gestohlen hat?«

»Dann kannst du ja jetzt gehen.« Mein Herz klopfte bis in den Hals, meine Hände zitterten so stark, dass ich sie ineinander verschlang. Die Zeit schien sich mit jedem Atemzug zu verdichten und wieder aufzulösen.

»Wollen wir nicht erst noch essen?«, fragte er in einem höhnischen Ton. »Du hast dir so viel Mühe gegeben.«

»Legst du wirklich Wert darauf, den anderen zu

begegnen?« Ich nahm all meinen Mut zusammen und machte Anstalten aufzustehen.

»Du bleibst, wo du bist! Ich bestimme, wann wir diese Tafel hier aufheben. Und warum nicht auf die anderen warten und ihnen einen Eindruck von deinem desolaten Zustand verschaffen? Ich könnte ihnen sagen, dass ich mir große Sorgen um dich mache, dass sie gut auf dich achtgeben müssen.«

Es gelang mir längst nicht mehr, ihn einzuschätzen. Würde er es wahr machen und einfach gehen? Mich zurücklassen mit diesem Wissen? Darauf bauend, dass mich alle für verrückt halten würden?

Mein Smartphone kündigte eine Nachricht an. Markus warf einen Blick aufs Display. »Tom schreibt, dass er sich verspätet, aber in jedem Fall noch kommt.«

Ich atmete gegen den engen Panzer an, der meinen Brustkorb umschloss. Da Markus keine Anstalten machte zu gehen, musste ich Zeit gewinnen. »Weißt du noch, was du neulich zu mir über diesen Dominostein gesagt hast, der ins Wanken geraten ist? Du meintest, dieser Stein habe alle anderen mit sich gerissen – erst Frau Kiening, dann den Senior Nawrath, schließlich Niko. Und die Familie sei am Boden zerstört. Ging es dir nur darum?«

»Nur?« Er atmete schwer und ließ die Gabel mit einem lauten Scheppern in den Teller fallen.

»An dem Dienstag bist du zurückgekommen, nicht wahr? Nachdem du am Morgen die Kellertür manipuliert hattest, um dich später unbemerkt wieder ins Haus schleichen zu können. Du wusstest, dass die Haushälterin krank war und Niko sich angemeldet hatte. Das war die Gelegenheit, auf die du gewartet hattest, seitdem es dir gelungen war, das Beruhigungsmittel in Nikos

Badezimmerschrank zu deponieren. Warst du eigentlich auch am Montagabend im Haus und hast mich angegriffen? Wolltest du sie da schon umbringen?«

»Im Nachhinein war ich dir dankbar, dass du dort warst.« In seinem Ton lag etwas erschreckend Zufriedenes. »Der Dienstag hat Niko das Genick gebrochen.«

Ich nickte. »Mit all den Zufällen, die dir in die Hände gespielt haben. Was hättest du getan, wenn es diese Gelegenheit nie gegeben hätte?«

»Ich hätte eine andere aufgetan. Dafür habe ich gesorgt.«

»Wem hast du noch etwas untergeschoben? Dominik?«

Er zuckte die Schultern, als spiele es keine Rolle.

»Dir blieb nicht viel Zeit, vier Wochen später wäre Frau Kiening tot gewesen. Ist es dir dadurch leichter gefallen, sie umzubringen? War es deshalb in deinen Augen nicht wirklich ein Mord?«

Er antwortete nicht.

»Sie wollte vorzeitig sterben, um nicht zu ersticken«, fuhr ich fort. »Du hast sie minutenlang stranguliert, und du hast sie um die letzten vier Wochen ihres Lebens gebracht ... Wochen, in denen sie hatte Abschied nehmen wollen. Von Orten, denen sie sich verbunden fühlte. Von den Menschen, die ihr etwas bedeuteten. Du hast ihr auch etwas bedeutet, und ich bin wie selbstverständlich davon ausgegangen, dass es sich umgekehrt genauso verhielt.«

»Du sagst es ganz richtig: Sie wollte sterben.«

»Wie hast du Frau Kiening dazu gebracht, mich an der Tür nicht um Hilfe zu bitten und zu behaupten, Niko sei bei ihr? Hast du ihr gedroht, auch mich zu töten? Ich nehme mal an, sie wusste, was ihr bevorstand.« Meine Stimme überschlug sich beim Reden.

»Ich habe dich zweimal davonkommen lassen, und du wirst auch jetzt davonkommen«, sagte er fast genüsslich, als sei das meine Strafe. »Du bist viel zu sehr in all das verstrickt, um eine glaubwürdige Zeugin abzugeben.«

»Ich habe glaubwürdig bezeugt, dass Niko dort war. Das war ein cleverer Schachzug von dir.« Die Zeit lief mir davon, ich sah es in seinem Gesicht. »Was hat sie zu dir gesagt … ich meine zum Schluss?«

Sein Schweigen zog sich in die Länge. »*Wenn du mich tötest, Markus, gibt es kein Zurück mehr. Dann öffnest du eine Tür, die du nie wieder schließen kannst.*«

»Und du?«

»Ich habe ihr gesagt, ich hätte diese Tür schon längst geöffnet. Lange vor ihr. Und dass der Luftzug, der durch diese Tür hindurchströmt, mich wärmt.«

»Hubert Janda.« Ich ließ seinen Namen ein paar Sekunden lang im Raum stehen. »Hast du ihn aus Eifersucht getötet, oder ging es damals schon darum, Niko auszuschalten? Immerhin ist er ins Visier der Ermittler geraten. Oder bist du vielleicht dadurch erst auf die Idee gekommen, ihm einen Mord in die Schuhe zu schieben?«

»Dieser Janda war nicht gut für Karolin, er war die Wahl ihrer Eltern, sie haben sie in seine Richtung manipuliert. Vermutlich hätte sie es nie gewagt, sich gegen ihre Eltern zur Wehr zu setzen. Da habe ich nachgeholfen.« Sein Blick wirkte müde und gleichzeitig aufgekratzt. »Dass sie Niko ins Visier nehmen, habe ich entsprechend gedeichselt. Ich habe abgewartet, bis er zum Joggen aufgebrochen ist.«

»Und dich hatten sie nie im Verdacht? Sind sie nie auf Eifersucht als mögliches Motiv gekommen?«

»Glaubst du, ich verstehe nicht, was du da tust? Du versuchst, Zeit zu schinden.«

»Wozu sollte ich das? Du hast gesagt, dass du mich gehen lässt, und ich glaube dir. Aber ich nehme mal an, dass sich nie wieder eine Gelegenheit ergeben wird, darüber zu reden, das werden wir beide zu vermeiden wissen. Deshalb möchte ich es jetzt ein für alle Mal verstehen, ich möchte begreifen, warum du zwei Morde begangen hast.«

Er sah mich mit einem Blick an, in dem deutlich zu erkennen war, wie er sich gerade an seiner eigenen Macht berauschte. Dieses Gefühl schien etwas mit seinem Gesicht zu machen. Sekundenlang leuchtete es von innen. »Genau genommen waren es drei.« Ohne mich aus den Augen zu lassen, verschob er die Teller und die Schüssel auf dem Tisch und legte einige der Stellen frei, auf denen sich unsere Gäste über das Leben ausgelassen hatten. »*Das Leben hält alle Antworten bereit*, hat sie zu mir gesagt.«

Grete. Diese Erkenntnis traf mich wie ein Schlag in die Magengrube und raubte mir den Atem. »Sie?«, brachte ich schließlich hervor.

Er tippte erst auf Nikos Satz und dann auf seinen eigenen. *Das Leben kennt nur Gewinner und Verlierer.* Und: *Das Leben ist nicht gerecht.* »Sie meinte, für einen Mann wie Nikolai Nawrath müsse schon mehr auf dem Spiel stehen, um einen Mord zu begehen. Anteile im Unternehmen einzubüßen sei nicht genug. Niko sei so fest davon überzeugt, zu den Gewinnern zu zählen, dass ihn das nicht beunruhigte, es machte ihn nur ärgerlich. Er habe kein Motiv gehabt, seine Tante zu töten, aber ich hätte eines gehabt, es so aussehen zu lassen … weil das Leben in meinen Augen nicht gerecht sei. Für manch einen könne die Ungerechtigkeit zum Motor werden, für einen anderen zum Hemmschuh. Und dann gebe es diejenigen, die Hassgefühle entwickeln würden.« Er verstummte.

»Wann hat sie das zu dir gesagt? Wo? Im Hofgarten? Seid ihr euch dort zufällig über den Weg gelaufen?«

»Ich bin ihr dorthin gefolgt.«

»Wieso?«

»Sie war noch einmal mit ihrer Tochter bei mir in der Praxis, zur Nachuntersuchung. Da hat sie mir seltsame Fragen gestellt, als versuche sie, sich ein Bild von mir zu machen.«

»Was für Fragen?«

»Warum ich das Leben als ungerecht empfinden würde, ob das mit den Nawraths zu tun hätte.« Seine Kiefermuskeln leisteten ganze Arbeit. Er kniff die Augen zusammen und fixierte mich. »Sie hatte einen Röntgenblick. Ich kenne solche Menschen, die graben sich immer weiter vor.«

»Sie hat im Trüben gefischt, Markus, sie hat spekuliert, nichts weiter. Wir alle haben spekuliert und daraus die unterschiedlichsten Schlüsse gezogen. Deswegen bringt man keinen Menschen um.« Mir liefen Tränen übers Gesicht. »Sie hätte dir doch gar nicht gefährlich werden können.«

»Sie hat sich alles zusammengereimt.«

»Das habe ich auch, und mich willst du gehen lassen.«

»Du bist in den Fall verstrickt, sie nicht. Ihr hätte man eher geglaubt als dir.«

Die Unlogik, die darin lag, vergrößerte meine Angst nur noch. Er konnte nicht mehr klar denken. »Es gibt doch gar keine Beweise, die auf dich als Täter deuten, das hast du selbst gesagt.« Ich war mir sicher, es würde welche geben, wenn er unter Verdacht stünde. An einem der Tatorte würde man Hautschuppen von ihm finden, Fasern, was auch immer. Irgendetwas, das man ihm nur deshalb nicht zuordnen konnte, weil er kein Verdächtiger war und man ihn nicht zum Abgleich herangezogen hatte. »Karolin wird gleich hier sein, sollten wir nicht besser …?«

Wir zuckten beide zusammen, als es in diesem Moment an der Tür klingelte und Coco in meinem Zimmer ein kurzes Bellen von sich gab. Ich sprang auf und versuchte, an ihm vorbei zur Tür zu gelangen, aber er packte mich mit einer Hand am Unterarm, mit der anderen hielt er mir den Mund zu. Er hielt mich fest an sich gedrückt und flüsterte mir ins Ohr:

»Wenn du das hier überleben willst, dann halt deinen Mund! Hast du mich verstanden?«

Er hielt mich wie in einem Schraubstock, trotzdem gelang es mir irgendwie zu nicken. Fast gleichzeitig klingelte mein Handy. Markus löste die Hand von meinem Mund, zwang mich mit der anderen zurück auf meinen Stuhl und griff sich das Telefon.

»Ute Gottwald. Ist das die Schnittwunde? Die Tochter?«

Ich nickte. »Da muss ich drangehen.«

»Musst du nicht.« Er ließ es einfach weiterklingeln.

Wer auch immer vor der Tür stand, gab nicht auf. Dieses Mal drückte er den Klingelknopf länger, was Coco wieder dazu veranlasste, länger und lauter zu bellen. In all diese Geräusche mischte sich das Pling einer SMS. Markus las sie und hielt mir das Handy vor die Nase.

Stehe vor deiner Tür, hatte Ute geschrieben. *Ich weiß, dass du da bist. Bitte, können wir einen Moment reden? Ich komme nicht klar. Ich brauche dich, Mia.*

Ich brauche dich noch viel mehr, Ute, dachte ich in meiner Verzweiflung, geh bloß nicht weg … bitte!

38

Markus schien aus dem Konzept geraten zu sein. Während er noch auf das Display starrte und nach einem Ausweg für sich suchte, fasste ich mit der freien Hand unter den Tisch und kippte ihn um, sodass das gesamte Geschirr mit einem lauten Klirren zu Boden ging. Im selben Moment schrie ich so laut ich konnte nach Ute und riss mich von Markus los. Im Nebenzimmer brach Coco in panisches Bellen aus.

Mit einer schnellen Bewegung stieß Markus mich zu Boden, sodass ich inmitten der Scherben landete. Ich schützte meinen Kopf mit den Armen und wappnete mich innerlich gegen den Schlag, der gleich kommen würde, doch der blieb aus. Stattdessen hörte ich, wie die Küchentür zuschlug und der Schlüssel umgedreht wurde. Gleich darauf waren im Flur Stimmen zu hören.

Was Ute in ihrer Aufregung sagte, konnte ich nicht verstehen, ich hörte nur ihre Stimme, die aber zu leise war, um gegen das Jaulen anzukommen, in das Coco verfallen war. Markus hingegen verstand ich.

»Gehen Sie da nicht hinein, Frau Gottwald«, hörte ich ihn sagen. »Frau Kaminski ist in einem sehr desolaten Zustand, sie ist eine Gefahr für sich und andere. Sie hat mich gerade eben angegriffen, sie muss dringend in eine Klinik. Ich werde ihre Einweisung veranlassen. Am besten gehen Sie, ich kümmere mich um alles Weitere.«

»Nein!«, schrie ich. »Ute, bitte, geh nicht. Er hat mich hier eingeschlossen.« Ich konnte nicht hören, was draußen vor sich ging, sekundenlang war es still. Selbst Coco war verstummt.

Dann hörte ich wieder Markus. »Hören Sie nicht auf Frau Kaminski, sie ist verwirrt. Kommen Sie mit mir hinunter auf die Straße, dort können wir gemeinsam auf den Notarzt und die Polizei warten.« Dann knarzten Schritte auf dem Parkett, er bewegte sich offensichtlich Richtung Wohnungstür.

Obwohl keine Zeit blieb, einen klaren Gedanken zu fassen, geschweige denn die richtige Entscheidung zu treffen, arbeitete mein Gehirn auf Hochtouren. Irgendwie musste ich hier raus.

»Ich lasse Mia nicht alleine, schon gar nicht, wenn es ihr so schlecht geht«, sagte Ute in diesem Moment.

»Sie bringen sich in Gefahr, wenn Sie zu ihr gehen«, warnte Markus mit fester, ruhiger Stimme.

»Ich gehe nicht hinein«, konterte Ute, »ich setze mich hier vor die Tür und rede mit ihr, bis der Notarzt kommt.«

»Ganz wie Sie wollen.« Wieder waren Schritte zu hören.

Meine Gedanken flogen, es würde ein Ritt auf der Rasierklinge werden, aber ich musste ihn wagen, und das so schnell wie möglich. Im schlimmsten Fall landete ich in der Psychiatrie und Markus kam davon. Das Risiko musste ich eingehen. Über die Scherben auf dem Küchenboden hinweg robbte ich mich zu dem abgebrochenen Hals der Sektflasche. Ich griff nach dem Stück Küchenkrepp, das Markus mir vorhin gegeben hatte, umfasste damit den Flaschenhals, den er bei der Begrüßung in der Hand gehalten hatte, biss die Zähne zusammen, um nicht zu schreien, und zog gezielt eine der abgebrochenen Spitzen senkrecht durch die Schlagader am Handgelenk.

»Mia?«, rief Ute direkt an der Küchentür.

Ich sah dabei zu, wie das Blut herauszusprudeln begann, und machte ein paar wilde, möglichst unkoordinierte Bewegungen, um es in der Küche zu verteilen. Dann legte ich den Flaschenhals zur Seite.

»Ute, mach bitte die Tür auf. Er hat mich eingeschlossen.« Ich quälte mich hoch, zog an dem Handtuch, das über die Arbeitsplatte herunterhing, wickelte es fest um mein Handgelenk und ging zur Tür.

»Ich bleibe hier bei dir, bis ein Arzt kommt«, versprach sie mir.

»Ute, hör mir gut zu: Nicht ich habe ihn angegriffen, sondern er mich. Er hat versucht, mich umzubringen. Und ich bin alles andere als verwirrt, ich war noch nie so klar im Kopf.«

»Aber er hat doch gesagt ...«

»Vergiss, was er gesagt hat. Frag dich, was deine Mutter jetzt tun würde!«

In diesem Moment hörte ich das Geräusch des Schlüssels im Schloss. Ich riss die Tür auf, zog den Schlüssel ab und Ute in die Küche und versuchte, den Schlüssel von innen wieder aufzustecken. Meine Hände waren jedoch voller Blut und er fiel zu Boden. Ute und ich bückten uns gleichzeitig, aber sie war näher dran. Sie nahm den Schlüssel und drückte sich gegen den Küchenschrank.

»Was hast du gemacht, Mia?« Paralysiert starrte sie auf das blutige Handtuch, das ich um meinen Arm gewickelt hatte.

Ich ergriff die Chance, packte ihre Hand, löste ihre Finger und schob den Schlüssel ins Schloss. Nachdem ich abgeschlossen hatte, lehnte ich mich mit dem Rücken gegen die Tür. »Hör mir zu, Ute, und sieh mir dabei in die Augen. Uns bleibt nicht viel Zeit.«

Ihr Blick hob sich wie in Zeitlupe, ihre Augen waren schreckgeweitet.

»Markus Langhorst will es so darstellen, als sei ich verrückt.« Ich hielt ihr meinen Arm hin, der das Handtuch weiter mit Blut durchtränkte. »Als du eben geklingelt hast, hat er gerade versucht, mich umzubringen. Dir habe ich zu verdanken, dass ich noch lebe.« Am liebsten hätte ich so schnell wie möglich weitergeredet, aber sie brauchte Zeit, um die Information zu verarbeiten.

»Warum sollte er das tun?«

»Weil ich herausgefunden habe, dass er deine Mutter umgebracht hat. Grete hatte ihn durchschaut, du weißt, sie hatte manchmal eine unglaubliche Intuition. Während wir alle – einschließlich der Polizei – noch dachten, Niko Nawrath habe meine Kundin umgebracht, hat deine Mutter begriffen, wer der wirkliche Täter war.«

Sie zog die Schultern hoch und versuchte, einen größeren Abstand zwischen uns beiden herzustellen. Ohne jeden Zweifel hielt sie mich für verwirrt. Abwehrend schüttelte sie den Kopf.

»Als Grete an dem Abend ging, hat sie etwas zu dir über das Leben gesagt. Weißt du noch, was das war?« Uns lief die Zeit davon.

Ute starrte mich nur weiter an.

»Sie sagte, das Leben halte die Antworten bereit.« Ich deutete auf den Tisch. »Das, was Doktor Langhorst dort geschrieben hat, hat ihn verraten. Deine Mutter war klug, sie hat ihn durchschaut. Wenn du mir nicht trauen kannst, Ute, dann traue ihr. Dort auf dem Boden liegt mein Handy.« Ich gab ihr den Code. »Geh in die Anrufliste, da findest du die Nummer des zuständigen Kripobeamten. Er heißt Tannreuther, Traugott Tannreuther. Ruf ihn an und bitte ihn, schnellstmöglich hierherzukommen. Sag ihm, dass es um Leben und Tod geht. Mehr will ich gar nicht von dir.« Es gelang mir kaum noch, mich auf meinen zitternden Beinen zu halten, aber ich durfte meine Position an der Tür nicht aufgeben.

Während sich Ute zögernd in Bewegung setzte, ließ sie mich nicht aus den Augen, als befürchte sie, ich könne mich jeden Moment auf sie stürzen. Sie nahm das Handy vom Boden und führte jeden Schritt aus, um den ich sie gebeten hatte. Nur den letzten nicht. Mit immer noch möglichst großem Abstand zu mir reichte sie mir das Handy.

Blitzschnell griff ich danach, presste es an mein Ohr und zählte jedes Freizeichen mit. Dabei betete ich, dass der Kommissar sein Handy in Reichweite hatte. Als er endlich dranging, hörte ich draußen im Flur Schritte und eine weibliche Stimme, die mich mit Namen ansprach. Die Frau stellte sich mir als Polizistin vor und sagte, sie und ihr Kollege seien gekommen, da ich in Not sei. Die Klinke wurde hinuntergedrückt. Gleich darauf bat die Beamtin mich, die Tür zu öffnen.

»Moment!«, sagte ich mit möglichst fester Stimme. »Ich spreche gerade mit einem Ihrer Kollegen von der Kripo. Ich öffne die Tür, sobald er hier ist. Vorher nicht.«

Nachdem ich Kommissar Tannreuther im Telegrammstil erzählt hatte, was hier los war, und ihn inständig gebeten hatte, so schnell wie möglich zu kommen und mich davor zu bewahren, dass Markus mich in die Psychiatrie einweisen ließ, bewegte ich mich ein Stück von der Tür weg. Ute sollte das Gefühl loswerden, von mir festgehalten zu werden. Unter meinen Schuhen knirschten Scherben.

»Du brauchst einen Arzt«, sagte Ute, »und zwar schnell, sonst verblutest du.«

»In dem Küchenschrank ganz rechts sind Handtücher. Vielleicht kannst du mir damit irgendwie einen Druckverband machen.«

Das Wort Druckverband löste bei ihr sofort eine Handlung aus. Sie riss zwei Tücher aus dem Schrank, faltete eines davon, legte es auf den offenen, blutenden Schnitt, den ich freigelegt hatte, und zog das andere Handtuch fest darum. »Drück drauf!«, befahl sie mir.

Mit dem Kopf deutete ich auf den Flaschenhals am Boden. »Pass auf, dass du nicht darauf trittst, den brauche ich noch als Beweis, damit hat er mir die Ader aufgeritzt.«

Aus ihrem Gesicht war sämtliche Farbe gewichen, sie schien innerlich Kämpfe auszufechten. »Und du bist dir ganz sicher mit meiner Mutter?«

»Er hat sie umgebracht, daran besteht kein Zweifel. Er hat es sogar zugegeben. Aber er baut darauf, dass mich alle für durchgeknallt halten werden, für ein bedauernswertes Opfer der Ereignisse, für einen Kollateralschaden. Und dabei hat er versucht, dich als Zeugin zu missbrauchen.«

»Frau Kaminski?«, fragte Kommissar Tannreuther durch die Tür. »Sind Sie da drin?«

Mit drei Schritten war ich an der Tür und öffnete sie.

Ich weigerte mich, in einen Krankenwagen zu steigen, und bestand darauf, dass Kommissar Tannreuther mich in seinem Wagen zum Krankenhaus fuhr. Ute wiederum bestand darauf, mich zu begleiten. Coco hatte ich vorher noch aus meinem Zimmer geholt und mitgenommen. Sie hatte genug Angst ausgestanden. Auf der Fahrt ließ der Beamte mich erzählen und hörte nur zu. Lediglich hin und wieder stellte er eine Verständnisfrage. Ich berichtete alles genau so, wie es gewesen war. Fast genau so. Ich sagte, ich hätte Markus nicht geglaubt, als er beteuerte, mich gehen und ungeschoren davonkommen zu lassen, ich hätte die ganze Zeit über um mein Leben gefürchtet. Als Ute klingelte, sei er in Panik geraten, habe mich gepackt und mir den Mund zugehalten. Dann habe Ute eine Nachricht geschrieben, aus der für ihn hervorging, dass sie so schnell nicht gehen würde. Während er sie las, sei er abgelenkt gewesen, und ich hätte mich für einen kurzen Moment losreißen können. Ich hätte um Hilfe geschrien, woraufhin er mich wieder gepackt hätte, um mir mit dem Flaschenhals die Pulsader aufzuschneiden. Was ihn dann veranlasst habe, plötzlich von mir abzulassen, könne ich nur vermuten. Ich würde darauf tippen, dass ich Ute mein Leben zu verdanken habe. Wäre sie unverrichteter Dinge zurück in ihre Wohnung gegangen, würde ich jetzt nicht mehr leben.

Kurz bevor wir beim Krankenhaus ankamen, informierte mich Kommissar Tannreuther, welche Version der Geschehnisse Markus zu Protokoll gegeben hatte. Ich sei in einer psychisch äußerst labilen Verfassung, er habe mich als fremd- und selbstgefährdend erlebt, ich hätte wahnhafte Ideen geäußert und ihn beschuldigt, zwei Morde begangen zu haben. Da ich mich unberechenbar gezeigt hätte, hätte er mich zur Sicherheit in der Küche eingesperrt, wo ich dann einen Suizidversuch unternommen hätte. Ute Gottwald könne dies zum Teil bezeugen.

»Er lügt«, sagte da Ute von der Rückbank und beugte sich vor, um sicherzugehen, dass der Kommissar sie auch verstand. »Als ich vor der Wohnungstür stand, habe ich Mia schreien hören. Sie hat um Hilfe geschrien und gerufen, er versuche, sie umzubringen. Ute, hilf mir, hat sie geschrien, ruf die Polizei, er bringt mich um.«

»Und das konnten Sie bis in den Hausflur hören?«, fragte Kommissar Tannreuther. Es klang eher wie eine routinierte Frage als wie eine skeptische.

»Mia hat um ihr Leben geschrien«, antwortete Ute mit fester Stimme. »Und sie war kein bisschen verwirrt, Mia war noch nie verwirrt. Außer meiner Mutter kenne ich keinen Menschen, der selbst in brenzligen Situationen so klar ist.«

In diesem Moment traten mir Tränen in die Augen und ich wünschte, Grete hätte sie so erleben können. Sie hätte eine Zigarette aus der Schachtel gezogen und zu ihrer Tochter gesagt: *Komm, lass uns eine rauchen.*

Ich erstattete offiziell Anzeige gegen Markus. Während der nicht ganz unerhebliche Schnitt an meinem Handgelenk genäht wurde, ich eine Infusion bekam und Ute mit Coco mehrere Runden um das Krankenhaus drehte, wurde Markus vorläufig festgenommen.

Ute hatte in meinem Auftrag Tom eine Nachricht geschickt, hatte gewartet, bis er beim Krankenhaus ankam, hatte ihm Coco übergeben, die er zu Bogart in den Kofferraum seines Autos brachte, und war dann nach Hause gefahren, um dort auf Charlotte und Lukas zu warten. Da unsere WG nun ein Tatort war, mit dem sich die Spurensicherung befasste, holten die beiden nur ein paar Sachen aus ihren Zimmern und übernachteten oben bei Ute.

Nachts um zwei verließ ich zusammen mit Tom auf meinen ausdrücklichen Wunsch die Notaufnahme. Es war wie ein Déjà-vu, als mir der Arzt, der mich versorgt hatte, riet, am nächsten Tag in jedem Fall meinen Hausarzt aufzusuchen. Ich dachte an Markus, der auf mich geschossen und sich dann am nächsten Tag rührend um meine Wunde gekümmert hatte. Das war noch das geringste seiner Vergehen gewesen.

In dieser Nacht schliefen beide Hunde mit uns in einem Bett. Ich fühlte mich beschützt und aufgehoben und versprach Coco im Stillen, dass sie bei mir bleiben durfte. Für immer. Tom versprach ich, dass das Leben mit mir von nun an ruhiger werden würde, weniger aufregend. Weniger aufregend müsse es gar nicht sein, meinte er, nur vielleicht weniger gefährlich. Als er tief und fest neben mir schlief, ohne meine Hand loszulassen, wanderten meine Gedanken zu Ute, die über sich hinausgewachsen war. Vielleicht würde ich ihr irgendwann die Wahrheit sagen, sie hatte sie verdient. Sie hatte nicht nur für mich gelogen, sondern auch für ihre Mutter, für Berna und Hubert Janda. Ohne ihre Beteuerung, dass sie mich hatte um Hilfe schreien hören, hätte meine Aussage gegen Markus' gestanden, und er wäre vielleicht wirklich davongekommen.

Am nächsten Tag musste ich meine Hunderunde absagen, da ich zu geschwächt war. Kommissar Tannreuther besuchte mich am Nachmittag in Toms Wohnung. Er meinte, er dürfe mir nicht allzu viel über die Vernehmung von Markus Langhorst verraten. Nur so viel: Die bisherigen Ergebnisse hätten dazu geführt, dass der Haftbefehl gegen Niko aufgehoben wurde.

Der Beamte entschuldigte sich bei mir und räumte seinen Irrtum ein. Er mache sich Vorwürfe, meine

Überlegungen als reine Spekulation abgetan zu haben. Er sei froh und zutiefst erleichtert, dass ich einigermaßen glimpflich davongekommen war.

Zum Schluss fragte er mich, welches Versprechen ich Berna Kiening eigentlich wirklich gegeben hätte. Für seine Ermittlungen spiele es keine Rolle, aber er sei neugierig, denn er sei sich sicher, dass ich bei diesem Thema gelogen hätte. Stimmt, räumte ich ein, ich hätte gelogen, aber die Wahrheit würde für seine Ermittlungen wirklich keine Rolle spielen. Ich hatte Berna ein Versprechen gegeben und würde es halten. Das wäre das Einzige, was ich noch für sie tun könne. Außer natürlich ihrem Pudel ein Zuhause zu geben. Also doch, sagte er zum Abschied, lächelte mich an und meinte, das sei eine gute Entscheidung.

Als er gegangen war, dachte ich an den Dominostein, von dem Markus gesprochen hatte. Er sei an dem Dienstag, als Berna Kiening umgebracht wurde, ins Wanken geraten und gefallen, und er habe alle anderen mit sich gerissen. Aber das stimmte nicht. Der Dominostein war schon viel eher ins Wanken geraten, nur hatte er sich lange Zeit in einem wackligen Gleichgewicht halten können. Erst als die Wunden, die vor vielen Jahren entstanden waren, nicht heilten, hatte Bernas Mörder beschlossen, den Schmerz mit Gewalt zu betäuben.

Ich dachte an das, was Kommissar Tannreuther im Englischen Garten zu mir gesagt hatte: *Haben Sie eine Vorstellung davon, wie viele Menschen sich zurückgesetzt und minderwertig fühlen? Wie viele von Eifersucht zerfressen sind? Nur ein Bruchteil von ihnen begeht eine Gewalttat. Es gibt nämlich immer auch einen anderen Weg, damit umzugehen. Wir alle haben die Wahl.*

Die einen mischen Kräuter, um zu heilen, die anderen, um zu morden.

* Cover- und Preisänderungen vorbehalten

Jürgen Seibold

Schwarzer Nachtschatten

Die Apothekerin ermittelt

Piper Taschenbuch, 272 Seiten
€ 11,00 [D], € 11,40 [A]*
ISBN 978-3-492-31378-0

Die junge Pharmazeutin Maja Ursinus weiß, dass es oft die harmlos aussehenden Pflanzen sind, die eine besonders tödliche Wirkung haben. Heil- und Giftpflanzen sind ihr Spezialgebiet. Dieses Wissen wird ihr jedoch zum Verhängnis, als ihr ehemaliger Liebhaber und eine streitsüchtige Nachbarin tot aufgefunden werden, gestorben an einer tödlichen Dosis Gift einer Pflanze namens »Schwarzer Nachtschatten«. Die Kripo verdächtigt Maja. Um ihre Unschuld zu beweisen, ermittelt sie auf eigene Faust, steckt bald mitten in einer Verschwörung – und gerät schließlich selbst ins Visier des unbekannten Giftmörders …

Leseproben, E-Books und mehr unter **www.piper.de**